ZWEI MAGISCHE THRONE

braucht es, um das Königreich Alandra gegen die Schatten hinter den Mauern zu schützen. Kupfer und Eisen – einzeln stark, zusammen zerstörerisch. Sie besteigen können nur diejenigen, die im Kronenkampf als Sieger hervorgehen. Fiana lebt seit ihrer Kindheit im Palast und kennt die Regeln der Mächtigen wie kaum jemand sonst. Doch durch ihre Adern fließt ein dunkles Geheimnis, dessen Aufdeckung ihren sicheren Tod bedeuten würde. Als der attraktive Königsbruder Kayden ihm gefährlich nahekommt, bleibt Fiana nur eins – am Kronenkampf teilzunehmen.

VALENTINA FAST

KRONEN KAMPF

GESCHMIEDETES SCHICKSAL

CARLSEN

FÜR DAMIAN,
WEIL DU ES MIR MÖGLICH MACHST,
MEINEN TRAUM ZU LEBEN

1. KAPITEL

EIN SCHLEIER IN TIEFSTER NACHT

Vor mir ragte bedrohlich eine hohe Mauer auf, die im Mondlicht aussah wie eine düstere Welle, die auf mich zu rollte und mich jeden Moment zu verschlingen drohte. Ich meinte dahinter das Kratzen von Klauen zu vernehmen, das Schmatzen von blutbefleckten Mäulern und das schreckenerregende Geheul hungriger Monster. Ein schmerzhafter Schauder durchfuhr mich und ich rieb mir fröstelnd über meine Arme. Dunkelheit umgab mich, doch das Licht des Mondes hatte mir den Weg gewiesen, den ich schon seit vielen Jahren in jeder Vollmondnacht ging. Die Hitze des Tages war vergangen und ein milder Wind strich sanft über mein Haar.

Plötzlich hatte ich das Gefühl, von neugierigen Augen verfolgt zu werden. Ich tat es als Einbildung ab, nachdem ich einen prüfenden Blick zurück geworfen hatte, und setzte meinen Weg mit gestrafften Schultern fort. Alle anderen hielten sich in diesem Moment beim Fest auf, sagte ich mir, um mich zu beruhigen. Ich befand mich am Rand der Königsstadt, und es war niemand da, der mich beobachten könnte.

Als ich endlich den kleinen Tempel erreichte, der nicht weit entfernt von der Mauer lag, entfuhr mir vor Erleichterung ein leiser Seufzer.

Ewig brennende Kerzen waren in dem Säulenpavillon aufgestellt, ihre Flammen zuckten und tanzten im Wind und verliehen den Statuen in der Mitte des Tempels einen Hauch von Lebendigkeit.

Das Abbild unserer Göttin Aneta und ihres Gatten, Gott Damin, stand da in Stein gemeißelt. Daneben das ihrer Kinder, Karai und Mitu.

Ich senkte vor Göttin Aneta meinen Kopf und wiederholte diese demütige Geste auch vor der Statue ihres Mannes. Als Opfergabe legte ich Blumen vor ihre steinernen Füße.

Als ich mich wieder aufgerichtet hatte, hörte ich leise Schritte hinter mir.

Ich fuhr herum und stieß einen erleichterten Seufzer aus, als ich meine Freundin Tiara sah. Unter der weiten Kapuze ihres dunklen Mantels war ein zaghaftes Lächeln zu erkennen. Ihre Augen jedoch huschten wachsam hin und her. Während mein Gesicht wie ein Totenschädel bemalt worden war, trug sie eine reich verzierte Maske, hinter der ihre Züge verborgen waren. Obwohl wir uns schon seit Jahren kannten, hatte ich ihr Gesicht tatsächlich noch nie gesehen.

»Schön, dass du hier bist, Fiana«, sagte sie nun.

»Ich danke dir für dein Kommen«, erwiderte ich, trat zu ihr und drückte ihre beiden Hände, um ihr wenigstens ansatzweise zu vermitteln, was ich fühlte. Meine Dankbarkeit war kaum in Worte zu fassen.

Während sie meine Hände ebenfalls drückte, vertiefte sich ihr Lächeln. »Lass uns den Schleier erneuern. Die Nacht ist unruhig.«

Ich vermutete, dass sie das Fest meinte, auch wenn man vom Tempel aus kaum etwas davon wahrnehmen konnte.

Ich warf einen letzten Blick nach draußen. Hinter den brennenden Kerzen wurde der Rest der Welt von Dunkelheit verschluckt. Es wirkte plötzlich, als stünden wir ganz allein unter der schützenden Kraft der Sterne. Deshalb streifte ich nach kurzem Zögern meinen Mantel von den Schultern und kniete mich in die Mitte des Tempels, direkt vor die Götterstatuen.

Tiara trat hinter mich, wie schon viele Male zuvor, jeden Monat bei Vollmond.

»Mögen die Ahnen mein Bitten erhören und mir einen Teil ihrer Kraft schenken«, flüsterte sie, während sie mir die Haare aus dem Nacken strich.

Ich schloss meine Augen, als ich die Klinge an meiner Schulter spürte. Erneut überzog Gänsehaut meinen Körper und ich erzitterte unter dem kalten Metall. Ich wusste nicht, ob es Eisen oder Kupfer war, aus dem ihre Magie stammte. Früher hatte ich manchmal versucht einen Blick auf ihr Schwert zu erhaschen, doch sie schaffte es immer, dies zu verhindern.

»Sie dürfen ihr wahres Selbst nicht sehen, niemals. Nehmt dafür ihren Schmerz als Opfergabe«, flüsterte Tiara hinter mir.

Die Klinge bohrte sich in meine Haut, neben all den anderen Narben, die dieser Zauber schon an mir hinterlassen hatte. Ich biss meine Zähne zusammen. Tiara betete leise ihre Vorfahren an, damit sie ihr einen Teil ihrer alten Magie schenkten, die sie sich zunutze machen konnte.

Ich spürte diese Magie, während sie direkt aus den Sternen in mich hineinfloss. Der zarte Schleier, den ich schon mein Leben lang trug, wurde dichter, fester, undurchschaubar und umschloss mich wie ein unsichtbarer Mantel. Er würde mich unscheinbar machen, mich vor allzu neugierigen Blicken schützen und das unterdrücken, was niemals jemand sehen durfte.

Die Freude darüber war so groß, dass ich den Schmerz in meiner Schulter verdrängte.

Ich sog Tiaras Magie und ihr Flüstern in mich auf und musste lächeln. Sternenmagie durchströmte mich und schenkte mir wohlige Wärme.

»Ahnen, wir danken Euch für Eure Gaben.«

Als Tiara zurücktrat, nahm sie ihre Magie mit sich und Kälte breitete sich in mir aus. Tiara legte mir ein Stück Stoff auf die blutende Wunde, bevor sie mein Kleid darüberschob, um den Verband zu fixieren.

Ich hob meinen Mantel auf und streifte ihn vorsichtig über. Dann drehte ich mich zu meiner Freundin um.

»Ich danke dir.« Meine Stimme war ein kraftloses Flüstern, denn während Tiara Magie gewirkt hatte, waren mein Blut und ein Teil meiner Kraft als Opfer an ihre Ahnen gegangen.

»Pass auf dich auf«, sagte sie. »Wir sehen uns beim nächsten Vollmond wieder. Mögen die Götter dich auf deinem Weg begleiten.«

Ich lächelte. »Mögen Sie dir über jeden Stein auf deinem Weg helfen.«

Tiaras Mundwinkel zuckten, dann verließ sie den Tempel und verschmolz mit der Nacht.

Ich wusste nicht, wohin sie ging, wo sie lebte, nicht einmal wer sie wirklich war. Wir kannten uns zwar schon seit mehr als zehn Jahren, sahen uns aber nur in dieser einen Nacht des Monats und für die wenigen Augenblicke, in denen sie meinen Schleier erneuerte. Doch wenn ich an Tiara dachte, war sie stets eine Freundin für mich, denn sie rettete mein Leben.

Ich neigte meinen Kopf erneut vor den Göttern, bevor ich meine Kapuze überstreifte und den Tempel verließ.

Der neue Schleier lag auf meiner Haut wie ein unsichtbarer Umhang, und trotz des Schmerzes in meiner Schulter, den ich als Preis für die Ahnenmagie gern hinnahm, fühlte ich mich besser als vor meiner Ankunft.

Ich eilte durch die Finsternis, ließ den Tempel zurück und war so in Gedanken versunken, dass ich den Mann erst bemerkte, als er direkt neben mir im Licht der Straßenlaterne auftauchte.

Ich keuchte erschrocken auf, stolperte ein paar Schritte zurück und ballte die Fäuste.

»Verzeiht.« Der Fremde hob seine Hände, wie um mich zu beruhigen. »Ich wollte Euch keine Angst einjagen.«

»Ich entschuldige mich für meine Furchtsamkeit. Mögen die Götter Euch auf Eurem Weg begleiten«, sagte ich argwöhnisch und umrundete ihn.

Sein Gesicht war von einer Totenkopfmaske verdeckt, die im Mondlicht glitzerte.

»Euch ebenfalls«, erwiderte er gedehnt. Er musterte mein Gesicht gründlich und ging dann in Richtung des Tempels.

Ich schaute ihm hinterher, und das quälende Gefühl, dass diese Begegnung kein Zufall war, ließ meinen Magen brennen.

Dieser Mann kam mir nicht bekannt vor. Sein Gang war selbstbewusst, aufrecht und zielstrebig. Er wandte sich nicht mehr um, und ich beschloss, dass es besser sei, so schnell wie möglich zu verschwinden. Was auch immer er hier abseits der Gassen der Königsstadt tat, ich wollte es nicht herausfinden.

Ich schlang den Mantel noch etwas fester um mich und lief schneller, bis ich in die Gassen der Königsstadt Alandras eintauchte und schließlich den Palast erreichte, mein Zuhause.

◆ ◆ ◆ ◆

Der Vorplatz des Palastes war mit Tausenden von Rosen geschmückt, und das Licht der Laternen, die darüber aufgehängt worden waren, verdrängte die Dunkelheit.

Als ich mich unter die tanzenden Bewohner Alandras mischte,

verflog das Unwohlsein in meiner Brust und ich wischte den Gedanken an den Fremden beiseite.

Das Ahnenfest war seit Stunden in vollem Gange und der Höhepunkt der Feier, eine Kraftdarstellung der stärksten Gardekrieger unseres Reiches, hatte bereits um Mitternacht stattgefunden. Es war der perfekte Zeitpunkt für mich gewesen, um mich unbemerkt zum Tempel fortzuschleichen.

Die prachtvollen Kleider der Gäste waren jetzt, zu solch später Stunde, schon mit Spuren von teurem Wein und süßen Früchten befleckt. Diese Nacht wurde im Gedenken an unsere Vorfahren gefeiert, durch die wir uns die Magie der Sonne und der Sterne zunutze machen konnten. Hierfür mussten wir einen Tribut zahlen, der normalerweise nicht so schmerzhaft war wie in meinem Fall.

Um mich herum blitzten eiserne und kupferne Armreife auf, mit denen die Magischen sich schmückten, so breit wie die Faust eines erwachsenen Mannes. Um ihre Magie nutzen zu können, benötigten sie eiserne oder kupferne Gegenstände, die ihre Kraft leiteten, ohne dass sie Narben davontrugen. Die Armbänder waren die mindeste Absicherung, doch zusätzlich trugen die meisten noch Schmuck mit sich. Oder sie hatten ihre Kleidung mit eisernen oder kupfernen Details ausschmücken lassen, wobei Gardisten eher Waffen bevorzugten.

Diejenigen unter den Gästen, die keine Armreife trugen, waren Menschen.

Ich drängte mich durch die Menge und musste lächeln, als mir Männer von allen Seiten Rosen in die Hände drückten. Das war eine alte Tradition, und am Ende meines Weges würde ich einen ganzen Blumenstrauß in den Armen halten. Es sollte Glück bringen, einer Totenbraut Rosen zu schenken, und da ich mit meinen dunkel geschminkten Augen, der blassen Haut und der Knochenbemalung auf meinem Gesicht eine solche darstellte, wurde ich mit Blumen regelrecht überhäuft. Auf meinem Kopf trug ich eine Krone, die ich schon vor Stunden mit Rosen geschmückt hatte.

Ich blieb vor einem der unzähligen Spiegel auf dem Festplatz stehen und steckte auch die neu hinzugekommenen Blumen an meine Krone, sodass sie immer größer und ausladender wurde. Die Musik des Orchesters, das sich am Rande der Feierlichkeiten positioniert hatte, wehte über den gesamten Festplatz.

»Hier hast du dich also versteckt!«

Arianas Stimme ließ mich herumfahren, und vor Schreck hätte ich fast die Rosen fallen lassen.

»Ariana, was machst du denn hier?«

Meine beste Freundin kicherte, was mit ihrer Totenbrautschminke seltsam grotesk aussah, und strich sich über ihren weiten dunkelroten Rock, der perfekt zu den roten Rosen auf ihrem Kopf passte.

»Ich wollte mich unter das Volk mischen«, erwiderte sie und schaute sich mit glitzernden Augen um. »Ich liebe diese Nächte und die Magie, die sie noch Tage später bei den Menschen hinterlassen.«

Ich lächelte sie an, schaute mich dann aber besorgt um. Ariana war mehr als meine beste Freundin, sie war die Tochter der Eisenkönigin, die gemeinsam mit dem Kupferkönig über unser Reich Alandra herrschte. Nicht dass sie Feinde gehabt hätte, aber eine Königstochter musste immer mit Gefahr rechnen.

»Bist du ganz allein unterwegs?«

In diesem Moment tauchte Cedrik auf, Arianas Verlobter, und überreichte ihr ein Glas mit einem rosa Getränk. »Natürlich ist sie das nicht. Ich habe ihr nur rasch etwas zu trinken geholt und sie nicht aus den Augen gelassen.«

Mit einem nachsichtigen Lächeln sah er auf seine Verlobte hinab. Es lag so viel Liebe in seinem Blick, dass ich mich peinlich berührt wieder den Blumen in meiner Hand zuwandte.

»Hallo, Cedrik«, sagte ich zu ihm, als er endlich aufgehört hatte,

Ariana in aller Öffentlichkeit anzuschmachten. Seine Liebe zu ihr war schon seit Jahren so offensichtlich, dass es beinahe unangenehm wirkte.

»Fiana, schön, dich zu sehen«, begrüßte er mich, wie immer freundlich.

Dennoch lag in seinen Worten eine gewisse Distanz, die wohl etwas mit meinem Stand zu tun hatte. Schließlich war ich nur eine Bedienstete. Doch das störte mich nicht, ich war eher dankbar für diese Arbeit, die mir Sicherheit und Selbstständigkeit schenkte.

»Die Freude liegt ganz auf meiner Seite«, erwiderte ich höflich und wusste nicht, was ich sonst noch sagen sollte. Cedrik hatte eine Art an sich, die mich wortkarg machte. Das lag vermutlich daran, dass ich ihn unglaublich langweilig fand und ihn ungern zu einem seiner langen Monologe ermutigen wollte.

»Hast du schon mit jemandem getanzt oder jemand Interessantes kennengelernt?«, fragte Ariana neugierig. Sie hatte wohl bemerkt, dass das Gespräch stockte, schien es aber noch nicht beenden zu wollen.

Ich schaute auf die Blumen in meiner Hand und dachte an Tiara und den Fremden, der uns möglicherweise beobachtet hatte. Sofort stieg Sorge in mir auf, doch ich unterdrückte sie.

»Noch nicht«, beantwortete ich Arianas Frage, »aber glücklicherweise bleiben mir ja noch ein paar Stunden, bis der Sonnenaufgang das Fest beendet.«

Mein Blick wanderte umher und blieb an einem großen, breitschultrigen Mann hängen, der sich gerade einen Weg durch die Menge bahnte. Flatternde Angst regte sich in mir, als ich erkannte, dass es sich um den Fremden handelte, der mich vorhin überrascht hatte.

»Nun«, setzte Cedrik an, vielleicht um mir zu erläutern, dass der Höhepunkt des Festes längst überschritten war und dass es sich für eine Dame nicht geziemte, allzu lange hier zu verweilen. Ich sah kurz zu ihm hinüber, abgelenkt durch seine Stimme, und als ich wieder nach dem Fremden Ausschau hielt, war er verschwunden.

Adriana legte ihre Hand auf Cedriks Arm und lenkte damit seine Aufmerksamkeit wieder auf sich.

»Ich denke, es ist an der Zeit, zu den Königen zu gehen und unseren Platz dort einzunehmen«, sagte sie mit so großer Ernsthaftigkeit, dass ich es ihr beinahe abgenommen hätte. Dabei wusste ich genau, wie gern sie noch ein wenig zwischen all den anderen Gästen umhergegangen wäre – ohne Cedrik als ständigen Schatten.

Der jedoch nickte sofort und sah dann zu mir. »Entschuldige uns bitte.«

»Eine schöne Totennacht euch«, sagte ich und grinste in Arianas Richtung.

»Bis morgen, und versprich mir, dass du wenigstens ein einziges Mal tanzt.« Sie lächelte und ließ sich von Cedrik wegführen, während ich ihr noch ein »Versprochen!« hinterherrief.

Sie steuerte direkt auf die Empore zu, wo die Eisenkönigin Sadira und der Kupferkönig Theon saßen und das lebhafte Treiben beobachteten.

»Dann bin ich ja genau zum richtigen Zeitpunkt hier erschienen«, ertönte eine Stimme neben mir, die mir einen Schauder über den Rücken jagte.

Langsam drehte ich mich um und fand mich dem Fremden gegenüber, den ich auf dem Rückweg vom Tempel getroffen hatte. Mein Herz schlug mit einem Mal viel zu schnell, und ich versuchte, mir meine plötzliche Atemlosigkeit nicht anmerken zu lassen. Was wollte er von mir?

Ich zwang mich ruhig zu bleiben und setzte ein Lächeln auf. »Was für ein Zufall.«

»Das war es eher nicht«, erwiderte er mit einem Grinsen. Es war voller Selbstvertrauen und wirkte gleichzeitig wölfisch und bedrohlich.

»Verfolgt Ihr mich etwa?«, fragte ich und umklammerte die Blumen in meiner Hand fester.

»Möglicherweise ja.«

»Weshalb?« Ich schluckte das Zittern in meinem Hals hinunter, was meiner Stimme einen dunklen Unterton verlieh.

»Aus Neugier und weil ich tausend Fragen habe, die mich beschäftigen. Wollen wir tanzen?« Er streckte mir eine Hand entgegen.

»Leider kann ich nicht«, entgegnete ich und hob zur Erklärung die Blumen in meiner Hand in die Höhe. »Vielleicht später, wenn ich fertig bin.«

Sein Mundwinkel zuckte, als würde er mir kein Wort glauben. Kurzerhand nahm er mir die Blumen ab und trat ganz nah zu mir. Kurz darauf spürte ich, wie er die Blumen an meiner Krone befestigte, während ich nur verwirrt auf seine Brust starrte. Sein Duft nach Holz, Rauch und Erde umfing mich, und ich war so fassungslos über seine Dreistigkeit, dass ich mich nicht wehrte. Innerhalb weniger Augenblicke war er fertig und wich mit einem siegesgewissen Lächeln einen Schritt zurück.

»Das wäre erledigt«, sagte er und reichte mir seine Hand. »Ein Tanz?«

»Seid Ihr ein Eiserner oder ein Kupferner?«, fragte ich mit einem ungenierten Blick auf sein Handgelenk. Doch sein Hemdärmel lag über seinen Armreifen und auf seinen Handrücken war eine Rose gemalt, weshalb ich das Zeichen nicht erkennen konnte. Wie seltsam, dass er seine Magie versteckte. Ein Mensch war er jedenfalls nicht, das konnte ich spüren.

»In dieser Nacht bin ich keines von beiden«, erwiderte er und auf seine Lippen legte sich ein umwerfendes Lächeln. »Denn jetzt möchte ich einfach mit einer faszinierenden und wunderschönen Dame tanzen, ohne dass Stand oder Magie zwischen uns stehen.«

Seine Worte ließen etwas in meinem Magen flattern. Hoffnung auf einen kurzen Moment Normalität. Als Frau, die einfach mit einem Mann tanzte. Etwas, das ich mir normalerweise verwehrte. Zart und so zerbrechlich. Ich hätte jetzt gehen sollen, doch stattdessen ergriff ich seine Hand. Neugier war schon immer meine Schwäche gewesen. »Gut, ein Tanz.«

Der Fremde lächelte wieder, als wären meine Worte eine durchschaubare Lüge, und führte mich durch ein Meer aus Blumenkronen und Totenkopfmasken. In der Mitte des Platzes blieb er stehen, dort, wo die Menge am dichtesten war, und zog mich an sich. Das hier war alles andere als schicklich.

Dennoch legte ich meine Hand auf seine Schulter und die andere in seine, die rau und stark war. Etwas an seiner Haltung und seinem Lächeln zog mich magisch an und ich wähnte mich in Sicherheit. Ein Tanz, mehr nicht. Was sollte ein Tanz schon anrichten, außer dass ich erfuhr, was er von mir wollte?

Wir bewegten uns zu der Musik, die immer langsamer wurde, und ich sah in seine dunklen Augen, die hinter der Maske beinahe schwarz wirkten. Ich würde ihn nicht erkennen, wenn ich ihn morgen unmaskiert auf der Straße treffen würde.

»Also habt Ihr mich verfolgt? Warum?«

»Nicht viele wenden einen Schleierzauber an sich an. Und Menschen sowieso nicht«, sagte er ohne Umschweife.

Ich schätzte seine Direktheit, auch wenn mir seine Worte eine Angst bereiteten, die ich kaum begreifen konnte.

»Es könnte doch sein, dass ich unter meiner Maske unsagbar hässlich bin.«

Der Fremde lachte plötzlich laut auf, und es dauerte einen Moment, bis er mir antwortete.

»Das bezweifle ich.«

»Ihr könnt mich doch kaum sehen«, entgegnete ich und musste schmunzeln, während meine Angst allmählich verging. Dennoch ahnte ich, dass ich vorsichtig sein musste. Er hatte den Zauber erkannt, den Tiara an mir gewirkt hatte. Das konnten nicht viele.

Der Fremde beugte sich zu mir und senkte seine Stimme vertraulich. »Eine so schöne Seele kann nur ein schönes Gesicht haben.«

Ich lehnte mich zurück, weg von ihm und seiner lockenden Stimme. »Was für eine oberflächliche Aussage.«

»Vermutlich.«

Ich hob meine Augenbrauen. »Also ist es Euch nicht unangenehm, zuzugeben, dass Ihr mich beobachtet habt? Ist die Heiligkeit eines Tempels nicht von Bedeutung für Euch?«

»Der Tempel selbst ist nicht heilig«, erklärte er. »Ich bin, ob Ihr es glaubt oder nicht, aus einem anderen Grund dort gewesen. Als ich Euch sah, siegte meine Neugier.«

»Und dann seid Ihr mir auch noch gefolgt?« Mir wurde äußerst unwohl, als ich begriff, was er da zugab.

»Natürlich«, erwiderte er mit einem Schulterzucken.

Mir wurde bewusst, dass ich einen Mann vor mir hatte, der immer bekam, was er wollte. Es war ein Fehler, mit ihm zu tanzen, denn nun würde er sich an mir festbeißen wie ein Wolf an seiner Beute.

Ich löste mich von ihm und wich zurück, gerade als das Lied endete. »Habt Dank für den Tanz, aber ich muss jetzt gehen.«

Er wirkte unbedarft, und doch sah ich nun die Gefahr in seinen Augen.

»Seid Ihr sicher?«, fragte er leise.

»Gute Nacht«, sagte ich. Dann lächelte ich ihn an, als wäre das hier nur ein harmloser Tanz gewesen, und verschwand zwischen den Gästen, noch bevor er etwas erwidern konnte.

Ich eilte durch die Gänge des Palastes wie ein gejagtes Tier, und erst als ich meine Kammer betrat, beruhigte ich mich ein wenig. Während ich mich im fahlen Licht meines kleinen Zimmers umkleidete, entfuhr mir ein atemloses Lachen. Wenigstens hatte ich mein Versprechen Ariana gegenüber eingehalten und auf dem Fest getanzt.

2. KAPITEL

EINE UNERFREULICHE BEGEGNUNG

Als ich am nächsten Morgen in Arianas Gemächer kam, um sie zu unserem morgendlichen Spaziergang abzuholen, fand ich statt meiner Freundin zunächst nur ihre Vertraute Dalia vor. Sie stand im Vorraum neben dem hellblau geblümten Sofa und musterte mich überheblich. Wie immer hatte sie ein Kleid an, das so eng war, dass ihre Brüste jeden Moment herauszuquellen drohten. Dalia war groß, schlank, wunderschön und das größte Biest, das mir jemals begegnet war.

»Wie erfreulich«, begrüßte sie mich mit vor Sarkasmus triefender Stimme. »Das gemeine Volk schließt sich uns also an.«

»Guten Morgen, Dalia«, sagte ich übertrieben fröhlich. »Ich bin sehr erleichtert, dich hier zu sehen. Deine Abwesenheit in letzter Zeit hat mich glauben lassen, du wärst längst an einen alten Adligen aus den Südlanden verkauft, ähm, verheiratet worden.«

Ihre Augen wurden frostig, als ich dieses Gerücht erwähnte, das tatsächlich eine Zeit lang in aller Munde gewesen war.

»Was für ein Glück, dass es nicht so weit gekommen ist«, fügte ich scheinbar arglos hinzu.

Sie kniff ihre Augen leicht zusammen, erwiderte überraschenderweise aber nichts.

Ich schenkte ihr ein schmallippiges Lächeln und wandte mich zur Tür von Arianas Ankleidezimmer, wo ich die Königstochter vermutete. »Wenn du so freundlich wärst …?«

Dalia zögerte und wich schließlich etwas beiseite, um mir den Weg frei zu machen. »Selbstverständlich. Ich sollte dich nicht von deinen Verpflichtungen abhalten.«

Ich erwiderte trotz ihres beißenden Tonfalls gelassen: »Arianas Gesellschafterin zu sein war noch nie eine Verpflichtung für mich.«

Dalia schnaubte leise. »Natürlich.«

Ich ging zur Tür, und tatsächlich hörte ich von drinnen Arianas Stimme.

»Fiana, du bist schon hier? Dann muss ich mich wohl verspätet haben.«

»Keine Sorge. Ich bin etwas früher dran als sonst«, versicherte ich ihr, während ich mich auf das Sofa setzte.

Arianas Gemächer waren sicher zehn Mal so groß wie mein eigenes Zimmer und verfügten über ein Bad, das Ankleidezimmer, ein Schlafzimmer und ein Gesellschaftszimmer.

»Den Göttern sei Dank!« Ariana lachte voller Erleichterung und redete dann leise mit ihrer Zofe, die offenbar gerade dabei war, sie anzuziehen. Ariana hasste nichts mehr als Unpünktlichkeit.

»Hast du das Totenfest genossen?«, fragte ich Dalia, um freundliche Konversation bemüht. Da ich im Palast aufgewachsen war, kannte ich Ariana seit meiner Kindheit. Und auch Dalia, deren Vater als einer der königlichen Berater im Palast arbeitete, war mir schon von Kindesbeinen an vertraut. Doch obwohl ich mich immer bemüht hatte, wenigstens ein zartes Freundschaftsband mit ihr zu knüpfen, hatte sie mich stets gehasst. Ich wusste nicht, aus welchem Grund, doch ich hatte mit der Zeit gelernt, ihren Hass zu ignorieren und damit umzugehen.

Dalia hatte sich inzwischen neben mir auf das Sofa gesetzt und warf mir einen hochmütigen Blick zu.

»Natürlich, das Fest war fantastisch. Und ich bin sicher, jenseits der privilegierten Königsränge war es bestimmt genauso nett.« Sie taxierte mich rasch. »Wie schade, dass nicht einmal du als Gesellschafterin dort sitzen darfst.«

Ich hatte ihr nicht gesagt, dass ich das nicht wollte, da mein Verschwinden in dieser magischen Vollmondnacht sonst zu schnell bemerkt worden wäre.

»Wie du siehst, habe ich diese Schmach problemlos verwunden«, erwiderte ich trocken und schaute wieder auf die Tür zu Arianas Ankleidezimmer, in der Hoffnung, dass sie sich dadurch ein wenig beeilen würde.

Aus dem Augenwinkel sah ich, dass Dalia unauffällig über ihren Handrücken strich. Ihre Haut war gerötet, sie versuchte wohl immer wieder, versteckte Magie in ihr zu finden. Diese Magie tauchte spätestens mit dem sechzehnten Lebensjahr auf und man konnte sie über ein Zeichen auf dem Handrücken erkennen. Eisenmagie bildete ein dunkles Mal in Form einer Mondsichel, Kupfermagie ein helles Mal wie eine Sonne.

Doch Dalias Handrücken zeigte keines dieser Zeichen. Sie schien ein Mensch zu sein. Seit zwei Jahren rieb sie immer wieder an ihrem Handrücken, als könnte sie damit das magische Zeichen heraufbeschwören. Dabei wussten wir alle, dass man nach dem sechzehnten Geburtstag keine magischen Fähigkeiten mehr entwickeln konnte. Doch Dalia ließ nicht locker. Ihre Hartnäckigkeit war faszinierend und mitleiderregend zugleich. Sie sollte besser aufgeben und akzeptieren, dass sie ein Mensch war. Es kam selbst in den mächtigsten Familien vor, dass eine Generation übersprungen wurde.

Dalias Blick fiel auf meinen blanken Handrücken und sie presste ihre Lippen für einen kurzen Moment zusammen. Vermutlich hasste sie den Gedanken, dass wir außer unserer Freundschaft zu Ariana noch etwas anderes gemeinsam haben könnten.

Ich verkniff mir ein Lächeln. »Na, hat es nicht geklappt?«

»Offensichtlich nicht«, zischte sie und verlor für einen Moment die Selbstbeherrschung. Hinter ihrer Maske sah ich ihre Schmach darüber, dass sie – die doch aus einer berühmten Eisenfamilie stammte – offenbar ein normaler Mensch zu sein schien.

»Du kannst es auch positiv sehen«, versuchte ich sie ehrlich aufzumuntern und lächelte sie wieder einmal freundlich an. »Auf diese Weise kannst du heiraten, wen auch immer du möchtest. Ob eisern, kupfern oder magielos ist dann nicht mehr von Belang.«

Dieses Recht war nur uns Menschen vorbehalten. Denn eine Verbindung zwischen den Eisernen und Kupfernen endete für beide Seiten oft mit dem Tod oder Schlimmerem – mit der Verwandlung in ein Monster. Dieses Risiko wollte niemand freiwillig eingehen.

»Denkst du jetzt etwa, du könntest mir dumme Ratschläge erteilen, Dienstmagd?«, spie mir Dalia entgegen. Ihre Wut ließ ihre Stimme beben. »Halte deine unnötigen Worte gefälligst zurück!«

»Ich bin eine Gesellschafterin und keine Dienstmagd mehr«, erwiderte ich langsam und deutlich. »Ich wurde schon vor einigen Jahren befördert, du *Mensch.*« Ich sagte es, als wäre es eine Beleidigung, und lächelte dabei süffisant, während ich in meiner Brust den Schmerz über ihren Hass verdrängte. Ich konnte es einfach nicht verstehen. Sosehr sie mich auch verletzte, ein kleiner Teil von mir wünschte sich, dass diese Kämpfe aufhörten. Doch während ich den Hass in ihrer Miene sah, wurde mir klar, dass dies wohl niemals geschehen würde.

Ich schlug meine Augen nieder und gönnte ihr diesen vermeintlichen Sieg über mich, denn ich entschuldigte ihr Verhalten mit ihrer Enttäuschung über ihre Magielosigkeit. Vielleicht war sie auch der Grund dafür gewesen, dass ihre Verlobung nicht zustande gekommen war. An der Spitze unserer Welt standen nur die Mächtigsten, so lautete das Gesetz. Und Adelige wählten nur selten Menschen als Partner, denn sie wollten eine möglichst starke Nachkommenschaft garantieren. Dalias Eltern versuchten schon seit ihrem sechzehnten Geburtstag, sie zu verheiraten. Doch obwohl es zahlreiche Anwärter für sie gab, zogen sich alle Interessenten spätestens nach Bekanntwerden ihrer Magielosigkeit zurück.

»Ich spüre Feindseligkeit in der Luft«, sagte Ariana, die gerade in einem eng geschnittenen Kleid aus dunkelblauem Baumwollstoff aus ihrem Ankleidezimmer trat und strahlend lächelte. Ihr breites eisernes Armband und die eisernen Stickereien auf ihrem Kleid glitzerten im Sonnenlicht, das durch die hohen Fenster des Vorzimmers hereinfiel. Sie sah zwischen mir und Dalia hin und her und hob ihre Augenbrauen. »Tatsächlich. Ich verstehe nicht, warum ihr euch einfach nicht vertragen könnt.«

Weder Dalia noch ich antworteten ihr, weshalb Ariana seufzte und in Richtung Tür ging.

»Lasst uns gehen. Vielleicht vertreibt die Morgensonne diese fürchterlichen Spannungen zwischen euch.«

Wir folgten ihr, und es störte mich ungemein, dass ich hinter Dalia gehen musste. Ich war stolz auf das, was ich erreicht hatte. Meine Mutter war ebenfalls eine Bedienstete in diesem Palast gewesen, und sie war gestorben, als ich noch ein Kind war. Ich war hiergeblieben und hatte mich von der Küchenhilfe bis zur Gesellschafterin hochgearbeitet. Sicher war ein Teil meines Erfolgs auch meiner Freundschaft mit Ariana geschuldet, doch es waren harte, arbeitsreiche Jahre gewesen. Dass ich nun an Arianas Seite sogar zu offiziellen Veranstaltungen gehen durfte, war ein Privileg, von dem eine Waise wie ich normalerweise nur träumen konnte. Für Ariana zu arbeiten war das Beste, was mir hätte passieren können.

Ich reckte stolz mein Kinn, während ich hinter den beiden Frauen durch den Palast ging und dann hinaus in die Morgensonne trat. Die Luft hatte sich in den letzten Stunden merklich abgekühlt und dennoch wärmten die Sonnenstrahlen meine Haut.

Wir schlenderten an den Palastmauern entlang über das Kopfsteinpflaster, vorbei an frisch geputzten Fenstern, bis wir den Palastgarten mit seinen unzähligen Torbögen erreichten, an denen blühende Rosen emporwuchsen.

»Ist deine Mutter zuversichtlich wegen des Kronenkampfes?«, fragte Dalia und strich geradezu liebevoll über eine der Blüten.

»Sie freut sich auf die Kämpfe, und wie schon in den letzten Jahren hat sie keine Angst zu verlieren«, erwiderte Ariana und lachte leise, während sie ihr Gesicht der Sonne entgegenstreckte. »Unsere Gesetze besagen, dass nur der Stärkste den Thron besteigen wird. Sollte ihre Amtszeit mit diesen Kämpfen enden, hat das Götterpaar es so gewollt.«

»Wie selbstlos.« Dalia schmunzelte. »Sie wird danach sicher einen Platz im Beraterstab bekommen, sodass eure Familie im Palast bleiben kann.«

Ariana presste ihre Lippen zu einer schmalen Linie zusammen. »Wenn Cedrik und ich heiraten, werden wir sowieso wegziehen. Seine Familie hat große Ländereien in den Nordlanden, um die er sich nach der Hochzeit kümmern möchte. Offenbar traut seine Familie den dortigen Bauern nicht«, fügte sie leise hinzu und verdrehte kaum merklich die Augen.

»Oh«, machte Dalia leise und runzelte ihre Stirn. »Cedrik ist ein guter Mann. Du wirst in einer Familie mit großem Reichtum, Macht und starker Magie leben.«

In ihrer Stimme lag die Sehnsucht nach einem Schicksal, das die meisten Damen für sich erhofften.

»Allerdings«, stimmte Ariana ihr leise zu und warf mir einen kurzen Blick zu.

Ich schwieg und zuckte nur mit den Schultern. Für mich stand eine Heirat sowieso nicht zur Diskussion.

»Heute sollen schon die ersten Krieger aus den Vorentscheiden in die Hauptstadt kommen«, lenkte Ariana das Thema wieder auf den bevorstehenden Kampf um den Eisenthron, der nur alle zehn Jahre ausgetragen wurde.

Der Kronenkampf um den Kupferthron würde in fünf Jahren wieder stattfinden.

Dalia lachte und klatschte in ihre Hände. Sie schien meine Anwesenheit vergessen zu haben, denn normalerweise war sie in meiner Gegenwart nie so gelöst.

»Ich freue mich schon so!«, jubelte sie.

»Warum? Hoffst du darauf, einen stattlichen Krieger kennenzulernen?«, fragte Ariana neckend.

Ich schmunzelte, als Dalia kicherte und ihre Schultern hob. »Bei einem magischen Turnier kann alles passieren.«

Ariana lachte nun auch. »Es wäre so wundervoll, wenn du dich verlieben würdest.«

»Das kann nur von einer wahren Romantikerin kommen«, erwiderte Dalia, die mich weiterhin ignorierte.

»Liebe kann wunderschön sein«, stimmte Ariana ihr zu, nun eine Spur leiser.

»Besonders wenn man einen perfekten Verlobten hat, der einen vergöttert.« Dalia seufzte und Schweigen breitete sich aus, während wir weiter die berühmten Rosenwege des Palastes entlangschritten. Sie schlängelten sich zwischen kniehohen Rosenbüschen hindurch, deren faustgroße Blüten weiß, rosa und dunkelrot blühten. Rosenbewachsene Torbögen spendeten Schatten, in dem ich leicht fröstelte. Bienen summten eifrig um uns herum, während kleine Vögel mit hellblauen Bäuchen über uns hinwegflogen und geschäftig zwitscherten.

Ariana schien etwas entgegnen zu wollen, schloss aber den Mund, als Dalia ein erschrockenes Geräusch entfuhr.

»Herrje! Ich habe den Anprobetermin für mein Kleid für die Eröffnungsfeier ganz vergessen! Die Schneiderin hat es umgenäht und nun muss ich es erneut anprobieren, damit es morgen Abend passt.« Sie griff nach Arianas Hand und drückte sie. »Entschuldige! Ich muss unseren Spaziergang hier abbrechen.«

»Keine Sorge«, beruhigte Ariana sie sofort. »Wir holen das nach.«

Dalia nickte und sah mich nicht einmal an, ehe sie sich umdrehte und in einem gerade noch schicklichen Tempo den Rosengarten verließ.

»Ich finde es wirklich schade, dass ihr euch so schlecht versteht«, sagte Ariana zu mir und hob leicht vorwurfsvoll ihre Augenbrauen.

»Du weißt, dass ich mich bemühe«, erwiderte ich schulterzuckend. »Aber sie hat kein Interesse an einer Freundin aus der Unterschicht.«

Ariana schnalzte tadelnd mit der Zunge. »Du magst aus der Unterschicht stammen, aber als Gesellschafterin bist du doch längst unsere Freundin geworden.«

Ich nickte und wir setzten unseren Weg fort. »Dalia und ich werden uns sicher arrangieren.«

Die Königstochter seufzte leise, dann sah sie mich neugierig an. »Ich habe dich gestern tanzen sehen. Wer war dieser Mann?«

Bei der Erinnerung an den Tanz überlief mich ein eisiger Schauder. »Ich kenne ihn nicht. Es war ein Fremder, und wir haben auch nur diesen einen Tanz geteilt.«

»Schade, ich dachte, du hättest deine Meinung über Männer geändert und wir könnten uns für dich auf die Suche begeben.«

Ich stöhnte gespielt, was Ariana ein glockenhelles Lachen entlockte, das über den Rosengarten wehte.

»Meine Liebe, du bist im besten Alter. Bald werde ich …« Ihr Lachen verstummte und sie schluckte, bevor sie fortfuhr. »Du wirst wahrscheinlich eine andere Aufgabe hier bekommen, wenn ich nicht mehr in diesem Palast wohne. Vielleicht würde sich ja tatsächlich eine eigene Familie für dich anbieten.«

Ich warf ihr einen überraschten Seitenblick zu. »Solange ich mich nicht verliebe, werde ich auch nicht heiraten.«

Es klang so einfach, so logisch, und doch war es alles andere als das.

»Tja, die Liebe …«, flüsterte Ariana und sah zu dem Tor hinüber, das wir nun fast erreicht hatten. Es war der einzige Ausgang aus dem Palastgelände, das von einer drei Meter hohen Mauer umgeben war, die auch den Vorplatz miteinschloss, wo gestern Nacht die Toten gefeiert worden waren. Alle paar Meter waren kleine Türme in die Mauer gebaut, in denen Gardekrieger unseres Königreiches standen und für Sicherheit sorgten.

Von hier aus konnte ich einige von ihnen erkennen, aber nicht denjenigen, den Ariana gerade mit ihren Blicken suchte. Jemand, den sie liebte, aber angeblich längst hinter sich gelassen hatte.

Ich griff nach ihrem Arm und hakte mich bei ihr unter, um sie wegzuführen. Weg von den Erinnerungen, dem Schmerz und dem Wissen, dass es noch etwas anderes gab, als die Ehe mit Cedrik einzugehen, in der keine Liebe existierte.

Ariana wehrte sich nicht und legte ihre Hand auf meine. Vielleicht zum Dank. Aber vielleicht auch, um sich festzuhalten.

Die Sonne schien durch die deckenhohen Fenster und ließ feine Staubkörnchen in der Luft glitzern, als Ariana und ich nach unserem Spaziergang den Frühstückssalon betraten.

Außer den Bediensteten, die hinter dem Buffet standen und den Anwesenden Brötchen und Kaffee brachten, befanden sich noch

König Theon und ein weiterer Mann im Raum. Sie saßen an dem Esstisch, der fast die gesamte Breite des Raumes einnahm und an dem zwanzig Personen Platz fanden. Hinter ihnen bewegten sich die tannengrünen Vorhänge im sanften Wind, der durch die geöffneten Fenster wehte. Links von uns, an der grün gestrichenen Wand, blickten die ernsten Augen der früheren Könige aus ihren Porträts auf uns herunter. Sie alle hatten hier gespeist, seit dem Tag, an dem das Reich der Kupfernen und der Eisernen zusammengeführt worden war und die Könige gemeinsam in diesem Palast regierten.

Ich knickste tief, ebenso Ariana. »Guten Morgen.«

»Guten Morgen«, rief König Theon ungewohnt fröhlich. Er war gerade dreißig Jahre alt geworden und schon seit fünf Jahren kupferner König. Er schien immer etwas nachdenklich zu sein und lächelte selten, was im starken Kontrast zu seinem Ruf als Herzensbrecher stand.

Jetzt aber strahlte er. Mit seinem dunklen Haar und seinen blauen Augen wirkte er äußerst verführerisch.

»Meine Damen …« Er erhob sich und sein Gast tat es ihm nach. »Darf ich Euch meinen Bruder Kayden vorstellen? Er ist Gardekrieger an der Nordmauer und für ein paar Tage bei uns zu Besuch. – Kayden, das sind Prinzessin Ariana und ihre Gesellschafterin Miss Fiana.«

Wir neigten höflich die Köpfe und Ariana sagte: »Es ist mir eine Freude. Seid Ihr für den Kronenkampf hier in der Königsstadt?«

Ich musterte Kayden. Er war so groß wie sein Bruder und ebenfalls dunkelhaarig. Doch seine Schultern waren breiter, seine Arme muskulös, und insgesamt war seine Haltung die eines Kriegers, zu der dieser feine Anzug, den er trug, irgendwie nicht passen wollte. Er wirkte einige Jahre jünger als sein Bruder, und ich musste zugeben, dass ich ihn unverschämt attraktiv fand.

Kayden schenkte Ariana ein Lächeln, das mich an etwas erinnerte, das ich aber nicht zuordnen konnte.

»Ein Besuch bei Euch war lange überfällig, seit mein Bruder den Thron bestieg. Aber die Arbeit an der Mauer und die Ausbildung der jüngeren Gardekrieger haben mich bisher davon abgehalten.«

Seine Stimme.

Mein Herz überschlug sich, als ich sie erkannte.

Es war der Wolf von gestern Nacht.

Der Fremde, der mich beobachtet und dann zu einem Tanz eingeladen hatte.

Innerlich ergriff mich die Panik. Ich versuchte nach außen hin ruhig zu bleiben, doch meine Finger bohrten sich in den weichen Stoff meines rostroten Rocks.

»Wie erfreulich, dass es dann zu einem so spannenden Anlass wie dem Kronenkampf endlich funktioniert hat.« Ariana lächelte ihn höflich an.

Kaydens Blick wanderte zu mir.

Ich hielt die Luft an, als er mich einen Moment lang ansah, als hätte er mich enttarnt, als wüsste er, wer ich war.

»Allerdings.« Mehr sagte er nicht.

Ich lächelte knapp und hoffte, er würde meine Wortkargheit für Schüchternheit halten.

»Wundervoll«, sagte Ariana. »Bitte, setzt Euch doch wieder. Wir werden uns gleich zu Euch gesellen.«

Ich war kurz davor, einfach wegzurennen. Ariana drehte sich zum Buffet und ließ sich von einem Bediensteten einen Teller anrichten.

Kaydens Blick löste sich von mir, als er sich setzte, und er lächelte geheimnisvoll.

Ich straffte meine Schultern. Er konnte mich nicht erkannt haben. Wie sollte er auch? Meine Schminke hatte mein Gesicht gestern Abend völlig verändert und meine Stimme hatte er bisher nicht gehört.

Ich zwang mich weiterzuatmen und ließ mir ebenfalls einen Teller herrichten.

Als auch Ariana und ich uns setzten, unterbrachen König Theon und Kayden ihr leises Gespräch.

Die Königstochter nahm einen Schluck von ihrem Traubensaft und ergriff wieder das Wort. »Ihr seid also an der Nordmauer stationiert? Wie ist die Lage dort im Augenblick? Wie ich hörte, gab es kürzlich einige Beschädigungen an dem Mauerwerk.«

Kaydens Augen wurden dunkel und er nickte. »Die Dragen führen vermehrt Angriffe auf die Mauer durch, was ungewöhnlich für diese warme Jahreszeit ist. Eigentlich müssten sie genug Beute in den umliegenden Wäldern finden. Doch wir haben die Lage unter Kontrolle und konnten auch die Schäden umgehend reparieren.«

»Wundervoll«, sagte Ariana wieder, nun mit deutlich weniger Enthusiasmus. »Wie genau geht das vonstatten? Immerhin müsst Ihr für eine Reparatur auf die andere Seite der Mauer und begebt Euch damit in größte Gefahr. Wenn ich fragen darf …«, fügte sie schnell hinzu, mit einem kurzen Blick in König Theons Richtung.

Dieser nickte milde und schien ihr nicht übel zu nehmen, dass sie das Gespräch an sich riss. Glücklicherweise war der König um einiges entspannter als der vorherige Kupferkönig. Während dessen Amtszeit war jede gemeinsame Mahlzeit zu einer Strategiesitzung mit flammenden Reden über die Notwendigkeit der Auslöschung aller Dragen geworden.

Als wäre das überhaupt möglich. Es gab unzählige von diesen Monstern. Sie waren nahezu unsterblich und jedes Lebewesen hinter der großen Mauer fürchtete sich vor ihnen. Ihre menschenähnliche Haltung, Größe und Statur erinnerten daran, dass sie selbst einst Menschen gewesen waren. Frauen und Männer, die sich mit Andersmagischen eingelassen hatten, verwandelten sich nämlich in Dragen, sobald die Magie des jeweils anderen sich gegen ihre eigene wendete. Eiserne und Kupferne wurden deshalb bis zu ihrem sechzehnten Lebensjahr streng vom anderen Geschlecht getrennt und durften danach höchstens oberflächliche Freundschaften pflegen. Auch wenn Kinder noch keine Dragen werden konnten, wäre die Gefahr zu groß, dass sie eine tiefe Zuneigung entwickelten, die später gefährlich für sie werden konnte. Denn solche Verbindungen endeten immer mit dem Tod oder mit der Verwandlung in eines dieser fleischfressenden Monster.

Mir lief ein kalter Schauder den Rücken hinunter. Und als hätte Kayden meine Gedanken gelesen, wanderte sein Blick zu meinem leeren Handrücken, der mich als Mensch kennzeichnete.

Er selbst trug ein kreisförmiges Mal und einen kupfernen Armreif – er war wie sein Bruder eindeutig ein Kupferner.

Dann beantwortete Kayden endlich Arianas Frage.

»Wir lenken die Dragen ab«, erklärte er. »Wir locken sie weg, um die Reparaturen schnellstmöglich durchführen zu können. Dies kann einige Tage dauern, aber am Ende sind wir immer erfolgreich.«

»Ein Glück, dass wir mutige Gardekrieger haben, die sich dieser Gefahr stellen«, sagte Ariana lächelnd.

Auch ich war diesen Männern dankbar. Die Mauer war schon mehrere Hundert Jahre alt, so alt wie unser Königreich Alandra, und dementsprechend anfällig für Angriffe. Bevor sie erbaut wurde, waren Tausende Menschen in dem großen Krieg zwischen den Eisernen und Kupfernen sowie durch zahlreiche Dragenangriffe gestorben. Die Verluste waren auf allen Seiten so hoch gewesen, dass die Menschen sich aus eigener Kraft kaum noch vor den Dragen schützen konnten.

Kurz darauf wurden die damaligen Herrscher gestürzt und man

beschloss die Zusammenlegung der beiden Reiche. Das große Königreich Alandra wurde geschaffen und eine riesige Mauer errichtet, die alle darin beschützen sollte.

Kurz nach dem Zusammenschluss der Reiche wurden die Kronenkämpfe eingeführt, um einen würdigen König für Alandra zu finden. Denn nur die Stärksten durften dieses Reich regieren, um den Frieden dort für immer zu erhalten. Dabei regierten die beiden Könige das Reich gemeinsam, um niemals auch nur den Anschein zu erwecken, einer der zwei Magischen könnte stärker sein als der andere.

Arianas Mutter, Königin Sadira, war eine Eiserne und seit zwei Amtszeiten Königin, da sie die stärkste aller eisernen Kriegerinnen war und schon zwei Kronenkämpfe gewonnen hatte. Ich hoffte, dies würde auch für ihre nächste Amtszeit so bleiben. Sie war eine gute Königin und das Volk respektierte sie.

König Theon klopfte seinem Bruder nun anerkennend auf die Schulter, bevor er sich wieder zu uns drehte. »Ich möchte keineswegs unhöflich sein, aber ich muss Kayden jetzt zu einem Ausritt entführen.«

»Tut das«, erwiderte Ariana sofort. »Das Wetter ist herrlich.«

»Einen schönen Vormittag wünsche ich Euch«, sagte der König zu uns und die beiden Brüder standen auf.

»Es ist mir ein Vergnügen, Eure Bekanntschaft gemacht zu haben«, sagte Kayden höflich.

»Ganz meinerseits.« Ariana wartete ab, bis die beiden den Raum verlassen hatten, und wandte sich dann mit funkelnden Augen mir zu. »Er ist süß, oder?«

»Sicher«, erwiderte ich und begann endlich zu essen. »Aber leider bist du schon verlobt.«

Sie grinste breit und listig. »Ich rede hier nicht von mir.«

Ich hob fragend meine Augenbrauen.

»Komm schon! Tu doch nicht so. Du bist selten derart wortkarg, nein, geradezu stumm in der Gegenwart eines Mannes.«

»Ich hatte nichts zu sagen«, wehrte ich ab und nahm einen Bissen von meinem Gebäckstück.

»Willst du etwa behaupten, dass er dir nicht gefällt?«

Ich spürte, dass mir die Röte ins Gesicht stieg.

»Er ist sehr attraktiv«, gab ich schließlich zu. »Aber das sagt kaum etwas über seinen Charakter aus, also hör bitte auf, in Gedanken schon den Schnitt meines Brautkleids zu planen!«

Sie spitzte die Lippen. »Dabei wärst du so eine schöne Braut.«

Ihre Worte stachen mir mitten ins Herz. Ich nahm mein Messer, um etwas Marmelade auf meinem Gebäck zu verteilen, nur um meine Hände beschäftigen zu können.

»Gut, ich werde nichts weiter dazu sagen«, versprach Ariana. »Aber wenigstens habe ich jetzt den Beweis dafür, dass es doch jemanden in diesem Reich gibt, der deine Aufmerksamkeit erregen kann. Ich hätte mir ja denken können, dass es ein Gardekrieger ist. Die meisten von ihnen sind so stattlich und gut gebaut. Findest du nicht auch?«

Ich sah sie warnend an und warf dann einen kurzen prüfenden Blick zu den Bediensteten hinüber, die hinter dem Frühstücksbuffet standen. Sie starrten stur geradeaus, aber mir war bewusst, dass sie nicht taub waren. Immerhin hatte ich lange genug an ihrer Stelle gestanden und die interessanten Gespräche meiner Dienstherren belauscht.

»Ja, so einer wäre perfekt für mich«, erwiderte ich in der Hoffnung, sie würde endlich schweigen.

Doch ihr verträumter Blick wanderte zu den Fenstern, hinter denen die Morgensonne immer höher stieg. »Ich mag auch ihre Uniformen sehr.«

Bevor ich etwas erwidern konnte, wurde die Tür aufgestoßen. Einen Moment lang schienen alle Anwesenden den Atem anzuhalten, denn im Türrahmen stand Königin Sadira. Ihr blondes Haar war zu einem strengen Knoten im Nacken zusammengebunden und auf ihrem Haupt thronte die Krone der Eisernen. Ihre schlanke Figur wurde von einem hellblauen Kleid betont, das mit eisernen Ringen verziert war. Sie stießen bei jeder Bewegung aneinander und erzeugten ein leises metallisches Klirren.

Während die Königin ihren Blick durch den Raum schweifen ließ, richteten sich alle Frauen auf, um kurz darauf in einen tiefen Knicks zu sinken. Gleichzeitig neigten die Männer ihre Köpfe.

Ich atmete tief durch, um das Summen ihrer Magie zu vertreiben, die sich im Raum ausbreitete und mich zu erfassen schien.

Königin Sadira ließ sich einen Moment Zeit, bevor sie uns bedeutete, wieder aufzustehen.

Ich verharrte so lange neben meinem Stuhl, bis ein Diener den Frühstücksteller für die Königin zusammengestellt und ihr gebracht hatte. Während sie ihm genaue Anweisungen gab, strahlten ihre langsamen und zugleich präzisen Bewegungen eine ungeheure Autorität aus.

Erst als sie sich auf einem Stuhl niederließ, setzten auch wir uns wieder.

»Ariana, wie laufen die Vorbereitungen für deine Hochzeit?«, fragte Königin Sadira. Sie griff nach ihrer Teetasse und nahm einen kleinen Schluck daraus. Nicht eine Sekunde lang unterbrach sie den Augenkontakt zu ihrer Tochter. Sie war genauso gefürchtet wie beliebt, und es ging das Gerücht um, sie könne einem Menschen in die Seele sehen und seine Geheimnisse mit einem einzigen Wimpernschlag enthüllen.

Ariana versteifte sich leicht neben mir. »Gut. Es ist alles in bester Ordnung.«

»Ausgezeichnet.« Die Königin lächelte ihre Tochter voller Zuneigung an, was sie in der Öffentlichkeit niemals tat. »Dann werden wir nach dem Kronenkampf eure Vermählung feiern – egal, wie er ausgeht.«

Ariana nickte mit einem Lächeln, das ihre Augen nicht erreichte, und das Thema Kayden war endgültig vom Tisch.

3. KAPITEL

DES WOLFES NEUGIER

Den restlichen Tag verbrachten Ariana und ich in der königlichen Bibliothek mit unseren Studien. Seit Beginn der Amtszeit ihrer Mutter wurde Ariana durch einen der Magister unterrichtet, und ich als ihre Gesellschafterin durfte an diesen Lehrstunden teilnehmen. Während Ariana die Geschichte der Reiche, Heilkräuter und magische Künste studierte, brachte man mir das Lesen und Schreiben bei. Meine Mutter hatte so viel arbeiten müssen, dass sie es mich in meiner Kindheit nicht lehren konnte. In Alandra wurden Kinder meist von ihren Eltern unterrichtet, denn einen Magister konnten sich nur wenige leisten. Meine Mutter war eine Küchenmagd gewesen, und ich durfte ihr hin und wieder bei der Arbeit helfen, auch wenn ich die meiste Zeit damit beschäftigt war, mit Ariana durch den Palast zu streifen.

»Miss Fiana, arbeitet sauberer!« Magister Ron, ein hagerer Mann mit schiefer Nase, riss mich aus meinen Gedanken. Er blickte ernst auf mein Übungsblatt herunter. »Man kann nicht einmal erkennen, ob Ihr die Heilige Schrift oder ein Gardeprotokoll abschreibt.«

Ich sah auf meinen Text und musste ihm leider recht geben. »Entschuldigt, Magister Ron, ich werde es noch einmal machen und mich bemühen.«

Der Magister ging zu Ariana, die in einem Buch lesen sollte.

»Prinzessin Ariana, da Euer letzter Überraschungstest erschreckend schlecht ausgefallen ist, müssen wir die Grundlagen wohl noch einmal durchgehen.«

Er wandte sich von ihr ab und sie verdrehte in meine Richtung die Augen. Ich unterdrückte ein Schmunzeln und starrte auf meine Abschriften. Ron war ein griesgrämiger alter Mann, aber ich wusste zu schätzen, dass ich an seinem Unterricht teilnehmen durfte.

»Beginnen wir mit der Geschichte der Eisernen. Wie sind sie entstanden?«

Ich raschelte mit meinen unbeschriebenen Blättern, lauschte aber neugierig, als Ariana sich räusperte, und begann unsere Geschichte zu erzählen.

»Die Welt und die Menschen wurden von dem Gott Damin und der Göttin Aneta erschaffen, denn sie waren der Himmel und die Erde. Sie liebten einander und schon bald gebar die Göttin zwei Kinder, die Mitu und Karai hießen und das Licht und die Dunkelheit waren. Auch die beiden Kinder mochten sich sehr, trotz ihrer Gegensätzlichkeiten. Sie wuchsen heran und Mitu verliebte sich in eine Menschenfrau.«

Mein Stift schwebte über dem Papier und ich war wie gebannt von ihren Worten, die von einer Liebe erzählten, die ich mir kaum vorstellen konnte. Ein Gott und ein Mensch? Das klang so verrückt und gleichzeitig romantisch. Ich kannte diese Geschichte in- und auswendig und konnte sie dennoch immer wieder hören.

»Karai war eifersüchtig auf die Liebe, die ihr Bruder für die Menschenfrau empfand, denn sie war reiner als die Liebe zu seiner Familie. Deshalb schenkte Karai der Geliebten seines Bruders vergiftete Blumen. Als die Menschenfrau daran roch, sog sie einen Teil von Karais Magie ein und erhielt dadurch die magischen Kräfte des Lichts. Als Mitu sich mit seiner Geliebten traf und sah, dass sie die

Kräfte seiner Schwester in sich trug, brach es ihm das Herz. Denn dadurch wurde ihre Vereinigung unmöglich. Die Kräfte des Lichts und der Dunkelheit sind so gegensätzlich, dass etwas Schreckliches entsteht, wenn man sie mischt.«

Ariana machte eine Pause und schluckte schwer. Auch ich bekam bei dem Gedanken an die grausamen Dragen, die sich aus einer solchen Vereinigung bildeten, einen flauen Magen.

»Mitu sah, dass seine Geliebte immer mächtiger wurde, und spürte mit einem Mal das Ungleichgewicht auf der Erde. Deshalb schenkte er einen Teil seiner Kräfte einem anderen Menschen, der diese Unausgewogenheit ausgleichen sollte. Karai empfand diese Tat als Kriegserklärung und übergab ihre Magie ebenfalls einigen Menschen. Das Unglück war nicht mehr aufzuhalten: Schon bald begannen die Menschen mit ihren neuen magischen Fähigkeiten einen Krieg, der jahrzehntelang andauerte.«

Ich fragte mich noch immer, warum Aneta und Damin, die Eltern der beiden, die Machenschaften ihrer Kinder so lange tatenlos mit ansahen. Die Menschen hatten in Frieden gelebt – bis die Magie alles verdarb.

»Die Menschen vermehrten sich und vererbten ihre Kräfte von Generation zu Generation weiter. Doch Karais und Mitus Nachkommen sind monsterartige Wesen, zornig und ohne Seele.«

Die Dragen. Ich erzitterte und umklammerte meinen Stift fester.

»Aneta und Damin liebten die Menschen und konnten ihnen dennoch nicht helfen. Aber sie ließen ihnen die Kräfte ihrer Kinder, damit sie gegen die Monster kämpfen konnten, um sich selbst zu helfen. Die Geschwister hingegen, Mitu und Karai, wurden auf ewig getrennt, sie wurden zum Tag und zur Nacht und durften sich nur wenige Minuten morgens und abends berühren. Die Nachfahren Karais tragen die Kräfte der Nacht in sich, die Magie der Sterne und des Mondes. Sie sind die Eisernen. Der Mond ist ihr Symbol, denn wenn er am höchsten steht, ist ihre Macht am stärksten. Die Nachfahren Mitus dagegen tragen die Kräfte des Tages in sich, die Magie der Sonne und ihre Wärme. Sie sind die Kupfernen. Ihr Symbol ist die Sonne, und wenn sie im Zenit steht, ist die Zeit ihrer stärksten Magie.«

Ariana sah auf die dunkle Mondsichel auf ihrem Handrücken und lächelte. »Diese Kräfte wurden von Generation zu Generation weitergeben. Damit können wir die Monster bekämpfen und uns schützen«, schloss sie ihre Zusammenfassung.

Magister Ron nickte langsam und schaute auf seinen eigenen leeren Handrücken. Nur Menschen konnten Magister werden, denn sie waren unvoreingenommener als Eiserne und Kupferne, wie sich in den letzten Jahrhunderten herausgestellt hatte.

»So ist es«, bekräftigte er Arianas Worte. »Und wie erhalten die Eisernen und Kupfernen ihre Markierungen?«

»Durch ein magisches Ritual, das an ihrem sechzehnten Geburtstag durchgeführt wird. Es offenbart, ob sie die Magie von ihrem Vorfahren geerbt haben.«

Ich hätte die Antwort auch gewusst, doch mich fragte er nicht. Das tat er nie.

»Magister Ron«, ertönte es plötzlich vom Eingang der Bibliothek her.

König Theons Stimme ließ die Haltung des Magisters sofort noch steifer werden als zuvor. Er fuhr herum. »König Theon!«

Auch ich richtete mich auf. Aber nicht wegen des Königs, sondern wegen seines Bruders Kayden, der hinter ihm in die Bibliothek kam. Alles an ihm strahlte Stärke und Selbstbewusstsein aus.

»Ich hoffe, wir stören nicht«, sagte König Theon und nickte uns höflich zu.

»Aber natürlich nicht!« Die Stimme des Magisters überschlug sich fast. »Was kann ich für Euch tun, Eure kupferne Majestät?«

»Ich wollte Euch für meinen Bruder um eine kleine Führung durch den Palast bitten. Aber wie ich sehe, seid Ihr derzeit beschäftigt. Wir können später noch einmal kommen.«

»Aber nicht doch«, beeilte sich der Magister zu erwidern und deutete auf Ariana. »Es wäre für unsere Prinzessin die perfekte Gelegenheit, das Gelernte anzuwenden. Und ihre Gesellschafterin übt sowieso nur einfache Schreibtätigkeiten, nichts, was man nicht nachholen könnte.«

Ich hob beleidigt meine Augenbrauen, und während Ariana ein zögerliches »Sehr gerne« antwortete, hörte ich Kayden leise lachen. Seine hellen Augen glitzerten, während seine Lippen zu einem halben Lächeln verzogen waren. Machte er sich etwa über mich lustig?

Ich warf ihm einen warnenden Blick zu, bevor mir klar wurde, was ich da tat, und ich wieder eine neutrale Miene aufsetzte.

»Wunderbar!« Magister Ron drehte sich zum König und klatschte begeistert in die Hände. »Dann gibt es jetzt eine Führung durch den Palast.«

Wir erhoben uns und ich schaute zu meiner Freundin hinüber, die sich nicht anmerken ließ, ob sie diesen Überfall gut oder schlecht fand. Erst als die Herren vorausgingen und wir die Bibliothek verließen, warf sie mir einen bedeutungsvollen Blick zu.

Ich unterdrückte ein Lächeln und Ariana räusperte sich, dass es an den hohen steinernen Decken des Korridors widerhallte.

»Dieser Ort ist für den Beginn der Führung gut geeignet«, erklärte sie, »denn die Bibliothek befindet sich am äußersten Ende des Ostflügels und nimmt ein Drittel seiner gesamten Fläche ein.«

Während Ariana sprach, ließ ich mich ein Stück zurückfallen und beobachtete Kayden von hinten. Sein dunkles Haar war kurz geschnitten und er trug einen dunkelblauen Gardemantel, an dem einige Abzeichen des Königreichs befestigt waren, was auf einen hohen Rang hindeutete. Seine dunkelrote Hose spannte sich über seinen muskulösen Beinen, und ich ertappte mich dabei, wie ich seine breiten Schultern anstarrte.

Wir kamen auf unserem Weg an ein paar Bediensteten vorbei und auch sie konnten ihre Blicke kaum von ihm lösen. Sein selbstbewusstes Auftreten und das heitere Blitzen in seinen Augen, das seine einschüchternde Ausstrahlung etwas auflockerte, wirkten äußerst anziehend. Und ich fürchtete immer noch, dass er mich erkannt haben könnte, und behielt ihn daher fest im Auge.

Als er einen Blick über seine Schulter warf, tat ich so, als würde ich die schwarzen Fliesen auf dem Boden betrachten, über die Ariana gerade einen Vortrag hielt.

Als Magister Ron sie unterbrach und wir mitten in der Eingangshalle stehen blieben, schien es mir, als würde Kayden näher an mich heranrücken. Hohe Säulen trugen die gewölbte Decke und eine imposante Treppe führte nach oben.

Ich tat, als würde ich Kaydens Annäherung nicht bemerken, wobei ich mir allmählich albern vorkam, da an den schwarzen Fliesen tatsächlich nichts Besonderes zu entdecken war.

»Die Geschichte dieses Palastes ist wirklich sehr spannend.« Kaydens leise Stimme in meinem Ohr ließ mich zusammenzucken. Er hatte sich zu mir umgedreht und stand nun neben mir.

Ich lachte leise und überspielte damit meinen Schrecken. Kurz überlegte ich, ihm einfach nicht zu antworten, doch mir war klar, wie beleidigend das wäre. Deshalb riss ich mich zusammen und hoffte, er würde meine Stimme nicht erkennen. Immerhin war es gestern Nacht auf dem Fest wirklich laut gewesen.

»Ja, der Palast ist schließlich schon mehrere Hundert Jahre alt und unzählige Könige haben darin gewohnt«, erwiderte ich leise. Mein Blick fiel auf Ariana, den Magister und den König, die in eine Diskussion über das Alter der Bodenfliesen vertieft waren.

»Genau das ist so interessant.« Kayden schenkte mir ein charmantes Lächeln. »Seid Ihr schon lange im Dienst der Krone?«

»Mein Leben lang.« Ich lächelte, als er fragend die Stirn runzelte. »Kurz nach meiner Geburt fand meine Mutter eine Stelle im Palast, deshalb bin ich hier aufgewachsen.«

»Dann habt Ihr sicher ein interessantes Leben geführt und durftet schon einigen Kronenkämpfen beiwohnen.«

Ich nickte. »Die Kämpfe sind ein spannendes Spektakel. Wart Ihr beim Kampf von König Theon dabei?«

Ich erinnerte mich nicht, ihn bei dieser Gelegenheit wahrgenommen zu haben, und war mir gleichzeitig sicher, einen Mann wie ihn niemals übersehen zu können.

Tatsächlich schüttelte er den Kopf. »Zu dem Zeitpunkt begann ich gerade meinen Dienst als Ausbilder der Gardekrieger.«

»Ihr tragt schon so viele Abzeichen, obwohl Ihr noch recht jung seid …« Ich wurde rot, als mir bewusst wurde, wie schmeichelnd das klingen musste.

Doch als Kayden mir antwortete, war sein Blick ernst, geradezu düster. »Diese Orden erhielt ich für den Dienst an meinem Land, für die Niederschlagung einiger Dragenangriffe.«

Ich nickte langsam und deutete dann auf das größte Abzeichen, eine kupferne Raute mit einem silbernen Kreis in der Mitte, umgeben von schwarzen Perlen.

»Das auch?«, fragte ich. Mein Blick huschte zu seinem Gesicht und ich hoffte, nicht zu aufdringlich zu erscheinen.

»Das war der schlimmste Einsatz«, erwiderte er nachdenklich.

Der Ernst in seiner Stimme ließ mich erschaudern, und doch drängte alles in mir danach, zu erfahren, was passiert war, dass er solch einen Orden erhalten hatte. »Erzählt mir davon.«

Er musterte mich prüfend, bevor er antwortete. »Bei dem Angriff damals kamen sie durch ein brüchiges Teilstück der Mauer. Es war mitten in der Nacht, als plötzlich Schreie ertönten. Ich hatte keinen Dienst und stürzte mit einem Schwert in der Hand hinaus auf die Straße. Die Dragen rannten wie besessen auf das Dorf zu. Ich brüllte und warnte die Dorfbewohner, sodass sie sich verbarrikadieren konnten. Doch die meisten Türen, die aus einfachem Holz waren, wurden eingerissen. Ich kämpfte gemeinsam mit anderen Gardisten bis zur Erschöpfung und bis wir auch dem letzten Dragen den Kopf abgeschlagen hatten.«

Das war die einzige Möglichkeit, einen Dragen endgültig zu töten. Das wussten alle Bewohner Alandras.

Ich schluckte und schlang meine Arme um meinen Oberkörper, während mir grausame Bilder durch den Kopf gingen. »Schrecklich.«

»Ja, das war es.«

Wir schwiegen, und obwohl seine bloße Anwesenheit genügte, um mein Herz schneller schlagen zu lassen, strahlte er eine seltsame Ruhe auf mich aus.

Als Ariana ihre Führung fortsetzte, blieb Kayden an meiner Seite, doch er konzentrierte sich wieder auf die Königstochter, die nun etwas über die Gemälde an den Wänden erzählte. Er schien wirklich interessiert zu sein.

Doch als wir den Südflügel betraten, raunte er mir zu: »Ich habe gehört, es soll einen Eröffnungsball für die Kronenkämpfe geben.«

Ich nickte und antwortete ihm ebenso leise: »Ja, der findet schon morgen statt. Dazu werden alle Anwärter eingeladen, die die Vorkämpfe in ihren Provinzen gewonnen haben. Es ist meist eine verkrampfte Angelegenheit, denn alle haben noch Angst, dass sie sich bei dem Wettkampf blamieren könnten.«

»Das klingt nicht besonders amüsant. Aber vielleicht wollt Ihr mir dann trotzdem ein oder zwei Tänze schenken.«

Ich schaute zu ihm hinüber und sah ihm an, dass er diese Einladung ernst meinte. Etwas kribbelte in meinem Bauch, doch gleichzeitig hegte ich die Befürchtung, dass er nur mit mir spielte.

»Oder gibt es einen Verlobten, der mir diese Tänze übel nehmen könnte?«

Ich musste lächeln, einfach weil seine direkte Art so entwaffnend war und ich allmählich begann, ihn wirklich sympathisch zu finden. »Ich denke, trotz meiner Verpflichtungen werde ich Zeit für Euch erübrigen können.«

»Fabelhaft«, sagte er leise und lächelte, als hätte er soeben eine Schlacht gewonnen. Doch dann richtete er seine Aufmerksamkeit wieder auf Ariana.

Ich presste meine Lippen zusammen, während ich mich innerlich ermahnte, dass ich bei diesem Mann weiterhin vorsichtig sein musste. Er war schon gestern Nacht zu neugierig wegen meines Schleierzaubers gewesen. Ich war mir fast sicher, dass er nicht wusste, dass ich die Frau von gestern Nacht war, aber ich musste auf der Hut sein. Denn ein Wolf wie er würde vermutlich so lange nachforschen, bis er alles herausfand.

4. KAPITEL

DER VERRÄTER IN UNSEREN REIHEN

Die Vorbereitungen für den Eröffnungsball des Kronenkampfes um den Eisenthron waren an diesem Morgen in vollem Gange. Als ich noch vor Sonnenaufgang die Küche betrat, summte der gesamte Raum vor eifriger Geschäftigkeit. Schon jetzt dampfte es aus allen Töpfen auf dem Herd, und Platten mit Essen wurden vorbereitet. Es roch nach frischem Brot und mein Magen knurrte, während ich mir ein warmes Gebäckteil aus dem Korb für die Dienerschaft nahm.

Dann eilte ich weiter zu den Bediensteten, die den heutigen Markt besuchen würden. Sie machten sich zum Aufbruch bereit und die Körbe wurden verteilt. Ich nahm mir einen davon und stellte mich neben Marcaire, eine ältere Magd, die schon seit Ewigkeiten für die Küche verantwortlich war.

Wie immer trug sie ihr weißes Haar zu einem langen Zopf geflochten, und die schwarze Kleidung der Bediensteten ließ ihre helle Haut noch blasser erscheinen.

»Guten Morgen«, begrüßte ich sie fröhlich. Ich stellte den Korb ab und zog ein Tuch aus meiner Rocktasche, das ich mir um den Kopf band, was auch viele verheiratete Bedienstete taten.

Sie quittierte mein Verhalten mit einem Schmunzeln, das Falten um ihre gütigen Augen zog. »Na, noch immer nicht bereit, dich zu binden?«

Grinsend zog ich den Knoten in meinem Nacken fest. »Ich habe noch nie einen Mann auf dem Markt gesehen, von dem ich mir die Schmeicheleien anhören wollte, die alle anderen erdulden.« Ich biss herzhaft in mein Gebäck.

»Erdulden? Ich denke eher, sie genießen es, umworben zu werden, selbst wenn es nur Stallburschen oder Handwerker sind.« Sie schnaubte. »Warte du nur auf deinen Prinzen. Du hast sicher mehr verdient als eine Markttändelei.«

»Einen Prinzen?« Meine Mundwinkel zuckten. »Denkst du etwa, nach so einem suche ich?«

Marcaire stieß wieder ein Schnauben aus, das so typisch für sie war und das ich liebte, seit ich sie als kleines Kind kennengelernt hatte. Sie war wie eine Großmutter für mich und gleichzeitig eine meiner ältesten Vertrauten, denn sie hatte sich schon um meine Mutter gekümmert, als die ihre Arbeit im Palast begonnen hatte. Während meine Mutter für die Dienstherren schuftete, hatte Marcaire mich unzählige Stunden durch die Küche getragen und mit der freien Hand gekocht.

»Niemand bräuchte weniger einen Prinzen und niemand hätte mehr einen verdient.« Ihre buschigen weißen Augenbrauen hoben sich. »Aber ich bin dankbar, dass du dich trotz deines Ranges als Gesellschafterin der Prinzessin dazu herablässt, mit uns den Markt zu besuchen.«

Tadelnd schnalzte ich mit der Zunge. »Du weißt genau, dass ich im Grunde nur egoistisch bin. Ich gehe viel zu gern auf den Markt, als dass ich euch das überlassen würde. Außerdem, glaubst du im Ernst, dass ich mich für etwas Besseres halte als alle anderen? Das verletzt mich.«

Sie schüttelte mit einem gutmütigen Lächeln den Kopf und zog mir das Kopftuch etwas tiefer ins Gesicht. »Genieße deinen Ausflug ruhig. Eine kleine Pause von den Aufregungen des Palastes tut immer gut.«

Als die anderen Bediensteten und ich wenig später wie ein Schwarm Motten aus dem Palast schwärmten, ging am Horizont schon die Sonne auf und tauchte die Königsstadt in warmes Licht. Ich sog die erste Wärme des Tages genüsslich auf, während die Kühle der Nacht allmählich verklang. Schon bald würde die Sonne hoch am Himmel stehen, und in der Luft lag der Geruch des heißen Sommertags, der vor uns lag.

Der Markt erstreckte sich direkt vor dem Palast und bestand aus weißen Zelten, unter denen unterschiedliche Händler ihre Ware anboten. Stimmen wirbelten durcheinander und verschiedenste Gerüche kitzelten meine Nase. Diener eilten von Stand zu Stand, um die schönsten Waren für ihre Herren zu ergattern. Kinder rannten herum und die Luft war von Lachen und heiteren Stimmen erfüllt.

Ich trennte mich von den anderen Bediensteten und mischte mich unter die Menge. Die Einkäufe für den Palast hatte ich schnell erledigt, und dann führte mich mein Weg, wie immer, wenn ich den Markt besuchte, zum letzten Stand in die hinterste Ecke des Geländes. Davor hatte sich eine kleine Menschentraube gebildet, meist Jüngere, die dem Händler Marek, dem dieser Stand gehörte, wie gebannt lauschten.

»Dort traf ich auf die kühnsten Männer, die ich jemals kennenlernen durfte«, erzählte er gerade und breitete seine Arme zu einer weit ausgreifenden Geste aus. »Sie erklommen die Berge mit ihren bloßen Händen, um an die süßen Früchte jener Bäume zu gelangen, die auf den Gipfeln wuchsen.« Die Augen in seinem wettergegerbten Gesicht schlossen sich voller Wonne, als würde er die Süße förmlich auf seiner Zunge spüren. »Es heißt, dass diese Früchte eine derart anregende Wirkung haben, dass, wenn man sie isst, kein Weib sich einem jemals verweigern wird.« Während er das sagte, grinste er. Er hatte ein Glasauge, das zu funkeln schien.

Um Marek rankten sich die wildesten Gerüchte, so kühn und wundersam, dass ich sie kaum glauben wollte. Dennoch hörte ich ihm jede Woche dabei zu, wie er Geschichten aus seinem alten Leben erzählte. Es war ein Leben voller Abenteuer gewesen. So hatte er beispielsweise auf einem Segelboot versucht das tosende Meer zu überwinden, das Alandras Westen umschloss. Es war, als wollte das Wasser dort mit allen Mitteln verhindern, dass wir herausfanden, was sich hinter den Stürmen befand, die seit Jahrhunderten vor unseren Küsten tosten. Bevor er Segler gewesen war, hatte Marek die südlichen Wüsten überquert und war am Ende auf berghohe Klippen gestoßen. Im Norden fand er unüberwindbare Berge. Nur den Osten hatte er nicht erkunden können, jene Welt hinter der Mauer, wo die Dragen lebten. Seit er bei einem Dragenangriff nicht nur sein rechtes Auge, sondern auch seine ganze Mannschaft verlor, hatte er die Erkundung dieser östlichen Welt lieber aufgegeben.

Ich lauschte Mareks Geschichten jede Woche. Niemand wusste, ob er die Wahrheit sagte oder ob seine Erzählungen nur die Hirngespinste eines älter werdenden Mannes waren. Doch mir war es egal, denn sie brachten mich an Orte, die ich niemals selbst sehen würde. Nicht, wenn ich mein letztes Versprechen an meine Mutter halten wollte, die mich an ihrem Totenbett schwören ließ, meine Sicherheit im Palast niemals aufzugeben.

Als Marek seine Erzählung für heute beendet hatte und die Menschenmenge sich allmählich zerstreute, trat ich näher an seinen Stand. Staunend betrachtete ich die Schnitzereien, die er feilbot und von denen ich mir gelegentlich welche kaufte.

»Wie schön, Euch wiederzusehen. Gibt es etwas, das Euch interessiert?«, fragte er.

Überrascht blickte ich zu Marek auf, der mich offensichtlich erkannte. Das löste Unbehagen in mir aus, denn ich war davon ausgegangen, dass der neue Schleier mich auch für ihn unscheinbar machte. Aber vielleicht war ich auch einfach schon zu oft hier gewesen.

»Hallo.« Ich blickte schnell wieder auf die Schnitzereien. »Die sind sehr schön. Es ist gar nicht so leicht, sich zu entscheiden.«

Als ich ihn wieder ansah, bemerkte ich Mareks prüfenden Blick auf meinen Handrücken. Ich zuckte kaum merklich zurück.

Sein Lächeln wurde breiter. »Ein *Mensch* zu sein hat einige Vorteile, nicht wahr?«

Ich nickte knapp. Was wollte er mir damit sagen?

»Ich habe etwas für Euch.« Marek nahm seinen stechenden Blick von mir und bückte sich hinter seine Auslage.

Nur wenige Sekunden später tauchte er wieder auf und streckte mir eine Schnitzerei entgegen. »Die möchte ich Euch schenken.«

Ich nahm die kleine Figur entgegen und betrachtete sie. Es war eine Frau in gebeugter Haltung, sie wirkte ausgemergelt und ihre Augen waren leere Höhlen. Ich erschrak bei ihrem Anblick.

»Ein weiblicher Dragen. Ich habe schon Dutzende von ihnen geschnitzt, aber dieser ist mir besonders gut gelungen.«

Ich konnte meine Augen nur schwer von der Schnitzerei losreißen. »Das … Dieses Geschenk kann ich nicht annehmen.«

»Doch. Bitte beleidigt mich nicht.« Er lächelte noch immer und in seinem gesunden Auge blitzte etwas auf, das ich nicht benennen konnte.

Ich legte die Schnitzerei in meinen Korb und knickste höflich. »Dann danke ich Euch. Mögen die Götter Euren Tag begleiten.«

Als ich davonging, spürte ich bis zur nächsten Biegung seinen Blick in meinem Rücken.

◆◆◆◆

Nachdem ich meinen Einkauf in den Palast zurückgebracht hatte, eilte ich in mein Zimmer, um mich umzuziehen. An meiner Tür erwartete mich ein Bote mit der Nachricht, dass Prinzessin Ariana das Frühstück heute im gläsernen Turm einzunehmen wünsche. Ich wusste, dass sie diesen Ort nur auswählte, wenn sie Besuch empfing.

Eine halbe Stunde später ging ich den Palastkorridor entlang in Richtung Turm. Ich trug ein hübsches dunkelgrünes Kleid mit goldenen Verzierungen. Mein dunkles Haar hatte ich zu einer Krone geflochten. Das war die einzig schöne Frisur, die ich selbst zustande brachte und die für jeden Anlass passte.

Als ich den gläsernen Turm erreichte, hörte ich bereits Cedriks träges, leicht überhebliches Lachen. Er klang entspannt, es schienen ausschließlich Personen unterhalb seines Standes anwesend zu sein – außer Ariana natürlich.

Kaydens Gesicht tauchte in meinen Gedanken auf und ich straffte meine Schultern, während ich das ängstliche Flattern in meiner Brust zu ignorieren versuchte, das plötzlich darin aufkam.

Ich trat durch eine Tür, erklomm einige Stufen und stand wenig später in einem prächtigen Turmzimmer, das gläserne Wände besaß. Die Einrichtung bestand aus einem großen, runden Tisch und aufwendig geschnitzten Stühlen. An der in der Mitte spitz zulaufenden Decke hing ein Kronleuchter mit Diamantenketten. Das hereinfallende Licht brach sich in den Edelsteinen und ließ den gesamten Raum funkeln.

Ich sog die Wärme in mir auf, die die hereinfallenden Strahlen der Vormittagssonne spendeten. »Guten Morgen.«

Ariana, Delia, Cedrik und ein junger Mann, den ich bisher nur wenige Male getroffen hatte, begrüßten mich. Es war Silas, Cedriks Jugendfreund, der mir freundlich zulächelte.

»Fiana, wie schön, Euch wiederzusehen«, sagte er.

Ich presste Lippen zusammen.

»Das letzte Mal scheint schon eine Ewigkeit her zu sein.«

Nach meinem Geschmack nicht lange genug. Ich erinnerte mich noch genau an unsere letzte Begegnung und seine aufdringlichen Blicke und scheinbar zufälligen Berührungen. Widerwillig ließ ich zu, dass er meinen Handrücken küsste.

»Was verschafft uns die Ehre Eures Besuches?«, fragte ich ihn. »Ist Eure Reise durch unser geschätztes Königreich zu Ende?«

Endlich ließ er meine Hand los und setzte sich, als ich es tat. Sein dunkelblondes langes Haar hatte er im Nacken zu einem Zopf gebunden und seine Kleidung saß ein wenig locker, als hätte er abgenommen. Doch in seinen Augen brannte noch immer dieses Feuer, das ich nicht zuordnen konnte.

»Ja«, erwiderte er. »Ich dachte, es wäre an der Zeit, endlich zurückzukehren.«

Ich nickte und dankte der Bediensteten, die mir gerade eine Tasse Tee und einen Teller mit kleinen Gebäckstücken brachte.

Dann riss Cedrik das Gespräch wieder an sich.

»Dein Besuch freut mich jedenfalls sehr, Silas.« Er klang ungehalten darüber, dass ich ihn offenbar durch meine Ankunft unterbrochen hatte. »Du könntest mir nach dem Essen ein wenig von deinen Reisen erzählen.«

Dalia sah Arianas Verlobten überrascht an. »Ich hätte nicht gedacht, dass du dich für die hintersten Winkel Alandras interessierst.«

»Natürlich«, erwiderte Cedrik mit einem nachsichtigen Lächeln. »Man kann nie genug über die eigene Heimat erfahren.« Sein Blick wanderte zu Ariana, die ungewohnt schweigsam neben ihm saß. »Vielleicht könnten wir unsere Hochzeitsreise ebenfalls dafür nutzen, das Land zu erkunden.«

Ariana nickte verhalten. Sie wirkte nachdenklich und versuchte dies mit einem Lächeln zu überspielen.

Plötzlich ertönte das Geräusch schwerer Stiefel.

Gardekrieger. Ihre Schritte klangen wie Hammerschläge, gleichmäßig und schwer.

Verwirrung breitete sich im gläsernen Turm aus, und noch bevor wir realisierten, was da gerade passierte, drangen ein Dutzend Gardisten in das gläserne Zimmer ein. Ein Meer aus dunkelblauen Uniformen.

Gleichzeitig sprang Silas von seinem Platz auf und stolperte zurück. Doch es gab kein Entkommen für ihn, denn innerhalb von wenigen Augenblicken war er umzingelt und man hatte ihn festgenommen.

Gawen, der Leiter der Garde, herrschte ihn an: »Silas Duston, Ihr steht unter dem Verdacht, einen Dragen erschaffen zu haben, und werdet unter Arrest gestellt.«

»Was? Das muss ein Irrtum sein!« Nun sprang auch Cedrik von seinem Stuhl auf. »Lasst den Mann sofort los und führt Beweise an!«

Gawen bedachte Cedrik mit einem kurzen Blick. »Den Königen liegen entsprechende Beweise vor.« Dann verneigte er sich vor uns Damen. »Entschuldigt die Störung.«

Kurz darauf verschwanden die Gardisten wieder und führten Silas ab, der Cedrik um Hilfe anflehte.

Einer der Männer drehte sich kurz um, und ich sah, wie seine Augen die von Ariana fanden. Ich hoffte, dass niemand außer mir bemerkte, wie lange sie einander ansahen, bevor er durch die Tür verschwand.

»Das ist unmöglich!«, brauste Cedrik nun auf und fuhr zu Ariana herum. »Du musst etwas tun! Er ist unschuldig. Rede mit deiner Mutter!«

Delia schnaubte und schüttelte ihr bleiches Gesicht. »Das kannst du nicht ernsthaft von ihr verlangen. Hast du nicht gehört, weshalb er festgenommen wurde? Er soll Dragen erschaffen haben!«

»Das hätte ich doch sicher mitbekommen. Das ist absolut lächerlich!« Cedriks wütende Stimme schwoll immer mehr an. »Um einen Dragen zu erschaffen, hätte er sich mit einer Andersmagischen einlassen müssen, und er hätte riskiert, selbst verwandelt zu werden! Wer wäre so irrsinnig, so etwas zu tun?«

»Das ist … fürchterlich«, stieß Delia aus und stand mit zittrigen Händen auf. »Ich … entschuldigt mich, bitte. Ich ziehe mich bis zum Ball heute Abend in mein Gemach zurück.«

Cedrik schnaubte. »Und ich werde nicht zulassen, dass mein ältester Freund mit derart haltlosen Anschuldigungen überhäuft wird.«

Er stürmte hinaus und Dalia folgte ihm, sodass nur Ariana und ich zurückblieben.

Nun zitterten auch Arianas Hände und bei dem Versuch, einen Schluck Tee zu trinken, ließ sie die Tasse fallen. Sofort eilten die zwei Bediensteten herbei. Einer von ihnen fegte die Scherben zusammen und verschwand damit in Richtung Küche.

Ariana wandte sich an den anderen Bediensteten. »Bitte, bringen Sie mir einen neuen Tee.«

Als wir allein waren, drehte sie sich zu mir um und wisperte, als könnte sie es keine Sekunde länger aushalten: »Ich wusste es … das war eine Falle. Sie haben ihn hierhergelockt, um ihn festzunehmen. Der Dragen hat eine Familie angegriffen. Sie sind alle gestorben. Die Gardisten haben die Nachbarn gezwungen zu schweigen.« Ihre Augen glänzten vor Tränen. »Sie wollten Unruhe verhindern … Ein paar Gerüchte würden schon reichen, um die Bewohner der Königsstadt in Panik zu versetzen.«

Ich befeuchtete meine trockenen Lippen, während ich über den Tisch hinweg nach ihrer Hand griff. »König Theon und deine Mutter werden wie immer die richtigen Entscheidungen treffen.«

Ariana zog ihre Nase kraus. »Mir wird allein bei dem Gedanken schlecht, dass Cedrik diesen ekelhaften Mann einen Freund nennt.«

»Kennst du die Beweise?«

Ariana nickte zögerlich und flüsterte: »Sie haben diesen Dragen in einem seiner abgelegenen Häuser gefunden. Er hat ihn … erschaffen und …« Sie schluckte schwer. »Behalten.«

Schockiert schlug ich mir die Hand vor den Mund. »Warum sollte er das tun? Das wäre doch unglaublich dumm! Wenn man sich mit einem Andersmagischen vereinigt, bringt man sich selbst in größte Gefahr.«

»Ich verstehe es auch nicht. Aber offenbar wurde er schon länger bei Experimenten beobachtet.« Sie schüttelte mit vor Entsetzen geweiteten Augen den Kopf. »Die Könige und die Gardisten werden herausfinden, was er wirklich getan hat, und ihn bestrafen. Bis dahin müssen wir Stillschweigen bewahren«, sagte Ariana und starrte mich an. »Meine Mutter und König Theon wollen so kurz vor dem Eröffnungsball keinen Tumult in der Bevölkerung.«

Ich nickte. »Natürlich.«

Wir schwiegen, während der Bedienstete mit frischem Tee zurückkam. Die Vorstellung, dass wir noch am heutigen Abend zu einem Ball gehen würden, fühlte sich mit einem Mal falsch an.

5. KAPITEL

EINE SCHOCKIERENDE ENTHÜLLUNG

Obwohl ich eine Bedienstete war, liebte ich Bälle und das ganze Aufheben, das im Palast darum gemacht wurde. Die vornehmen Gäste, die erlesenen Stoffe ihrer Kleider und das köstliche Essen – ich genoss alles davon. Selbst nach der schockierenden Festnahme, die ich in den hintersten Winkel meiner Gedanken schob.

Nun stand ich mit einem Glas perlendem Schaumwein am Rande des Ballsaals und registrierte, wie Kayden neben mich trat. Ich spürte seinen Blick auf mir und konnte ein kleines Lächeln kaum verbergen.

Da ertönten Fanfaren und schlagartig kehrte Ruhe in den von Menschen erfüllten Raum ein. Mein Blick heftete sich auf die Doppelflügeltür, die sich seitlich der beiden Throne befand. Jetzt wurde diese Tür von zwei Dienern geöffnet und König Theon und Königin Sadira betraten den Saal. Ariana folgte ihnen mit etwas Abstand.

König Theon hatte einen schwarzen Anzug an, der mit kupfernen Fäden durchzogen war, und auf seinem dunklen Haar trug er eine kupferne Krone. Er wirkte heute streng, auch wenn er mit seinen dreißig Jahren noch ziemlich jung für einen König war – doch die jungen Damen am Hofe fanden das besonders anziehend.

Königin Sadira trug ein weißes Kleid, dessen Rock mit eisernen Ringen versehen war, die sich an ihrer Brust zu einem Korsett zusammenschlossen. Ihre eiserne Krone blitzte im Licht der flackernden Kerzen, und obwohl sie lächelte, ging eine kühle Erhabenheit von ihr aus.

Ich mochte Sadira, auch wenn zwischen uns eine gewisse Distanz lag. Für mich konnte es keine bessere Königin als sie geben. Sie strahlte stets Gelassenheit aus. Nachdem ihr Mann verstorben war, hatte sie nie wieder geheiratet und war – ob bewusst oder unbewusst – ein großes Vorbild für alle alleinstehenden Frauen geworden.

Ariana trat neben die beiden, sie sah wie immer wunderschön aus. Die Prinzessin trug heute ein pastellfarbenes Kleid, das ihre schmale Figur unterstrich.

Da neigte Königin Sadira ihren Kopf und richtete das Wort an die Anwesenden.

»Verehrte Gäste, mit diesem Abend möchten wir die Woche der Kronenkämpfe einläuten. Lasst uns noch einmal feiern, bevor die Kämpfe morgen beginnen und jeder Krieger des Landes sein Können und seine Macht beweisen kann. Willkommen zum Kampf um die Eisenkrone!«

Applaus brandete auf und die Spannung im Raum schien beinahe greifbar zu sein.

Ich spürte eine Hand auf meiner, nur eine flüchtige Berührung. Fragend sah ich zu Kayden auf, der schmunzelte. »Vergesst nicht zu atmen, Miss Fiana.«

Tatsächlich hatte ich vor Begeisterung die Luft angehalten und musste nun lächeln, ehe ich wieder nach vorn zu Königin Sadira blickte. Sie deutete gerade auf die Männer und Frauen, die sich an der Wand links von uns aufgestellt hatten.

»Dies sind die Krieger des Kronenkampfes um den eisernen Thron.«

Wieder tobte Applaus, der erst verebbte, als der königliche Sprecher, der neben den Kriegern stand, seine Liste hob und vorzulesen begann.

»Kriegerin Aria aus den Nordlanden, Siegerin des Bezirkes Thanos.«

Eine blonde Schönheit in einem silbern glänzenden Kleid trat vor und knickste tief in Richtung der Könige, bevor sie wieder in die Reihe zurückwich und den Beifall der Gäste genoss.

»Kriegerin Reyna aus den Wüstenlanden, Siegerin des Bezirkes Elbera.«

Die nächste Kriegerin trat vor und wurde von den Gästen mit einem Applaus willkommen geheißen.

Es folgten achtunddreißig weitere Kämpfer, und gegen Ende knurrte mein Magen laut und meine Hände fühlten sich vom Klatschen taub an. Als Königin Sadira ihre Gäste endlich dazu aufforderte, sich zu den Tischen zu begeben, kam es mir vor, als würde eine Welle der Erleichterung durch den Ballsaal gehen.

»Lasst uns unsere Plätze einnehmen«, sagte Kayden und streckte mir seinen Arm entgegen.

Ich legte meine Hand darauf und ließ mich von ihm zu dem Tisch führen, der direkt neben der königlichen Tafel stand. Wir saßen bei den sechs Beratern der Könige und ihren Familien. Dalia hatte nur wenig entfernt von mir Platz genommen, ignorierte mich jedoch. Dafür betrachtete sie Kayden sehr genau.

Sobald auch Theon und Sadira auf ihren Stühlen saßen, eilten Hunderte schwarz gekleidete Diener durch den Ballsaal und servierten jedem Gast eine leichte Suppe.

Während ich aß, genoss ich jede Sekunde dieser feierlichen Veranstaltung. Beim letzten Kronenkampf war ich noch ein Küchenmädchen gewesen, ich durfte damals noch nicht daran teilnehmen, und es schien, als wäre ein ganzes Leben seitdem vergangen.

Ich beobachtete verstohlen die Krieger, die für den Kronenkampf aus dem gesamten Reich angereist waren. Sie alle hatten die Vorentscheide in ihrer Region gewonnen und hofften nun auf die Krone. Ihre Gesichtszüge wirkten angespannt und ihre Muskeln verkrampft. Das war kein Wunder, denn der gesamte anwesende Adel musterte sie und überprüfte mit strengen Blicken, ob sie des Thrones würdig waren.

Es waren etwa genauso viele Frauen wie Männer, und jeder von ihnen sah außergewöhnlich stark aus. Ich wusste, dass die Vorentscheide aus einem reinen Kräftemessen bestanden, und konnte nur ahnen, welch großen Respekt diese Krieger vor den kommenden Runden haben mussten.

Je weiter der Abend voranschritt und je lukullischer die einzelnen Gänge des Festmahls wurden, umso gelöster wurde die Stimmung. Ich unterhielt mich mit einigen der königlichen Berater an unserem Tisch, die ich alle schon seit Jahren kannte.

Zwischen den Gängen wurde getanzt, und auch ich wurde oft dazu aufgefordert, doch Kayden fragte mich nicht ein einziges Mal. Dennoch war mir, als spürte ich seinen Blick von der Seite her.

Nachdem das Essen kurz vor Mitternacht mit einer zuckersüßen Nachspeise geendet hatte, begaben sich die Gäste nach draußen, um dem sogenannten Himmelsspektakel beizuwohnen, das wie immer am Abend vor den Kämpfen stattfand. Es war der offizielle Start der Kämpfe, die eine Woche lang unser aller Leben bestimmen würden. Danach würde entweder Königin Sadira den Thron wieder für sich beanspruchen, oder es würde einen neuen Herrscher geben.

Durch die weit geöffneten Türen des Saales wurden wir auf einen großen Balkon geführt. Er lag nur mannshoch über dem Rosengarten, und doch schien es, als könnte man die gesamte Königsstadt von hier aus bewundern.

Draußen war es kühl und ich unterdrückte ein Schaudern, während ich neben Ariana stand und hoch in den Nachthimmel schaute, an dem unzählige Sterne glitzerten. Dazwischen lag eine tiefe Dunkelheit, die mich an jene erinnerte, die hinter unserer schützenden Mauer herrschte.

»Ich hatte noch keine Gelegenheit, Euch zu sagen, wie bezaubernd Ihr heute Nacht ausseht.«

Erschrocken presste ich eine Hand an meine Brust, während ich zu Kayden herumfuhr, der plötzlich hinter mir stand. »Bei der Göttin! Wieso schleicht Ihr Euch so an mich heran?«, rief ich atemlos.

Er neigte seinen Kopf. »Entschuldigt vielmals, es lag nicht in meiner Absicht, Euch zu erschrecken. Aber Ihr seht wirklich bezaubernd aus, wenn Ihr wütend seid.«

Ich hob meine Augenbrauen, überrascht von seiner Vertraulichkeit und mindestens genauso überrascht davon, wie sehr ich sie mochte. »Danke.«

Er lächelte und schaute dann an mir vorbei in den Himmel. »Freut Ihr Euch schon auf das Himmelsspektakel?«

Ich betrachtete ihn einen Moment lang und eine sanfte Wärme bildete sich in meiner Brust, bevor ich seinem Blick zu den Sternen folgte. »Ja, sehr. Es ist das Schönste am Kronenkampf.«

»Nicht die Krönung?«

Ich sah ihn nicht an. »Nein, denn in diesem Moment liegt noch alles vor uns. Alles ist möglich, und die Aufregung, die diese Krieger verströmen, ist beinahe schöner als der Sieg eines Einzelnen hinterher.«

Als Kayden nichts erwiderte, drehte ich mich zu ihm um. Ein unergründlicher Ausdruck lag in seinen Augen. Für einen kurzen Moment nahm ich all die anderen Ballgäste um uns herum nur noch verschwommen wahr.

Ich blinzelte und wandte mich wieder von Kayden ab.

»Kennt Ihr einen der Anwärter?«, fragte ich ihn nüchtern.

»Einer von ihnen wurde von mir ausgebildet. Er kommt aus den Nordlanden und wurde als einer der Letzten vorgestellt.«

Ich nickte und dachte an die Berge des Nordens, die ich nur von Bildern und Geschichten her kannte. »Ist es seltsam, jemandem beim Kampf um die Krone zuzusehen, den man selbst unterrichtet hat?«

»Nein«, antwortete er mit einem belustigten Schnauben. »Mich hat seine Kraft schon immer beeindruckt und ich war mir sicher, dass er den Vorentscheid gewinnen würde. Es hätte mich sehr gewundert, wenn er nicht unter die vierzig geladenen Krieger gekommen wäre.«

»Und was ist mit Euch?«

»Ich bin zwar ein gefürchteter Krieger, aber meine Kupfermagie ist nicht stark genug für den Thron. Den überlasse ich gern meinem Bruder.« In seiner Stimme klang kein Neid und kein Verlangen, nur Stolz auf seinen Bruder Theon.

Ich lächelte und sog die kühle Nachtluft ein. Um uns herum ertönte aufgeregtes Gemurmel, als auf einmal die ersten Funken gen Himmel flogen. Eisenmagie in ihrer schönsten Form erhellte das Firmament, strahlte noch funkelnder als die Sterne und erzählte uns in leuchtenden Bildern die Geschichte unseres Volkes. Erst erschienen die Götter Aneta und Damin am Himmel, gefolgt von ihren Kindern Mitu und Karai. Wir sahen dabei zu, wie Mitu sich verliebte und Karai ihn verriet. Wir sahen den Krieg, verursacht durch Eifersucht und beendet durch Liebe. Unzählige eiserne Funken erzeugten Illusionen aus unserer eigenen Geschichte.

Da sah ich plötzlich aus dem Augenwinkel etwas aufblitzen und mein Kopf fuhr herum. Es war ein Dolch – ein Dolch aus purer Magie, der direkt auf Arianas Hinterkopf zielte.

Mein Mund öffnete sich zu einem Schrei und mein Arm schoss unwillkürlich in die Höhe. Wütende Blitze stoben aus meinen Fingern auf den magischen Dolch zu, der nur noch Zentimeter von Arianas Kopf entfernt war. Als sie den Dolch erreichten, zerfiel er zu Tausenden magischen Kupferfunken, die Arianas blondes Haar leuchten ließen.

Wärme blieb an der Stelle zurück, wo die Blitze aus meiner Haut geschossen waren, und ich merkte mit einem Mal, dass dieser Dolch nur eine Illusion, eine magische Täuschung gewesen war.

Mir schien, als wäre mein Atem unnatürlich laut, während ich auf meine Hand starrte, über der noch immer Funken pulsierten. Ich ballte sie zu einer Faust, damit sie verschwanden. Mein Herz pochte, in meinen Ohren rauschte es.

Als ich aufsah und in Arianas geweitete Augen blickte, wurde mir klar, was ich gerade enthüllt hatte. Meine Magie. Magie, die ich all die Jahre verborgen hatte und von der ich nie wollte, dass jemand sie enttarnte.

Ein Raunen ging durch die Menge um mich herum. Alle Blicke ruhten auf meinem Handgelenk, das kein Armband schmückte.

»Miss Fiana, wir haben Euch überführt. Ihr seid festgenommen.«

Ich erstarrte.

Kayden packte mich und fesselte meine Hände mit einem Strick, den er aus seinem Jackett zog.

»Was?« Verwirrung benebelte meine Sinne und ich musste meinen Kopf schütteln, um wieder klar denken zu können.

Er hatte mir eine Falle gestellt! Dieser Dolch war nichts anderes als eine Falle gewesen, um meine Magie öffentlich preiszugeben. Aber woher wusste er davon?

Ich presste wütend meine Lippen zusammen. Er hatte mich und Tiara beobachtet und den Schleierzauber erkannt.

»Ihr.« Mein Flüstern wirkte in der unnatürlichen Stille um uns herum wie Gebrüll. Ich spürte die Blicke der anderen, Arianas, der Könige, doch ich sah nur Kayden an. Den Wolf. Er hatte mich erkannt und enttarnt. »*Ihr* wolltet Ariana töten. Ihr habt den Dolch auf sie losgelassen.«

»Nein«, erwiderte er mit einer Schärfe in seiner Stimme, die Stahl hätte schneiden können. »Das war eine Illusion. Aber Eure Kräfte sind keine.« Er ließ mir keine Zeit mehr zu antworten, sondern nickte irgendwem hinter sich zu. Im nächsten Moment packten mich die Gardekrieger mit festem Griff. Während sie mich wegführten, teilte sich die entsetzte Menge.

»Wohin bringt ihr mich?«, fragte ich die Krieger, die mich unerbittlich vorantrieben.

»Die Königin wünscht, die Befragung nicht im Kerker durchzuführen«, antwortete mir einer von ihnen. »Wir bringen Euch in einen ihrer Salons.«

Ich sah zur Seite und erkannte unseren alten Freund Janus unter den Gardisten. Ich hatte ihn in den letzten Monaten auf Abstand halten müssen, weil Ariana sich mit Cedrik verlobt hatte und wegen dem, was sie und Janus deshalb verloren hatten.

»Danke«, flüsterte ich Janus zu.

Er nickte nur knapp, schluckte dann schwer und mir schien, als würde sich sein Griff um meinen Arm lockern.

Der Salon, in den sie mich brachten, befand sich im unteren Geschoss des Palastes. Er war den Kerkern so nah, dass sie mich kurzfristig abführen lassen konnten.

Ich stellte mich ans Fenster und schaute auf die Lichter der Stadt und auf die Ballgäste in der Ferne, die immer noch auf dem großen Balkon standen. Nicht mehr lange, dann würde man sie zurück in den Ballsaal bitten, um dort weiterzufeiern.

Wie lange würden sie mich wohl hier warten lassen?

Ich sah mein Spiegelbild im Fenster und spürte, dass meine Magie dem Schleier einen Riss zugefügt hatte. Bis jetzt hatte er mich unscheinbar gemacht und mir Frieden gebracht, denn er hatte meine Magie in all den Jahren vor der Welt verborgen.

Ich besah meine Finger im Mondlicht, das durch das Fenster schien, und registrierte das halbmondförmige Mal auf meinem Handrücken, das plötzlich aufgetaucht war. Es schimmerte und war so deutlich zu erkennen, dass ich mich fragte, wie der Schleier es jemals hatte verdecken können.

Nichts konnte mich mehr retten, keine Lüge und auch kein Schleier. Nun wusste jeder, dass ich in der Lage war, Eisenmagie zu nutzen. Dabei hatte ich meiner Mutter an ihrem Totenbett versprochen, diese Fähigkeit um jeden Preis zu verbergen. Tiaras Schleier hatte mir dabei geholfen und nun war nur noch ein Teil davon intakt. Dieser Rest musste künftig genügen, denn sonst wäre ich verloren.

Der Gedanke an meine Mutter ließ mich meine Schultern straffen. Ich würde verhindern, dass sie mich in den Kerker sperrten.

♦ ♦ ♦ ♦

Ich wartete kaum mehr als fünf Atemzüge, als sich die Türen zum Salon öffneten und Königin Sadira, König Theon und Kayden den Salon betraten. Ihre Mienen wirkten hart und unnachgiebig. In Königin Sadiras Blick meinte ich sogar Enttäuschung zu erkennen.

»Setzt Euch«, befahl sie mir und deutete auf einen der Sessel, die mitten im Raum standen.

Ich gehorchte ihr und knetete nervös meine Hände.

»Darf ich es Euch erklären?«, bat ich die Königin.

Sadira nickte und nahm gemeinsam mit König Theon mir gegenüber auf einem Sofa Platz. Kayden blieb neben ihnen stehen und hatte seine Arme vor der Brust verschränkt, während er streng auf mich herunterblickte.

Ich schloss für einen Moment meine Augen, um mich zu sammeln. Dann sagte ich leise: »Ich kann die Eisenmagie unserer Ahnen benutzen.«

»Das konnten wir alle sehen.« Kayden schnaubte und in seiner Stimme lag eine solche Kälte, dass ich mich nicht traute, zu ihm aufzuschauen.

»Das konnte ich schon als Kind«, fuhr ich niedergeschlagen fort. »Meine Mutter – die Göttin möge über sie wachen – hat mir geholfen, diese Gabe zu verstecken. Die Magie war so stark, dass ich nicht mit ihr umgehen konnte. Und ich wollte es auch nicht.«

Da tatsächlich noch ein Teil des Schleiers intakt war, ließ ich so viel davon fallen, dass ich ihnen zeigen konnte, was sie sehen mussten. Ich spürte das Prickeln der Eisenmagie auf meiner Haut und schob zögernd meinen rechten Ärmel hoch.

Königin Sadira schnappte entsetzt nach Luft, als sie die Brandnarben sah, die sich wulstig und rot über meinen Unterarm erstreckten, bis hinauf zu meinem Ellenbogen. Obwohl alles in mir mich drängte, den Ärmel wieder herunterzuziehen, ließ ich meine Narben den Blicken der Anwesenden ausgesetzt.

»Als Kind habe ich mir diese Wunden selbst zugefügt. Ich hatte keine Kontrolle über die Magie und meine Mutter hatte Angst, dass ich sie niemals gewinnen würde.« Ich betrachtete die Narben, die ich so lange versteckt hatte. »Deshalb der Schleier. Der Schleier unterdrückt die Magie und verbirgt ihr Zeichen.«

»Dafür, dass Ihr sie nicht kontrollieren könnt, wart Ihr aber erstaunlich gut in der Lage, meine Illusion des Dolches zu vernichten.« Kaydens Worte wollten mich eindeutig als Lügnerin enttarnen. Doch ich war keine Lügnerin. Zumindest nicht im herkömmlichen Sinne.

Nun sah ich auf, direkt in seine dunklen Augen, und sagte wütend: »Ich habe unwillkürlich gehandelt. Ariana ist meine Freundin und ich würde mein Leben dafür geben, sie in jeder Gefahr zu retten. Meine Magie hat gehandelt, ohne dass ich darüber nachgedacht habe.«

König Theon räusperte sich. »Nun, Miss Fiana, Ihr möchtet, dass wir Euch glauben?«

»Das wäre wünschenswert«, erwiderte ich leise und sah zu Königin Sadira. »Ich wollte niemanden in Gefahr bringen, sondern nur beschützen. Meine Mutter war der Ansicht, dass meine Magie unterdrückt werden sollte, und ich bin es ebenfalls.«

Die Augenbrauen der Königin hoben sich. »Ich möchte Euch gern glauben, denn in den letzten Jahren habe ich Euch vertraut. Ihr seid fast Teil unserer Familie geworden.«

Meine Betrübnis schnürte mir die Kehle zu, denn ihre Worte waren wahr und taten gleichzeitig weh. Das hatte ich immer gewollt, und doch war ich nie Teil der königlichen Familie gewesen. Ich hatte keine richtige Familie mehr.

»Ja, die Menschen im Palast sind mir vertraut geworden«, sagte ich und hob mein Kinn. »Das hier ist mein Zuhause. Ich …« Meine Stimme schwankte und ich schluckte, um sie wieder zu festigen. »Ich möchte nicht gehen.«

»Das könnt Ihr auch gar nicht«, sagte König Theon und er klang eine Spur weicher. »Eure Magie ist immens, Miss Fiana. Ihr Glanz und ihre Intensität haben uns deutlich gezeigt, wie stark Ihr seid. Deshalb bleiben Euch nur zwei Möglichkeiten …«

Mein Magen verkrampfte sich, doch ich zwang mich, dem Blick des Königs standzuhalten, während er aussprach, was ich all die Jahre gefürchtet hatte.

»Ihr werdet am Kronenkampf teilnehmen – oder Euch dem Ritual unterziehen, das Euch die Magie für immer nimmt.«

»Dieses Ritual hat noch niemand überlebt«, flüsterte ich und erbebte vor Entsetzen. Die Magie, die ich in mir trug, war so fest mit mir verwoben, dass es mich zerreißen würde, wenn man versuchte sie zu entfernen.

»Ihr habt die Wahl. Morgen früh wollen wir Eure Entscheidung hören«, sagte Königin Sadira und ihre Worte klangen unerbittlich. »Entweder Ihr kämpft um die Krone und zeigt uns allen, wie ernst Ihr es mit Eurer Liebe für die königliche Familie meint, oder wir nehmen Euch Eure Magie.«

Ich brachte kein Wort heraus.

König Theon nickte Kayden zu, der mit schnellen Schritten zur Tür eilte, sie öffnete und einige Gardekrieger hereinließ.

»Bringt sie auf ihr Zimmer und bewacht sie«, befahl er den Männern. »Morgen wird eine Entscheidung gefällt werden.«

Ich ließ zu, dass mich die Gardekrieger packten und in mein Zimmer brachten. Sie sperrten mich ein, als wäre ich eine Verbrecherin.

Erst in der Stille meiner Gemächer entfuhr mir ein verzweifeltes Schluchzen. Was auch immer ich tat, welche Entscheidung ich auch fällen mochte, sie würde meinen Tod bedeuten.

6. KAPITEL

EINE ENTSCHEIDUNG FÜR DAS LEBEN

Als ich am nächsten Morgen mit verweinten Augen, aber erhobenen Hauptes das Frühstückszimmer betrat, schien der gesamte Palast für einen Moment den Atem anzuhalten.

Ariana sah mich nicht an, als die beiden Gardekrieger mich vor den königlichen Tisch führten. Doch ich spürte Kaydens lauernden Blick auf mir ruhen.

Königin Sadira ergriff als Erste das Wort. »Habt Ihr eine Entscheidung gefällt?«

Ich hob mein Kinn, während alles in mir sich verkrampfte. »Ich werde beim Kampf um die Krone antreten.«

Sadira nickte, als hätte sie nichts anderes erwartet. »Nun gut, dann werdet Ihr jetzt in die Kriegerunterkünfte gebracht. Eure Sachen werden von Dienern gepackt.«

»Danke«, flüsterte ich, unfähig, noch etwas anderes zu sagen.

»Viel Erfolg«, sagte die Königin leise.

Sie erhob sich und nahm ein breites eisernes Armband, das auf dem Tisch gelegen hatte. Meine Augen fixierten das kühle Metall, während sie es über mein Handgelenk schob. Es fühlte sich an wie ein Fremdkörper, schmiegte sich dann aber an meine erhitzte Haut.

»Nun soll ganz Alandra sehen, dass Ihr eine Eiserne seid.«

Ich dankte ihr mit heiserer Stimme, während ich dem Drang widerstand, das Armband abzunehmen und von mir zu schleudern, nur um noch ein wenig länger leugnen zu können, was sowieso schon alle wussten.

Während mich die Gardekrieger hinausführten, starrte ich Ariana an, die sich weiterhin beharrlich weigerte, mich anzusehen. Ich wollte ihr sagen, dass diese Lüge nichts mit unserer Freundschaft zu tun hatte, dass ich nur alle um mich herum vor meiner Magie beschützen wollte. Doch ich schwieg, denn ich wusste, dass sie mir nicht glauben würde.

Mein Blick streifte Kayden, der mich grimmig beobachtete. Er war bloß nett zu mir gewesen, um mich zu überführen. Das hätte mir klar sein sollen. Auch wenn ein kleiner Teil von mir immer glauben wollte, er könnte mich tatsächlich mögen.

Wie dumm von mir.

Die Kriegerunterkünfte befanden sich auf der Wiese hinter dem Palast, unweit der Arena, in der die Kronenkämpfe stattfinden würden. Es waren große Zelte, die in einer Reihe standen, dunkelblau wie die Flagge unseres Königreichs, die alle Eingänge der Zelte zierte. In ihrer Mitte war ein kupferner Kreis, der die Sonne symbolisierte, und darin eine eiserne Mondsichel. Davon gingen Strahlen sowie Sternenfunken ab, und am Rande der Flagge befanden sich geschwungene Wolken, ein Symbol für den Krieg, der unsere Völker vereint hatte.

Vor den Zelten standen vereinzelt Krieger, die mich misstrauisch beäugten, als wir an ihnen vorbeigingen.

»Das hier ist Euer Zelt«, sagte der Gardekrieger neben mir und deutete auf eines der hinteren Zelte. Hier befanden sich offenbar die Unterkünfte für die weiblichen Anwärterinnen auf die Krone. Nun war ich eine von ihnen.

»Danke.« Ich straffte meine Schultern und schob den Zeltstoff zur Seite. Es war stickig, warm und überraschend geräumig. Rechts und links stand jeweils ein Bett mit grauen Bezügen, davor standen Truhen für die Kleidung. Auf das rechte Bett hatte schon jemand seinen Koffer gestellt und davor eine Reihe von Schuhen.

Ich schaute nach links und entdeckte den alten Koffer meiner Mutter, der seit über zehn Jahren unter meinem Bett gelegen hatte. Darin befanden sich all meine Habseligkeiten. Und als ich in die Truhe vor dem Bett schaute, wunderte ich mich nicht, dass meine Kleider fein säuberlich hineingelegt worden waren. Mein gesamtes Leben passte hier hinein. Der Gedanke machte mich irgendwie traurig.

»Ich habe mich schon gefragt, welches Weib so spät noch mitmachen darf.«

Ich zuckte zusammen und fuhr herum. In der Ecke neben dem Eingang saß auf einem grauen Sessel eine hochgewachsene Frau mit sonnengebräunter Haut und schwarzen Haaren. Ihre dunklen Augen blitzten mich an.

»Du bist eine feine Dame, nicht?«

Mein Blick huschte über ihre offenbar vom Training schwieligen Finger, ihre kurzen Fingernägel, ihre gerade Haltung und ihre trotzig zusammengekniffenen Augen. Ich erinnerte mich daran, dass sie gestern Abend vorgestellt worden war und aus dem Südreich stammte, nicht aber an ihren Namen.

»Ihr scheint auch nicht gerade aus der Gosse zu kommen«, stellte ich fest.

Ein Grinsen legte sich über ihre harten Züge. »Ich habe aber nie im Palast gewohnt.«

»Und auch nie als Magd darin gearbeitet«, erwiderte ich und setzte mich auf mein Bett. Dann sah ich mich in dem Zelt um, das mindestens doppelt so groß war wie mein altes Zimmer. Die Waschtische an der Zeltwand waren dagegen eher klein, und ich vermutete, dass es draußen ein eigenes Waschzelt gab.

»Ich heiße Fiana, und Ihr?«

»Reyna.« Ihre Augen funkelten. »Werdet Ihr die neue Königin?«

»Ich hoffe nicht«, erwiderte ich und zuckte mit den Schultern, als ihre Augenbrauen sich ungläubig hoben. »Was soll ich sagen? Jeder hat meine Kraft bei dem Eröffnungsball gesehen, und deshalb muss ich jetzt antreten.«

»Ich werde dich duzen, denn Lügner sieze ich nicht«, erklärte sie und richtete sich zu ihrer vollen Größe auf. »Deine Kraft ist so groß, dass du der Königin Angst einjagen kannst. Wenn du nicht betrügst, wirst du also nicht so schnell rausfliegen.«

Hoffnung flackerte kurz in mir auf. »Kann man denn betrügen?«

Reyna grinste. »Sich schlechter zu machen, hat wohl noch keiner versucht. Nein, dafür gibt es keine Möglichkeit.«

Ich zuckte mit den Schultern, als wäre es mir egal, und fragte dann: »Wo gibt es hier etwas zu essen?«

Reynas Grinsen wurde breiter und ihr Blick wanderte über mein schlichtes hellblaues Kleid. »So willst du zum Essen gehen?« Ihr belustigtes Schnauben hallte durch das Zelt.

»Gibt es etwa eine Kleiderordnung?«

»Ich denke, es wird niemanden geben, der in einem so hübschen Kleid dort auftaucht.«

»Nun«, erwiderte ich gedehnt. »Leider habe ich nichts anderes anzuziehen, also falls ich nicht unbekleidet gehen soll, müssen alle diesen Anblick ertragen.«

»Dann komm mit«, erwiderte sie, ein Lachen unterdrückend.

Ich folgte ihr zwischen den Zelten hindurch und war mir nicht sicher, ob ich sie mochte oder nicht. Am Ende war es vermutlich egal, denn sie war hier, um zu gewinnen, und ich wollte nur überleben.

Wieder trafen mich neugierige Blicke. Reyna begleitete mich zu einem besonders großen Zelt, das sich am Ende des Lagers befand. Auf dem Weg dorthin zeigte sie mir die Badezelte, in denen man sich waschen konnte. Wehmütig dachte ich an meine kleine Badewanne, die ich im Palast für mich ganz allein gehabt hatte – auch wenn das im Augenblick natürlich das geringste meiner Probleme war.

Als wir uns dem großen Zelt näherten, nahm ich den Geruch des Abendessens wahr und sofort knurrte mein Magen. Um uns herum tauchten immer mehr Krieger und Kriegerinnen auf, die ebenfalls auf dem Weg zum Essenszelt waren. Einige starrten mich an, und ich spürte ihre abschätzigen Blicke auf den feinen Stoff meines Kleides, das neben all den einfachen Hosen und Tuniken geradezu edel wirkte.

»Die hält sich für was Besseres, diese Dienstmagd«, hörte ich hinter mir jemanden sagen, kurz bevor ich hart zur Seite gestoßen wurde.

Ich stolperte, konnte mich gerade noch fangen und sah ungläubig einer großen blonden Kriegerin hinterher, die mir einen fast schon feindseligen Blick zuwarf.

»Pass doch auf, Dienerin«, knurrte sie.

»Ignorier sie einfach«, sagte Reyna neben mir, noch während ich überlegte, wie ich reagieren sollte.

Die blonde Kriegerin lachte und verschwand in dem großen Zelt. Hämisches Gelächter ertönte von allen Seiten und ich wurde rot vor Scham und Wut.

»Am besten, du schlägst sie während des Kronenkampfes. Es wird nicht gern gesehen, wenn zukünftige Königinnen sich außerhalb der Wettkämpfe prügeln«, sagte Reyna zu mir.

Ich nickte, weil ich sowieso nicht wusste, was ich anderes tun sollte.

Meine Wangen glühten vor Wut, als wir auf den Eingang des großen Zeltes zugingen.

»Kennst du sie?«, fragte ich meine Begleiterin. Ich erinnerte mich daran, dass die blonde Frau als erste Kriegerin während des Festes vorgestellt worden war, wollte aber mehr über sie erfahren.

»Nur vom Sehen. Sie heißt Aria und angeblich wetten die meisten auf ihren Sieg«, erklärte Reyna.

Ich nickte, denn ich kannte die lukrativen Wetten, die rund um den Kronenkampf abgeschlossen wurden. »Sie kommt aus dem Norden, oder?«

Reyna nickte. »Ihre Familie soll Geld und Einfluss haben. Angeblich trainiert sie schon seit ihrer Kindheit und hat kein anderes Ziel als dieses.«

Ihr unheilvoller Tonfall ließ mich tief durchatmen, bevor ich versuchte diese unangenehme Begegnung aus meinen Gedanken zu verdrängen.

Als wir das Zelt betraten, schlugen mir Essensgerüche entgegen. Der Raum war in gedämpftes Licht getaucht und zahlreiche lange Tische waren darin aufgestellt. Gelächter und Aufregung lagen in der Luft. Heute würden die Kronenkämpfe beginnen, und noch war die Stimmung ausgelassen, denn der Ausgang des Wettbewerbs war noch offen.

Ich sah mich um und entdeckte Aria, die mich spöttisch und herausfordernd taxierte. Großartig – gleich an meinem ersten Tag hatte ich es geschafft, mir eine Feindin zu suchen.

Ich folgte meiner Zeltnachbarin zur Essensausgabe. Wie alle anderen auch erhielten wir ein Tablett mit einem Glas Wasser und einem Teller Eintopf.

Reyna steuerte zielstrebig auf einen Tisch zu und begrüßte ein paar andere Krieger, die dort saßen. Sie stellte mich ihnen vor, und obwohl ich die Neugier in ihren Augen sah, fragte keiner nach, warum ich so kurzfristig an den Kämpfen teilnahm.

Die Mahlzeit dauerte quälend lange. Ich aß und schaute mich um, denn ich wollte mich nicht am Gespräch beteiligen. Hier zu sitzen und all diese Krieger zu sehen, machte mir mit einem Mal bewusst, dass ich bald in der Arena stehen würde. Ich würde heute schon kämpfen und meine Stärke demonstrieren müssen, die ich seit Jahren unterdrückt und versteckt hatte. Ich war sicher, dass ich nur versagen konnte.

Als wir nach dem Abendessen in unser Zelt zurückkehrten, lag auf meinem Bett ein Kampfanzug. Er bestand aus einer eisernen Tunika, schwarzen Hosen und schwarzen Stiefeln. Genau der gleiche Anzug lag auch auf Reynas Bett.

Ich zögerte, bevor ich den feinen eisernen Stoff der Tunika befühlte.

»Eisenraupenfäden«, sagte Reyna, als würde ich es vielleicht nicht wissen. »Sie sind unzerstörbar und verhindern, dass unsere wichtigsten Organe im Kampf verletzt werden. Dabei sollte uns in der ersten Prüfung sowieso noch nichts passieren.«

»Nur der Kopf ist ungeschützt«, flüsterte ich. Die erste Prüfung würde ohne einen Kampf stattfinden. Deshalb würde es höchstens kleinere Verletzungen geben, das wusste ich vom letzten Kronenkampf. Doch auch eine solche Verletzung reichte aus, um mein letztes Geheimnis zu enttarnen.

Reyna ließ sich auf ihr Bett fallen, während sie mich forschend betrachtete. »Du bist keine Kämpferin, oder?«

Ein Schnauben entfuhr mir. »Woran siehst du das?«

»An deinen hübschen Fingernägeln.«

Als sie meine erhobenen Augenbrauen sah, lachte sie. »Bei der Göttin – dein Blick ist grandios. Entspann dich mal ein wenig.«

»Sie werden mich heute Abend sicher fertigmachen«, erwiderte ich und hasste das Selbstmitleid in meiner Stimme. »Das sieht jeder hier. Weil ich keine Ahnung habe, wie ich mit meinen Kräften umgehen soll.«

Reyna schüttelte den Kopf und stand auf, um sich die Kampfmontur anzuziehen. »Meine Güte, dann verlierst du eben! Das werden zwanzig andere ebenfalls, bevor der Wettkampf morgen weitergeht. Der Unterschied ist nur, dass sie sich nicht jetzt schon fertigmachen.«

Nein, der Unterschied lag darin, dass sie ihr Versagen nicht mit dem Tod bezahlen mussten.

»Ich habe einfach Angst«, erwiderte ich und schlang meine Arme um meinen Oberkörper, während ich noch zögerte mich umzuziehen.

Reyna lachte und streifte die eiserne Tunika über, die sich perfekt an ihren trainierten Körper schmiegte und knapp unter der Hüfte endete. »Haben wir das nicht alle?«

7. KAPITEL

DER SIEG DER VERLIERERIN

Als Reyna und ich das Zelt verließen, empfing uns draußen eine Atmosphäre voller Vorfreude und Nervosität. Eiserne Tuniken glänzten in der untergehenden Sonne und ich hielt kurz vor Anspannung die Luft an.

»Kannst du dir vorstellen, dass morgen schon die Hälfte der Anwärter wieder nach Hause fahren muss?«, sagte Reyna heiter. »Und in einer Woche wird die Krönung gefeiert oder Königin Sadira in ihrem Amt bestätigt.«

»Du scheinst dich richtig zu freuen.« Ich konnte den Missmut in meiner Stimme kaum verbergen.

»Ja. Dir würde allerdings ein bisschen Vorfreude nicht schaden. Allein das Gold, das sie uns für jeden Kampf hier auszahlen, macht uns zu reichen Frauen.«

Dass wir bezahlt wurden, hatte ich nicht gewusst, aber ich war mir nicht sicher, ob das auch für mich galt. Immerhin war ich nicht freiwillig hier.

Reyna spielte mit ihren Fingern, und als ich das Funkeln ihrer Magie sah, lief mir ein Schauder den Rücken hinunter. Gleichzeitig merkte ich, wie meine eigene Magie sich neugierig regte. So deutlich wie jetzt hatte ich sie noch nie gespürt. Seit wir im Königspalast gelebt hatten, waren meine Mutter und ich in jeder Vollmondnacht zum Tempel gegangen, um einen Schleierzauber für mich zu erbitten. Er hatte meine Magie immer gut verborgen und unterdrückt.

Noch nie hatte mich eine Magie so sehr gereizt wie die, die um mich herum flimmerte, während Reyna und ich durch das Lager gingen und auf die Arena zusteuerten.

Der runde Kampfplatz lag hinter dem Palast und auf seinen Tribünen befanden sich zahlreiche Zuschauersitze, sodass auch der letzte Bewohner von Alandras Hauptstadt einen Platz darin finden würde.

Ich wusste von den früheren Kämpfen, dass die ersten Zuschauer schon mittags eingelassen worden waren, und je näher wir kamen, desto lauter erscholl das Tosen der Menge. Es klang wie ein unbezwingbarer Sturm, der uns alle verschlingen würde, sobald wir die Arena betraten.

»Alle Krieger hintereinander aufreihen!«, schrie einer der Gardisten und schaffte es kaum über den Lärm der Zuschauer hinweg.

Einundvierzig Anwärter auf die Krone standen vor dem verschlossenen Tor der Arena und warteten gespannt auf den Beginn der Wettkämpfe. Es war eine Kriegerin zu viel. Eine, die eigentlich gar nicht hier sein wollte.

Ich stellte mich hinter Reyna, die vor Aufregung verstummt war und ihren Kopf reckte, um besser sehen zu können. Doch da war nichts, nur das riesige Tor, das noch verschlossen war.

Die Mauern der Arena waren aus massivem Stein, denn dieser Ort diente dem Volk einst für grausame Hetzjagden auf Tiere oder für Hinrichtungen. Doch seit dem großen Krieg, seit Alandra aus den zwei verfeindeten Königreichen gegründet wurde, war es ein Ort der Erleuchtung. In dieser Arena wurden Könige gemacht.

Die Zeit kroch quälend langsam dahin, während ich hier wartete und die Aufregung um mich herum aufsog, als könnte ich ohne den Schleier nichts mehr von mir fernhalten. Meine Haut kribbelte, mein Magen rumorte und mein Kopf schmerzte von der ganzen Angst.

Dieser erste Kampf, diese erste Prüfung war die leichteste, die schönste von allen, und doch konnte sie alles entscheiden. Nur zwanzig Krieger würden übrig bleiben.

Ich strich über meine Arme und stellte sicher, dass möglichst viel Haut von meinem Mantel bedeckt war. Unauffällig schaute ich zu meinen Beinen, strich die Tunika glatt und fuhr mir dann über mein Haar, das ich zu einem langen Zopf geflochten hatte. Mein Hals, meine Hände und mein Gesicht waren ungeschützt. Das durfte ich nicht vergessen. Egal, was passieren würde.

Plötzlich liefen zwei Personen in eiserner Kleidung an den wartenden Kriegern vorbei und positionierten sich vor uns allen. Schlagartig legte sich eine unnatürliche Stille über die wartenden Krieger. Der Mann und die Frau schienen Zwillinge zu sein, denn sie hatten dasselbe schwarze Haar, dieselbe dunkle Haut und auch ähnliche Gesichtszüge.

»Willkommen beim ersten Kampf!«, rief die Frau. »Ich bin Evalina.«

»Und ich heiße Eduard. Wir sind eure Begleiter bei diesem Kampf um die Eisenkrone. Wir werden euch die Kämpfe erklären und sind für alle Fragen zuständig. Da eine weitere Person hinzugekommen ist, werden wir alle Instruktionen von heute Morgen noch einmal wiederholen.«

Meine Wangen brannten, doch ich hielt den neugierigen Blicken stand, die mir meine Mitstreiter verstohlen zuwarfen.

»Dieser erste Kampf«, begann Evalina und verschaffte sich mit ihrer tiefen Stimme nun wieder die volle Aufmerksamkeit, »wird eure Stärke offenbaren. Er wird die Macht demonstrieren, die eure Ahnen euch hinterlassen haben, und es gibt nichts, wodurch ihr das

Ergebnis beeinflussen könnt. Diese Prüfung wird allen im Königreich zeigen, wie viel von der Magie eurer Ahnen ihr tatsächlich nutzen könnt.«

Neben ihr nickte Eduard bedeutungsvoll. »In der Mitte der Arena steht der Königsdiamant. Ihr werdet euch gleich alle um diesen wertvollen Stein aufstellen, die Plätze sind markiert. Dann erhaltet ihr ein Fläschchen mit Sternenmagie. Sobald ihr es vollständig geleert habt, hebt ihr die Hände in Richtung des Diamanten, damit er seine volle Macht entfalten kann. Habt ihr das verstanden?«

Ich nickte, als sich Eduards fragender Blick auf mich richtete. Ich hatte das alles schon beim letzten Kronenkampf mit angesehen.

Ein Gong ertönte und im selben Moment öffneten sich die schweren Holztüren der Arena. Evalina und Eduard traten zur Seite, sodass wir Krieger an ihnen vorbeigehen konnten.

Ich schluckte den Kloß in meinem Hals herunter und straffte meine Schultern, während ich den Männern und Frauen vor mir auf den Kampfplatz folgte.

Unsere eisernen Tuniken glänzten im Licht der Fackeln, als wir die Arena betraten und ein Sturm der Begeisterung über uns hereinbrach. Die Menschen schrien und jubelten, und ihre Stimmen wogten über uns hinweg, während wir uns rund um den Kampfplatz aufstellten. Einundvierzig Krieger, die Gesichter der Mitte zugewandt, die jubelnde Menge im Rücken.

Ich hatte am ganzen Körper Gänsehaut, als ich mich auf die Markierung stellte, die dafür sorgte, dass ich den richtigen Abstand zu meinen Nachbarn einhielt. Hinter uns befand sich ein Stück Rasen von knapp zehn Fuß, und dahinter lagen schon die Zuschauerränge.

Mein Blick war auf die Mitte des Kampfplatzes gerichtet, wo ein faustgroßer funkelnder Diamant auf einem Podest lag. Die Götter selbst hatten ihn mit Mondlicht beschenkt und ihm die Kraft gegeben, die stärksten alle Eisenkrieger herauszufinden.

Ich atmete tief durch, als Königin Sadira neben den Diamanten trat und zu den Rängen hinaufsah.

»Liebes Volk«, rief sie feierlich, »heute beginnt der Kampf um die eiserne Krone. Ein Kampf, um zu führen, zu dienen und zu beschützen. Heute werden unsere Krieger die erste Prüfung ablegen, eine Prüfung, die darüber entscheiden wird, wer sich den Kämpfen in den nächsten Tagen stellen darf. Möge der Mächtigste siegen!«

Wieder brandete Applaus auf, doch dieses Mal hörte ich ihn kaum, denn ich wartete wie gebannt mit den anderen Kriegern auf die Kampfdienerinnen. Sie hatten aufgereiht hinter den Königen gestanden und kamen nun auf uns zu, um uns das Fläschchen mit der Sternenmagie zu überreichen. Ich wusste, dass sie aus der Nachtblüte gewonnen war, einer weißen Pflanze, die nachts silbern glänzte und die volle Stärke eines Kriegers entfalten konnte.

Ich zögerte kurz, bevor ich das Fläschchen an meine Lippen setzte und es in zwei Schlucken leer trank. Die Magie prickelte in meiner Kehle und in meinem Magen und breitete sich dann wie ein unkontrollierbares Feuer in meinem ganzen Körper aus.

»Wir danken Göttin Aneta und Gott Damin für ihre Gaben«, hörte ich Königin Sadiras Stimme, doch ich konnte nur den Königsdiamanten ansehen, dessen Licht nun wie ein Herz zu pulsieren schien. Eiserne Schlieren lösten sich von ihm, während seine Macht nach der magischen Flüssigkeit lechzte, die nun durch unsere Adern floss.

Ich hob meine Arme, streckte meine Hände dem Stein entgegen und wusste, dass auch alle anderen Krieger das in diesem Augenblick taten. Es war wie ein Sog, eine unsichtbare Kraft, und ich spürte die Macht, die sich in meinem Innersten konzentrierte.

Die Eisenmagie unserer Ahnen durchströmte mich und ich wollte sie von mir stoßen, während etwas tief in mir, etwas Ursprüngliches, sich danach verzehrte.

»Wir danken den Ahnen dafür, dass sie diese Kraft an uns weitergeben«, rief Königin Sadira, während ein mächtiger Sturm in meinen Ohren brauste. Ein Wind aus reiner Kraft riss an meiner Tunika, an meinen Haaren und meinem ganzen Körper.

Dann sah ich den Funken. Er schien direkt von den Sternen zu kommen, doch ich wusste, dass Königin Sadira ihn geschickt hatte. Langsam sank er herab, dem pulsierenden Diamanten entgegen. Tränen schossen in meine Augen, weil ich die Magie nicht länger in meinem Inneren halten konnte.

»Für Alandra«, murmelte Sadira.

Der Funke senkte sich herab und in dem Moment, als er den Diamanten berührte, zerbarst die Welt um mich herum. Eisenmagie schoss aus meinen Händen hervor, direkt in den Diamanten hinein, der sie aufsog, als hätte er Jahrhunderte darauf gewartet. Die Welt um mich herum versank und ich sah nur noch das Licht der Krieger und die Sterne, und ich spürte, wie der Diamant sich meine Magie nahm. Nichts war mehr von Bedeutung, denn gleich würde dieser Stein alles geben – und zerstören.

Einundvierzig Säulen aus eisernem Feuer verbanden mich und die Krieger mit dem Diamanten, als wären wir ein großer Stern inmitten des Königreichs. Hell und leuchtend, wunderschön und fürchterlich zugleich.

Das Rauschen in meinen Ohren steigerte sich, während der Diamant mir alles nahm, wie ein lebendiges, hungriges Wesen.

Und dann stand die Welt mit einem Mal still. Die Macht versiegte so plötzlich, dass meine Hände kraftlos herabfielen.

Ich schloss meine Augen und zog meine Schultern hoch, ich wusste, was nun kommen würde.

Da stieg plötzlich Hoffnung in mir auf. Hoffnung, dass etwas schiefgegangen sein könnte und der Kampf beendet war, noch bevor er begonnen hatte.

Doch ich hatte mich getäuscht. Ich öffnete meine Augen und im selben Moment hielt die Welt um mich herum den Atem an. Ich starrte direkt in die eiserne Säule aus Macht, die auf mich zuschoss. Rechts und links sah ich die Magie auch auf die anderen Krieger zurasen und ich wusste, dass es zu spät war. Zu spät, um in Deckung zu gehen, zu spät, um zu verschwinden. Der Diamant schleuderte die Eisenmagie auf uns zurück, mit all seiner Kraft.

Ich atmete ein, und im selben Augenblick traf mich der Strahl aus Magie mitten ins Herz.

Ein lautloser Schrei entfuhr meinen Lippen, während meine Augen sich weiteten und ich zum Himmel starrte. Die Welt war leise und laut zugleich, ein sanftes Summen in meinen Ohren und ein Brüllen um mich herum.

Ich konnte kaum atmen, konnte nur die Schönheit der Sterne sehen. Und ich wartete auf den Stoß, mit dem die Magie mich zurückwerfen würde.

Sie warf sich auf mich, drängte mich zurück und kämpfte gegen mich an, doch ich wehrte mich.

Ich darf nicht fallen!

Als wären es laute Widerworte gewesen, die die Magie erschreckten, versiegte sie so plötzlich, wie sie gekommen war.

Alle Kraft wich aus meinem Körper und ich wankte, blinzelte angesichts der abrupten Dunkelheit. Ich wollte fallen, wollte vergessen und nie wieder Licht sehen. Ich stolperte und sank langsam auf die Knie.

Jetzt hörte ich nur noch meinen abgehackten Atem, schwach und leise. Bis die Menschen um mich herum laut zu jubeln begannen und die Arena von ihrer Begeisterung zu wanken schien.

Ich schaute nicht auf, suchte nach Verletzungen, tastete mein Gesicht ab und wäre beinahe vor Erleichterung in Tränen ausgebrochen, als ich nur erhitzte Haut fühlte.

Dann sah ich auf und zwang mich, genau hinzusehen. Als Erstes erkannte ich den Diamanten, der beinahe schwarz war, aufgebraucht und matt. Er hatte uns alles genommen und alles gegeben.

Langsam drehte ich meinen Kopf und schaute mich um. Ich sah die anderen Krieger, die durch die Macht zurückgeschleudert worden waren und sich nun langsam erhoben. Ihre ungläubigen Blicke waren auf mich gerichtet, die als Einzige noch an ihrem Platz war. Das hatte es noch nie gegeben. Mein Blick wanderte zu meinen Füßen, sie hatten sich nur wenige Fingerbreit von der Stelle bewegt.

Diener eilten herbei, um die Fußlängen zu messen und herauszufinden, wie weit die Krieger weggeschleudert worden waren. Mit zitternden Knien erhob ich mich.

Königin Sadira trat erneut neben den Diamanten und sah mich an, ihr Blick war unergründlich. Rechts und links von mir stellten sich Krieger und Kriegerinnen auf, während hinter uns diejenigen aus der Arena geführt wurden, die nicht in die nächste Runde gekommen waren.

Auch wenn es für alle anderen wie ein Sieg wirkte, war dieser Moment für mich eine Niederlage. Ich hatte dem Diamanten standgehalten und war damit in die nächste Runde gelangt.

»Und das sind die Sieger der ersten Runde. Sie sollen nun geehrt werden!«

Königin Sadiras Worte gingen in einem lauten Applaus unter.

Gemeinsam mit den anderen Siegern winkte ich völlig benommen den Menschen zu, die inzwischen auf den Rängen aufgestanden waren und begeistert klatschten.

Alles, was hier passierte, fühlte sich falsch an. Meine Hand bewegte sich, als würde sie nicht zu mir gehören, und ich lächelte, obwohl ich eine unendliche Niedergeschlagenheit verspürte.

Doch jetzt war es zu spät. Ich konnte nicht mehr entkommen. Ich musste an diesem Kampf teilnehmen.

8. KAPITEL

EIN GRAUSAMES SPIEL

»Du hättest mir ruhig vorher sagen können, dass niemand eine Chance gegen dich hat«, schleuderte Reyna mir entgegen, während wir zurück zu den Zelten gingen. Auch sie war in die nächste Runde gekommen, genauso wie Aria und siebzehn weitere Krieger.

»Ich wusste nicht, dass es so enden würde«, erwiderte ich leise und in dem Wissen, dass die Krieger um uns herum uns zuhörten. Ihre abschätzigen Blicke brannten auf meiner Haut und ich wollte am liebsten in Deckung gehen, um mich vor ihnen zu schützen, doch stattdessen hob ich mutig mein Kinn.

»Auf diesen dummen Trick fällt doch niemand herein«, zischte jemand hinter mir. Ich musste mich nicht umdrehen, um zu wissen, dass es Aria war.

Mir lag eine Erwiderung auf der Zunge, dass ich das alles nicht gewollt hatte. Aber das wäre eine Schwäche gewesen, die ich vor all diesen Fremden nicht zeigen wollte. Deshalb schwieg ich.

Als ich gerade in unser Zelt gehen wollte, hielt Evalina mich auf und deutete auf das Zelt gegenüber.

»Ab jetzt gibt es Einzelzelte«, erklärte sie.

Sie und Eduard waren vorausgegangen, ohne uns zu beglückwünschen oder sonstige Kommentare zu der ersten Runde abzugeben.

Mit einem dankbaren Nicken betrat ich mein neues Zelt. Ich wollte dringend den Kampf von meiner Haut waschen und schlafen.

Als ich wenig später zum Waschzelt hinüberging, hörte ich den Lärm der Feier, die die Menschen Alandras in den Straßen veranstalteten. Beim letzten Kronenkampf vor zehn Jahren hatte ich ebenfalls daran teilgenommen, und es machte wahrlich mehr Spaß, wenn man bei diesem Ritual Zuschauer war.

Reyna stand vor ihrem Zelt und unterhielt sich mit einigen anderen Kriegern. Als sie mich sah, versteinerte ihre Miene. Ich wusste, dass sie mir meinen Sieg übel nahm. Es war nicht normal, dass der Diamant mich nicht zurückgeworfen hatte und ich seiner Macht standhalten konnte. So etwas hatte es noch nie gegeben. Je mehr ich darüber nachdachte, umso mehr verkrampfte sich mein Magen. Ich hatte mich kaum ein paar Fingerbreit zurückbewegt. Dabei hatte ich damit gerechnet und war darauf vorbereitet gewesen, den Aufprall so abzufangen, dass ich mich möglichst wenig verletzte.

Doch nun stand ich vor einer noch viel größeren Herausforderung. Ich musste lernen, meine Kräfte zu kontrollieren, um sie im Kampf gezielt einsetzen zu können. Dabei hatte ich keine Ahnung, wie ich das bewerkstelligen sollte, nachdem ich meine Magie ein Leben lang versteckt hatte.

Das Badezelt war glücklicherweise leer, als ich eintrat.

Heißer Dampf, schwer vom Geruch nach Lavendel und Zedernholz, erfüllte die Luft, und ich zog meine Tunika und meine Hose aus. Ich reichte sie einer Dienerin, die neben einer großen Badewanne stand, in der mindestens fünf Personen Platz gefunden hätten. Das Wasser war heiß und ein wenig trüb, als hätten schon andere vor mir gebadet. Doch das störte mich nicht, als ich mir eine der Seifen aus den bereitstehenden Schalen nahm und mir damit über die Arme rieb.

Die Luft war neblig von den Dampfschwaden und dem spärlichen

Licht der am Boden stehenden Kerzen. Durch den dicken Stoff der Zeltwände drangen nur gedämpfte Geräusche und ich gab mich für einen Moment der Einbildung hin, ich könnte nach diesem Bad in mein weiches Bett im Palast fallen.

Ich lehnte mich zurück, seifte weiter meine Arme ein und erlaubte mir, mich ein wenig zu entspannen. Ich wollte für einen Augenblick nicht daran denken, was morgen sein würde, sondern einfach die Ruhe genießen.

Plötzlich wurde der Zelteingang aufgerissen.

»Verschwindet!«

Der gebellte Befehl ließ die Dienerin aufkeuchen. Sie warf mir einen Blick zu und eilte dann hinaus.

Als ich die Kriegerin Aria sah, richtete ich mich in der Wanne auf.

»Was ist los?«, rief ich verärgert.

»Die Leute glauben, Ihr hättet die besten Chancen auf den Thron«, sagte sie leise und trat näher.

Zwischen uns lag Wasserdampf und ein merkwürdiger Geruch nach Gefahr. Außer uns war niemand mehr im Zelt.

»Na und?«, erwiderte ich und gab mich betont gleichgültig. Gleichzeitig wünschte ich mir, ich könnte meine Sachen schnappen und mir etwas überziehen, denn meine Nacktheit machte mich angreifbarer, als ich es mir eingestehen wollte. »Das hier ist ein Wettbewerb. Der Stärkste wird gewinnen.«

»Ihr werdet nicht gewinnen«, flüsterte sie.

Und im nächsten Moment schossen ihre Hände nach vorn und schleuderten eiserne Wurfsterne in meine Richtung. Sie sprühten vor wütender Magie und hielten direkt auf mich zu.

Ich duckte mich zur Seite, sprang aus der Wanne und auf den harten Boden. Ich griff nach einem Handtuch und umschlang meinen Körper damit, während ich mich rückwärts an den dicken Stoff des Zeltes drückte.

»Hört auf! Ihr werdet Euch mit dieser Aktion disqualifizieren!«, rief ich wütend.

»Gegen Euch hat doch sowieso niemand eine Chance«, erwiderte Aria voller Bitterkeit und warf erneut einen Schwall magisch aufgeladener Eisensterne in meine Richtung.

Ich drehte mich weg und hörte plötzlich ein Raunen. Ich sah, dass Aria den Zeltstoff zerstört hatte, in dem nun ein riesiges Loch klaffte, durch das ich in die Nacht hinausschauen konnte.

Aufregung erfüllte die Luft und einige Krieger kamen angerannt, die wissen wollten, was hier vor sich ging.

Das Handtuch fest umklammert, hastete ich hinaus. Nass und zitternd vor Angst stolperte ich in die Dunkelheit und spürte, wie meine Magie sich kochend auflud.

In dem Moment, als ich den Rasen vor dem Zelt betrat, landete ein weiteres Geschoss aus Arias Hand in meinem Rücken und schleuderte mich nach vorn. Mein Mund öffnete sich zu einem lautlosen Schrei und ich schaffte es gerade noch, meinen Fall mit den Händen abzufedern. Gleichzeitig spürte ich, wie das Handtuch hinabfiel, sodass ich mit einem Mal nackt dastand.

Die Umstehenden keuchten entsetzt. Ich zerrte das Handtuch wieder hoch, um so viel wie möglich von mir zu bedecken, und stieß einen wütenden Laut aus, der das Licht der Fackeln in meiner Nähe erzittern ließ, bevor es erlosch.

Finsternis umgab mich und ich robbte langsam zurück. Meine Muskeln zitterten von all der verbrauchten Magie aus der ersten Runde – ich wollte das hier nicht, ich wollte niemanden verletzen.

»Los, zeigt uns, was Ihr könnt, Dienstmagd.«

Die hämische Stimme der Kriegerin ertönte hinter mir und wenig später hörte ich ihre Schritte auf dem trockenen Gras. Sie klangen wie das Knurren eines wilden Tieres.

Es waren nur Sekunden vergangen, seit ich durch das Loch im

Zelt geflohen war, und noch immer schienen die Krieger um uns herum in einer Schockstarre zu sein. Es war die einzige Erklärung dafür, dass mir niemand half.

»Versteckt Euch nicht«, säuselte Aria in die Dunkelheit hinein. »Dieser Kampf ist nichts im Vergleich zu denen, die Ihr ab morgen führen müsst.«

»Hört auf«, bat ich sie und erhob mich mit zitternden Knien. »Hört auf mit diesem Unsinn. Wollt Ihr nicht auf eine faire Weise Königin werden?«

»Niemand kommt gegen Eure Macht an«, zischte sie, und plötzlich sah ich die Umrisse ihres Körpers direkt vor mir wie einen bösartigen Geist.

»Wehrt Euch«, flüsterte sie, bevor ein Schwall aus eisernen Funken die Nacht erhellte und direkt auf mich zuschoss.

Ich schrie, hob meine Hände und spürte, wie Magie aus mir herausbrach, völlig unkontrolliert und in alle Richtungen.

Panische Stimmen wurden laut, als meine magischen Funken die umliegenden Zelte erfassten, und plötzlich erfüllte der Gestank von Feuer die Luft.

»Das reicht!« Königin Sadiras Stimme durchschnitt die Nacht wie ein Messer, und im nächsten Moment leuchteten Fackeln auf und vertrieben auch den letzten Rest Dunkelheit, der von dem knisternden Feuer nicht erleuchtet worden war.

Mein Kopf fuhr zu Sadira herum und ich sah, wie sie ihre Hände hob und Gardekrieger mit Wasser herbeieilten, um das Feuer zu löschen.

Unsere Magie konnte nur zerstören. Deshalb hatte ich sie so lange für mich bewahrt. Wenn es nach mir gegangen wäre, wäre sie niemals ans Licht gekommen.

Ich packte das Handtuch fester.

»Fiana.« Die Stimme der Königin war gefasst, nicht so entsetzt über den hinterhältigen Angriff und die Zerstörung, wie ich vermutet hatte. »Du hast die Prüfung bestanden. Und nach diesem kleinen Gefecht hier bist du nun rechtmäßige Teilnehmerin am Kampf um die Krone.«

»Was?«, keuchte ich entsetzt. »Das hier war ein Test? Ihr habt mir Aria auf den Hals gehetzt, um mich zu testen?« Meine Stimme bebte. »Warum?«

»Wir mussten herausfinden, ob Ihr Eure Magie wirklich nicht unter Kontrolle habt oder ob Ihr uns nur täuschen wolltet«, antwortete sie und ihre Augen betrachteten mich ruhig und völlig frei von Emotionen. »Ihr habt uns nämlich bei der ersten Prüfung sehr überrascht.«

Ich schluckte und konnte nicht begreifen, wie sehr die Königin mich hintergangen hatte. Ich war für sie bedeutungslos, auch wenn ich in ihrem Palast aufgewachsen war und all die Jahre ehrfurchtsvoll zu ihr aufgesehen hatte.

Langsam hob ich mein Kinn und spürte, dass mein Gesicht an der Stelle schmerzte, wo ich zu Boden gefallen war. »Habe ich den Test bestanden?«

Offensichtlich hatte sie mir kein Wort geglaubt, als ich ihr erklärte, meine Magie nicht kontrollieren zu können, sonst hätte sie mich niemals so grausam vorführen lassen. Und Aria hatte ihren ganz eigenen Spaß gehabt, indem sie mich in dem Badezelt angriff und nicht in meinem Schlafzelt.

»Das habt Ihr«, sagte Sadira langsam.

Plötzlich trat Kayden neben sie und ich war so überrascht, ihn zu erblicken, dass ich nur blinzeln konnte.

Die Königin deutete auf ihn, ohne ihn anzusehen. »Ihr braucht ein gutes Training. Zumindest soweit es in dieser kurzen Zeit möglich ist. Kayden wird Euer Mentor sein. Er ist am besten dafür geeignet.«

Mein Blick flog zu Kayden, der mich ausdruckslos musterte. Die Kälte in seinen Augen und der harte Zug um seinen Mund zeigten mir, dass er es mir nicht leicht machen würde.

Ich knetete den Stoff des Handtuchs zwischen meinen Fingern und nickte. Als hätte ich eine andere Wahl. Kayden war nichts anderes als ein Aufpasser und ich war mir sicher, dass er sich freiwillig für diese Aufgabe gemeldet hatte. Er war ein Wolf, der mich von Anfang an gejagt hatte und mir nun bald den Kopf abreißen würde.

Königin Sadira sah an mir vorbei. »Ich danke Euch, Miss Aria.«

Die Kriegerin trat neben mich.

»Zu Diensten, Eure Majestät«, sagte sie zu der Königin. »Es war mir eine Ehre, Euch behilflich sein zu können.«

Königin Sadira nickte und betrachtete dann wieder mich. »Eine Heilerin wird in Eurem Zelt auf Euch warten. Danach wird Kayden Euer weiteres Vorgehen mit Euch besprechen. Ich wünsche Euch eine geruhsame Nacht.«

»Ich Euch ebenfalls, Königin Sadira«, erwiderte ich leise und sah an Kayden vorbei, während ich zu meinem Zelt zurückging und versuchte, Würde zu bewahren. Das war gar nicht so leicht, da ich nach wie vor nur mit einem Handtuch bedeckt war und die blauen Flecken spürte, die über meinen ganzen Körper verteilt waren.

Im Zelt wartete tatsächlich eine Heilerin und ich sah, dass meine Kleidung, die ich vor dem Baden ausgezogen hatte, auf die Truhe vor meinem Bett gelegt worden war. Das war also alles geplant gewesen. Was für eine Demütigung, was für eine schmachvolle Falle!

Ich zitterte, als die Heilerin meinen Körper auf Wunden hin untersuchte.

»Ihr hattet großes Glück«, sagte sie leise. »Ihr habt keine schweren Verletzungen. Nur blaue Flecke, die in ein paar Tagen verblasst sein werden.«

Sie gab mir eine Salbe, die ich zur Heilung auf meine Haut auftragen sollte, und ließ mich dann allein.

Ich setzte mich auf mein Bett und starrte auf den gestreiften Zeltstoff, der in der Dunkelheit grau wirkte. Das Handtuch hatte ich wieder um mich geschlungen, es fühlte sich kalt und klamm an. Ich wollte mich noch nicht anziehen und für den Mann zurechtmachen, der nichts anderes von mir wollte, als mich zu zerstören.

»Miss Fiana, seid Ihr fertig?«

Ich zuckte zusammen, als ich Kaydens Stimme hörte, und sprang von meinem Bett auf. Obwohl es nahelag, hatte ich nicht damit gerechnet, dass er vor meinem Zelt warten würde.

»Noch nicht«, rief ich zurück.

Obwohl es unhöflich war, ließ ich mir Zeit, während ich ein schlichtes Kleid anzog, mein nasses Haar kämmte und zu einem langen Zopf flocht. Dabei wollte ich dieses Treffen möglichst rasch durchziehen, um endlich schlafen zu können.

Dann ging ich endlich zum Zelteingang und riss den schweren Stoff zur Seite. »Lasst es uns hinter uns bringen.«

Kayden, der mit dem Rücken zu mir stand, drehte sich langsam um. Das Licht der Fackeln lag auf seinem Gesicht und ich konnte ein träges Lächeln auf seinen Lippen erkennen.

»So schwungvoll hat mich noch nie eine Dame begrüßt«, sagte er ironisch.

Entschlossen trat ich aus dem Zelt und deutete auf einen Baumstamm, der als Sitzgelegenheit neben dem Eingang aufgestellt worden war. Auch ein paar andere Krieger hatten sich vor ihre Zelte gesetzt, als wollten sie diesen ersten Abend der Kronenkämpfe nicht einfach verschlafen. Unter ihnen war auch Reyna, deren neugierige Blicke immer wieder zu mir herüberflogen.

Kayden setzte sich hin und reichte mir einen Becher. »Hier, ein Tee. Von Ariana.«

Stirnrunzelnd blickte ich auf das dunkle, dampfende Getränk hinab. Die Erinnerung an den schockierten Blick meiner besten Freundin ließ mich den Becher umklammern. »Wieso sollte sie mir einen Tee zubereiten? Ich dachte, sie hasst mich, seit sie weiß, dass ich ihr meine Magie vorenthalten habe.«

»Es tut ihr leid.«

»Warum? Weil ich gedemütigt und halb nackt aus meinem Zelt herausgejagt wurde? Oder weil jetzt endlich alle den Beweis dafür haben, dass ich keine Lügnerin bin?«

»Beides«, sagte er knapp und trocken. Dann hob er den Becher. »Keine Sorge, da ist kein Gift drin.«

Ich nahm den Becher und roch an dem Getränk. Es war offenbar ein Orangentee, eine meiner liebsten Teesorten. Erinnerungen an Abende voller Lachen, Leben und Freude stürzten über mich herein, und ich setzte mich mit etwas Abstand neben Kayden. »Danke.«

»Dankt mir nicht, wenn Ihr mich hasst.« Argwohn lag in seiner Stimme.

»Ja, ich hasse Euch«, erwiderte ich und funkelte ihn an. »Dennoch danke ich Euch für diesen Tee.«

»Ihr solltet auch dankbar dafür sein, dass ich Euch helfe.«

In mir kochte die Wut, aber es gelang mir, mich nach außen hin ruhig zu geben.

»Ich habe Euch nicht darum gebeten … falls ich Euch daran erinnern darf«, erwiderte ich. »Ich wollte immer nur ein ruhiges, einfaches Leben führen.«

»Der Stärkste muss regieren oder seine Kräfte abgeben«, sagte er nun mit kalter Stimme. »Das ist Alandras oberstes Gesetz, und wenn Ihr es nicht befolgt, habt Ihr ein Leben im Palast nicht verdient. Nicht einmal als Dienerin.«

»Ich war eine Gesellschafterin«, korrigierte ich ihn und erhob mich möglichst würdevoll. »Noch einmal vielen Dank für den Tee.

Aber ich werde dieses Gespräch nun beenden. Ich wünsche Euch eine geruhsame Nacht.«

Ohne mich noch einmal umzudrehen, ging ich in mein Zelt und ließ ihn davor sitzen.

9. KAPITEL

EINE ÜBERRASCHEND FREUNDLICHE FEINDIN

Am nächsten Morgen ging ich nach einem schnellen Frühstück zu den Trainingsplätzen, die sich hinter der Arena befanden und auf denen schon einige Krieger trainierten. Davor wurden Waffen ausgeteilt, mit denen man Übungskämpfe austragen konnte.

Ich brauchte dieses Training wirklich dringend. Ich wusste, dass die erste Prüfung nur dazu gedient hatte, unsere Kräfte zu offenbaren. In der nächsten Runde würden wir unseren Willen beweisen müssen, und in den folgenden mussten wir zeigen, dass wir unsere Kräfte beherrschen konnten. Das waren die schwierigsten Prüfungen. Und da alle gesehen hatten, wie immens meine Kraft war, bedeutete eine Niederlage automatisch, dass sie mir meine Magie entziehen würden. Ich musste also unbedingt weiterkommen.

Ich blieb unschlüssig am Rand des Trainingsplatzes stehen. Einige der Krieger kämpften gegeneinander, andere trainierten nur mit ihren Waffen.

Bei dem ersten Kronenkampf, den ich miterlebt hatte, wirkte die zweite Prüfung nicht besonders bedrohlich. Dennoch wusste ich, dass sie für die Krieger alles andere als leicht war. Es ging um Illusionen und tiefe Ängste, die von Eisenmönchen erzeugt wurden, um die Krieger zu Fall zu bringen. Die Eisen- und auch die Kupfermönche verließen ihre vier Tempel nur in der Zeit der Kronenkämpfe. Sonst blieben sie in den Tempeln und versuchten angeblich durch spezielle Meditationstechniken eine tiefe Verbindung zu den Göttern zu erlangen. Einst waren sie Eiserne oder Kupferne gewesen, und sie konnten ihre Lebensstunden durch ein uraltes Ritual in Kraft verwandeln. Das war der Grund, weshalb sie so stark waren, aber sie durften niemals auf einem Thron sitzen. Ihre Kraft war an ihr Leben gebunden und sie verwendeten sie nur für die Kronenkämpfe. Die Eisenmönche sprachen und urteilten nicht. Sie dienten den Göttern und hatten sich völlig dem Gebet verschrieben. Dass sie an den Kronenkämpfen beteiligt waren, war ein Vorteil für mich. Denn obwohl sie meine Geheimnisse sehen konnten, würden sie sie niemals irgendjemandem verraten.

»Wie schön, dass du auf mich gewartet hast und ich dich nicht überall suchen muss«, erklang plötzlich eine sarkastische Stimme hinter mir.

Überrascht fuhr ich herum. »Dalia? Was machst du denn hier?«

»Ich will dir helfen. Aber spar dir deine Dankbarkeit.« Dalia sah mich missmutig an. »Ginge es nach mir, hätte ich den Tag lieber im Palast verbracht und nicht hier auf dem Trainingsgelände. Wer hätte gedacht, dass die Dienstmagd solch verborgene Kräfte hat.«

Ihre Augen huschten zu meinem Handrücken, auf dem ein kleines weißes Mal in Form eines Halbmonds zu sehen war. Schmerz lag auf einmal in ihrem Gesicht und für einen kurzen Moment war mir, als könnte ich ihn fühlen. Dalia hatte so lange gehofft, magische Fähigkeiten zu entwickeln, und nun stand ich vor ihr und hatte das, was sie sich am sehnlichsten wünschte.

Statt auf ihren feindseligen Tonfall einzugehen, blieb ich gelassen. »Mal ehrlich, warum bist du hier? Nicht dass ich deine erfrischende Anwesenheit nicht genießen würde.«

»Ich bin deine Rettung«, erwiderte sie. »Ich werde versuchen dir beizubringen, wie du dich ganz auf dich selbst konzentrieren kannst.«

»Dafür bist du ja genau die richtige Expertin«, sagte ich bissig.

Dalia starrte mich verblüfft an – seit unserer Kindheit hatte ich mich kaum gegen ihre Sticheleien gewehrt. Plötzlich lächelte sie halb, sie hatte ihre Augen träge geschlossen. »Die Sache wird vermutlich interessanter als gedacht.«

»Warum tust du das?«

»Ariana hat mich darum gebeten«, antwortete sie und zuckte mit den Schultern. »Außerdem kann es nicht schaden, wenn eine potenzielle zukünftige Königin mir einen Gefallen schuldet.«

Ich öffnete den Mund, um etwas zu entgegnen, schloss ihn dann aber wieder. Schließlich nickte ich resigniert. Da ich keine Ahnung hatte, was mich tatsächlich bei der nächsten Prüfung erwartete, beschloss ich, jede Hilfe anzunehmen, die mir angeboten wurde.

»Du stellst dich dem Kampf mit den besten Absichten gegenüber dem Königreich?«

»Ich möchte diesen Wettkampf lebend überstehen. Ich möchte nicht gewinnen, denn das ist das Beste für das Königreich.«

Sie lachte schnaubend. »Das stimmt.« Dann wurde sie wieder ernst. »Gut, dann sollten wir beginnen. Folge mir.«

Wir umrundeten den Trainingsplatz, ließen die Kämpfer hinter uns und steuerten auf eine ruhige Stelle hinter einer Baumreihe zu.

»Setz dich«, sagte Dalia und deutete auf das weiche Gras.

Überrascht sah ich dabei zu, wie sie sich selbst auf den Rasen setzte und ihre schönen purpurnen Röcke um sich herumdrapierte, als würde sie für ein Gemälde posieren.

»Willst du jetzt etwa meditieren?«, fragte ich.

Sie sah mich nicht an, sondern tat so, als würde sie etwas am Horizont beobachten. »Meditation hat mir geholfen, besser auf meinen Körper zu achten, auf mögliche … Magie.«

Ich nickte, erwiderte aber nichts.

»Wenn du es schaffst, dich auf deinen Körper zu konzentrieren, könnte es vielleicht auch dir helfen.« Sie sah mich ernst an. »Illusionen können selbst den stärksten Krieger zu Fall bringen. Auch wenn du deine Magie noch nicht ganz unter Kontrolle hast, kannst du solche Trugbilder überstehen. Dein Wille muss nur stark genug sein. Du wirst in der zweiten Prüfung Illusionen standhalten müssen, die so real wirken, dass dir übel werden könnte. Du musst nicht gegen sie ankämpfen, sondern einfach durchhalten.«

»Zeig mir, was ich tun muss«, sagte ich leise.

»Schließe deine Augen«, forderte sie mich auf und ich tat es. »Konzentriere dich zunächst auf deine Atmung. Atme ein und wieder aus. Gleichmäßig und ruhig. Spüre, wie dein Körper sich entspannt. Höre auf nachzudenken und atme einfach. Du musst nicht die Magie in dir spüren, sondern nur dich selbst. Fühle, wie dein Körper Luft einatmet, wie sie sich in dir verteilt und wie du sie wieder ausstößt. Atme ein und wieder aus.«

Ich tat, was sie sagte, und spürte mit jedem Atemzug, wie ich mich entspannte. Mein Kopf leerte sich, die stetig kreisenden Gedanken beruhigten sich.

»Einatmen und Ausatmen«, wiederholte Dalia immer wieder ruhig.

Kurz tauchte in mir die Frage auf, ob wir nicht mehr machen sollten, als nur zu atmen. Doch dann ließ ich auch diese Frage los. Dalia und ich waren wahrlich keine Freundinnen. Aber sie war Arianas Freundin und hatte gesagt, sie würde mir helfen. Im Gegenzug musste ich ihr vertrauen.

Ich wusste nicht, wie lange wir dasaßen und meditierten, bis Dalias Stimme mich plötzlich aus meiner Trance riss.

»Und nun spüre in dich hinein, spüre deine Wahrheit. Erinnere dich an deine frühesten Erinnerungen, sieh sie dir genau an. Dann gehe weiter, durch deine Kindheit. Erlebe sie, egal wie fürchterlich oder schön sie war, bewerte sie nicht.«

Ich sah Bilder von meiner Mutter, als sie noch jünger war, und von mir, wie wir spielten und tanzten, wie sie arbeitete und mich in den Arm nahm, wenn ich weinte.

»Nun gehe in deine Jugend, bis in dein jetziges Alter. Nimm dir Zeit. Erinnere dich und halte diese Bilder fest.«

Ich tat, was sie sagte, atmete und erinnerte mich, spürte die Liebe, spürte den Verlust, spürte alles.

»Nun suche nach deinen schlimmsten Ängsten.« Dalias leise Stimme bescherte mir eine Gänsehaut. »Sieh sie vor dir und stelle dir vor, dass sie real werden. In wenigen Stunden wird es sich anfühlen, als würdest du die Hölle betreten. Doch danach wird es vorbei sein. Du musst den Weg durch das Labyrinth nehmen und darfst dich nicht beirren lassen. Gehe einfach weiter und kämpfe nicht. Nimm deine Ängste an, sieh ihnen in die Augen, und wenn du glaubst, dass du sie nicht überwinden kannst, dann halte inne und atme tief ein. Atme einfach ein und aus.«

Mein mittlerweile zittriger Atem beruhigte sich langsam und die Gänsehaut legte sich.

»Ich werde dir nun etwas geben«, sagte Dalia. »Etwas, das dir vielleicht helfen wird.«

Ihre Finger legten sich um meine, und sie drückte mir etwas Kleines, Hartes in die Hand.

»Wir sind fertig. Ab jetzt liegt es an dir, es nicht zu vermasseln. Bleib noch eine Weile hier sitzen, drücke es fest in deiner Hand und erinnere dich an alles, was Wirklichkeit war.«

Ich hörte, wie sie wegging, während ich den kleinen Gegenstand in meiner Hand drückte und in meine Erinnerungen versank. Ich sagte mir immer wieder, dass es nicht real sein wird.

◆ ◆ ◆ ◆

»Wo ist Dalia?«

Als ich Arianas leicht verärgerte Stimme hörte, öffnete ich zum ersten Mal seit Dalias Meditation die Augen. Die Sonne schien und die Helligkeit ließ mich blinzeln. Ich schaute hinunter auf meine Finger, noch bevor ich Ariana antwortete. In meiner Hand hielt ich Dalias eiserne Handkette, an der ein Anhänger aus schwarzem Stein befestigt war. Er lag beim Tragen in der Handinnenfläche. Dalia hatte einmal erwähnt, dass die Kette von Eisenschmieden in den Nordlanden gefertigt worden war. Sie hatten nur nachts daran gearbeitet, wenn die Eisenmagie am stärksten war. So konnte die Kette Magie sogar noch besser leiten als die magischen Armreife.

Dalia hatte sie immer getragen, und nun lieh sie mir diese Handkette offenbar, obwohl sie mich hasste.

Ich musste lächeln und sah zu Ariana, die neben Kayden stand.

»Sie ist vorhin gegangen«, sagte ich.

»Hat sie dir geholfen?«, fragte meine Freundin.

Die Handkette fester umfassend, erwiderte ich: »Ja. Sie hat alles getan, was in dieser kurzen Zeit möglich war.«

Meine Beine kribbelten, als ich langsam aufstand.

»Dann wollen wir hoffen, dass es genügt«, sagte Kayden und betrachtete mich forschend, als wollte er irgendwelche Fortschritte an mir erkennen. Er schien nicht verärgert darüber zu sein, dass Dalia die erste Trainingseinheit mit mir durchgeführt hatte. Aber vermutlich wusste er darüber Bescheid. »Hauptsache, Ihr steckt die Arena nicht mit Eurer Magie in Brand.«

»Das wäre tatsächlich unschön«, meinte Ariana nachdenklich und betrachtete mich skeptisch. »Wo doch das Labyrinth für die zweite Prüfung aus brennbaren Materialien zusammengebaut wurde. Das wirst du verhindern, oder?«

Ich hob meine Augenbrauen. »Wenn ihr mich nicht wieder halb nackt durch die Gegend scheucht …«

»Fiana«, zischte Ariana und warf einen raschen Seitenblick auf Kayden. »So etwas solltest du nicht sagen!«

»Ihre Nacktheit hat mir nichts ausgemacht«, erwiderte Kayden trocken.

»Das glaube ich gern«, sagte Ariana und sah ihn tadelnd an.

Ein roter Schimmer überzog seine Wangen. »So war das nicht gemeint.«

»Natürlich nicht«, sagte Ariana mit gerunzelter Stirn. »So etwas meinen Männer niemals ernst, oder?«

Kayden räusperte sich. »Ich muss jetzt gehen. Ich habe tatsächlich noch eine Unterredung mit meinem Bruder. Wir sehen uns später wieder.«

»Das werden wir«, versprach Ariana geradezu drohend, doch ich hörte die Belustigung in ihrer Stimme.

»Bis später«, rief ich Kayden hinterher. Dann drehte ich mich zu Ariana. »Wie böse von dir!«

Sie kicherte. »Das hat Spaß gemacht. Obwohl du wirklich nicht so vor einem Mann sprechen solltest. Besonders vor keinem Kupfernen.«

»Er wird schon nicht über mich herfallen«, erwiderte ich gedehnt.

Ariana nahm meine Hand und drückte sie sanft, während sie mich eindringlich ansah. »Pass auf dich auf, ja? Er kann sehr charmant sein, wenn er möchte. Aber er ist ein Kupferner und du bist offensichtlich eine Eiserne.«

»Ich wollte dich nie belügen«, warf ich leise und mit einem schiefen Lächeln ein. »Aber wenn du von meiner Magie gewusst hättest, dann hätte dich das in einen Zwiespalt gebracht, und das wollte ich dir ersparen.«

Es war nicht die ganze Wahrheit, aber beinahe.

»Ich glaube dir.« Ariana hakte sich bei mir unter und führte mich zurück zum Trainingsfeld, auf dem nun noch weitere Krieger eingetroffen waren. »Du hast allen bewiesen, dass du keine Lügnerin bist. Auch wenn ich die Art und Weise nicht gutheiße, wie mit dir umgegangen wurde. Diese Aria hat ihren Auftrag ausgenutzt, um dir Schande zu bereiten. Aber du wirst sie schlagen, am besten noch heute Nacht.«

Ich schluckte die Schuldgefühle herunter, die bei ihren Worten in mir aufgekommen waren. »Am liebsten wäre es mir, wenn ich selbst heute Nacht ausscheiden würde.«

Ariana packte meinen Arm. »Das darfst du nicht. Du bist so stark, dass du so weit wie möglich kommen musst. Sonst wird dir deine Magie entzogen.«

Mir war, als würde die Welt um mich herum wanken, und ich brauchte einen Moment, um mich zu fassen. Ich hatte gehofft, dass ich nur noch eine weitere Prüfung überstehen musste. »Wie soll ich das schaffen?«

»Mithilfe deiner Freunde«, erwiderte Ariana und strich mir sanft über meinen Handrücken. »Als Erstes brauchen wir einen Trainingsplan …«, überlegte sie laut.

»Davor hätte ich gern eine Tasse Tee. Mein Hals fühlt sich geradezu ausgedörrt an.«

»Dann sollten wir dafür sorgen, dass du nicht verdurstest, bevor die Nacht anbricht, in der du Alandras Volk beweisen wirst, wie stark dein Wille ist.«

»Erinnere mich bitte nicht daran«, bat ich sie. »Gönn mir die Illusion, wir wären im Rosengarten des Königspalastes.«

»Inmitten dieser schwitzenden und stöhnenden Krieger hier?« Arianas Stimme triefte vor Sarkasmus, doch dann drückte sie meine Hand, in der ich noch immer Dalias Kette hielt. »Gut.« Sie räusperte sich. »Duften die Rosen heute nicht außerordentlich bezaubernd?«

Ich brach in schallendes Gelächter aus und hätte diesen Moment der Leichtigkeit am liebsten festgehalten, so fest ich konnte.

◆ ◆ ◆ ◆

Evalina und Eduard erwarteten die zwanzig Krieger, die noch übrig geblieben waren, vor dem geschlossenen Tor der Arena, als wir eine Stunde nach Sonnenuntergang dort eintrafen.

Wieder trugen wir Kampfmonturen aus eisernen Tuniken und dunklen Hosen. Die Krieger waren heute leise, unterhielten sich kaum und wirkten angespannter als gestern. Wir alle wussten, was vor uns lag.

Ich hatte Dalias Handkette umgelegt und der schwarze Anhänger lag in meiner Hand, die ich zur Faust geballt hatte. Alle anderen um mich herum trugen Armbänder, Ketten oder Ohrringe, deren Eisen im Mondlicht funkelte.

Ich stand neben Reyna, die mir förmlich zugenickt hatte, als wir uns auf dem Weg hierher begegnet waren. Mich durchfuhr ein Stich der Enttäuschung, als ich sah, dass sie sich offenbar mit den anderen Kriegern auf Anhieb gut verstand.

»Willkommen zur zweiten Prüfung des Kronenkampfes um den Eisenthron«, begrüßte uns Evalina.

Eduards Augen waren ernst. »Heute werdet ihr Alandras Volk beweisen, wie stark euer Wille ist, eure Angst zu besiegen. Während dieser Prüfung wird niemand sehen, was euch quält«, fügte er hinzu, ehe ein schelmisches Lächeln auf seine Lippen trat. »Denn niemand darf wissen, was einem künftigen Herrscher Leid zufügt.«

Vereinzeltes nervöses Lachen war zu hören, und gleichzeitig atmeten wir alle erleichtert auf. Jeder von uns hatte verborgene Ängste, und egal wie groß sie auch waren, sie gehörten uns ganz allein.

»Wie in den vorherigen Kronenkämpfen wird es auch diesmal ein Labyrinth geben, durch das ihr hindurchgehen müsst. Ihr habt jeder einen eigenen Eingang, und das Ziel der Prüfung ist es, die Mitte zu erreichen, ohne Magie dabei anzuwenden.« Evalina sah uns alle nacheinander an. »Ihr müsst zu den ersten zehn gehören, denn nur die kommen in die nächste Runde.«

Ihre Mundwinkel verzogen sich zu einem halben Lächeln, dann hoben sie und ihr Zwilling die Arme, sodass sich zwischen ihnen ein bedrucktes Stück Stoff aufspannte, auf dem der Irrgarten abgebildet war.

Mein Herz galoppierte, während ich die vielen verzweigten Wege betrachtete, die direkt in das Herz des Labyrinths führten, in dem sich ein kleiner Garten befand.

»Ihr habt fünf …«, begann Eduard.

»… vier …«, führte Evalina fort.

Ich zwang mich, mir die Karte genauer anzusehen, auch wenn mir klar war, dass ich nicht wusste, welcher der zwanzig Eingänge rund um das Labyrinth für mich vorgesehen war.

»… drei …« Eduards Stimme dröhnte in meinen Ohren.

»… zwei …«

»… eins!«, sagten sie zusammen und senkten im selben Moment ihre Arme, sodass das Bild in sich zusammensank und verschwand.

»Viel Erfolg!«, riefen Evalina und Eduard.

Da öffnete sich das riesige Tor der Arena hinter den beiden und tosender Applaus schlug uns entgegen.

Ich schluckte, während Adrenalin durch meine Adern rauschte. Vor meinem geistigen Auge sah ich das Labyrinth und seine Irrwege, und dennoch war mir, als würde das Bild zwischen meinen Fingern zerrinnen und sich langsam auflösen.

»Verdammt«, flüsterte Reyna neben mir. »Die Karte hätten sie uns gern länger zeigen können.«

Überrascht von ihren Worten, nickte ich und lächelte sie zögernd an, während wir den anderen Kriegern folgten.

»Bis später im Herzen des Labyrinths«, sagte ich zu ihr.

Ihre Lippen verzogen sich zu einem Grinsen. »Bis später.«

Wir traten zeitgleich in die Arena, die bis zum letzten Platz gefüllt war. Begeisterungsstürme fegten über uns hinweg und ich starrte auf die vor mir aufragende Mauer aus Bäumen und Büschen. Ich schluckte, als ich die kleinen dunkelgrünen Blätter sah. Wie auch immer das Labyrinth so schnell errichtet worden war – giftige Efeuranken überwucherten seine Wände und zwangen uns, Abstand zu halten. Wenn man diese Pflanzen berührte, würde man sofort bewusstlos werden, und wenn man sie schluckte, konnte kein Heiler des Königreiches einem mehr helfen. Ich sog ihren herben Duft ein und betrachtete die charakteristischen weißen Linien, die sich über die Blattmitte zogen. Dabei spürte ich die neugierigen Blicke des Publikums, die auf mich gerichtet waren. Die Menge tobte und feierte die kommende Prüfung.

»Ich denke, da ist Schummeln unmöglich«, hörte ich Arias anklagende Stimme hinter mir.

Bilder von meinem Kampf mit ihr in der gestrigen Nacht tauchten in meiner Erinnerung auf. Mein Gesicht glühte und ich spürte noch immer den pochenden Schmerz der blauen Flecken auf meiner rechten Gesichtshälfte.

Wir gingen auf das Labyrinth zu, und als wir an Eduard und Evalina vorbeikamen, steckten sie uns kleine Karten in die Hand. Ich sah, dass eine Nummer darauf notiert war.

»Die Eingänge zum Labyrinth sind alle durchnummeriert. Ihr

bleibt am entsprechenden Tor stehen, bis ihr das Startsignal der Trompeten hört«, erklärten sie uns. »Die roten Nummern sind rechts und die blauen links.«

Ich hatte eine rote Drei. Während ich den Zettel fest in meiner Hand hielt, folgte ich zwei Kriegern nach rechts über das trockene Gras. Mir war plötzlich kalt unter meiner eisernen Tunika, und wo zuvor nur Nervosität gewesen war, kam nun Angst auf. Neben mir jubelten die Zuschauer auf ihren Rängen und feuerten uns an, während auf der anderen Seite eisige Kälte und Ruhe herrschten. Von diesem Labyrinth ging eine Stille aus, die sich bis in meinen Brustkorb fraß. Fackeln erhellten den schmalen Weg bis zum Eingang, und ich kam an fünf Toren vorbei, bevor ich endlich die Nummer drei fand. Zwei andere Krieger hatten sich mit einigem Abstand vor den Eingängen rechts und links von mir positioniert. Alle übrigen waren rund um das Labyrinth verteilt.

»Liebes Volk von Alandra«, ertönte da plötzlich Königin Sadiras Stimme über die Arena hinweg. »Willkommen zur zweiten Prüfung beim Kampf um die Eisenkrone. Heute werden unsere Anwärter und Anwärterinnen uns ihren Willen beweisen. Ich wünsche ihnen viel Erfolg – möge der Beste siegen und mögen die Götter seinen Weg begleiten!«

Die Zuschauer jubelten, und endlich ertönten die Fanfaren. Ich atmete zittrig ein, ehe ich einen Fuß in das Labyrinth setzte.

10. KAPITEL

DER FEIND IN MIR

Sobald ich das Labyrinth betreten hatte, spürte ich einen Hauch Magie, der mich umwehte wie ein tosender Fluss aus Wind. Schlagartig verstummten alle Geräusche um mich herum. Es war, als hätte diese Magie alles eingesogen und schirmte mich völlig von der Außenwelt ab. Als ich zurücksah, konnte ich die Zuschauer zwar immer noch sehen, doch ich hörte sie nicht.

An den Wänden rechts und links von mir wucherte das giftige Efeu sicher drei Meter hoch und verschluckte beinahe jedes Licht, das die Fackeln gespendet hatten. Ein Kloß bildete sich in meinem Hals und mein Herz pochte vor Aufregung.

Ich dachte an Arianas Worte. Ich musste in diesem Kronenkampf so weit wie möglich kommen, damit sie mir meine magischen Kräfte nicht entzogen. Dieser Gedanke genügte, um mich einen weiteren Schritt in die Dunkelheit machen zu lassen.

Ich ließ die Zuschauer hinter mir und ging um die erste Biegung herum. Ich hatte den Verlauf des Labyrinths und seiner Wege noch ungefähr im Kopf und nahm instinktiv die Abzweigung nach links. In diesem Gang war es sogar noch dunkler und die Stille so drückend, dass es mir vorkam, als würde sich etwas um meine Brust schlingen und immer fester zudrücken – so fest, bis ich erstickte.

»Du kannst das«, redete ich mir gut zu und zwang mich weiterzugehen.

Meine Schritte wurden schneller und ich atmete viel zu laut, doch ich wollte mich dem stellen, was sich mir in diesem Labyrinth offenbaren würde.

Hier lauerte meine Angst. Ich wagte kaum daran zu denken und hatte es in den letzten Stunden verdrängt. Dennoch beruhigte sich mein Atem langsam, aber gleichzeitig wuchs die Anspannung in meiner Brust, mit jedem Schritt, der mich tiefer in diesen düsteren Irrgarten hineinführte. Es wurde nie vollkommen dunkel, als würden die Sterne mir den Weg erhellen und mich schützen. Ich ging ganz langsam, spürte, wie meine Stiefel in dem weichen Rasen unter mir einsanken, und hörte den Wind, der über das Labyrinth hinwegstrich. Der Geruch des Efeus erfüllte die Luft, eigentümlich modrig und doch mit einer frischen Note.

Dann näherte ich mich der nächsten Biegung und mein Herzschlag beschleunigte sich wieder. Ich rechnete damit, plötzlich angegriffen zu werden. Doch da war nichts, nur ein weiterer düsterer Weg, der zu einer Gabelung führte.

Da ertönten die ersten Schreie.

Sie klangen über das Labyrinth hinweg und bohrten sich wie Pfeile in meine Brust. Ich stockte und stolperte beinahe, streifte den Efeu und sog zischend Luft ein, als das Gift der Blätter sich durch meine Tunika fraß. Ich spürte es auf meiner Haut, brennend und beißend.

Hastig stellte ich mich mitten vor die Weggabelung und zwang mich durchzuatmen. Ich schloss meine Augen und horchte. Die Schreie kamen von rechts, dort, wo sich vermutlich die meisten meiner Konkurrenten aufhielten. Dort musste das Herz des Labyrinths liegen.

Ich öffnete meine Augen und sammelte mich, ehe ich den rechten Weg wählte und rasch weiterging. Ob das die richtige Richtung war, würde sich bald herausstellen.

Meine Schritte waren zaghaft, auch wenn eine Stimme in meinem Kopf mich immer wieder daran erinnerte, dass es nur zehn Plätze in der nächsten Runde gab.

Ich lief schneller, als erneut Schreie ertönten, doch dann stoppte ich abrupt, als ich plötzlich etwas anderes hörte.

Ein Wimmern.

Mir wurde eiskalt und ich zwang mich leiser zu atmen, um herauszufinden, woher dieses Geräusch kam. Nur wenige Schritte entfernt zweigte rechts und links von mir jeweils ein Weg ab. Und auf einem dieser Wege schien jemand oder etwas auf mich zu warten. Ich fröstelte.

Das Wimmern wurde lauter und verwandelte sich in ein Schluchzen.

Ich ballte meine Hände zu Fäusten und erinnerte mich an Dalias Worte. Ich musste nicht kämpfen. »Ich muss nur durchhalten«, murmelte ich vor mich hin.

Als hätte meine Stimme das Wesen erschreckt, verstummte das Schluchzen jäh.

Ich zwang mich, noch einen Schritt weiterzugehen, und vernahm dann ein Flüstern aus der rechten Abzweigung.

»Allein … so allein …«

Die Stimme klang alt, gezeichnet von Zeit und Kummer, doch ich erkannte sie sofort. Meine Magie flackerte auf, aber ich unterdrückte sie und erstickte ihr Fauchen.

Ich straffte meine Schultern und ging weiter, wenn auch nur langsam.

Ein Rascheln folgte, als würde sich jemand aufrichten. Als ich die Abzweigung endlich erreichte, sah ich eine alte Frau, die in der Finsternis auf dem Boden kauerte. Sie drehte sich zu mir um. Ihre gebeugte Haltung ließ sie kleiner wirken, als sie vermutlich war. Ihr weißes Haar lag zerzaust auf ihren Schultern, und ihr irrer und gleichzeitig trauriger Blick lag auf mir. Woher nur kannte ich dieses Gesicht? Und dann wurde es mir schlagartig klar – diese alte Frau war ich selbst, nur viele Jahre älter. Sie war die, die ich einmal sein würde.

Nein, sie war das, was ich glaubte einmal sein zu müssen.

Die Frau stand auf, und ich erkannte, dass dieser Weg eine Sackgasse war.

»Du bist also wirklich gekommen.« Ihre knochigen Finger umschlossen hastig meine Hände, sodass ich nicht mehr zurückweichen konnte. »Ich bin so allein. Immer allein. Niemand ist hier, der mich liebt. Doch du wirst bleiben, nicht wahr? Dann wirst auch du niemals allein sein.«

»Ich bin nicht allein!«, stieß ich entsetzt hervor und riss mich von ihr los. Dann rannte ich davon, ihre Schreie hinter mir ignorierend. Mein Atem ging stoßweise und mein Hals brannte. Ich hasste es, dass ich nun wusste, wie meine Zukunft aussehen würde.

Energisch verwarf ich diesen Gedanken. Ich musste schnell hier heraus!

◆ ◆ ◆ ◆

Ich wusste nicht, wie viel Zeit vergangen war, in wie vielen Sackgassen ich gelandet war und wie oft ich umkehren musste. Doch ich hörte die Schreie der Krieger, hörte das Rascheln des Efeus und Stimmen aus dem Inneren des Labyrinths.

Schweiß bedeckte meine Haut, aber ich rannte immer weiter und ließ mir keine Zeit zum Verschnaufen.

Wenig später bog ich ab und blieb so abrupt stehen, dass ich erneut das Efeu berührte. Um mich herum war es dunkel, doch ich konnte einen Schatten am Ende des Weges erkennen. Ein spitzer, erschrockener Schrei entfuhr mir und ich umklammerte den Anhänger von Dalias Kette fester in meiner Faust, um die plötzlich aufwallende Magie zurückzuhalten. Der Stein bohrte sich in meine Handinnenfläche, meine Haut brannte dort, wo das Efeu meine Tunika weggeätzt hatte. Ich wagte es nicht, den Blick von dem Schatten zu nehmen, wagte es nicht, mich zu rühren.

»Eine Illusion«, flüsterte ich in die Stille hinein, während Gänsehaut meine Arme überzog und ich schreien wollte vor Angst. Mein Magen verkrampfte sich und meine Muskeln zitterten. Tränen schossen mir in die Augen und ich blinzelte sie weg, starr vor Schreck.

Das Wesen vor mir legte seinen Kopf schief, langsam und geradezu bedächtig. Mir war sofort klar, dass es diesmal keine alte Frau war.

Ich schluckte. »Das hier ist nur eine Illusion«, wiederholte ich.

Plötzlich leuchteten grellweiße Augen mitten in dem Gesicht auf, das zuvor noch ganz schwarz gewesen war. Als hätte das Wesen nur gelauscht. Als hätte es auf mich gewartet.

Ich wollte schreien und davonrennen. Gleichzeitig wusste ich, dass mein Ziel, das Innere des Labyrinths, sich hinter dem Wesen befinden musste.

»Eine Illusion«, wiederholte ich noch einmal leise und umfasste den Anhänger fester, während ich einen Schritt auf das Wesen zu machte. Es stand reglos in der Dunkelheit und beobachtete mich mit seinen leuchtenden Augen.

»Das hier ist deine Zukunft«, wisperte es krächzend, und es klang so vertraut, dass mir Tränen in die Augen traten.

»Nein«, erwiderte ich und blinzelte, während ich noch einen Schritt machte. Die Umrisse des Wesens wurden deutlicher und seine Augen leuchteten heller.

»Sie ist unabwendbar«, flüsterte es rau und legte den Kopf nun auf die andere Seite, als würde es sich genüsslich an meiner Angst laben.

Als ich weiterschritt, konnte ich eine feine Nase, volle Lippen und die schmale Figur erkennen. Das Kleid des Wesens hing in Fetzen an ihm herab, die dünnen Haare lagen schlaff auf seinen Schultern.

Bald trennten uns nur noch wenige Schritte voneinander. Die Zeit rannte. Ich musste an diesem Wesen vorbei.

Den Anhänger umfasste ich mittlerweile so fest, dass ich warmes Blut in meiner Hand spürte, das zwischen meinen Fingern hindurchrann. Ich zitterte und meine Muskeln brannten, sie fühlten sich taub an.

»Das hier ist nur eine Illusion.«

»Sag es dir ruhig. Sag es dir immer wieder.« Die Stimme des Wesens wurde lauter und es hob seinen Kopf. »Aber wir wissen beide, dass du es nicht verhindern kannst.« Jetzt dröhnte seine Stimme und plötzlich rannte es auf mich zu.

Ich schrie und ballte meine Hände wieder zu Fäusten, um die in mir aufbrandende Magie zurückzuhalten.

»Sieh mich an!«, brüllte das Wesen direkt vor mir, es war mir jetzt so nah, dass ich es genau erkennen konnte. »Sieh, was deine Zukunft sein wird.«

»Das ist nicht real!«, schrie ich meinem Spiegelbild zu, einem Monster mit toten Augen und scharfen Zähnen – dem Monster mit meinem Gesicht. Es war ausgemergelt und Blut rann aus seinen Mundwinkeln, als hätte es gerade erst getötet. Seine spitzen Krallen waren so nah, als würden sie sich jeden Moment in den eisernen Stoff meiner Tunika bohren und sie zerfetzen.

Tränen liefen über meine Wangen. »Das. Ist. Nicht. Real!«, keuchte ich.

Und dann rannte ich direkt in das Wesen hinein, und es zerbarst in Tausende von magischen Funken. Ich rannte und schaute nicht zurück, während ich das Blut meiner verletzten Hand an meiner Hose abwischte. Im nächsten Moment durchbrach ich eine Mauer aus Magie und stolperte aus der Dunkelheit ins Licht.

Tränen verschleierten meinen Blick, doch ich hörte das Geschrei der Menge, hörte ihren Jubel. Mit dem Stoff meiner Tunika rieb ich mir über mein Gesicht, wischte die Tränen fort und sah mich um. Ich war auf einem steinernen Platz gelandet, der von Fackellicht erhellt war und so hoch lag, dass man von hier aus das ganze Labyrinth überblicken konnte. Dahinter konnte ich die Menschen sehen, die nun tanzten und feierten. Ich blinzelte und atmete noch immer viel zu schnell.

»Die zehnte Kandidatin hat soeben das Labyrinth verlassen!« Königin Sadiras Stimme hallte über mich hinweg und der Jubel schwoll immer mehr an.

Ich wankte und schaute mich um, bis ich Königin Sadira und König Theon in der Mitte des Platzes stehen sah. Neben ihnen standen neun strahlende, glückliche Kandidaten, doch in ihren Augen blitzte eine Angst, die ich förmlich spüren konnte.

Mit glasigem Blick ging ich auf sie zu. Ich stellte mich neben Reyna und Aria, die offenbar beide weitergekommen waren. Sie lächelten, aber dennoch sah ich ihre gehetzten Blicke, die immer wieder zum Labyrinth zuckten.

◆ ◆ ◆ ◆

Die restlichen Krieger tauchten nicht mehr auf. Vermutlich waren sie abgefangen und aus der Arena gebracht worden, während wir uns bejubeln ließen. Denn nachdem ich als zehnte Kriegerin das Herz des Labyrinths erreicht hatte, waren alle Plätze für die nächste Runde vergeben.

Ich starrte auf diese riesige Menge an Zuschauern und versuchte das Grauen in meiner Brust zurückzuhalten. Noch immer sah ich dieses Wesen mit seinen furchterregend leuchtenden Augen vor mir, hörte seine krächzende Stimme und wollte schreien, niemals aufhören zu schreien. Gleichzeitig hörte ich die Stimme der alten Frau, meines künftigen Ichs, das von Einsamkeit zerfressen sein würde.

Doch jetzt stand ich vor Alandras Bürgern, die die übrig gebliebenen Anwärter auf den Thron des Reiches feierten. In mir breitete sich eine tiefe Leere aus, während ich vor mich hin starrte und darauf wartete, dass diese Vorführung endete.

Nun hielt Königin Sadira eine Rede, sie erzählte von dem unerschütterlichen Willen, den ein Herrscher haben musste, und von der unerlässlichen Fähigkeit, seine eigene Magie zu zügeln.

Ich hörte diese Rede und war gleichzeitig in Gedanken weit weg, denn ich versuchte das Gesehene zu vergessen und es tief in mir zu vergraben, sodass es nie wieder hochkam.

Nachdem Sadiras Rede geendet hatte, wurden wir von Dienern durch das Labyrinth hinausgeführt. Diesmal erhellten Fackeln unseren Weg und ich starrte stur geradeaus, um in den Seitenwegen nicht wieder Monster erblicken zu müssen.

Ich ballte meine Hände so fest zu Fäusten, dass die Wunde in meiner Handinnenfläche aufriss. Warmes Blut bildete sich und ich drückte die Hand rasch gegen meine Hose, um die Blutung zu stoppen.

Wir gingen diesen Weg in völliger Stille. Nur unsere Schritte und Atemzüge waren zu hören, während wir das Labyrinth durchquerten. Ich spürte ein Band aus Angst, das uns Krieger für immer verbinden würde.

Als wir unsere Unterkünfte erreichten, stand auf einmal Kayden vor mir. Er hatte die Arme verschränkt und sein Blick war düster.

Ich drückte mich an ihm vorbei zum Eingang meines Zeltes, ohne ihn anzusehen.

»Lasst uns unsere Lektion auf morgen verschieben«, sagte ich und biss mir auf die Lippe, als Tränen in meine Augen traten.

»Glückwunsch zur Bewältigung dieser Prüfung«, sagte er und folgte mir in das Zelt.

Ich wandte ihm den Rücken zu und wagte es nicht, meine Hand zu öffnen, um nachzusehen, ob das Blut bereits versiegt war. Stattdessen versteckte ich meine Faust in meiner Hosentasche.

»Bitte, geht! Eure Anwesenheit ist unschicklich«, flüsterte ich.

»Wir müssen Euch auf die nächste Prüfung vorbereiten«, beharrte er.

»Nein!« Ich fuhr herum und jetzt liefen mir die Tränen unaufhaltsam über mein Gesicht. »Geht.«

Sein Blick schien weicher zu werden, ein Anflug von Mitleid lag in seinen Augen.

»Ich möchte, dass Ihr geht …«, wiederholte ich. Meine Stimme brach und ich schluchzte.

»Warum?« Er löste seine verschränkten Arme.

»Ich will nicht, dass Ihr hier seid. Jetzt brauche ich höchstens jemanden, der mich in den Arm nimmt. Aber –«

Noch bevor ich den Satz zu Ende gesprochen hatte, überwand er die Entfernung zwischen uns und zog mich in seine Arme. Ein erstickter Laut entfuhr mir und Gänsehaut überlief meinen ganzen Körper, während ich seinen Geruch nach Zedernholz einatmete. Seine Oberarme umschlossen mich zu beiden Seiten und schenkten mir Wärme, während er nach einem kurzen Zögern sein Kinn auf meinen Kopf legte. Ich spürte die Stoppeln an seinem Kinn auf meiner Kopfhaut. Meine Wange lag an seiner Brust, und als ich sein Herz unter meinem Ohr pochen hörte, schloss ich für einen kurzen Moment die Augen.

Ich lächelte und meine Tränen versiegten. Kälte blieb zurück, und doch war da ein warmer Funke in mir, den er entzündet hatte, und ich wagte es, mich an ihm festzuhalten.

Dann löste ich mich von Kayden, trat einen Schritt zurück und blickte zaghaft lächelnd zu ihm auf. »Danke.«

»Sagt mir, wenn Ihr noch etwas braucht«, erwiderte er trocken, bevor ein Lächeln um seinen Mundwinkel zuckte.

»Ich würde gern ein Bad nehmen«, gestand ich, einfach nur um etwas zu sagen, weil ich das Gefühl hatte, dass eine Stille zwischen uns unangenehm werden könnte. »Es klingt sicher seltsam und ich würde Euch nicht um Eure Hilfe bitten, wenn es nicht …« Meine Stimme wurde immer leiser und ich biss mir auf die Unterlippe.

»Ich werde Euch zum Waschzelt begleiten und davor warten. Nach dem gestrigen Ereignis ist Euer Argwohn nur allzu gut verständlich.« Er sagte es, als wäre es das Natürlichste der Welt, und ich war ihm unendlich dankbar.

Tiefe Erleichterung erfasste mich. Ich suchte meine Sachen zusammen, ehe wir gemeinsam zum Badezelt gingen.

Kayden durchbrach mit einem Räuspern die Stille, die sich während des Weges zwischen uns gelegt hatte. »Ihr seid gestern Nacht sehr mutig gewesen. Nun, zumindest gefasster als manch andere Dame.«

Mir war sofort klar, dass er von Arias Angriff sprach. »Hatte ich eine andere Wahl?«

»Nein«, gab er zu und wieder schwiegen wir. Doch noch als ich ins Badezelt eintrat und Kayden draußen stehen blieb, fragte ich mich, ob er mir gerade tatsächlich ein Kompliment gemacht hatte.

Es war noch eine andere Kriegerin in der großen Wanne, doch ich störte mich nicht an ihr, als ich mich entkleidete und in das heiße Wasser stieg. Ich hatte keine Angst, weil ich wusste, dass Kayden draußen stand und mich beschützen würde. Seine Anwesenheit machte es mir leichter, an etwas anderes zu denken als diese leuchtenden Augen in tiefster Dunkelheit.

Kayden war verantwortlich dafür, dass ich an diesem Kampf teilnehmen musste, und ein Teil von mir nahm ihm das immer noch übel. Doch ich konnte den Lauf der Dinge nicht ändern. Nun musste ich einfach alles tun, was in meiner Macht stand, um mein Leben zu retten.

Als ich frisch gebadet aus dem Zelt trat, wartete Kayden wie versprochen auf mich und begleitete mich zurück zu meinem Zelt. Wir schwiegen, und dieses Mal war das Schweigen angenehm und von einer Ruhe, die ich schon lange nicht mehr gespürt hatte. Ich war erschöpft und hoffte, dass mich der Schlaf übermannen würde, bevor ich zu viel nachdenken konnte.

Als wir vor dem Zelt stehen blieben, blickte ich zu Kayden auf und bedankte mich bei ihm.

Er nickte knapp, nun wieder distanziert. »Ich wünsche Euch eine geruhsame Nacht.«

Einen Moment lang schaute ich ihn an und dachte an den Abend, als ich ihn im Palast kennengelernt und er so ungeniert mit mir geflirtet hatte. Ein Hauch von Wehmut überkam mich, als ich daran dachte, dass das nur ein Spiel von ihm gewesen war. Alles nur, um mich zu überführen.

»Gute Nacht.« Ich wischte die Erinnerung zur Seite und verschwand in mein Zelt.

11. KAPITEL

EINE LIEBE, SO TIEF WIE DAS MEER

In der Nacht tauchten Monster in meinen Träumen auf, und als ich erwachte, war ich erleichtert und stand sofort auf. Ich hatte nur wenige Stunden geschlafen, und obwohl es draußen bereits dämmerte, war es in den Zelten um mich herum noch still.

Bevor ich mich anzog, untersuchte ich meine Hand, doch die Wunde war längst verheilt. Dann wusch ich Dalias Handkette, bis kein Tropfen Blut mehr daran zu sehen war. Während ich sie abtrocknete, musste ich lächeln, denn dieses Schmuckstück war so viel mehr als eine Leihgabe. Natürlich hatte Dalia mir nur geholfen, weil Ariana sie darum gebeten hatte. Dennoch hoffte ich inständig, dass es ihre Eifersucht und die ewigen Sticheleien beenden würde.

Als ich in meinem liebsten, fliederfarbenen Kleid aus dem Zelt trat, war es früher Morgen. Die anderen Anwärter auf die Krone schliefen noch und der Rest des Königreichs machte sich wohl gerade an sein Tagwerk.

Etwas unschlüssig blieb ich vor meinem Zelt stehen, blickte mich um und entdeckte die Gardekrieger, die dafür sorgten, dass kein Unbefugter diesen Bereich betrat. Unter ihnen befand sich auch Gawen, der Anführer der Garde. Er war ein großer Mann mit breiten

Schultern, hellem Haar und einem Lächeln, dem die Damen schon reihenweise verfallen waren. Als er mich sah, winkte er mir zu.

Ich ging zu ihm hinüber, und da ich ihn schon seit meiner Kindheit kannte, freute ich mich wirklich, ihn zu sehen.

»Fiana, herzlichen Glückwunsch.« Wie immer war sein Lächeln breit und aufrichtig. »Ich habe mit Begeisterung die Prüfungen verfolgt und bin gespannt, ob du auch die nächste so gut meistern wirst.«

»Das war alles nur Glück«, winkte ich ab. »Der nächste Kampf wird sicher schwerer werden.«

Ich bemerkte eine Bewegung im Augenwinkel und sah Dalia auf uns zukommen.

Überrascht begrüßte ich sie. »Dalia, schön, dich zu sehen. Du erinnerst dich sicher an Gawen.«

Sie blieb neben mir stehen und musterte den Gardekrieger. Zögernd und mit einem ungewohnt zurückhaltenden Lächeln nickte sie ihm zu.

»Natürlich. Es ist schön, Euch wiederzusehen, aber ich muss Euch Fiana leider entführen«, sagte sie. »Ich denke, ein wenig Training wird ihr nicht schaden.« Dalia war auffallend distanziert. Interessant.

Gawen grinste verschmitzt. Ihm schien ihr sonderbares Verhalten wohl auch aufgefallen zu sein. »Ich freue mich ebenfalls über unser Wiedersehen.«

»Ja, es ist lange her«, sagte sie und sah mich dann mit erhobenen Augenbrauen an. »Wollen wir?«

Dann verneigte der Gardekrieger sich vor uns. »Ich wünsche den Damen noch einen schönen Tag.« Er warf mir einen kurzen Blick zu. »Und natürlich viel Erfolg für heute Nacht.«

Ich dankte ihm und folgte Dalia, die leicht errötet war und mich schnell wegführte.

Ich schmunzelte, verkniff mir aber eine Bemerkung. Die aufkeimende Freundschaft zwischen uns war noch zu neu, als dass ich sie mit einem billigen Scherz zerstören wollte.

»Wieso bist du so früh schon hier, Dalia?«

»Um dich zu trainieren.«

Sie sah kurz auf mein Handgelenk und wirkte zufrieden, als sie die Handkette sah.

»Sie hat mir sehr geholfen«, sagte ich. »Ich danke dir dafür.«

Ich wollte die Kette gerade abstreifen, als Dalia abwinkte.

»Sie ist ein Geschenk.«

»Das ist freundlich von dir. Vielen Dank!«

»Werde jetzt bitte nicht rührselig.« Dalia versuchte streng zu klingen, aber der weiche Ton in ihrer Stimme machte diese Strenge zunichte.

Ich griff nach ihrer Hand. »Wirklich. Das bedeutet mir sehr viel.«

Sie lächelte und zuckte mit den Schultern. »Gut. Es ist schön zu wissen, dass jemand die Handkette gebrauchen kann und sich darüber freut.«

Wir hatten inzwischen das Lager hinter uns gelassen und den angrenzenden Park erreicht, der während der Kronenkämpfe als Ruheort für die Krieger vorgesehen war. Dalia deutete auf eine geschützte Stelle, eine Grasfläche unter einer Trauerweide, ein paar Schritte von uns entfernt. »Hier können wir trainieren.«

Ich nickte und setzte mich mit ihr auf den Boden. Gemeinsam begannen wir zu meditieren, um mich mental auf das vorzubereiten, was mich am heutigen Abend in der Arena erwarten würde.

»Heute wirst du lernen, wie man Eisen spürt.« Dalia wedelte mit ihrer Hand. »Schließe deine Augen.«

Ich tat, was sie verlangte, und richtete mich im Sitzen ein wenig auf.

»Nun sag mir, an welcher Stelle du Eisen spürst.«

»Ich weiß nicht genau, wie ich das anstellen soll«, gestand ich, nachdem ich eine Minute lang schweigend und mit geschlossenen Augen dagesessen hatte.

Sie seufzte. »Ich kann es dir nur theoretisch erklären. Meine Eltern haben es mir beigebracht. Du kannst Magie jederzeit abrufen und mithilfe von eisernen Leitern nutzen. Aber dafür musst du das Eisen zunächst erspüren.«

»Ich kann Magie nutzen, ohne eiserne Gegenstände zu berühren?«

»Es ist schwer, aber möglich. Versuche zunächst eiserne Gegenstände in deiner Nähe ausfindig zu machen.« Sie runzelte ihre Stirn, als sie bemerkte, dass ich sie fragend ansah.

Sofort schloss ich meine Augen wieder. Dieses Mal konzentrierte ich mich auf meine Magie, auf das Prickeln unter meiner Haut und darauf, wie sie sich in mir regte. Zunächst kam es mir nur wie ein unkontrolliertes Zucken vor. Doch dann wurde mir mit einem Mal klar, dass meine Magie sich nach etwas zu sehnen schien.

Ich fokussierte mich auf die Richtung, in die sie am stärksten drängte.

»Hinter uns ist irgendetwas«, sagte ich leise. »Ich weiß aber nicht, was.«

»Gut«, erwiderte Dalia. »Es ist ein Speer.«

Ich spähte über meine Schulter und entdeckte einen Speer, der nicht weit von uns entfernt im Gras lag. »Hast du den da hingelegt?«

»Ja, und es sind noch andere Gegenstände in der Nähe«, sagte Dalia und sah mich herausfordernd an. »Findest du die auch?«

Ich antwortete nicht darauf, sondern schloss meine Augen und begann meine Kräfte zu trainieren. Ein Hochgefühl erfüllte mich, denn zum ersten Mal in meinem Leben widerte mich die Kraft, die ich in mir trug, nicht an.

♦ ♦ ♦ ♦

Als Dalia gegangen war, verspürte ich großen Hunger. Das Frühstück würde erst in einer Stunde serviert werden, und ich war nicht sicher, ob ich noch so lange durchhalten würde. Vielleicht konnte ich in den Palast gehen, um dort um etwas zu essen zu bitten.

Obwohl ich den Zeltbereich eigentlich nicht verlassen durfte, ging ich an den blauen Zelten vorbei und machte mich auf den Weg zum Königspalast. Es war ein milder Morgen und der Tag würde sicher wieder warm werden. Mein Blick wanderte zum Horizont, wo sich die Berge des Nordgebirges erhoben. Der Himmel war strahlend blau und so klar, dass sie nicht von Wolken verdeckt waren und ich ihre schneebedeckten Gipfel sehen konnte.

Als ich gerade das letzte Zelt passierte, trat mir ein Gardekrieger in den Weg.

»Guten Morgen, Miss Fiana. Kann ich etwas für Sie tun?«

Er klang so förmlich, als würde er der Königin selbst gegenüberstehen.

»Nein, ich bin früh wach geworden und habe nur ein wenig Hunger.«

Da ertönte hinter mir plötzlich Kaydens Stimme. »Ich kümmere mich darum.«

Ich drehte mich um und sah ihn überrascht an. »Guten Morgen. Euch hatte ich so früh hier nicht erwartet.«

Ich versuchte zu ignorieren, wie Freude in mir aufstieg.

Kayden nickte dem Gardisten zu. »Sie ist in meiner Obhut in sicheren Händen.«

Dann gingen wir gemeinsam in Richtung Palast.

»Wie habt Ihr geschlafen?«, fragte Kayden. »Man sagt, diese zweite Prüfung würde den Anwärtern oft sehr zusetzen.«

»Wahrscheinlich bin ich deshalb schon so früh aufgewacht.« Meine Schuhe klackerten auf dem gepflasterten Weg, der von dem Zeltlager zum Palast führte. Zu beiden Seiten wuchsen junge Birken, deren schwarz-weiße Stämme sich von den dahinterliegenden Rasenflächen abhoben. Vor uns ragte der Palast in die Höhe, während rechts in einiger Entfernung hinter einem schmalen Wald die Mauer zu sehen war.

Als ich meinen Blick hob, registrierte ich eine Bewegung im Augenwinkel. Unauffällig sah ich zur Seite, wo sich die königlichen Ställe befanden, und bemerkte eine schmale Gestalt, die darauf zuschlich. Ich erkannte den grauen unscheinbaren Mantel sofort und musste mich zusammenreißen, um nicht scharf die Luft einzusaugen. Es war Ariana, die zu solch früher Stunde offenbar zu den Pferden ging. Das war höchst ungewöhnlich, und ich befürchtete, dass ich den Grund für ihr frühes Aufstehen kannte.

»Das tut mir leid«, führte Kayden unser Gespräch fort. Er schien Ariana glücklicherweise nicht gesehen zu haben, die nun in den Ställen verschwand.

»Muss es nicht«, sagte ich schnell. »Lasst uns von etwas anderem sprechen.«

»Und wovon?« Er klang nun wieder ein bisschen spöttisch und überheblich.

Wir erreichten einen Nebeneingang des Palastes und ich winkte ab. »Ich müsste mich einmal entschuldigen, wenn Ihr versteht, was ich meine.«

Kayden runzelte die Stirn, nickte dann aber.

»Wir sehen uns in ein paar Minuten«, sagte ich und steuerte die Waschräume an, die sich ganz in der Nähe befanden.

Es wäre unschicklich von Kayden gewesen, vor den Waschräumen zu warten, also ging er den Korridor entlang, auch wenn ich spürte, dass er es nur widerwillig tat.

Ich wartete, bis er außer Sichtweite war, und eilte dann mit leisen Schritten wieder aus dem Palast, direkt zu den Ställen. Atemlos rannte ich so schnell ich konnte und hoffte, dass niemand mich sah, und gleichzeitig auch, dass meine Augen mir einen Streich gespielt hatten. Graue Mäntel gab es zuhauf. Vielleicht hatte ich mich geirrt. Ein winziger Funken Hoffnung kam in mir auf.

Doch dann hörte ich Arianas Stimme und die eines Mannes, und all meine Hoffnungen zerschlugen sich. Bevor ich sie erreichte, packte jemand meine Hand und ich wurde zurückgerissen.

»Was denkt Ihr –?«

Ich hob die Hand und drückte sie Kayden auf den Mund, während ich ihn flehend anstarrte.

»Nicht«, flüsterte ich.

Seine Augen sprühten vor Argwohn und dennoch nickte er leicht.

Plötzlich hörte ich wieder Arianas Schritte und auch ihre Stimme. Sie kicherte leise. Ich kannte dieses verliebte Kichern und meine Brust wurde eng.

Ich sah mich verzweifelt um, denn ich wollte auf keinen Fall, dass Ariana Kayden sah. Deshalb schob ich ihn kurz entschlossen in eine Art Abstellkammer im vorderen Teil des Stalltraktes. Es war so eng, dass wir kaum Platz fanden, und ich drückte mich gegen ihn, während ich ihm hektisch bedeutete, still zu sein.

»Was soll das?«, fragte er mit einem leisen Zischen, als ich die Holztür vorsichtig hinter uns schloss und diffuses Licht uns umgab.

»Sie wird mir niemals verzeihen, dass ich Euch hierhergeführt habe«, erwiderte ich leise, mehr zu mir selbst als zu ihm. Es war nie meine Absicht gewesen, Arianas Geheimnis vor Kayden zu enthüllen.

Draußen kamen Arianas Schritte näher.

»Ich weiß, ich hätte dich nicht um dieses Treffen bitten sollen«, hörte ich sie sagen.

»Du darfst mich um alles bitten, was du möchtest«, antwortete ihr eine männliche Stimme, die ich sofort erkannte. Es war nicht ihr Verlobter Cedrik, sondern der Gardist Janus, den wir schon seit unserer Kindheit kannten.

Ich kniff entsetzt meine Augen zusammen. Ich wollte auf keinen Fall, dass Kayden von Arianas Geheimnis erfuhr. Einem Geheimnis, von dem ich geglaubt hatte, dass es sich schon vor langer Zeit erledigt hatte.

»Ist das etwa …?«

Ich zischte ihm leise zu: »Hört einfach weg!«

»Das ist wohl kaum möglich«, erwiderte er ebenso leise, und plötzlich verzog sich sein Mund zu einem provokanten Lächeln. »Außer Ihr kennt eine Möglichkeit, mich abzulenken …«

»Ich könnte Euch fest kneifen, wenn Ihr das wollt«, schlug ich ihm vor. Doch dann hielt ich inne, denn ich hörte, dass Janus ganz in der Nähe etwas sagte.

»Bist du glücklich?«, fragte er Ariana.

Ich sog tief und lautlos Luft ein und wurde mir erst jetzt bewusst, wie stark es hier drin nach Pferdemist stank. Über uns spannten sich Spinnweben und ich hatte das Gefühl, eine Mistgabel im Rücken zu spüren.

»Ist das etwa der Gardist Janus?«, flüsterte Kayden und runzelte die Stirn.

Entsetzt fuhr ich zusammen. »Bitte seid leise! Sie dürfen uns auf keinen Fall hören!«

Kayden schmunzelte, und ich war mir sicher, er würde uns gleich auffliegen lassen.

»Was bietet Ihr mir dafür, dass ich dieses kleine, schmutzige Geheimnis für mich behalte?«, flüsterte er.

Ich hörte im Hintergrund, wie Ariana irgendeine Antwort stammelte, und schloss verzweifelt die Augen. Dabei wurde mir klar, wie nahe wir uns waren. Unsere Beine berührten sich, und dass sich unsere Oberkörper nicht streiften, lag nur daran, dass ich mich krampfhaft nach hinten lehnte.

»Was genau schwebt Euch denn vor?« Ich war so wütend, dass ich die Worte zwischen meinen Zähnen hervorpresste.

»Ich möchte, dass Ihr den Kronenkampf ernst nehmt und Euch anstrengt«, raunte mir Kayden zu.

Ich öffnete meine Augen und blinzelte überrascht. Ich wusste nicht, was ich erwartet hatte, aber das war es bestimmt nicht. »Oh, ja, das werde ich versuchen.«

Kayden lächelte wieder, diesmal geradezu verschlagen, als hätte er geahnt, was ich gedacht hatte. Dann spähte er durch einen Spalt an der Tür der Abstellkammer und verkündete: »Nun, so gern ich hier mit Euch auf so engem Raum einige Zeit verbringe – ich denke, die Luft ist jetzt rein.«

Meine Wangen glühten, während ich horchte. Tatsächlich schienen Ariana und Janus gerade weitergegangen zu sein. Zumindest konnte ich sie nicht mehr hören.

Ich nickte nur und öffnete die Holztür.

Plötzlich ertönte ein spitzer Schrei, gefolgt von einem Fluchen, und als ich erschrocken hinter die Tür sah, entdeckte ich Ariana und Janus, die entsetzt auseinanderstolperten.

»Was machst du denn hier?«, rief Ariana erleichtert und schockiert zugleich.

»Die Luft war also rein?« Ich fuhr zu Kayden herum, der über meine Schulter blickte und eine Augenbraue hob.

»Da habe ich mich wohl geirrt«, stellte er schmunzelnd fest.

»Was hast du mit ihm da drin gemacht?«, entfuhr es Ariana. »Wenn das jemand erfährt! Fiana, bei den Göttern, Kayden ist ein *Kupferner*!«

»Wir haben gar nichts gemacht«, stieß ich hervor, während ich abwechselnd sie und Janus ansah. »Ganz im Gegensatz zu euch!«

Arianas helle Haut rötete sich vom Haaransatz bis zu ihrem Dekolleté, während sie sichtlich schluckte. »Ich …«

»Es ist meine Schuld«, sagte da Janus und trat heldenhaft vor.

Doch ich sah ihn nur abschätzig an. »Oh bitte, spar dir dieses Gehabe für jemanden, der dir das abkaufen könnte.«

»Wir wollten uns nur unterhalten«, versuchte Ariana diese heikle Situation zu retten.

Kayden machte ein nachdenkliches Geräusch und nickte bedächtig. »Gut, ich denke, das wäre also geklärt. Solange Ihr uns nicht gesehen habt, haben wir Euch auch nicht gesehen.«

Ich blinzelte mehrmals und starrte ihn überrascht an.

»Aber jetzt sollten wir alle gehen«, fuhr er fort. »Auch ich habe allmählich Hunger, und wenn wir noch länger brauchen, werdet Ihr Eure Abwesenheit vor den anderen Teilnehmern erklären müssen.«

Ariana starrte Kayden an und schluckte erneut, bevor sie langsam nickte und ein zögerliches Lächeln auf ihren Lippen erschien.

»Einen schönen Tag noch«, wünschte Kayden den beiden, die uns stumm hinterhersahen, als wir die Ställe verließen und hinaus in die Sonne traten. Janus wirkte weniger dankbar als argwöhnisch.

»Das war …«, begann ich und stockte, während ich nach den richtigen Worten suchte.

»Edelmütig. Zuvorkommend. Großzügig«, half Kayden mir aus und sein Mundwinkel zuckte.

»Überraschend«, beendete ich meinen Satz. »Überheblichkeit ist absolut nicht nobel.«

Ein kurzes jungenhaftes Grinsen huschte über sein Gesicht und ich wäre vor Verblüffung beinahe über meine eigenen Füße gestolpert, so sehr veränderte es ihn.

»*Nobel* hatte ich nicht aufgezählt.«

Ich musste wegsehen, weil es plötzlich in meinem Bauch kribbelte und mir ganz leicht zumute wurde.

»Wir müssen nicht über das reden, was wir eben gesehen haben«, sagte er nach einer Weile und das Lächeln war aus seiner Stimme verschwunden.

»Das wäre mir recht.«

Ich wusste nicht, ob er enttäuscht von meiner Antwort war, denn als ich zu ihm hinübersah, nickte er nur kurz und blickte dann zum Palast, den wir inzwischen erreicht hatten.

Ich ließ mir in der königlichen Küche einen kleinen Essenskorb zusammenstellen und dann brachte mich Kayden wieder zu den Zelten der Krieger.

Auf unserem Rückweg schwiegen wir oder sprachen über Nichtigkeiten, als wäre der kurze Moment der Vertrautheit zwischen uns einfach davongeflogen. Dabei durfte ich mich keinesfalls der Illusion hingeben, dass dies jemals wieder passieren könnte. Dass ich mit ihm auf so engem Raum allein gewesen war, könnte meinen Ruf vollends ruinieren. In unserer Gesellschaft durfte es keine Vermischung von Magischen geben.

Ich konnte mir kaum vorstellen, was Ariana jetzt dachte – und dabei war sie meine Freundin. Ein Fremder hätte vermutlich sofort unseren Tod gefordert.

Kayden verabschiedete sich mit dem Versprechen, mich in einer Stunde zum Training abzuholen, sodass mir genug Zeit zum Essen blieb.

Ich setzte mich auf den Baumstamm vor meinem Zelt und öffnete den Korb, in dem Brot, Käse, Wurst und ein Apfel lagen. Während ich ein Stück Käse nahm und hineinbiss, sah ich Kayden hinterher, der mit schnellen Schritten davoneilte. Der Wolf, der mich jagte. Ein Lächeln huschte über meine Lippen.

Ich seufzte leise und aß weiter, während ich die Sonne auf meiner Haut genoss.

Mein Blick wanderte über die Zelte hinweg, die direkt vor mir lagen. Dahinter standen einige Bäume, und ein Stück weiter weg sah ich die Mauer, die uns vom Rest der Welt trennte. Ein Schauder überkam mich. Hinter dieser Mauer lebten die Dragen, die vor Jahrhunderten aus unserem Reich vertrieben worden waren und vor denen wir uns immer noch verstecken mussten.

Wie das Reich jenseits der Dragengebiete aussah, wussten nur die Götter. Seit der Errichtung der Mauer war nie wieder jemand von einer Reise dorthin zurückgekehrt. Es gab Legenden von alten Königreichen, wunderschönen Orten und fremdartigen Menschen mit Kräften, die unsere bei Weitem überstiegen. Aber vielleicht hatten die Dragen all diese Welten längst zerstört. Man erzählte sich von einer immensen Vielzahl von Dragen, die in einem Krieg erschaffen worden waren, der alle Menschlichkeit vernichtet hatte.

Ich blinzelte und schob diese Gedanken von mir.

Als ich wenige Minuten später Ariana auf mich zukommen sah, war ich nicht wirklich überrascht. Ihre Lippen waren leicht geöffnet, als sie sich neben mich setzte, und sie wirkte, als hätte sie den Schreck von vorhin noch immer nicht überwunden.

Wortlos reichte ich ihr ein Stück Brot. »Hast du Hunger?«

»Nein.« Sie griff dennoch danach und biss hinein. »Was war das eben?«

»Wir haben uns vor euch versteckt«, gab ich zerknirscht zu. »Als ich dich bei den Ställen hörte, habe ich uns in diese Kammer gedrängt und gehofft, dass ihr es nicht mitbekommt. Aber das hat nicht sonderlich gut geklappt.«

»Stimmt«, sagte sie. »Habt ihr … ich meine, seid ihr euch *nähergekommen*?«

Nun wurde ich rot und erstarrte vor Schreck. »Nein, bei der Göttin! Ariana, ich bin eine Eiserne und er ein Kupferner!«

»Natürlich. Ich habe auch nie geglaubt, dass du so leichtsinnig wärst.« Sie starrte auf das Brot in ihrer Hand. »Meinst du, dass er unser Geheimnis für sich behalten wird?«

»Ja, vielleicht ist er so nobel.« Bei diesen Worten hüpfte mir das Herz in der Brust. Ich kniff meine Augen zusammen und versuchte dieses unerwünschte Gefühl zu unterdrücken. Es war unangemessen und nicht zu entschuldigen. Ich konnte es mir nur damit erklären, dass er der erste Mann war, dem ich körperlich so nahe gekommen war. »Oder er wird euch später mit diesem Wissen erpressen.«

»Denkst du, das würde er tun?«, stieß sie entsetzt aus und legte ihre Hand auf meine, als müsste sie sich festhalten.

»Nein, nicht wirklich«, gab ich zu. »Ich denke, dass euer Geheimnis bei ihm sicher ist.« Ich biss ein weiteres Stück Käse ab und gab mich gelassener, als ich mich fühlte. »Was mich zu einer anderen Frage führt: Seit wann hast du wieder Kontakt zu Janus? Ich dachte, du hättest diese Geschichte beendet, als du Cedriks Antrag angenommen hast.«

Sie nickte fahrig. »Das habe ich auch! Aber …« Sie seufzte schwer. »Ich habe ihn vermisst. Und in den letzten Tagen so sehr, dass ich ihn unbedingt sehen musste. Nur ein einziges Mal.«

Ich biss mir auf die Unterlippe. »Du weißt, was ich davon halte.«

»Oh, Fiana, ich leide so sehr. Ich kann nicht mit ihm zusammen sein«, stieß sie aus und schluchzte leise, bevor sie flüsternd fortfuhr, als hätte sie Angst, jemand könnte sie hören. »Wir sind einfach zu verschieden. Es wird von mir erwartet, dass ich einen Mann aus meinem Stand heirate. Es würde meiner Familie Schande bereiten, wenn ich einen einfachen Gardekrieger ehelichen würde. Und meine Mutter … Bei den Göttern, sie ist die Königin und ich kann sie nicht derart demütigen.«

»Du solltest mit deiner Mutter sprechen.«

»Sie ist so begeistert von meiner Heirat mit Cedrik …«, sagte sie und stand ruckartig auf. »Meine Mutter würde ihr Leben für dieses Reich geben. Und ich meines für sie. Ich werde ihr diese Schmach nicht antun.«

»Nicht einmal für –?«

»Sag seinen Namen nicht«, bat sie mich tränenerstickt und in ihren Augen lag eine stumme Verzweiflung.

Ich griff nach ihrer Hand und drückte sie. »Ich werde dich immer unterstützen.«

Sie zwang sich sichtlich zu einem Lächeln, bevor sie ihre Schultern straffte. »Ich werde bei deinem Training heute dabei sein, wenn das für dich in Ordnung ist.«

»Das ist es«, versicherte ich ihr und drückte noch einmal ihre Hand.

Dann ging Ariana mit festen Schritten auf den Palast zu. So stolz, so stark und schön. Und dennoch ... da war dieses gebrochene Herz, ein dunkler Schatten, der sie umgab.

Ariana und Janus waren sich seit unserer Kindheit immer näher gekommen, sie hatten sich verliebt und konnten doch nie zu ihrer Liebe stehen. Zu groß war der Standesunterschied zwischen ihnen. Dennoch konnten sie nie voneinander lassen, bis Arianas Mutter eine Verlobung mit Cedrik anregte und Ariana ihr gehorchte. Es war die falsche Entscheidung. Doch egal welchen Weg Ariana auch wählte, ich würde immer hinter ihr stehen und für sie da sein.

12. KAPITEL

DER STREIT DER KONTRAHENTEN

Wenig später erwachten auch die anderen Teilnehmer des Kronenkampfes und traten aus ihren Zelten. Wir waren nur noch zehn Eiserne, die heute am dritten Wettkampftag teilnehmen würden, darunter Reyna, Aria, eine weitere Frau und sechs Männer.

Sie gingen alle in Richtung des Essenszeltes, um ihr Frühstück einzunehmen, doch ich trat in mein Zelt, um mich für das Training anzukleiden. Heute trug ich keine eiserne Kampfmontur, sondern lediglich eine Hose und ein Hemd. Beides hatte ich in meiner Truhe gefunden.

»Miss Fiana, seid Ihr fertig?«

Kaydens Stimme ließ mich freudig zusammenfahren und ich musste tief durchatmen, um dieses Gefühl wieder loszuwerden. Ich flocht mir meine langen dunklen Haare zu einem Zopf und rief: »Einen Moment noch.«

Bevor ich hinaustrat, band ich mir noch eine Schleife um das Zopfende.

»Oh.« Kaydens Blick wanderte meinen Körper entlang und spiegelte unverhohlenes Erstaunen. »Gut. In einem Kleid könntet Ihr wahrlich schlechter trainieren.«

»Möglich. Ich habe es noch nicht probiert«, erwiderte ich trocken.

»Das … also, Ihr seid …« Er schluckte und räusperte sich verlegen, bevor er sich schwungvoll umdrehte und in Richtung des Trainingsplatzes ging. »Wir sollten keine Zeit verlieren.«

Lächelnd sah ich ihm nach und betrachtete seinen wohlgeformten Hintern, der in einer engen dunklen Hose steckte. Sein Hemd war schwarz und saß etwas lockerer, und er trug klobige schwarze Stiefel.

Dann folgte ich ihm eilig. »Keine Sorge. Ich werde diese Runde schon irgendwie überstehen. Und wer weiß? Vielleicht brauche ich morgen ja keine Trainingskleidung mehr.«

Kayden hielt inne. »Ihr müsst diese Runde auf jeden Fall überstehen. Eure Kraft ist so immens, dass Ihr so weit wie möglich kommen müsst, damit sie Euch nicht genommen wird.« Er sprach nicht aus, woher er dies wusste, aber da er der Bruder des Kupferkönigs war, wunderte ich mich nicht darüber.

»Es geht dabei um Geschicklichkeit, nicht wahr?«, sagte ich leise. Das wusste ich noch von dem letzten Kronenkampf.

Er nickte neben mir. »Richtig. Ihr letzten zehn Krieger seid außerordentlich stark, könnt Euch beherrschen und müsst nun zeigen, dass Ihr Eure Kräfte auch geschickt einsetzen könnt.«

»Das ist bei mir äußerst unwahrscheinlich«, entgegnete ich. Wir hatten den Trainingsplatz gerade erreicht, vor dem gerade einige Diener Waffen in Holzkisten aufstellten.

»Ich werde diese Kräfte niemals kontrollieren können oder vernünftig einsetzen. Niemand würde mich zur Königin machen wollen. Niemand, der einigermaßen bei Verstand ist«, fuhr ich fort.

»So will es unser Gesetz – und ganz ehrlich«, sagte er und schmunzelte, »wenn Ihr es in dieser Runde zumindest schafft, Euch oder andere nicht zu verletzen, dann habt Ihr Euch immens gesteigert.«

Ich warf ihm einen bösen Blick zu. »Hört auf, Euch über mich lustig zu machen.«

»Gönnt mir doch dieses Vergnügen«, erwiderte er mit einem

Grinsen und blieb vor einer der Holzkisten stehen. Sie enthielt einige Bögen.

Dann wurde Kayden wieder ernst. »Ihr werdet einen Parcours bewältigen müssen.«

»Wie in den letzten Kronenkämpfen?«

»Richtig. Also kennt Ihr die Disziplinen?«

»Ja, es sind fünf verschiedene: Bogenschießen, Weitwurf, Stabhochsprung, Balancieren mit einem Stock und Messerwurf.«

Kayden nickte, während er zu den nächsten Kisten ging und sich aus jeder einen Gegenstand für den Wettbewerb herausholte, den er mir in die Hand drückte. »Wisst Ihr auch, inwiefern die Magie dabei eine Rolle spielt?«

»Beim Weitwurf muss ich meine Magie einsetzen, um so weit wie möglich werfen zu können. Beim Stabhochsprung werde ich die Magie in den Stab legen müssen, um über die Mauer zu gelangen. Und beim Balancieren werde ich das Seil durch meine Magie ruhig stellen, da es sonst unmöglich wäre, darauf zu gehen. Allerdings weiß ich nicht genau, wie das funktionieren soll. Und das Messerwerfen verläuft vermutlich ähnlich wie das Bogenschießen?«

Ich betrachtete die Messer, die Kayden nun aus einer der Holzkisten holte, bevor wir zur nächsten Kiste gingen, die lange Holzstäbe enthielt. Er reichte mir einen davon und ich balancierte ihn auf meinen Händen.

»Beim Bogenschießen werdet Ihr das Ziel nicht sehen können, weil es im Dunkeln liegt. Aber in der Mitte des Ziels steckt ein Eisennagel, den Ihr erspüren müsst«, erklärte Kayden und bedeutete mir, ihm zu folgen. »Dalia sagte mir, Ihr hättet heute Morgen bereits große Fortschritte darin gemacht.«

»Ich denke, für mein erstes Training war es in Ordnung.« Ich lächelte bei der Erinnerung daran, dass ich am Ende alle von Dalia versteckten Gegenstände gefunden hatte.

»Gut. Das wird Euch die Prüfung erleichtern.«

Auf dem Trainingsplatz waren verschiedene Stationen aufgebaut, die einen Parcours ergaben. Ich wusste von den früheren Kämpfen, dass sie in der Dunkelheit viel furchterregender sein würden.

»Beim Balancieren müsst Ihr Euch mit dem Seil verbinden«, erklärte Kayden. »Es sind feine Eisenfäden darin eingearbeitet, aus denen Ihr Magie schöpfen könnt.«

Ich nickte, während ich ihm weiter folgte. Wir passierten eine Reihe von Zielscheiben. Außer ein paar Dienern, die alles für das Training vorbereiteten, waren wir allein auf dem Platz, die anderen waren wohl noch beim Frühstück.

»Beim Messerwerfen werdet Ihr die Ziele sehen, die Klingen der drei Messer sind aus Eisen. Dieser Wettkampf dient eher der Unterhaltung der Zuschauer, würde ich sagen«, fügte er leiser hinzu, als würde er mir einen geheimen Gedanken verraten.

»Das ist gut möglich«, sagte ich und blieb hinter ihm stehen, als wir eine der drei aufgebauten Balancierstrecken erreichten. Sie lag ganz hinten auf dem Platz, und es kam mir vor, als hätte Kayden mich hierhergebracht, um mich vor neugierigen Blicken zu schützen.

»Ich denke, diese Disziplin könnte die schwerste für Euch sein. Deshalb beginnen wir hier.«

»Danke«, erwiderte ich trocken. »Zu gütig, edler Ritter.«

Wieder erschien dieses jungenhafte Grinsen auf seinen Lippen, die – wie mir plötzlich auffiel – erstaunlich voll waren.

Ich sah schnell weg und konzentrierte mich auf die Balancierstrecke. Zwischen zwei in den Boden geschlagenen Holzpfählen war ein langes Seil gespannt, in dem einzelne Fäden silbrig glänzten.

»In meiner Erinnerung mussten die Kämpfer in einer viel größeren Höhe balancieren.«

»Heute Abend wird das Seil viel weiter oben hängen«, sagte Kayden und bedeutete mir, ihm den Holzstab zurückzugeben, den ich immer noch in meinen Händen hielt.

Mit einem entschlossenen Nicken ging ich zu dem rechten Pfahl und trat auf die hineingehauene Stufe. Als ich auf der Höhe des Seils war, drehte ich meinen Kopf zu Kayden.

»Wie genau funktioniert das jetzt?«

Er nahm den Stab, der doppelt so groß war wie ich, und reichte ihn mir. »Haltet ihn mittig und versucht erst einmal die Balance zu finden.«

Ich blieb auf dem kleinen Podest stehen, von dem aus man das Seil betreten konnte, und nahm den Stab. Er war so schwer, dass ich kurz schwankte und Kayden dankbar anlächelte, als er ihn noch eine Weile festhielt und mir damit half.

»Ich glaube, das wird klappen«, sagte ich zuversichtlich und machte einen Schritt nach vorn.

Das Seil gab unter meinem Gewicht nach und im nächsten Moment landete ich mit einem erschrockenen Aufschrei auf dem Rasen.

»Oder auch nicht …« Kaydens Lachen hallte über den gesamten Platz. »Habt Ihr überhaupt Eure Magie gerufen?«

»Natürlich nicht! Das war doch deutlich zu sehen, oder?« Ich rappelte mich leise fluchend auf und gab ihm den Stab zurück, bevor ich wieder auf den Holzpfosten kletterte. Ich starrte das Seil an, als wäre es mein persönlicher Feind. »Eure Schadenfreude macht Euch übrigens unsympathisch.«

»Ich bin nicht schadenfroh«, stellte er mit ernster Stimme klar. »Es tut mir leid, wenn das so rübergekommen ist.«

Vielleicht hatte ich ein wenig überreagiert, aber ich hasste es, ausgelacht zu werden. »Es sei Euch verziehen.«

»Konzentriert Euch jetzt bitte auf Eure Magie«, befahl Kayden und stellte sich mit verschränkten Armen neben mich.

Ich nickte, tarierte das Gewicht des Stabes nun zwischen meinen Fingern aus und schloss die Augen. Meine Eisenmagie, die meine Ahnen mir weitergegeben hatten und die aus den Sternen gewonnen war, hatte ihren Namen von ihrer besonders starken Verbindung zu dem entsprechenden Metall. Die feinen Eisenfäden, die ich zuvor in dem Seil gesehen hatte, fühlte ich nun durch die Sohle meines Schuhs. Ich spürte, wie ihre Energie sich meiner Magie förmlich entgegenreckte.

Kayden merkte offenbar, dass ich bereit war, und leitete mich weiter an. »Nun versucht Eure Magie in das Seil hineinzuleiten. Ihr müsst es vor Eurem inneren Auge sehen.«

Ich nickte wieder vorsichtig, während ich versuchte seinen Rat umzusetzen. Die Magie in meinem Innersten knisterte vor Aufregung, als hätte ich sie viel zu lange eingesperrt und als freute sie sich nun auf die Freiheit. Meine Finger umfassten den Stab fester und ich setzte meinen Fuß leicht schräg auf, um mich auszubalancieren und danach auch den anderen Fuß auf das Seil zu stellen. Ein kurzes Wanken ließ mich schlucken, doch ich schickte einfach noch mehr Magie durch meine Beine in das Eisen hinein, und es war, als würden sich die Fäden ausweiten und das Seil verhärten, sodass mir die Balance plötzlich viel leichterfiel. Ich machte noch einen Schritt und ließ meine Augen geschlossen.

»Sehr gut.« Kayden klang, als ob er lächelte.

Ich wankte, denn mein Herz stolperte, und ich presste rasch meine Lippen zusammen. »Seid leise!«

Er schnaubte neben mir, und es wirkte wie ein unterdrücktes Lachen, doch dann schwieg er.

Es passte mir überhaupt nicht, dass Kayden mich derart aus der Ruhe bringen konnte. Doch das war von Anfang an so gewesen, ich hatte mich schon fast daran gewöhnt.

Ich ging immer weiter über das Seil und wurde langsamer, wenn ich wankte, doch das feste Gefühl unter meinen Sohlen, die Magie und das Eisen, leiteten mich. Es war, als würde ich durch die Luft schweben.

Als ich das Ende des Seils erreicht hatte und erleichtert auf die kleine Holzplattform trat, entfuhr mir ein kleiner Freudenschrei. Im selben Moment schwankte das Seil, meine Konzentration riss und ich landete auf dem Boden.

Kayden streckte mir seine Hand entgegen. »Da habt Ihr Euch wohl etwas zu früh gefreut.«

Scham ließ meine Wangen brennen. Doch dann steckte sein offenes Lachen mich an, und ich klopfte mir kichernd den Staub von meiner schwarzen Trainingskleidung. »Ansonsten war ich doch gar nicht schlecht, oder?«

»Stimmt«, sagte er und lächelte mich an. Es war ein anderes Lächeln als sonst, warm und weich, kein bisschen überheblich. Es lag eine Wärme darin, die mich erröten ließ.

Ich sah schnell weg und tat so, als würde ich überprüfen, ob jemand meinen unschönen Fall gesehen hatte. Tatsächlich befanden sich schon ein paar Krieger an den übrigen Stationen des Parcours. Neben ihnen standen Gardisten.

»Haben die anderen etwa auch ihre persönlichen Trainer?«, fragte ich Kayden.

»Nun, Ihr habt doch wohl nicht erwartet, dass Ihr eine Sonderbehandlung bekommt, oder?«

Ich gab mir nicht die Blöße zuzugeben, dass ich tatsächlich damit gerechnet hatte. Ich wollte gerade etwas erwidern, als plötzlich ein Schrei über uns hinweghallte, so laut, als wäre er im gesamten Königreich zu hören. Im nächsten Moment ertönte Glockengeläut.

Das Blut gefror mir in den Adern.

»Die Warnglocken«, sagte Kayden erstaunlich ruhig.

»Ich habe sie noch nie gehört«, stieß ich hervor und mein Kopf war plötzlich wie leer gefegt. Ich wusste, dass diese Glocken nur bei höchster Gefahr geläutet wurden. Wenn sie erklangen, mussten wir in unseren Häusern bleiben und durften die Türen nicht öffnen, bis ihr Läuten aufhörte. Das konnte nur eins bedeuten.

»Ein Dragenangriff«, flüsterte ich entsetzt.

Kayden griff nach meiner Hand und zog mich über den Platz, von dem nun auch die anderen Krieger flohen.

»Wir müssen rasch in den Königssaal«, rief er mir im Laufen zu. »Die Zelte sind zu unsicher. Einen Dragen kann nichts aufhalten, außer wenn man ihn mit einem Schwert den Kopf abtrennt.«

Ich rannte schneller und fühlte mich so erleichtert, dass Kayden bei mir war, dass es mir die Tränen in die Augen trieb. Seine Anwesenheit reichte aus, um mir Mut zu machen.

Ich blinzelte die Tränen weg und hob mein Kinn, während wir in Richtung des Palastes weiterrannten. Dort brachte man die Krieger des Kronenkampfes im Königssaal in Sicherheit. Bereits auf dem Weg dorthin kamen uns zahlreiche Gardisten entgegen, bis auf die Zähne bewaffnet und mit flimmernder Magie.

Die Könige waren vermutlich in einem der Palasttürme untergebracht worden, bis das Chaos sich gelegt haben würde. Kayden verschwand, nachdem er mich in den Saal geführt hatte, und die Gardekrieger verschlossen die Türen hinter ihm.

Ich lief zum Fenster, doch von hier aus konnte ich nur die Arena sehen und nicht die Stadt. Ob die Dragen inzwischen dort angekommen waren? Noch immer läuteten die Glocken, doch hier drin klangen sie dumpf und weit entfernt.

Reyna stand in meiner Nähe mit ein paar anderen Kriegern zusammen und unterhielt sich.

»Ich habe gehört, dass schon vor ein paar Wochen ein Dragen hier in der Stadt gesehen wurde«, hörte ich sie sagen.

Ich musste an Silas, den Freund von Arianas Verlobtem, denken.

Es fühlte sich an, als wäre eine Ewigkeit vergangen, seit er vor meinen Augen festgenommen und von Gardisten aus dem gläsernen Turm geführt worden war. Angeblich hatte er eine Frau in einen Dragen verwandelt. Allein der Gedanke daran ließ meinen Hals eng werden. Offenbar war das Stillschweigen darüber, das die Könige gefordert hatten, nicht eingehalten worden. Sonst wüsste Reyna ja nichts davon.

»Meint ihr, es wurde vertuscht?«, fragte sie nun in die Runde.

Aria, die am Fenster neben mir stand, stieß ein lautes Schnauben aus. »Glaubst du wirklich, unsere Königin würde uns ein solches Ereignis verheimlichen? Und so jemand wie du will Königin werden! Da können wir doch nur hoffen, dass du nicht gewinnst.«

»Was soll das heißen?«, rief Reyna wütend und baute sich vor ihr auf. »Nur weil ich die Situation hinterfrage? Weil ich dem System nicht stumm folge und nicht versuche, mit ein bisschen Speichelleckerei auf den Thron zu gelangen?«

Aria stieß ein leises Knurren aus und ging langsam auf sie zu. »Was soll das heißen?«

»Das soll heißen, dass ich deinen kleinen Angriff auf Fiana neulich, der im Namen der Könige stattfand, ziemlich hinterhältig fand«, erwiderte Reyna. Sie warf mir einen kurzen Seitenblick zu, bevor sie sich wieder an Aria wandte. »Glaubst du wirklich, dass du mit deiner Schleimerei die besseren Chancen auf den Sieg hast?«

Ich beobachtete das zornige Wortgefecht der beiden und entschied, dass ich nicht daran teilnehmen würde. Dieser Zickenkrieg, dieses Gerangel und Machtgehabe – das alles gefiel mir nicht und ich würde mich auch nicht hineinziehen lassen.

Ich wandte mich von den beiden ab und ging an der Fensterreihe entlang, um draußen vielleicht doch noch irgendetwas zu entdecken.

Nach wie vor ertönte das gedämpfte Glockengeläut durch den Palastsaal. Furcht erfasste mich, und durch meinen Kopf schossen tausend Fragen. Was das wohl für ein Angriff war? Kam er aus der Stadt oder hatten es einige Dragen über unsere eigentlich unüberwindbare Mauer geschafft?

Das durfte auf keinen Fall passiert sein. Wenn die Dragen es über die Mauer geschafft hatten, würde unser Königreich innerhalb weniger Tage fallen. Es gäbe wohl kaum jemanden, der diesen Sturm überleben könnte, und selbst wenn – was würde er danach tun? In der Wildnis leben und hoffen, dass ihn nicht eines Nachts eine Horde fleischfressender wilder Monster überfiel?

Ich lehnte meine Stirn an die kühle Fensterscheibe und schloss für einen Moment meine Augen, um mich zu beruhigen. Ich durfte jetzt nicht innerlich durchdrehen. Ich musste ruhig bleiben für das, was mich erwartete.

13. KAPITEL

IMPROVISATION IST DER BESTE SIEGER

Endlich hörten die Glocken auf zu läuten. Es kam mir vor, als hätte der Lärm mehrere Stunden gedauert, auch wenn es vermutlich kaum mehr als zwanzig Minuten gewesen waren. Nach wie vor hatte uns niemand über die Ereignisse informiert, die draußen vor sich gingen. Ich hatte mich nach dem unangenehmen Streit zwischen Reyna und Aria von den anderen Kriegern abgesondert. Die beiden hatten sämtliche Zurückhaltung fallen lassen, weil sie sich unbeobachtet glaubten.

Dabei wusste ich, dass sich hinter den Wänden Geheimgänge befanden und dass man durch einige der Gemälde in den Königssaal hereinsehen konnte. Das hatten Ariana, Dalia und ich früher oft gemacht, und wir waren einmal von einem Diener dabei erwischt worden, der uns glücklicherweise nicht verraten hatte.

Da die Gefahr offenbar vorbei war, beruhigte ich mich ein wenig. Doch in meiner Brust blieb ein unterschwelliges Dröhnen, als würde mein Unterbewusstsein mich vor irgendetwas warnen wollen.

Plötzlich wurden die Türen des Königssaals aufgerissen und laute Schreie ertönten, während aus der Ferne wieder die Glocken zu hören waren.

Gardisten strömten herein, packten uns und zerrten uns hinter sich her.

»Sie sind hier im Palast!«, rief jemand entsetzt.

Ich keuchte auf und sah gerade noch, wie die übrigen Anwärter in verschiedene Nebengänge des Palastes gebracht wurden.

Dunkelheit umschloss uns, als wir in einem der Geheimgänge des Palastes landeten, und nur mein lauter Atmen war noch zu hören.

»Sie haben uns überrannt! Ich bringe Euch in Sicherheit!«, rief der Gardist, der mich hinter sich herzog.

Dröhnend ertönten die Glocken, Staub wirbelte durch unsere Schritte auf, und der schmale Weg wurde nur von den wenigen Lichtschlitzen an den Zugängen erhellt, die Gucklöcher boten. Spinnennetze verflochten sich mit meinen Haaren und ich rannte, rannte, rannte.

»Sind der König und die Königin in Sicherheit?«, fragte ich atemlos, während wir durch die Finsternis eilten. »Und Ariana?«

»Ja«, erwiderte der Gardist, der plötzlich langsamer wurde.

Ich hatte völlig die Orientierung verloren und keine Ahnung, wohin die Tür führte, vor der er wenig später stehen blieb.

»Wir werden Euch in den gläsernen Turm bringen. Von dort aus gibt es geheime Fluchtmöglichkeiten.«

In meinem Kopf tauchten Erinnerungen aus meiner Kindheit auf, wir hatten dort häufig Verstecken gespielt und einige verborgene Türen gefunden.

Ich nickte zögernd. »Die sind mir bekannt.«

»Das gibt uns Zeit, weil ich sie Euch nicht lange erklären muss«, antwortete der Gardist geradezu erleichtert und legte seinen Zeigefinger auf die Lippen.

Ich hörte meinen schweren Herzschlag, während ich an der Tür lauschte. Der Gardekrieger legte sein Ohr an das Holz und schloss die Augen, als müsste er sich konzentrieren.

Sekunden vergingen und ich versuchte die Angst zu unterdrücken, doch sie hatte mich wie eine Würgeschlange im Griff und drohte mich zu zerquetschen. Mein Atem wurde schwerer und ich rang nach Luft. Die Glocken schienen lauter zu werden. Die Wände kamen näher. Die Dunkelheit wurde dichter.

Da öffnete der Gardist seine Augen. Sein Mundwinkel zuckte. »Nichts zu hören.«

»Ist das ein gutes Zeichen?« Meine Stimme klang unnatürlich laut, obwohl ich flüsterte.

Er hob seine Augenbrauen und sein Lächeln nahm einen grausamen Zug an. »Sie sind laut, wenn sie jagen …«

Ich stieß ein ersticktes Keuchen aus, nickte und ballte meine Faust um die Handkette, die ich noch immer bei mir trug. »Lasst uns gehen.«

Der Gardist nickte und öffnete vorsichtig die Tür. Ich wartete sein Handzeichen ab, bevor ich ihm in den hellen Flur folgte. Riesige Fenster spendeten ein so grelles Licht, dass ich blinzeln musste. Ich brauchte einen Moment, um mich zu orientieren, doch dann sah ich, dass wir nicht weit vom gläsernen Turm entfernt waren. Es war der Turm, in dem Silas, Cedriks Freund, festgenommen worden war.

Wir setzten uns Bewegung, als plötzlich hinter uns Schreie ertönten.

»Verdammt!« Der Gardekrieger packte mich und wollte mich wieder mit sich zerren.

Doch im nächsten Moment sah ich eine finstere Gestalt um die Ecke sturmen, die sich mit voller Wucht auf den Gardisten warf. Mit einem dumpfen Schlag landete er auf dem Boden. Blut sammelte sich um seinen Kopf. Er zuckte und erschlaffte dann.

Ich schrie vor Schreck auf, stolperte zurück und starrte die dürre Gestalt an, die so groß war wie ich. Ihre Haut war grau. Ihre Augen leuchteten und ihr lippenloses Maul war blutverschmiert. Es war ein Dragen, der sich über den toten Gardisten beugte.

Ich hob meine Hände, um den leblosen Körper zu schützen. Doch da hatte sich der Dragen auch schon auf den Gardisten gestürzt und grub seine Zähne in sein Fleisch.

Ich unterdrückte ein Würgen, fuhr herum und rannte voller Panik davon. Ein Brüllen, unmenschlich und doch menschenähnlich, folgte mir, und dann hörte ich ein Schmatzen, Reißen und Knurren.

Grauen erfasste mich und ich rannte so schnell ich konnte in Richtung des gläsernen Turms. Ich wagte nicht, um Hilfe zu rufen, um dieses Monster nicht auf mich aufmerksam zu machen, das nun im Blutrausch war. Ich hoffte, dass im Turm noch andere Gardisten waren, die mir vielleicht helfen konnten.

Da hörte ich dicht hinter mir das grauenerregende Brüllen des Dragen, der direkt in meine Richtung stürmte. Mir entfuhr ein Schrei und mich durchzuckte der Gedanke, dass ich mich rasch hinter irgendeiner Tür verstecken sollte. Doch ich wusste, dass es hier keine weiteren Geheimgänge gab und dass ich dann in der Falle sitzen würde. Ich musste zum Turm!

Die Schritte des Dragen wurden lauter, kamen immer näher. Ich wagte nicht, mich umzudrehen, und rannte immer schneller.

Da hörte ich plötzlich ein leises Weinen. Ich sah nach rechts durch eine offene Tür in eines der Schlafzimmer des Palastes. Auf einem Bett saß ein Mädchen und schluchzte.

Die Schritte hinter mir kamen bedrohlich nahe, der Dragen war direkt hinter mir.

Ich sah zu dem Mädchen und stieß einen gellenden Schrei aus, ehe ich in das Zimmer sprang und hastig die Tür hinter mir zuwarf.

»Versteck dich unter dem Bett!«, schrie ich dem Mädchen zu.

Die Kleine heulte erschrocken auf.

»Los, mach schon!«

Ich schloss die Tür hinter mir und drückte von innen dagegen.

Im nächsten Moment warf sich ein so hartes Gewicht gegen die Holztür, dass sie sich bog.

Das Mädchen schrie, sprang vom Bett und kroch darunter. Mein Herz explodierte schier in meiner Brust, während ich mich umsah und zum Kleiderschrank rannte. So fest ich konnte stemmte ich mich dagegen und warf ihn um, genau vor die Tür, die inzwischen bedrohlich knarzte.

Bum.

Bum.

Ein hungriges Heulen hallte durch die Gänge.

Bum.

Das Holz ächzte. Ich wich zurück.

»Was ist das?« Das Mädchen heulte. Sie konnte kaum älter als fünf Jahre sein.

»Ein Monster«, flüsterte ich und betete zu Göttin Aneta und Gott Damin, dass sie dieses Kind retten mochten. Dann sah ich zu dem Mädchen unter dem Bett, ich sah sein verängstigtes, tränennasses Gesicht und zwang mich, meine eigene Angst zu bändigen.

»Ich werde dich so gut wie möglich beschützen«, versprach ich ihr. »Egal was du hörst – mach kein Geräusch und warte, bis die Gardisten kommen und das Ungeheuer weg ist.«

»Aber –«

Bum.

Holz knirschte, als sich die ersten Risse bildeten.

Bum.

»Ich habe genauso Angst wie du«, rief ich ihr zu, während ich durch das Zimmer rannte, um auch den Schreibtisch umzuwerfen und ihn über den Boden zu schleifen. »Ich habe verdammte Angst. Aber jetzt müssen wir mutig sein, okay?«

Sie schluchzte. »Ja, ich werde mutig sein.«

Ich schob den Schreibtisch vor das Bett, rollte den Teppich ein und stopfte ihn in die Lücke, sodass das Mädchen von der Tür aus nicht mehr zu sehen war. Dann eilte ich zum Waschtisch und stieß ein erleichtertes Stöhnen aus, als ich einen Parfümflakon dort auf der Ablage entdeckte.

Im selben Moment, als das Holz der Tür nachgab, warf ich den Flakon zu Boden und ein penetranter Geruch nach Blumen erfüllte das Zimmer. Ich hoffte inständig, dass es ausreichen würde, um den Duft des Mädchens zu überdecken.

Jetzt stand ich mitten im Raum und sah dem Dragen entgegen, der die Tür gerade aus den Angeln riss und blitzschnell auf den Schrank sprang, der auf dem Boden lag. Das Monster knurrte und verzog sein Gesicht zu einer hungrigen Fratze. Blut rann zwischen seinen Zähnen hindurch, während es in die Knie ging.

Du wirst sie nicht kriegen, dachte ich und ballte wütend meine Hände zu Fäusten.

Der Dragen brüllte und sprang los, direkt auf mich zu. Ich warf mich zur Seite, hob meine Hände und spürte, wie Magie durch meine Adern rauschte. Ich schrie, während sie aus meinen Händen schoss und sich in den Leib des Dragen grub. Im nächsten Moment verpuffte die Bestie zu einer dunklen Rauchwolke und … verschwand.

Meine Magie zog sich zurück und ich starrte ungläubig auf die Stelle, wo der Dragen kurz zuvor noch gestanden hatte. Das war unmöglich. Dragen verpufften nicht einfach. Man musste ihnen den Kopf abschlagen, um sie zu töten.

Doch ich dachte nicht länger darüber nach, sondern wirbelte zu dem Bett herum. Keuchend schob ich den Schreibtisch davor zur Seite.

»Wir müssen hier weg!«, schrie ich dem Mädchen zu. »Komm, ich bringe dich in Sicherheit!«

Ich streckte ihr meine Hand entgegen. Doch in dem Moment, als ich sie berührte, zerstob sie zu Tausenden glitzernden Eisenfunken.

Mein Herz schlug hart gegen meine Rippen. »Was …?«

»Es ist vorbei.«

Verwirrt sah ich zu Kayden, der plötzlich in der Tür stand.

»Was ist hier los?«, fragte ich. »Was ist hier gerade passiert?«

»Komm mit«, sagte er.

Ich zögerte, sah zum Bett, unter dem das Mädchen eigentlich hätte liegen müssen. Aber sie war weg … Es war, als wäre mein Verstand zu sehr damit beschäftigt zu überleben, sodass ich einfach nicht begriff, was hier geschehen war.

Mein Blick wanderte zur Tür, die unversehrt schien, obwohl sie eigentlich hätte zerstört sein müssen.

»Fiana.« Kaydens Gesichtsausdruck war ganz weich und er trat einen weiteren Schritt auf mich zu. »Nimm meine Hand.«

Ich betrachtete seine Hand, rau von den vielen Kämpfen, gebräunt von der Sonne, und ergriff sie. Seine Finger umfassten meine und ich spürte eine Sicherheit, wie ich sie nie gekannt hatte.

Kaydens Mundwinkel hob sich. Er zog mich näher an sich heran und wischte eine verirrte Strähne aus meinem Gesicht, ganz vorsichtig, als könnte er mich mit einer Berührung zerbrechen.

»Das war sehr mutig von dir«, sagte er leise.

Ich schluckte, konnte nichts erwidern, sondern nur fühlen. Wo all meine Angst gewesen war, pochte nun etwas anderes, etwas Tieferes. Ich spürte es bis in meine Seele hinein, und obwohl es sich falsch anfühlte, sog ich es auf und schwor mir, dieses Gefühl nie wieder loszulassen.

»Kommst du mit mir?«, fragte er, als ich noch immer schwieg.

Ich nickte, denn ich wusste, dass ich ihm überallhin folgen würde.

Wieder kamen mir Tränen, als ich neben ihm herging, und ich

konnte sie nicht wegwischen, konnte nur vor mich hin starren. Die Welt rauschte an mir vorbei und ich begriff nicht, was hier gerade passiert war. Ich war angegriffen worden und der Dragen war einfach verschwunden.

Ich dachte an das Mädchen und mein Herz zog sich zusammen.

Kayden brachte mich in den Königssaal. Es fühlte sich an, als wären Stunden vergangen, seit wir auf unserer Flucht voneinander getrennt worden waren.

»Ich verstehe immer noch nicht, was hier gerade passiert ist.«

»Du brauchst dir keine Sorgen zu machen.« Er sah mich mit einem stolzen Lächeln an. »Du warst unglaublich.«

Er schob mich in den Königssaal, während mir wieder viele Fragen durch den Kopf gingen. Woher wusste er, was ich getan hatte? Und warum war er allein aufgetaucht, ohne Unterstützung? Da fiel mir ein, dass er nicht einmal eine Waffe gezückt hatte.

Im Königssaal saßen Königin Sadira und König Theon auf ihren Thronen und dahinter sah ich die königlichen Berater auf ihren Plätzen. Zu beiden Seiten standen zwei Krieger, darunter auch Reyna, die verstört aussah.

»Wo sind die anderen?«, fragte ich sie und schluckte, denn mein Hals war plötzlich ganz trocken geworden.

»Fiana«, begrüßte mich Königin Sadira lächelnd. »Kommt zu uns, wir werden Euch alles erklären.«

Ich sah zu Kayden zurück, der mir aufmunternd zunickte, und stellte mich dann neben Reyna. Sie war blass und schien ebenfalls nicht zu wissen, was hier vor sich ging.

»Herzlichen Glückwunsch«, sagte da König Theon und musterte uns der Reihe nach. »Ihr alle habt soeben die vierte Prüfung bestanden und bewiesen, dass euer Herz euer Handeln bestimmt. Jeder von euch hat ein Leben gerettet, auf die Gefahr hin, dass es euch euer eigenes kostet. Das erfordert großen Mut.«

Mir wurde schwindelig. »Das alles war nur eine Prüfung?« Meine Stimme bebte.

Königin Sadira nickte. »Es waren Illusionen. Ihr konntet sie nicht durchschauen. Aber ihr habt die gefährliche Situation gemeistert.«

»Was ist mit den anderen …?«, begann Reyna, doch sie verstummte.

»Sie haben versagt«, erklärte König Theon. »Doch ihr habt im Kronenkampf die nächste Runde erreicht, die schon in wenigen Stunden stattfinden wird.« Er lächelte uns an. »Nun müsst ihr dem Volk natürlich noch euer Geschick beweisen.«

14. KAPITEL

DIE PRÜFUNG DES GESCHICKS

Ich stand in meinem Zelt, und mein Körper zitterte noch immer von den Schrecken dieses grausamen Kampfes, der in Wirklichkeit nur eine Illusion gewesen war. Draußen dämmerte es bereits, und weil ich keine Kerzen entzündet hatte, war es düster.

»Und das Mädchen …?« Meine Stimme bebte vor Entsetzen.

»Auch sie war nicht echt«, erklärte Kayden, der hinter mir stand und geschwiegen hatte, seit wir den Königssaal verlassen hatten.

Langsam drehte ich mich zu ihm um, während ich noch immer zu begreifen versuchte, was da gerade passiert war. »Das war alles geplant, oder?«

Kayden nickte, doch sein Blick gab nichts preis.

»Warum?«, flüsterte ich und sah immer wieder die panischen Augen des Mädchens vor mir. Wie konnte sie nicht real gewesen sein, wenn es sich doch bis in die Tiefen meines Herzens so angefühlt hatte? »Warum tun sie so etwas Grausames?«

Kaydens Gesichtsausdruck wurde weicher, während er auf mich zuging und wenige Schritte vor mir stehen blieb. »Nur eine Königin, jemand, der sein Reich wirklich liebt, würde sich selbst über das Wohl eines anderen stellen. Du hättest das Kind gerettet und dich dafür geopfert.«

»Und was war deine Aufgabe bei diesem schrecklichen Spiel?«, fragte ich.

Seine Mundwinkel zuckten. »Wir mussten doch sicherstellen, dass du mit deiner Magie nichts in Brand steckst.«

»Siehst du«, flüsterte ich, statt über seinen Scherz zu lachen, und meine Augen fielen auf die geöffnete Truhe. Es schien eine Ewigkeit her, dass ich mich für das Training umgezogen hatte. »Was wäre ich für eine Königin, die ständig überwacht werden muss, damit sie das Königreich nicht niederbrennt? Lasst mich gehen«, bat ich mit matter Stimme.

»Aber du bist schon so weit gekommen.« Er kam noch einen Schritt näher. »Du bist stärker, als du glaubst. Mutiger, als du dir eingestehst. Schöner, als es erlaubt ist.«

Ich starrte zu ihm hoch, überrascht von seiner vertraulichen Anrede. Mein Herz pochte und vertrieb allmählich die Angst, die mir noch in den Knochen steckte. »Ich … ich weiß nicht, was ich sagen soll.«

Er lachte kurz und mit leiser Verzweiflung. »Sag besser nichts. Ich rede wirr.« Dann drehte er sich um und es wirkte, als wollte er gehen und mich einfach hier zurücklassen. Doch dann fuhr er herum und sah mich anklagend an, als wäre ich für sein Leid verantwortlich.

»Wieso machst du es mir so schwer?«

»Was meinst du damit?«, erwiderte ich verwirrt und entrüstet zugleich. »Du bist doch derjenige, der mir immer viel zu nahe kommt! Das hier ist so –«

»Falsch«, beendete er den Satz für mich, als ich stockte.

»Aber wir haben nichts Falsches getan«, fügte ich hinzu und hob mein Kinn. »Du bist mein Gardekrieger und sollst mich durch diese schwierige Zeit begleiten.«

»Ja«, sagte er und schaute mich stirnrunzelnd an, bevor ein herzerwärmendes Lächeln sein Gesicht erhellte. »Es tut mir leid, dass wir nicht noch mehr trainieren konnten.«

»Ich werde versagen«, erwiderte ich vergnügt und eine Welle der Erleichterung erfasste mich. »Und ich werde diesen Kronenkampf als Verliererin beenden.«

»Aber du musst dir Mühe geben«, sagte er nun eindringlich. »Die Mönche merken es, wenn man versucht sie zu täuschen. Du musst dich anstrengen, denn sonst werden sie dich bestrafen.«

»Oh nein.« Mein Flüstern kam mir in der Stille meines Zeltes beinahe laut vor. »Werden sie mir dann meine Kräfte wegnehmen?«

»Das werden sie. Es ist das Gesetz. Deshalb musst du alles geben und hoffen, dass es nicht reicht.« Kayden lachte erneut. »Ich glaube, das hat noch niemand in den Zelten der Kronenkämpfer gesagt.«

Ein Schmunzeln trat auf meine Lippen und ich atmete tief durch. Dann sah ich zu Kayden auf, der meinen Blick erwiderte, sanft und warm und doch distanziert. Zwischen uns knisterte es, ich konnte es tief in meiner Brust spüren, dieses Band, das uns zueinander hinzog.

Mein Blick fiel auf seine vollen Lippen und ich wich ein Stück zurück, ehe ich tief durchatmete. »Ich werde jetzt besser etwas essen gehen, bevor in wenigen Stunden der Wettkampf beginnt.«

Kayden brauchte einen Moment, um mir zu antworten. »Ja, etwas essen klingt gut.«

»Aber vorher muss ich mich umziehen«, fügte ich hinzu, während ich auf meine staubige Trainingskleidung blickte.

Ich hörte, wie er in Richtung des Zeltausgangs ging.

»Bis gleich«, murmelte er.

»Bis gleich.«

Ich schloss meine Augen und sog tief Luft ein. Dann fuhr ich mir über mein Gesicht und versuchte mich zu beruhigen, mich von Kaydens Nähe zu erholen.

Etwas war da zwischen uns.
Mein Herz sagte es mir.
Und dennoch.
Es durfte nicht sein.
Es würde uns umbringen, wenn ich es zuließ.

♦♦♦♦

Ich brauchte eine ganze Weile, um mich zu sammeln, und erreichte das Essenszelt deshalb erst, als alle anderen schon an den Tischen saßen.

Jetzt trug ich wieder eines meiner Kleider und hatte meine Haare geflochten, was mir den Anschein von Normalität verlieh.

Ich ging zur Essensausgabe und erhielt meine Portion. Dann setzte ich mich an den großen Tisch, an dem auch die anderen vier verbliebenen Kandidaten saßen.

»Wir dachten schon, du kommst nicht mehr«, sagte Reyna.

Ich hob die Augenbrauen. »Sollte ich etwa meine letzte Mahlzeit verpassen, bevor ich in wenigen Stunden schon wieder antreten muss? Das wäre Irrsinn.«

Reynas Lippen verzogen sich zu einem Grinsen. »Genau das habe ich auch gesagt.«

Ich warf einen Blick in die Runde.

»Aria ist nicht mehr dabei«, stellte ich fest. Die anderen beiden Krieger kannte ich zwar, aber ich hatte noch kein Wort mit ihnen gesprochen.

»Zum Glück«, erwiderte Reyna und verdrehte ihre Augen. »Sie wäre eine miese Königin.«

»Ich weiß nicht, ob du eine bessere wärst«, sagte ich mit einem leisen Lachen und begann zu essen.

»Als Nächstes haben wir den Geschicklichkeitstest vor uns, und dann kommt noch die größte Hürde von allen – der Kampf gegen die Königin.«

Ich nickte langsam und schluckte mein Essen herunter. »Sie ist eine großartige Königin.«

Alle nickten zustimmend und ich musste lächeln, denn wenn ich in diese Gesichter sah, die schon so viel mitgemacht hatten, konnte ich mir jeden einzelnen dieser Kämpfer auf dem Thron vorstellen. Auch wenn ich bezweifelte, dass jemand von ihnen in der Lage war, Königin Sadira zu besiegen.

Ich folgte ihrem Gespräch über die kommende Prüfung und aß weiter.

Obwohl meine Nervosität stieg, konnte ich nicht auf meine Mahlzeit verzichten, denn ich wollte nicht mitten in der Arena vor Hunger umkippen. Ich wusste, dass mein Bestes zu geben nicht bedeutete, dass ich auch siegen würde. Ich beherrschte meine Kräfte immer noch nicht, deshalb war es ausgeschlossen, dass ich ausgerechnet die Geschicklichkeitsprüfung bestand.

Der Gedanke ließ mich aufatmen und ein wenig entspannen.

◆ ◆ ◆ ◆

»Ihr alle wisst, was Ihr zu tun habt«, begrüßte uns Evalina wenige Stunden später. Wir verbliebenen vier Anwärter auf die Krone standen erneut vor der Arena und warteten gemeinsam mit den beiden Kampfhelfern auf den Beginn der nächsten Prüfung. Über uns glitzerten die Sterne in ihrer vollen Pracht und angenehmer Wind strich über mein zurückgebundenes Haar.

Evalinas Zwillingsbruder Eduard, der neben ihr stand, nickte. »Ihr müsst die Strecke so schnell wie möglich hinter Euch bringen. Dabei werdet Ihr jede Station überwinden und am Ende des Laufes entsprechende Punkte erhalten.«

»Und was passiert, wenn wir zu langsam sind?«, fragte jemand hinter mir so leise, dass selbst ich es kaum hörte.

Doch Eduard hob seinen Kopf. »Solltet Ihr zu langsam sein, werden Eure schlimmsten Albträume wahr werden. Ihr werdet von Schatten verfolgt werden, zur Belustigung der Zuschauer.«

Ich konnte ein Stöhnen gerade noch unterdrücken.

»Großartig, offenbar gibt es keine weiteren Fragen mehr.« Evalina klatschte in die Hände und deutete auf das Tor der Arena. »Diesmal werdet Ihr nacheinander hineingehen.« Sie las unsere Namen von einer Liste vor und ich stand als Letztes darauf. *Großartig.*

Wir wurden einzeln zu jeder Runde aufgerufen und dazwischen schienen unendliche Stunden zu liegen, auch wenn es vermutlich nicht mehr als eine halbe Stunde war. Ich hörte das Raunen der Menge, hörte ihre anfeuernden Rufe, ihre Freude und ihre Aufregung. Und dennoch konnte ich nicht herausfinden, ob es jemand geschafft hatte oder nicht. Ich konnte nur warten und hoffen, nicht vor Anspannung in Ohnmacht zu fallen.

Nervös spielte ich mit dem Anhänger der Handkette, die ich bei mir trug, während ich versuchte an alles Mögliche zu denken – nur nicht an das, was vor mir lag.

Da kam mir Ariana und unsere Begegnung bei den Ställen in den Sinn, und mir entfuhr ein Seufzen. Sie hatte sich mit Janus getroffen, obwohl es verboten war. Sie liebte ihn. Das wusste ich, und ich würde sie deshalb nicht verurteilen. Ich wollte nicht, dass sie litt.

»Miss Fiana, Ihr seid als Nächstes dran.« Evalinas Stimme riss mich aus meinen Gedanken und plötzlich schlug mir das Herz bis zum Hals.

»Ihr schafft das schon«, versuchte sie mich aufzumuntern, wohl in der Annahme, ich wäre nervös, weil ich versagen könnte. Dabei war es genau andersherum.

Ich schenkte ihr ein knappes Lächeln, straffte meine Schultern und zwang mich durchzuatmen.

Als das riesige Holztor sich vor mir öffnete, empfing mich tosender Applaus, und Adrenalin schoss durch meine Venen. Ich schaute die Ränge hinauf zu all den Zuschauern, die völlig außer sich waren. Ihre Energie zog mich herunter und deshalb sah ich geradeaus, dorthin, wo der Parcours begann.

Da stand die Königin und betrachtete mich ernst. Sie sah Ariana in diesem Moment so ähnlich, dass ich blinzeln musste.

Ich blieb vor Sadira stehen und knickste. »Eure Majestät.«

»Ich grüße Euch, Fiana«, sagte sie, »und wünsche Euch viel Erfolg heute Nacht.«

»Danke.« Mein Blick glitt über das Labyrinth, das inmitten der Arena aufgebaut worden war. Dasselbe, durch das ich schon gestern Nacht gelaufen war. Doch im Gegensatz zu gestern würde ich heute verschiedene Aufgaben darin bewältigen müssen. Zudem gab es heute nur einen einzigen Eingang, der sich genau gegenüber dem Eingangstor der Arena befand.

Von allen Seiten hörte ich das Jubeln der Zuschauer und konzentrierte mich dennoch weiter auf Königin Sadira.

»Die Ausrüstung liegt jeweils bei den Etappen bereit«, erklärte sie mir. »Ihr müsst Euch beeilen.«

»Ich weiß«, erwiderte ich und schluckte, während mein Blick hinter sie wanderte. Zwei Throne befanden sich auf einer Anhöhe, hinter denen sich die Plätze der Berater befanden. Die Mönche konnte ich nirgends sehen, doch ich wusste, dass sie hier sein mussten und ihre Illusionen spannen.

»Wir sehen uns auf der anderen Seite.«

Ich nickte. Dann hob sie ihre Hand und gab mir damit das Zeichen loszulaufen.

In dem Moment, als ich das Labyrinth betrat, wurde alles dunkel um mich herum. Ich wusste, dass diese Finsternis nur eine Illusion war, doch sie fühlte sich an, als wäre sie ein lebendiges, hungriges Wesen. Meine Beine schienen mit einem Mal nicht mehr zu mir zu gehören, und ich wunderte mich, dass ich die ersten Schritte in das Labyrinth hinein schaffte, ohne zu wanken.

Dieses Mal schien alles anders zu sein. Die Efeublätter wirkten größer und dazwischen lugten dunkle Blumen hervor. Der Weg wurde nur vom Mondlicht erhellt, und als ich ein Rascheln hörte, wurde mir klar, dass ich wegrennen sollte.

Also sprintete ich los, stürmte den Weg entlang und stöhnte erleichtert auf, als ich sah, dass es diesmal keine irreführenden Abzweigungen gab.

Nach wenigen Metern hatte ich die erste Station des Parcours erreicht. Fünf Messer, säuberlich aufgereiht auf einem kleinen Podest, glänzten im Licht der Sterne. Ich nahm das erste Messer und sah mich nach den Zielscheiben um, als kurz darauf dunkle Schatten am anderen Ende des Ganges auftauchten.

Ein Schrei entfuhr mir, als sie gleichzeitig auf mich zurasten. Ich warf die Messer, eins nach dem anderen, und spürte, wie meine Magie sich mit ihrem Eisen verband, und in dem Moment, als ihre Klingen die Schatten trafen, zerfielen diese zu funkelnder Asche.

Keuchend starrte ich die Leere an, hörte in der Ferne das Tosen des Applauses und rannte dann weiter.

Mein Kopf war plötzlich ganz leer, Magie flimmerte um meine Finger herum und ließ meine eiserne Tunika glänzen.

Ich hatte sie alle zerstört. Es war, als hätte meine Magie eigenständig gehandelt, als hätte sie tatsächlich versucht mich zu beschützen. Dabei wollte ich sie mir doch zunutze machen.

Ich schluckte, versuchte nicht weiter darüber nachzudenken und war geradezu erleichtert, als ich die nächste Etappe erreichte.

Aber beim Anblick des Stabs verflüchtigte sich dieses Glücksgefühl wieder. Er lag da, geradezu unschuldig, und nur wenige Meter vor mir befand sich eine hohe, schier unüberwindbare Mauer aus Blättern – der einzige Weg, den ich nehmen konnte.

Hinter mir ertönte ein Knurren und ich wagte nicht, mich umzudrehen, packte den Stab und rannte auf die Mauer zu. Meine Magie verband sich mit den Eisenspänen in diesem Stab und erdete mich. Ich brüllte und rammte den Stock in den Boden, sodass ich mit seiner Hilfe über die Mauer springen konnte.

Ich landete auf der anderen Seite hart auf dem Rücken und rang nach Luft, während ich zu den Sternen am Himmel sah, in der Hoffnung, sie würden mir beistehen.

Ich sprang auf und rannte weiter und hoffte so sehr, dass ich zu langsam war und es nicht schaffen würde. Gleichzeitig wollte ich diesen Parcours endlich hinter mich bringen.

Also sprintete ich noch ein wenig schneller.

Im nächsten Gang des Labyrinths lag ein Stein auf dem Boden, der so hell glänzte, dass ich blinzeln musste. Ich rannte auf ihn zu und hob ihn auf.

Da erreichte mich plötzlich ein so tiefes Grollen, dass ich vor Schreck zusammenfuhr. Wolfsähnliche Schatten umzingelten mich, kamen immer näher und stierten mich mit ihren dunklen Höhlen an, in denen Augen hätten sein müssen.

Ich erstarrte und überlegte fieberhaft, welche Aufgaben ich noch zu erledigen hatte.

Es fehlten nur noch drei, darunter der Weitwurf.

Also sammelte ich meine Magie, schleuderte sie in den Stein und warf ihn so fest ich konnte in die Richtung, aus der ich gekommen war.

Sofort schossen die Schatten dem Stein hinterher und ich rannte in die andere Richtung.

Jetzt musste ich nur noch zwei Aufgaben bewältigen.

Ich rannte die Wege entlang und wurde kurz vor der nächsten Biegung langsamer. Als Nächstes kam das Bogenschießen. Ohne lange nachzudenken, packte ich den Bogen, der vor mir auf dem Boden lag, und spannte den ersten der drei Pfeile. Ich lenkte meine Magie hinein, während mein Herz unnatürlich schnell pochte.

Im nächsten Augenblick tauchte eine ganze Horde von Schatten auf. Feuer züngelte aus der Pfeilspitze heraus. Ich schrie vor Schreck und ließ den Pfeil los, der in die Menge der Schatten sauste.

»Verdammt!«

Meine Magie war explodiert. Während das Feuer die Schatten in Brand setzte, schoss ich die nächsten beiden Pfeile ab und rannte weiter, ohne zurückzusehen. Schreie, so unmenschlich, dass sie mir Tränen in die Augen trieben, verfolgten mich, und ich betete zu den Göttern, dass diese Schatten tatsächlich nur ein Trugbild gewesen waren.

Ich blinzelte, als mitten auf dem Weg eine Leiter auftauchte.

Jetzt musste ich balancieren.

Mit vollem Schwung sprang ich auf die Leiter und erklomm sie, so schnell ich konnte. Noch immer hallten die Schreie in meinen Ohren und meine Hände zitterten, während ich Stufe um Stufe hochkletterte.

Dieses Seil hing viel höher als das, mit dem ich trainiert hatte. Von oben aus überblickte man das gesamte Labyrinth.

Ich erreichte die Plattform und schaute mich um, sah die Zuschauer, die mich anfeuerten, die Wege des Labyrinths und am anderen Ende des Seils das Ende des Parcours.

Erleichterung überkam mich und ließ meinen Atem ruhiger werden. Zum Glück hatte ich mich noch nie vor der Höhe gefürchtet.

Ich nahm den langen Stab, der auf der Plattform lag, und balancierte ihn zwischen meinen Fingern, während ich nach vorn sah und mich nur auf das Ziel fokussierte.

Direkt unter dem Seil lag tiefe Dunkelheit, als hätte jemand ein Loch in das Labyrinth gegraben.

Ich schluckte, denn diese Dunkelheit fürchtete ich mehr als die Höhe.

Dennoch zwang ich mich, den ersten Schritt zu machen.

Als ich das Seil mit meinen Stiefeln berührte, wurde mir sofort klar, dass sie zu dick waren.

In dem Moment, als ich mich bückte, um sie auszuziehen, hörte ich, wie direkt hinter mir jemand die Leiter hochkletterte.

Mein Herz pochte.

»Es ist nur eine Illusion«, wisperte ich, um mich selbst zu beruhigen.

Ich konnte mich mit dem Stab in der Hand auf der schmalen Plattform nicht umdrehen. Daher riss ich mir die Schuhe von den Füßen und machte den ersten Schritt auf das Seil.

Meine Magie durchströmte mich und verband sich mit den Eisenfäden im Seil, die meine Füße kitzelten. Ich sah die Magie funkelnd an meinen Beinen emporwandern, starrte dann jedoch geradeaus auf mein Ziel und machte den nächsten Schritt.

Hinter mir ertönte ein Heulen, das Geräusch des Dragen, gegen den ich erst vor wenigen Stunden gekämpft hatte. Mein Atem zitterte, doch gleichzeitig schickte ich weitere Magie in Richtung des Seils und verband uns noch enger miteinander.

Schreie ertönten von allen Seiten, menschliche Schreie.

Ich stockte, wagte nicht mehr, mich zu bewegen, und plötzlich schwankte das Seil.

Erst ein bisschen. Dann immer mehr.

Nun entfuhr auch mir ein gellender Schrei.

Jemand war auf dem Seil hinter mir. Oder etwas.

Mein Atem ging immer schneller und ich wollte mich umdrehen, doch stattdessen ging ich weiter, Schritt für Schritt.

Das Seil schwankte immer mehr, und ich musste langsamer gehen, um es mit dem Stab und meinem Körper auszugleichen.

Die Dunkelheit unter mir wurde dichter.

Ich presste meine Lippen zusammen.

Im nächsten Moment spürte ich einen Atemzug in meinem Nacken.

Ich schrie vor Schreck, umfasste den Stock fester und Tränen schossen mir in die Augen.

»Du wirst gleich fallen«, flüsterte mir eine fremde, kratzige Stimme ins Ohr, so nah, dass ich ihre Wärme spüren konnte.

»Nein«, flüsterte ich zurück und zwang mich zum nächsten Schritt. Nur noch ein paar Schritte, und ich hatte das andere Ende des Seils erreicht.

»Du wirst verlieren.«

»Umso besser«, knurrte ich, und ich spürte, wie die Magie mich stabilisierte.

»Du wirst sterben.« Klauen packten mich an den Schultern.

»Nein«, erwiderte ich und schloss die Augen.

Ich spürte das Seil unter mir und ging weiter, während diese Klauen mich nach hinten zogen. Doch ich war stärker. Ich machte einen weiteren Schritt, und im nächsten Moment stand ich auf der Plattform.

Keuchend riss ich die Augen auf und drehte mich um. Nichts. Das Wesen war verschwunden. Nur das Seil lag hinter mir. Selbst die Dunkelheit darunter war verflogen, und von hier aus schien die Erde weniger tief unten zu liegen.

Applaus setzte ein, und erst jetzt wurde mir bewusst, dass ich tatsächlich die letzte Prüfung hinter mich gebracht hatte. Ich atmete auf, warf den Stock auf den Boden und kletterte dann die Leiter hinab.

Unten stand ich auf einem weiteren Pfad des Labyrinths. Doch er war von Fackeln erhellt und in seiner Mitte standen meine beiden Könige.

Königin Sadira kam auf mich zu. »Herzlichen Glückwunsch, Fiana«, hallte ihre Stimme durch die Arena. »Ihr habt die letzte Prüfung als schnellste Anwärterin gemeistert und werdet morgen beim Kampf um die Krone gegen mich antreten.«

Ich schlug entsetzt meine Hand vor den Mund und brach in Tränen aus, während das Volk um mich herum meinen Sieg feierte.

15. KAPITEL

DIE SCHWERE DER LEICHTIGKEIT

»Fiana?« Arianas Stimme drang nur gedämpft durch meine Gedanken, und als ich meinen Kopf hob, lag in ihren Augen Mitleid und Stolz zugleich.

»Wie konnte das passieren?« Meine Stimme klang tonlos und ich musste mich räuspern, um lauter sprechen zu können. »Wieso hat kein anderer gewonnen?«

»Sie sind gestürzt, haben den Sprung nicht geschafft oder sind durchgedreht.« Ariana zuckte mit den Schultern und setzte sich neben mich auf mein schmales Bett. »Nur du nicht.«

Licht und frische Luft drangen durch den Eingang des Zeltes, und doch fühlte ich mich, als wäre ich in meinem eigenen Grab.

»Ich hätte mich fallen lassen sollen«, erwiderte ich kopfschüttelnd. Ich konnte nicht fassen, dass dies wahr sein sollte, dass dies alles wirklich passiert war. »Dann müsste ich morgen nicht gegen deine Mutter kämpfen.«

»Du weißt, dass die Mönche es niemals zugelassen hätten, dass du diesen Kampf absichtlich verlierst?«

Ich konnte nur schwach nicken.

»Dann weißt du auch, dass die Götter deinen Weg vorbestimmt haben.«

Mir entfuhr ein Schnauben. »Ich halte nichts davon, die Götter für unser Schicksal verantwortlich zu machen.«

»Das ist mir bewusst.« Ariana lächelte mich an. »Wie geht es dir?«

»Du meinst, außer dass ich Angst davor habe, mit meinen unkontrollierbaren Kräften gegen die Königin von Alandra anzutreten? Abgesehen davon geht es mir gut, schätze ich«, antwortete ich trocken.

Ariana hob herausfordernd die Augenbrauen. »Dafür, dass du sie nicht kontrollieren kannst, hast du dich unglaublich gut geschlagen. Ich denke, du unterschätzt dich. In Wirklichkeit willst du sie gar nicht kontrollieren können.«

Meine Gedanken wanderten zu der Nacht, als Aria mich angegriffen und mich getestet hatte. Bei der Erinnerung daran fingen meine Hände leicht zu zittern an.

Ich schüttelte den Kopf. »Bei diesen Prüfungen heute wusste ich, wo ich war und was von mir verlangt wurde. Aber als Aria mich angegriffen hat, konnte ich mich nicht wehren. Ich habe Angst, Ariana«, gab ich leise zu. »Ich will deiner Mutter nicht wehtun.«

Arianas Lachen hallte durch mein Zelt. »Sie ist die Königin, sie hat schon viele starke Krieger besiegt – du solltest dir eher Sorgen um dich selbst machen.«

Ich wusste, dass sie mich aufmuntern wollte, doch mir gelang nur ein müdes Lächeln. Morgen Abend würde ich gegen die Königin unseres Reiches kämpfen, und ich hatte keine Ahnung, wie ich diesen Kampf überstehen sollte.

»Du wirst es schaffen. Und keine Angst, es werden genug Leute dabei sein, die zur Not ein paar Brände löschen können.«

Ich seufzte und schob dann den Gedanken an die Kämpfe für einen Moment beiseite, um sie ernst anzusehen. »Wie läuft es mit –?«

Sie unterbrach mich, weil sie vermutlich nicht über ihr Treffen mit Janus sprechen wollte. »Cedrik geht es gut.«

»Und die Hochzeit ist immer noch geplant?«

Sie nickte und sah an mir vorbei. »Sie wird in wenigen Wochen stattfinden. Ich habe vorgeschlagen, dass wir danach sofort aufs Land fahren.«

»Du wirst also wirklich wegziehen?«

»Ja, ich denke, das ist besser so«, begann sie langsam und atmete dann tief ein. »Ich denke, dass ich nur so mit ihm glücklich werden kann.«

Ich bezweifelte, dass überhaupt irgendjemand mit diesem langweiligen Cedrik glücklich werden konnte, behielt das aber für mich.

»Lass uns deinen Sieg heute feiern«, riss sie mich aus meinen Gedanken und nahm mich bei der Hand. »Du bist die Finalistin. Du hast dir ein wenig Vergnügen verdient, bevor meine Mutter dich morgen besiegt.«

Ich grinste sie an. »Na gut.«

Ariana stieß ein Jubeln aus und deutete auf die silberne Tunika, die ich noch immer trug.

»Du ziehst dich jetzt um und dann hole ich dich in einer halben Stunde ab«, befahl sie. »Wir gehen heute ein bisschen feiern!«

Noch ehe ich etwas erwidern konnte, stürmte sie aus dem Zelt.

Ich lächelte einen Moment lang vor mich hin und stand dann ruckartig auf. Ariana hatte recht. Vielleicht brauchte ich eine kurze Pause. Morgen würde der Kronenkampf endlich vorbei sein.

Während ich mich umzog, dachte ich über ihre Worte nach. Vielleicht waren meine Kräfte ja gar nicht so unkontrollierbar. Dieser Gedanke fühlte sich seltsam an. Aber womöglich lag sie damit richtig. In den letzten Tagen hatten sich meine Kräfte gefügt und sie hatten erstaunlich gut funktioniert. Dennoch spürte ich tief in meinem Inneren, wie sie brodelten und nur darauf warteten, dass ich etwas falsch machte. Ich hasste diese Kräfte und das, wozu sie mich machten.

Ich tauschte meine Tunika gegen ein dunkelgrünes Kleid mit goldenen Bordüren.

Als vor dem Zelt Schritte ertönten, war ich noch dabei, mir die Haare zu flechten. Ich band eine dunkelgrüne Schleife um das Ende meines Zopfes und trat dann nach draußen in die Dunkelheit. Es war noch mitten in der Nacht und ich war derart aufgewühlt von den ersten Runden des Kampfes, dass ich keine Müdigkeit verspürte. Ich schaute mich auf dem leeren Platz um, auf dem nur noch wenige Zelte standen, als ich die Gestalt erkannte, die sich meinem Zelt genähert hatte. Plötzlich schlug mein Herz ein bisschen schneller als angemessen.

»Ich dachte, dass Ariana mich abholt«, sagte ich zu Kayden, statt ihn zu begrüßen.

Er trug eine dunkle Hose und ein helles Hemd, dessen Ärmel sich um seine Arme spannten.

Schnell sah ich wieder in sein Gesicht, als ich merkte, wie ich seinen wohlgeformten Körper anstarrte. Ich räusperte mich, zögerte und entschied mich dann für eine formelle Anrede. Was auch immer zwischen uns war – ich musste mich meinem Stand entsprechend verhalten. »Aber Ihr seid auch in Ordnung.«

Kayden schmunzelte und betrachtete mich wohlwollend.

»Und Ihr seid«, begann er leise, während seine Augen auf mir ruhten, »… wunderschön.«

»Sagt das nicht«, bat ich ihn.

Einen Moment lang schwieg er, dann streckte er mir seinen Arm entgegen. »Lasst uns den Abend genießen.«

Ich musterte ihn nachdenklich, bevor ich all meine Bedenken über Bord warf und mich bei ihm unterhakte. Wir waren – Freunde. Das war nicht verboten und auch nicht unschicklich.

Kayden räusperte sich, als wir uns auf den Weg zum Kronenkampffest machten, und plötzlich lag Ehrfurcht in seiner Stimme. »Ihr wart unglaublich.«

»Leider«, erwiderte ich trocken und schaute zu ihm auf. »Es hätte mir nichts ausgemacht, als Zweite aus diesem Spiel auszuscheiden.«

Er schüttelte seinen Kopf, belustigt und ungläubig zugleich. »Ihr habt nun eine riesige Chance, und ich glaube, Ihr seid die einzige Eiserne in diesem Königreich, die sich vehement dagegen sträubt.«

Wenn er wüsste, was meine Gründe dafür waren, würde er es verstehen.

»Es war noch nie mein Wunsch, Königin zu sein«, antwortete ich mit einem Schulterzucken. »Oder würdet Ihr etwa König sein wollen?«

»Da ich nicht stark genug dafür bin, hat sich mir diese Frage nie gestellt.«

»Was für ein Glück für Euch«, erwiderte ich und seufzte. »Aber lasst uns diesen Abend nicht durch ein solches Thema verderben. Können wir uns nicht einfach ein bisschen …?« Ich stockte, als plötzlich Bilder in meinem Kopf auftauchten, die nur uns beide beinhalteten und unsere Lippen. Ich schüttelte meinen Kopf. »… vergnügen?«

Kayden grinste, als hätte er meine Gedanken gelesen, und legte seine andere Hand auf meine, die in seiner Armbeuge lag. »Ja, lasst uns Euren Sieg feiern.« Dann nahm er seine Hand herunter. »Und damit wir uns in der Menge verbergen können, habe ich Euch das hier mitgebracht.« Er zog eine schwarze Maske aus seiner Hosentasche, die mit roten Perlen besetzt war. »Sie passt zwar nicht zu Eurem Kleid, aber es wird sicher gehen.«

Ich lächelte, während ich sie entgegennahm, und nickte. »Ich habe ganz vergessen, dass in der Nacht vor dem finalen Kampf ja Masken getragen werden.«

»Ihr hattet wohl andere Dinge im Kopf«, erwiderte er und blieb stehen. Dann nahm er mir die Maske ab und stellte sich hinter mich, um sie mit einer Schleife an meinem Hinterkopf zu befestigen.

Ich spürte seine Finger zart in meinem Nacken und bekam am ganzen Körper Gänsehaut. Ich sollte diese Berührung nicht genießen. Ich durfte es nicht, denn noch nie war etwas Gutes aus einer Verbindung zwischen einer Eisernen und einem Kupfernen entstanden. Auf uns wartete nur der Tod – oder das Grauen, ein Dragen zu werden. Dennoch schloss ich meine Augen und spürte das Lächeln auf meinen Lippen, das da absolut nichts zu suchen hatte.

Mein gesamter Körper zitterte vor Gänsehaut und ich musste mich räuspern, als Kayden zurücktrat und ich mich wieder zu ihm umdrehte. Seine Augen strahlten trotz der Dunkelheit um uns herum. Wir passierten gerade den Palast. Die Zelte lagen hinter uns und ich hörte bereits die erste Musik vom Vorplatz, auf dem das Kronenkampffest schon seit Tagen stattfand.

Dann band er sich mit wenigen Handgriffen seine eigene Maske um und hielt mir seinen Arm entgegen.

»Was macht Ihr eigentlich, wenn Ihr mich nicht gerade trainieren müsst?«, begann ich nach wenigen Schritten, weil ich die kurze Zeit mit ihm nicht mit Schweigen verbringen wollte. Es drängte mich danach, alles über ihn zu erfahren und in mich einzusaugen. »Wobei sich unsere Trainingsstunden bisher wirklich in Grenzen hielten.«

Er lachte leise neben mir und brachte mich zu einem Weg, der weiter an den Mauern des Palastes entlangführte. Ich warf nur einen kurzen Blick auf die Ställe, die links von uns lagen, und spürte die Wärme in meinen Wangen. Es war so viel seither passiert, und doch war mir, als hätte dieser kurze Aufenthalt in dem Stall etwas zwischen uns verändert.

»Ich bin hier ganz in der Nähe aufgewachsen, und ein paar meiner alten Freunde, mit denen ich mich regelmäßig treffe, sind in der Hauptstadt stationiert. Dazu gehört auch Hauptmann Gawen. Ich freue mich, jetzt ein wenig Zeit mit ihm verbringen zu können und ein paar alte Kampfgeschichten auszutauschen.«

»Das ist schön«, sagte ich leise und dachte daran, dass ich nur eine einzige Freundin hatte. Ariana stand mir nahe, doch sie hatte keine Ahnung, wer ich in Wirklichkeit war. Sofort drängte ich diesen Gedanken zurück, denn er würde mir nur Kummer bringen.

Ich fragte mich, wie es wohl wäre, viele Freunde zu haben. Natürlich hatte ich einige Bekannte im Palast, andere Bedienstete, die ich auch als Freunde bezeichnete, aber außerhalb der Arbeit noch nie getroffen hatte.

Ich merkte, dass meine Antwort genauso traurig geklungen hatte, wie meine Gedanken es waren.

»Habt Ihr sie während der Zeit Eurer Jugend kennengelernt?«, fragte ich deshalb rasch.

»Ja, manche von ihnen«, antwortete Kayden. »Mit einigen bin ich schon seit meiner Kindheit befreundet, andere habe ich während der Ausbildung kennengelernt und wieder andere in den unzähligen Nächten, die ich als junger Gardist in den Schänken Alandras durchzecht habe.«

Mir entfuhr ein leises Lachen. »Ihr habt damals offenbar viel Spaß gehabt.«

»Ich habe meine Jugend genossen.«

»Das klingt, als wärt Ihr bereits ein alter Mann.«

»Für die Jungs, die ich gerade ausbilde, bin ich das.« Er lachte und legte seine Hand auf meine. »Aber das stört mich nicht. Wie sieht es mit Euch aus?«

»Ich bin nicht alt!«, erwiderte ich empört und lachte dann, kribbelig von seiner warmen Hand auf meiner.

»Ich meinte doch nicht Euer Alter.« Nun lachte er ebenfalls.

»Wie vertreibt Ihr Euch die Zeit, wenn Ihr nicht gerade gegen eine Königin kämpfen müsst?«

»Ich arbeite viel«, wich ich aus. Wir hatten den Vorhof des Palastes erreicht und die Gesänge der feiernden Menge wurden immer lauter, ich hörte Gelächter und den Lärm unzähliger Stimmen. Die Menschen Alandras waren aufgeregt und freuten sich auf den bevorstehenden letzten Kampf.

»Wenn ich mal nicht arbeite, verbringe ich Zeit mit Ariana«, fuhr ich fort.

»Habt Ihr überhaupt jemals den Palast verlassen?«

»Nein, ich hatte nie einen Grund dafür. Ich habe keine Familie mehr und niemanden, den ich besuchen müsste.«

»Das tut mir leid.«

»Es muss Euch nicht leidtun«, sagte ich schnell und lächelte leicht. »Ich bin frei.«

»Vielleicht kann ich Euch ja einmal –« Kayden unterbrach sich selbst, als er die Torheit in seiner Stimme hörte. Vermutlich wurde ihm selbst bewusst, dass wir beide niemals wieder derart viel Zeit miteinander verbringen konnten, ohne dass es Aufsehen erregen würde.

»Es ist in Ordnung«, sagte ich schnell und atmete tief ein, während mein Blick hinauf zu den unzähligen Sternen wanderte, die hell am Himmel strahlten. Dann schaute ich zu Kayden und mein Lächeln war ehrlich. »Ich bin hier glücklich.«

Der Zweifel in seinen Augen war unübersehbar, als er mir zunickte und noch ein letztes Mal über meine Hand strich, bevor er seine eigene zurückzog. »Das ist das Wichtigste.«

Nun schwiegen wir doch, mit dieser Lüge zwischen uns, die mir erst bewusst geworden war, als ich sie aussprach. War ich wirklich glücklich?

Ich wurde aus meinen Gedanken gerissen, als wir die ersten

Feiernden erblickten und Musik und Gelächter uns umfingen. Wir gingen an verschiedenen Ständen vorbei, an denen Getränke und Essen verkauft wurden, und das Gedränge wurde immer dichter. Überall roch es nach Wein und fettigen Speisen.

»Da seid ihr endlich!«

Arianas Stimme ertönte aus der Menge und kurz darauf legte sich eine Hand auf meine Schulter. Ich war nicht überrascht, dass sie mich trotz Maske sofort erkannt hatte, denn wir kannten einander einfach schon sehr lange.

Ich betrachtete meine beste Freundin, deren Gesicht hinter ihrer Maske fast vollständig verborgen war. Neben ihr stand Cedrik und ich konnte seinen gelangweilten Gesichtsausdruck trotz Maske erkennen.

»Hallo, Kayden, hallo, Fiana«, sagte er.

»Hallo, Cedrik«, begrüßte ich ihn und erblickte dann Dalia neben ihm.

Ich ging auf sie zu und lächelte sie ehrlich an. »Deine Handkette hat mir wirklich sehr geholfen.«

»Ach, das war doch nur eine Kleinigkeit«, erwiderte sie und nippte an ihrem Getränk. Hinter ihr befand sich der Weinstand und ich konnte über ihre Schulter hinweg Kayden beobachten, der gerade Wein bestellte.

Wir standen am Rande des Weges und es drängten sich unzählige Besucher des Kronenkampffestes an uns vorbei. Es war eng, laut und wunderbar.

»Es ist mehr als das«, widersprach ich und grinste. »Ich denke, wir sind jetzt Freundinnen.«

»Es ist immer vorteilhaft, sich mit jemandem gutzustellen, der möglicherweise bald Königin sein wird«, wiederholte sie und ich sah ein kleines Funkeln in ihren Augen. Vielleicht hatte ich gar nicht so unrecht.

»Danke.« Ich lächelte sie an.

Dalia nickte knapp.

Kayden kam mit zwei Weingläsern in der Hand zu uns herüber. »Hier, ein Wein für die Kandidatin.«

Ich sah zweifelnd zwischen Kayden und dem Glas hin und her. »Ihr, als mein Trainer, solltet mir doch eigentlich davon abraten, oder?«

»Aber vielleicht ist es ja genau das Richtige für dich«, mischte sich Ariana ein. »Du solltest deinen heutigen Sieg feiern und die Gedanken an morgen verscheuchen.« Sie nahm Kayden das Weinglas weg, um es mir in die Hand zu drücken.

Dann hob sie ihr eigenes Glas, von dem sie bereits die Hälfte getrunken hatte. »Auf Fiana, unsere Kämpferin und Freundin!«

Auch die anderen prosteten mir fröhlich zu. »Auf Fiana!«

Ich sah Kayden an, der mich nicht aus den Augen ließ, während auch er einen Schluck Wein trank. Etwas in seinem Blick, diese wölfische Aura, die alles in mir zum Kribbeln brachte, ließ mich all meine Bedenken über Bord werfen. Ich hielt den Augenkontakt, nippte an meinem Glas und überprüfte dann, ob uns irgendwer beobachtete.

Ariana musterte mich mit erhobenen Augenbrauen, stellte aber keine Fragen und prostete mir erneut zu. »Morgen heißt es alles oder nichts. Dein Leben könnte sich für immer ändern. Und diese Nacht ist voller Möglichkeiten. Lass uns träumen, sie würde niemals enden.«

Ich hörte in ihren Worten mehr, als sie sagte, und bemerkte den kurzen wehmütigen Ausdruck in ihren Augen. Ich wünschte mir, neben ihr würde nicht der langweilige Cedrik stehen, sondern jemand anders, ein Mann, der sich mit Kayden gut verstehen würde.

»Lasst uns tanzen«, bat Ariana, drückte Cedrik ihr Glas in die Hand und nahm Dalias und meine Hände.

Im Nu wurde ich von ihr in die tanzende Menge gezogen, die sich der ausgelassenen Stimmung hingab.

Einen Moment lang zögerte ich, dann ließ ich mich fallen, trank meinen Wein, tanzte und lachte mit den beiden Frauen, mit denen ich aufgewachsen war. Dalia hatte mich lange nicht leiden können, doch nun veränderte sich etwas zwischen uns. Ich merkte es an der Art, wie sie mich manchmal ansah und wie sie sich mir gegenüber gab. Ob es daran lag, dass ich am Kronenkampf teilnahm, wusste ich nicht, aber es war mir im Moment auch egal.

Wir tanzten und lachten, genossen die Nacht, und irgendwann wurde mir ein neuer Wein gebracht. Kayden tauchte auf und tanzte mit uns, Cedrik blieb eher im Hintergrund.

Der Himmel war sternenklar, und als die Dunkelheit langsam verging und der Wein meinen Kopf benebelte, entschieden wir, dass es Zeit war, ins Bett zu gehen.

Kayden und ich schlenderten erneut diesen dunklen, einsamen Pfad entlang.

»Was für ein schönes Fest«, hörte ich mich sagen und meine Worte waren schleppend und doch leicht. »Ich habe schon lange keine Nacht mehr derart genossen.«

»Das freut mich.« Kayden legte seinen Arm um mich.

Als ich fragend zu ihm aufsah, lachte er. »Ihr seid eiskalt.«

Erst jetzt bemerkte ich die Gänsehaut auf meinen Armen und ich kicherte leise, während ich mich an Kayden kuschelte. Es war mir egal, dass es falsch war.

»Mein Wolf«, murmelte ich glücklich.

»Was sagt Ihr da?«, fragte er und strich mit seiner warmen Hand über meinen Oberarm.

»Als ich Euch zum ersten Mal sah, war mir sofort klar, dass Ihr ein Wolf seid. Ein Jäger«, fügte ich mit einem unheilvollen Ton hinzu. »Und ich hatte recht.«

»Bei unserer ersten Begegnung war ich geblendet von Eurer Schönheit, die selbst die Malereien auf Eurem Gesicht nicht verbergen konnten«, gab er leise zu. »Und von Eurer Heimlichtuerei.«

»Ihr löst also gerne Rätsel?«, fragte ich neckend und überging seinen zweiten Satz, weil es nicht mehr wichtig war, dass er meine Magie enttarnt hatte. Ich konnte nicht wütend auf ihn sein, denn es nützte nichts, Groll gegen die Vergangenheit zu hegen.

»Kayden«, sagte ich leise und genoss das Kribbeln des Wortes in meinem Bauch.

»Am liebsten löse ich Rätsel, die mit Euch zu tun haben«, antwortete er flüsternd.

Ich sah zu ihm hoch und bemerkte erst jetzt, dass wir im dunklen Schatten des Palastes stehen geblieben waren.

»Ach ja?«

Kayden atmete laut ein und stand so nah vor mir, dass seine Brust meine streifte. »Fiana …«

»Was ist das zwischen uns?«, fragte ich ihn, während die süße Schwere des Weines in meinem Kopf sich allmählich auflöste.

»Ich weiß es nicht.« Er hob seine Hand und strich mir einige verirrte Strähnen zurück, wobei seine Finger meinen Hals streiften.

Mir entfuhr ein Seufzen.

»Ich weiß es nicht«, wiederholte er und trat einen Schritt näher, sodass wir uns noch mehr berührten. »Aber es ist nicht richtig.«

»Ich weiß.« Mein Flüstern hing zwischen uns wie eine Warnung. »Es ist unmöglich. Ich dürfte nicht einmal daran denken, und doch kann ich nicht länger leugnen, dass ich Euch küssen möchte.«

Kayden stieß ein Knurren aus und seine Hand legte sich in meinen Nacken. Er zog meinen Kopf näher zu sich, während ich ihm entgegenkam.

Unsere Lippen trafen aufeinander wie Naturgewalten, hart und wütend angesichts der Ungerechtigkeit, dass sie nicht füreinander geschaffen sein sollten. Ich stöhnte unter seinem Kuss und hielt mich an Kayden fest, während er mich gegen die Palastmauer drückte, hochhob und ich mit meinen Beinen seine Hüfte umschlang.

Sein Kuss wurde drängender, flehender und seine Zunge drang in meinen Mund ein, als wollte er mich nur ein einziges Mal kosten. Ich erwiderte seinen Kuss, während Tränen in meine Augen traten, denn nichts hatte sich jemals derart perfekt angefühlt.

Irgendwo in der Ferne ertönte ein Knall, als wäre etwas umgefallen. Der Lärm genügte, dass wir unsere Lippen voneinander lösten.

»Ich wusste, dass es sich so anfühlen würde.« Kayden flüsterte wehmütig, während er seine Stirn an meine legte und seine Augen schloss. »Ich wusste es einfach.«

Ich hielt mich an ihm fest und wünschte, dieser Moment würde niemals enden und wir wären andere als die, die wir waren.

Schweigen breitete sich zwischen uns aus. Schwer und unheilvoll, und dennoch hielten wir uns aneinander fest, als würden wir ohne den anderen einfach auseinanderbrechen.

16. KAPITEL

SO RICHTIG UND DOCH SO FALSCH

Der nächste Morgen begann für mich mit Kopfschmerzen und einem Kribbeln auf meinen Lippen. Noch bevor ich die Augen aufschlug, erinnerte ich mich an Kaydens Berührungen, und mein Herz zog sich vor Sehnsucht zusammen.

Ich seufzte, ließ dieses schmerzhafte Sehnen einen Moment lang in mir bestehen und öffnete dann erst die Augen.

»Eine Münze für deine Gedanken.«

Arianas Säuseln ließ mich erschrocken zusammenfahren und ich riss instinktiv meine Hände in die Höhe. Im selben Moment stoben Funken aus meinen Fingern und rissen ein riesiges Loch in das Dach meines Zeltes.

»Wieso erschreckst du mich so?«

Ihre aufgerissenen Augen waren auf das Loch über uns gerichtet. »Das habe ich wirklich nicht erwartet.«

»Was denn sonst?«

»Na ja, vielleicht ein gemeinsames Frühstück, aber nicht, dass du ein Loch in die Zeltdecke sprengst.«

»Wieso bist du hier?«, fragte ich sie und schlug die Decke möglichst gelassen zurück. Dabei machte mir das, was gerade passiert war, eine verfluchte Angst.

»Ich möchte das letzte gemeinsame Frühstück mit meiner besten Freundin genießen, bevor sie womöglich Königin wird.«

Dieser merkwürdige Tonfall in ihrer Stimme, den ich schon öfter gehört hatte, wenn sie log, ließ mich aufblicken. »Versteckst du dich vor irgendwem?«

»Cedrik«, gab sie leise zu und versuchte meinem Blick auszuweichen. »Nach dem Fest gestern Nacht … habe ich viel nachgedacht.«

»Worüber?« Hoffnung flammte in mir auf. Insgeheim wünschte ich mir, dass sie sich selbst und ihre Liebe zu Janus niemals aufgeben würde.

»Über das, was wir wirklich haben wollen und nicht bekommen können«, antwortete sie leise. »Darüber, dass wir alle Opfer bringen.«

Ich zog ein Kleid aus meiner Truhe, und als ich aufsah, bemerkte ich, dass sie mich anstarrte und mit ihren letzten Worten mich gemeint hatte. Schlagartig wurde ich rot, als sich die Erinnerung an Kaydens Lippen in meinen Kopf schlich.

Ich sah wieder weg und fing an, mich anzuziehen. Ich wollte nicht darüber nachdenken, was sie gestern gesehen haben mochte. Hatte ich Kayden zu lange angestarrt? Er vielleicht sogar mich?

Ariana schwieg und ihr Kleid raschelte, als sie sich von dem Stuhl erhob, auf dem sie gesessen hatte. »Lass uns etwas essen gehen.«

Ich streifte mir mein Kleid über und begann die Bänder an meinem Rücken zu schnüren. »Das letzte Mal, als wir zusammen gefrühstückt haben, wurde Cedriks Freund festgenommen, nicht wahr?«

»Ja, er wurde inzwischen verurteilt. Die Beweise waren stichhaltig. Er wird nach dem Kronenkampf öffentlich hingerichtet werden«, sagte sie tonlos. »Es ist eine der letzten Entscheidungen meiner Mutter als Königin.«

»Er hat also wirklich eine Frau in einen Dragen verwandelt?«, fragte ich. »Aber wieso? Und wie konnte er das Risiko einer solchen

Vereinigung eingehen? Er hätte sich selbst verwandeln können. Genau wie die Frau. Jeder weiß, dass das äußerst gefährlich ist. Man stirbt oder verwandelt sich. Das ist doch Irrsinn!«

Meine Gedanken gingen zu Kayden, und Schuldgefühle quälten mich. Wir hätten uns niemals küssen dürfen! Jedes Kind wusste, was mit Magischen passierte, die sich mit Andersmagischen einließen.

»Wir wissen nicht, warum er das getan hat. Aber wir glauben, dass er an den Frauen experimentiert hat und das Risiko gar nicht aktiv eingegangen ist. Er schweigt über seine Motive.«

»Das ist doch krank!«, stieß ich angewidert aus und Bilder von Spritzen, gefesselten Frauen und Silas abartig verzogenem Gesicht blitzten in meinem Kopf auf.

Ariana schnaubte wütend. »Dafür wird er im Feuer der Ewigkeit schmoren, bis das Leid dieser Frau gesühnt ist.«

»Lass uns über etwas anderes reden«, sagte ich angewidert. »Der Tag ist ohnehin schon schwer genug.«

Ariana stellte sich hinter mich, um die Bänder an meinem Kleid festzuziehen und zu verknoten.

»Du musst dich heute besonders fein machen«, sagte sie. »Denn das Frühstück wird im Beisein der Könige und der Berater stattfinden.«

Mir wurde eiskalt und ich fuhr zu ihr herum. »Und das sagst du mir erst jetzt?«

Ariana hob die Schultern, während sie mich entschuldigend anlächelte. »Es war ein spontaner Einfall meiner Mutter. Immerhin kennen wir uns alle schon eine Ewigkeit und irgendwie hat das doch etwas Familiäres, nicht?«

»Ich fühle mich wie ein Kalb, das zur Schlachtbank geführt wird.« Langsam zog ich meine Schuhe an und nahm das Armband von meinem Nachttisch, um es mir umzulegen. Als mein Blick auf diesen Armreif fiel, der mich als Eiserne auswies, zog sich alles in mir zusammen. Ich würde heute Nacht schon gegen Königin Sadira kämpfen. Wie sollte ich dann mit ihr gemeinsam frühstücken? Waren wir jetzt Feindinnen? Allein der Gedanke war absurd und dennoch bildete sich eine leise Furcht in mir, dass es so sein könnte.

»Der Kampf beginnt nicht vor Mitternacht, also wirst du bis dahin unberührt bleiben«, sagte Ariana und hakte sich bei mir unter, bevor sie mich aus dem Zelt führte.

Draußen hingen dunkle Wolken am Himmel, und obwohl es sicher schon Mittag war, hatte der Tag noch nicht richtig angefangen.

»Ich habe gestern auf dem Fest bemerkt, wie gut Dalia und du euch verstanden habt. Ich freue mich sehr für euch. Tief in meinem Innersten wusste ich, dass ihr euch irgendwann anfreunden würdet.«

Ich lächelte. »Ja, das war nett.«

»Und die Handkette hat sie dir geschenkt? Ist ja fast wie ein Liebesbeweis.« Ariana drückte fest meinen Arm. »Ich freue mich sehr darüber, dass ihr euch jetzt besser versteht. Wenn ich bald nicht mehr im Palast wohne, ist es schön, zu wissen, dass ihr einander habt.«

»Ich hasse den Gedanken, du könntest wegziehen.« Ich presste meine Lippen zusammen, sobald diese Worte meinen Mund verlassen hatten. Ich hatte sie zuvor niemals aussprechen wollen.

»Ich auch«, gab sie zu und schwieg, bis wir den Palast erreicht hatten.

Ariana ließ mich erst los, als wir den großen Frühstückssalon betraten. Sofort verstummten die Gespräche der sechs Berater und auch die Könige schauten zu uns herüber. So viele Augen waren auf mich gerichtet, und doch war es Kaydens Blick, den ich suchte und dem ich rasch auswich, damit niemand die Sehnsucht darin erkennen konnte.

»Seid gegrüßt, Fiana«, sagte Königin Sadira.

Sie und König Theon saßen am Kopf der Tafel, rechts von ihr waren für Ariana und mich noch zwei Plätze frei. Wie früher.

Wir setzten uns, und sofort wurden uns Wasser und Tee eingeschenkt. Vor uns auf dem Tisch türmte sich das Essen auf silbernen Platten, aber ich konnte mich nicht rühren, während Ariana ihren Teller belud.

Ich sah zu Königin Sadira, die mich anlächelte.

»Danke für die Einladung«, sagte ich.

»Ich dachte, wir könnten ein letztes Mal gemeinsam ein Frühstück genießen, bevor sich alles ändert.«

»Oder auch nichts«, wandte ich ein und trank einen Schluck Tee gegen die plötzliche Enge in meinem Hals.

»Heute Nacht wird es jedenfalls einen Kampf geben, und dieser könnte unser Verhältnis verändern.« Sadira lächelte ein wenig breiter, echt und warm. »Dennoch möchte ich Euch sagen, dass ich mir keine bessere Freundin für meine Tochter wünschen könnte.«

Ich blinzelte, als meine Augen zu brennen begannen, und nickte. »Danke. Und Ihr seid all die Jahre ein großes Vorbild für mich gewesen.«

Ich begann zu essen, und einen Moment lang fühlte sich alles normal an, wie früher – bis ich Kaydens Blick begegnete und wusste, dass es niemals wieder so sein würde wie früher.

◆ ◆ ◆ ◆

»Du musst dich entspannen!« Kaydens Worte klangen schroff. »Wenn du so weitermachst, wirst du dich eher selbst erstechen als jemand anderen!«

Frustriert ließ ich das schwere Eisenschwert sinken und starrte ihn finster an. Der Trainingsplatz war wie leer gefegt. Die Diener hatten die meisten Übungsgeräte bereits abgebaut.

»Ich kann es einfach nicht! Es ist mir ein Rätsel, wie ich bei den Prüfungen diese Verbindung zu all den anderen Gegenständen aufbauen konnte! Es klappt bei diesem verfluchten Schwert einfach nicht!«

»Weil du dich nicht konzentrierst«, erwiderte er ungewohnt gereizt und rammte sein Schwert in den Rasen, bevor er auf mich zukam.

Ich wäre vor seinem Furcht einflößenden Gesichtsausdruck am liebsten geflohen, blieb aber stehen. Der Kuss hatte alles geändert, und die Erinnerung daran, wie nah wir uns gestern Nacht gewesen waren, machte mich schier wahnsinnig und ließ meine Wangen glühen.

Kayden stellte sich hinter mich und umfasste meine Hände, die noch immer den Knauf des Schwertes hielten. »Du musst es fühlen.« Sein Flüstern ließ mich erzittern.

»Ich fühle gerade nichts anderes als dich, und das findet meine Magie gar nicht gut«, erwiderte ich leise, ohne mich zu rühren. Gleichzeitig huschten meine Augen über den leeren Platz. »Wieso tust du das?«

Ich spürte, wie er sein Gesicht in meiner Halsbeuge versenkte, wie er tief einatmete, und erzitterte erneut.

»Weil ich mich selbst so gerne quäle, schätze ich. Du hast etwas an dir … deine Schönheit …«

Ich lachte leise. »Hör auf. Wir sollten jetzt trainieren. Auch wenn ich glaube, dass es nicht viel nützen wird. Im Grunde will ich Königin Sadira sowieso nicht schlagen.«

Kayden wich zurück und sofort vermisste ich ihn dort, wo meine Haut kalt wurde.

»Du musst dennoch dein Bestes geben«, erwiderte er. »Die Mönche –«

»Ich weiß«, unterbrach ich ihn. »Sie werden nicht zulassen, dass ich mich schlechter mache, als ich bin.« Ich schauderte angesichts der Dunkelheit, die sich am Horizont ausbreitete. »Es bleibt mir nicht mehr viel Zeit bis Mitternacht.«

Als Kayden nicht antwortete, wandte ich mich zu ihm um und sah ihn fragend an. »Wirst du eigentlich bei den Kämpfen anwesend sein?«

Er nickte. »Ja, ich werde von den Rängen aus zusehen.«

Das hätte ich mir natürlich denken können.

»Ich werde bei Ariana und Cedrik sitzen.«

»Cedrik«, murmelte ich abschätzig.

»Seine Gespräche sind so ermüdend«, sagte Kayden, während seine Mundwinkel zuckten.

»Er ist so langweilig!«, stimmte ich ihm zu. »Endlich jemand, der das auch sieht!«

Kaydens Lachen hallte über den Platz. »Die anderen sind nur zu höflich, um diesen Gedanken laut auszusprechen.«

»Vielleicht. Aber ich glaube, ich muss mich jetzt für den Kampf fertig machen.«

Kayden nickte und Sturmwolken schienen in seinen Augen aufzuziehen. »Du kannst stolz auf das sein, was du bereits erreicht hast. Egal, wie sehr du dich auch dagegen sträubst – du könntest heute Nacht siegen und hättest es sogar verdient.«

Ich presste meine Lippen zusammen und schüttelte meinen Kopf so zaghaft, dass er es vielleicht nicht einmal bemerkte. Es gab niemanden, der weniger auf den Thron gehörte als ich. Und das lag nicht nur daran, dass ich meine Eisenmagie so schlecht beherrschte.

Ich lächelte Kayden an und legte meine Hand auf seinen Unterarm. »Ich danke dir für alles.«

◆ ◆ ◆ ◆

Für den Kampf gegen die Königin hatte ich mir wieder die silberne Tunika angezogen. Doch dieses Mal war sie mit eisernen Ketten verstärkt, um einen tödlichen Stoß abzuwehren – so erklärte es mir Kayden, bevor er mich in meinem Zelt allein ließ.

Nun, ich war nicht ganz allein, denn jetzt umschwirrten mich drei Zofen und richteten mich her, als würde ich auf einen Ball gehen und nicht zu einem Kampf, der über den Rest meines Lebens entscheiden würde.

Ich kannte sie alle aus meiner Zeit als Dienerin, und während sie mich schminkten und meine Haare frisierten, spürte ich ihren Stolz und ihre Ehrfurcht. Schließlich war ich eine von ihnen, eine Dienerin, die zur Königin aufsteigen könnte.

Meine Finger bebten vor Aufregung und ich umklammerte Dalias Handkette, schöpfte Ruhe aus diesem ungewöhnlichen und schönen Geschenk.

»Ich finde es schade, dass Königin Sadira niemals wieder geheiratet hat«, sagte eine der Zofen gerade leise.

»Sie hat ihren Mann eben sehr geliebt, und als sie Königin wurde, konnte sie niemandem mehr trauen«, erwiderte die zweite und seufzte, weil sie diesen Gedanken offenbar romantisch fand.

Ich fand ihn traurig. Immerhin war Sadiras Mann tot und sie konnte sich auf keinen anderen mehr einlassen. Unweigerlich wanderten meine Gedanken zu Kayden, zu unserem Kuss, zu allem, was wir niemals haben würden.

»Fertig!«

Die Stimme der dritten Zofe riss mich aus meinen verbotenen Gedanken. Ich lächelte die junge Frau an, bevor ich mich erhob und in dem Spiegel betrachtete, den sie mitgebracht hatten.

Die Tunika wirkte zarter, als sie war, und umschmeichelte meine Figur, und mein dunkles Haar war zu einem straffen Dutt nach oben gebunden, in dem silbern gefärbte Rosen steckten. Meine Augen waren schwarz geschminkt und silberner Lippenstift ließ meine Lippen glänzen.

Ich sah anders aus, gefährlich und doch schön.

Aber ich hatte Angst und wollte diesen Kampf nicht führen. Im Geiste ging ich all die Stellen an meinem Körper durch, die ungeschützt waren, sodass die Königin mich mit ihrem Schwert verletzen könnte. Es waren viele.

Entschlossen straffte ich meine Schultern und drehte mich zu den Zofen, die mich erwartungsvoll ansahen. »Ich danke Euch.«

Sie verneigten sich und überschütteten mich mit Glückwünschen. Als sie mein Zelt kurz darauf verließen, fühlte sich die Stille danach unangenehm an.

Doch kurz darauf ertönten draußen schwere Schritte und Kayden betrat das Zelt.

Er sah mich schweigend an und in seinen Augen lag ein Ausdruck von Wärme, der mein Herz höherschlagen ließ. Was war nur los mit uns? Wie konnten wir einander so ansehen, ohne vor Scham in Flammen aufzugehen?

»Ich bin hier, um dich abzuholen.« Kayden räusperte sich und blinzelte. »Du hast viele Unterstützer im Volk. Sie feiern dich bereits als ihre neue Königin.«

»Ich sehe es schon vor mir, was sie sich erzählen werden«, erwiderte ich trocken. »Von der Dienstmagd zur Königin.«

Kayden lächelte. »So ähnlich, ja. So etwas gefällt den Menschen.«

»Sie hätten aber auch nichts dagegen, Sadira als Königin zu behalten.«

»Das stimmt. Allerdings wurde kein Kontrahent in den letzten Jahrzehnten derart angefeuert.« Kayden trat hinter mich, sodass ich ihn im Spiegel sehen konnte. »Du strahlst heller als jeder Stern.«

Ich schluckte, in meinem Magen flatterte es. »Führen wir dieselbe Unterhaltung?«

Er lächelte mehr mit den Augen als mit dem Mund. »Ich wollte dich aufmuntern.«

Wir sahen einander an, berührten uns nicht, und doch war da etwas zwischen uns, das uns fest miteinander verband. Er hätte in diesem Moment alles sagen können, hätte mir einreden können, dass ich siegen würde. Aber stattdessen wurde er nur ernst und legte seine Hand auf meine Schulter.

»In wenigen Stunden wird es vorbei sein.«

Er verstand mich. Er hatte verstanden, wie wenig ich das hier wollte, und er akzeptierte es.

Das Wissen, dass er mein wahres Ich niemals akzeptieren würde, schnürte mir die Kehle zu und ließ mich schwer schlucken.

»Danke«, stieß ich aus und senkte meinen Blick, um mir über meine Tunika zu streichen. »Ich denke, es ist an der Zeit, zu gehen.«

Kayden nickte und folgte mir, als ich zur letzten Prüfung des Kronenkampfes aufbrach.

17. KAPITEL

DER LETZTE KAMPF

Als ich die Arena betrat, schien die Welt nur aus Jubelrufen zu bestehen. Ich hörte, wie sich das Tor hinter mir schloss, und doch kam es mir vor, als würde ich weiterhin Kaydens Blick in meinem Rücken spüren.

Ich steuerte geradewegs auf den Kampfplatz zu, der inmitten der Arena lag und von allen Seiten einzusehen war. Auf dem Labyrinth waren riesige Platten ausgelegt worden, sodass die Fläche eine erhöhte Kampfstätte bildete.

Rechts und links von mir gingen Evalina und Eduard. Sie führten mich zu einer Ecke des Kampfbereichs, wo wir uns aufstellten und unter dem Beifall der Menge warteten.

Meine Augen waren auf das Tor gerichtet, durch das ich gerade gekommen war und das sich nun erneut öffnete.

Königin Sadira betrat die Arena. Sie war allein und trug die gleiche Kleidung wie ich. Doch im Gegensatz zu mir war sie eine Königin durch und durch. Sie strahlte es aus und ich hasste mich dafür, dass ich hier stand und mir anmaßte, sie ersetzen zu können. Doch dann rief ich mir in Erinnerung, dass das hier nicht meine Idee gewesen war.

Auch Königin Sadira wurde von den Zuschauern angefeuert, sie stellte sich mit einem erhabenen Lächeln auf die andere Seite des Kampfbereiches.

Da ich die ganze Zeit nur auf die Königin geachtet hatte, erschrak ich leicht, als König Theon plötzlich zu meiner Rechten auftauchte.

»Liebes Volk!« Seine Stimme erhob sich über uns alle und Ruhe kehrte ein, die aber die Aufregung, dieses elektrisierte Summen nicht ganz überdecken konnte. »Diese Nacht ist eine magische Nacht. Heute werden wir dem Kampf um die Eisenkrone beiwohnen. Die Sterne und ihre Ahnen werden entscheiden, wer diesen Kampf gewinnen wird. Unsere Götter werden unsere Zeugen sein, denn heute wird um den Eisenthron gekämpft.«

Neben mir tauchte ein Diener mit einem Eisenschwert auf, während Evalina und Eduard sich zurückzogen. Ich nahm es und sah, wie auch der Königin ein Schwert überreicht wurde. Es schimmerte golden im Licht der Fackeln, obwohl es aus purem Eisen geschmiedet worden war.

»Diese Schwerter schenken euch die Kraft eurer Ahnen und werden eure wahre Magie offenbaren.«

Nun trat Königin Sadira in den Kampfbereich, nachdem sie die Stufen erklommen hatte, und ich tat es ihr gleich. Mein Herz hämmerte mir bis zum Hals.

»Möge die Stärkere gewinnen!« König Theons Ruf wurde von Begeisterungsstürmen der Zuschauer begleitet und ließ die ganze Welt beben.

Doch während das Königreich vor Begeisterung tobte, wurde es in mir ganz still. Ich konzentrierte mich auf mein Schwert, spürte, wie sein Eisen meine Magie hervorlockte, und ließ es zu, dass sie in die Waffe hineinfloss. Meine Finger kribbelten auf dem kühlen Metall, und es kam mir vor, als würde ich schweben, weil sich diese Verbindung so richtig anfühlte. Es fühlte sich richtig an, meine Magie auf diese Weise herauszulassen. Auf diese gute und sichere Weise.

Ich spürte, dass ich sie kontrollieren konnte, und genoss es in vollen Zügen.

Mein Blick richtete sich auf Königin Sadira, und als ihre Augen die meinen fanden, war es, als wäre ein Startsignal ertönt.

Die Magie in unseren Schwertern tobte, als wir aufeinander zustürmten, und als unsere Klingen aufeinanderstießen, stoben Funken so weit in die Höhe, dass ich im Augenwinkel sah, wie selbst die Zuschauer zurückzuckten. Ihr Raunen nahm ich nur ganz entfernt wahr, während ich einen erneuten Hieb der Königin abwehrte.

Wir umkreisten einander, während wir unsere Magie den Kampf für uns ausfechten ließen. Das Klirren der Klingen war so laut, dass meine Ohren klingelten, und ich blinzelte jedes Mal, wenn Magiefunken die Luft erfüllten.

Es gab nichts mehr um uns herum, nur noch diesen Kampf, nur noch diesen unbändigen Willen, nicht verletzt zu werden.

Sie durfte mich auf keinen Fall treffen!

Bei diesem kurzen, ängstlichen Gedanken ließ meine Konzentration nach, und ich wich mit einem erschrockenen Zischen zurück, als das Schwert der Königin mich fast am Arm gestreift hätte. Ich umklammerte den Griff des Schwertes fester, während die Königin mich anlächelte.

»Das ist ein guter Kampf!«, rief sie.

Dann stürzte sie sich wieder auf mich, und mir wurde klar, dass sie bis zum Letzten kämpfen würde, um ihre Krone zu verteidigen.

Ich vollführte eine Drehung und konnte ihr noch einmal knapp ausweichen. Gleichzeitig riss ich mein Schwert hoch und ließ es auf sie niedersausen.

Sadira lachte, denn sie konnte meinen Angriff mit Leichtigkeit abwehren.

Meine Magie brüllte vor Wut auf und ich taumelte zurück, drehte mich erneut und brachte mich wieder in der Mitte des Kampfplatzes in Position.

Der Kampf würde vorbei sein, sobald eine von uns den Rand des Platzes überschritt oder zu Boden ging. Ich wollte nicht gewinnen, aber ich wusste, dass ich kämpfen musste, bis sie mich besiegt hatte. Ich durfte nicht freiwillig verlieren.

»Ihr gebt nicht Eure gesamte Kraft«, warf Königin Sadira mir vor und kämpfte härter, schlug fester zu und drängte mich an den Rand des Kampffelds zurück.

Vor Schreck stolperte ich beinahe, hielt mich aber auf den Beinen und blockte ihre Schläge ab, die so schnell kamen, dass ich selbst nicht mehr angreifen konnte.

»Hört auf, Euch nur zu verteidigen!«, befahl sie mir. »Greift endlich an!«

Ihr nächster Hieb war so stark, dass ich nach hinten geschleudert wurde. Ein Schrei entfuhr mir, und ich fiel auf meine Hand, rollte mich jedoch ab und sprang wieder auf. Dabei stieß ich einen Kampfruf aus, während meine Magie meinen Körper übernahm, sodass mein nächster Schwerthieb die Welt komplett aus den Angeln hob.

Königin Sadira hatte keine Chance mehr. Mein Schlag war so kräftig, dass ihr das Schwert aus der Hand gerissen wurde und sie zurücktaumelte.

Ich starrte Sadira und ihre leere Hand an und versuchte zu verstehen, was da gerade passiert war.

Sie schien für einen Augenblick zu stocken, ehe sich ihre Lippen zu einem Lächeln verzogen, und dann – dann sank sie auf die Knie und verbeugte sich vor mir.

»Herzlichen Glückwunsch zu Eurem Sieg, meine Königin.«

Für einen Moment schienen alle um uns herum den Atem anzuhalten, bevor die Begeisterungsstürme losbrachen.

Ich zitterte am ganzen Körper und Tränen schossen mir in die Augen. »Nein …«

Sadira erhob sich. Die Königin … nein, sie war keine Königin mehr … Sadira lächelte noch immer.

»Lächelt, Fiana. Der Schock wird vergehen«, flüsterte sie mir zu, was unter dem Lärm des Applauses beinahe unterging.

»Ein Hoch auf unsere künftige Eisenkönigin Fiana!« König Theons Ruf schien die Freude der Zuschauer sogar noch anzuheizen.

Und ich stand da wie gelähmt, hielt noch immer das Schwert mit einer Hand und konnte kaum atmen, so sehr schmerzten mich seine Worte.

Es waren doch nur Minuten vergangen. Wie hatte sich in dieser kurzen Zeit mein ganzes Leben derart verändern können?

♦ ♦ ♦ ♦

Die nächsten Stunden vergingen und ich fühlte mich wie unter einer Glocke gefangen. Ich hielt eine Rede an das Volk, kurz und vermutlich völlig lächerlich. König Theon und seine Berater stießen auf mich an. Es wurde gefeiert, gelacht und getrunken und ich sah bei alldem zu, als wäre ich gar nicht anwesend, als hätte mein Geist sich gelöst, um dieses Chaos meinem Körper zu überlassen.

Ich habe Königin Sadira besiegt.

Dieser Gedanke wiederholte sich immer wieder in meinem Kopf und ich konnte kaum fassen, dass er wahr sein sollte. Ich hatte unbedingt verlieren wollen, weil ich wusste, dass ich nicht auf den Thron gehörte. Doch nun saß ich hier, hatte gewonnen und nichts hatte sich verändert. Ich war noch immer Fiana. Nur dass ich bald eine Krone tragen würde.

»Ich denke, ich werde nun schlafen gehen«, hörte ich mich sagen und meine Stimme klang weit entfernt.

Im Königssaal war eine lange Tafel aufgebaut worden und ich saß auf dem – meinem – Thron, neben König Theon. Mir gegenüber hatten die Berater, einige ranghohe Gardisten und Mitglieder des Hofes Platz genommen.

Die meisten waren völlig betrunken und König Theon prostete mir ein letztes Mal zu.

»Herzlichen Glückwunsch, meine liebe Fiana!«

»Danke«, hörte ich mich murmeln und erhob mich von meinem Thron.

Kayden, der sich die ganze Zeit im Hintergrund gehalten hatte, stand ebenfalls auf.

»Ich zeige dir deine königlichen Gemächer«, murmelte er und ich runzelte fragend meine Stirn.

»Du wirst morgen gekrönt werden und darfst auf keinen Fall im Zelt schlafen. Die königlichen Gemächer wurden bereits für dich hergerichtet.«

»Aber die Königin –«

»Sadira hat die Räume freiwillig verlassen und freut sich schon sehr auf die morgige Zeremonie.« Seine Worte klangen so falsch.

»Gut.« Mehr brachte ich nicht heraus.

Ich starrte vor mich hin, während ich neben Kayden durch die Flure des Palastes ging.

»Wie konnte das nur passieren?«

»Du warst stärker«, antwortete er. »Das Gesetz und unsere Magie wollen, dass der Stärkste gewinnt.«

Mein Blick fiel auf meinen Handrücken, auf das kleine halbmondförmige Zeichen, und ich ballte die Hand zur Faust. Gleichzeitig ging ich in mich und überprüfte, ob die Reste des Schleiers noch intakt waren. Es war wie ein leises Flirren unter meiner Haut. Zart, aber noch einigermaßen intakt. Zumindest soweit es nötig war.

Hätte Kayden mir auf dem Eröffnungsball nicht diese Falle mit dem Dolch gestellt, wäre meine Magie niemals ausgebrochen. Ich hätte nicht am Kronenkampf teilnehmen müssen und ich würde jetzt nicht darauf warten, dass man mir eine Krone aufsetzte, die ich nicht verdient hatte.

»Du hättest meine Magie niemals enttarnen dürfen«, murmelte ich.

»Hasse mich ruhig, aber du weißt, dass die Wahrheit immer ans Licht kommt.«

»Ich wünschte, ich könnte dich hassen«, erwiderte ich leise und wollte mein Gesicht am liebsten an seiner Brust vergraben. »Du ahnst gar nicht, wie sehr.«

»Mir geht es nicht anders«, sagte er leise und seine Hand streifte meine, ganz kurz, sanft und zögerlich.

Mein Herz pochte und ich ließ zu, dass ein anderes Gefühl meine Taubheit verdrängte und mir Wärme spendete. Ich wagte es nicht, zu ihm hinüberzusehen, während wir weitergingen. Unsere Hände berührten sich immer wieder, fanden aber nicht zueinander.

Als wir den königlichen Eisenturm erreichten, jenen Turm, der für die nächsten Jahre mein Zuhause sein würde, blieb Kayden am Fuß der Treppe stehen.

»Ich denke, du wirst den Weg nun finden.«

»Ich weiß es nicht«, hörte ich mich flüstern. »Vielleicht könntest du …?«

Kayden seufzte, packte meine Hand und zog mich die Stufen hinauf. Er blieb erst stehen, als wir von unten aus nicht mehr zu sehen waren, hob mich hoch, zog mich an sich und küsste mich. Seine Begierde schien mich beinahe zu verschlingen und alles fortzureißen, was mir wichtig gewesen war. In diesem Moment war nichts mehr von Bedeutung, nur er und ich und dieser alles verzehrende Kuss.

Ich hielt mich an ihm fest, erwiderte seinen Kuss genauso drängend und hörte mein eigenes Seufzen erst, als er den Kuss unterbrach. Er strich mit seiner Hand über meine Wangen und meinen Hals, und seine Augen liebkosten jeden Zentimeter meines Gesichts. »Ich wünschte –«

Der Klang von Absätzen ertönte auf den Treppenstufen und ließ uns so plötzlich auseinanderspringen, dass ich mir den Kopf an der Wand stieß. In meiner Verzweiflung fing ich an zu lachen.

Im nächsten Moment kam Ariana die Treppen hoch und sah mich lächelnd an. Ich hatte sie seit dem Kampf nicht mehr gesehen.

»Herzlichen Glückwunsch«, sagte sie und ihr irritierter Blick glitt zwischen Kayden und mir hin und her.

Plötzlich wurde mir bewusst, dass wir beinahe erwischt worden wären – wie konnten wir nur so leichtsinnig sein?

»Wir sehen uns morgen«, sagte Kayden knapp und verschwand so schnell, dass es beinahe nach einer Flucht aussah.

Ariana sah ihm stirnrunzelnd hinterher, bevor sie mich fragte: »Darf ich dich oben herumführen?«

»Gerne«, stieß ich aus und hoffte, dass sie glaubte, meine Stimme klinge nur wegen meines Lachens so atemlos.

»Eigentlich hätte eine der oberen Palastverwalterinnen dich herumführen sollen, aber ich konnte sie davon überzeugen, dass ich als deine beste Freundin für diese Aufgabe viel besser geeignet bin«, erklärte sie, während wir Stufe um Stufe erklommen.

Durch die Fenster konnte ich die aufgehende Sonne am Horizont erkennen, während wir die letzten Stufen zum Eisenturm hinaufstiegen.

Im Vorraum der königlichen Gemächer blieb ich überwältigt von all dem Luxus stehen. Vor den Fenstern hingen silberne Vorhänge und in der Mitte des Raumes standen prächtige Sessel um einen Glastisch herum, darüber ein silberner Kronleuchter, der mit unzähligen Diamanten verziert war. Selbst das goldene Licht der

Morgensonne konnte die kühle Eleganz des eisernen Salons nicht übertreffen.

»Das ist der Empfangsraum. Wenn du Besuch bekommst, kannst du ihn hier willkommen heißen.«

»Passiert das oft?«

Ariana zuckte mit den Schultern. »Meine Mutter hat das in ihrer Amtszeit höchstens ein oder zwei Mal gemacht. Ich glaube, sie hat diesen Turm hauptsächlich als Rückzugsort genutzt.«

Bei dem Gedanken an Sadira verkrampfte sich mein Magen. »Wie geht es ihr? Wo ist sie jetzt?«

»Sie ist in einem der Gästezimmer. Sie ist …« Ariana stockte, als würde sie das richtige Wort suchen. »Sie hat es nicht gesagt, aber sie wirkt irgendwie … erleichtert. Heute hat sie sogar über einen meiner Witze gelacht, so sehr, wie ich sie noch nie lachen gehört habe.«

»Ich weiß nicht, ob mich das jetzt beruhigt«, erwiderte ich und musste dennoch bei der Vorstellung lächeln.

Ich deutete auf die beiden schmalen Flure, die rechts abgingen und in denen Treppen nach oben führten. »Was ist dort?«

»Auf der rechten Seite befindet sich ein privates Arbeitszimmer und links sind das Schlaf- und das Badezimmer. So, wie du aussiehst, könntest du ein Bad sicher gut vertragen. Ich habe eine Dienerin gebeten, dir eines vorzubereiten.«

Ariana ging zu einem Klingelzug, der direkt neben der Tür hing.

»Wenn du daran ziehst«, erklärte sie, »erhalten deine Diener ein Zeichen, dass du etwas brauchst.«

Sie zog an dem eisernen Band und kurz darauf klopfte es an der Tür.

Ariana grinste mich an, als ein älterer Herr mit lichtem Haar und ernstem Blick erschien.

»Eure Majestät«, begrüßte er mich. »Wie kann ich Euch dienen?«

»Könnten Sie bitte eine Zofe schicken, die die Temperatur des

Badewassers überprüft, bevor unsere zukünftige Königin hineinsteigt?«

Der Diener sah Ariana nicht einmal an, sondern hielt seinen Blick die ganze Zeit auf mich gerichtet.

Deshalb nickte ich zustimmend.

»Sehr wohl, Eure Majestät.« Er verneigte sich und verschwand.

Ich blinzelte die nun wieder geschlossene Tür an und dann Ariana. »Das war seltsam.«

»Du wirst dich bald an deinen neuen Titel gewöhnen«, winkte Ariana ab und deutete auf die rechte der beiden Treppen. »Möchtest du zuerst das Arbeitszimmer sehen?«

»Nein, ich denke, das hebe ich mir für morgen auf.« Ich merkte, wie eine tiefe Müdigkeit mich überkam.

»Dann bringe ich dich am besten gleich in deine Privatgemächer und lasse dich danach in Ruhe.«

Ich nickte und folgte ihr die linke Treppe hinauf in die obere Etage. Dort befand sich in einem großen Turmzimmer ein riesiges Himmelbett mit silbernen Vorhängen und einer atemberaubenden Aussicht auf das Königreich.

»Unglaublich«, flüsterte ich und strich über den weichen Stoff der silbernen Bettdecke. Die Wände waren hellblau gestrichen, der Boden bestand aus hellem Holz und an der Decke hing ein silberner Kronleuchter.

Auf der anderen Seite des Zimmers befand sich eine weitere Treppe nach oben.

»Ist dort das Badezimmer?«, fragte ich.

Ariana nickte und ging voraus.

Oben erwartete uns ein marmornes Badezimmer, in dem eine frei stehende Wanne und ein Waschtisch standen. Daneben befand sich ein Ankleidezimmer, das bis auf wenige Kleider leer war.

»In den nächsten Tagen werden die Schneiderinnen dir weitere

Kleider anfertigen«, erklärte Ariana mir und ein Lächeln erhellte ihr Gesicht. »Auf jeden Fall natürlich eines für die Krönungszeremonie. Es wird gleich morgen nach dem Frühstück abgesteckt.«

Ich strich über den Stoff eines meiner alten Kleider, das irgendwer hierhergebracht hatte, und nickte langsam.

Von unten waren plötzlich Schritte zu hören. Zwei Frauen betraten mit dampfenden Eimern das Badezimmer. Die beiden knicksten tief, bevor sie das Wasser in der Wanne prüften und weiteres heißes Wasser hineinfüllten.

»Soll ich Euch beim Auskleiden helfen?«, fragte die Ältere.

Ich schüttelte lächelnd den Kopf. »Danke, aber heute nicht.«

Die beiden Frauen verabschiedeten sich und ließen uns wieder allein.

»Ich denke, ich werde dir nun ein bisschen Zeit zum Entspannen geben«, sagte Ariana.

»Könntest du vielleicht hierbleiben?«, fragte ich sie leise und schlang die Arme um mich. »Ich …« Ich hatte keine Ahnung, wie ich beschreiben sollte, was ich fühlte. Ich empfand eine große Einsamkeit, die ich so lange in mir verborgen hatte und die nun immer größer zu werden schien, seit ich in der zweiten Prüfung mit ihr konfrontiert worden war.

Ein Lächeln ließ Arianas Züge ganz weich werden. Sie setzte sich auf die Bank am Fenster und deutete auf die Badewanne. »Ich brauche sowieso jemanden, mit dem ich ein bisschen reden kann.«

Ich zog mich aus und ließ mich in das heiße Wasser sinken. Alles tat mir weh, doch meine Muskeln entspannten sich, als ich mich langsam zurücklehnte. Ich seufzte und schloss meine Augen, während ich meine Finger über das Wasser gleiten ließ. Die Hand mit den Brandnarben hielt ich unter Wasser, auch wenn ich mich nicht für diese Narben schämte. Ariana kannte sie alle. Selbst die auf meinem Rücken, von denen sie glaubte, ich hätte sie von einem

Reitunfall und sie würden nie mehr richtig verheilen. Die Narbe von dem Schleierzauber brannte im Wasser.

»Das war eine verrückte Nacht«, sagte ich.

»Irgendwie habe ich geahnt, dass du gewinnen würdest.«

»Ach ja? Ich nicht.«

Der Duft von Rosen hüllte mich ein und der aufsteigende Wasserdampf trieb mir Schweißperlen auf die Stirn.

»Cedrik war völlig durch den Wind, als er dich siegen sah.« Sie lachte leise. »Vielleicht hat er ja an unserer Verlobung gezweifelt, nun, da meine Mutter nicht mehr Königin ist.«

»Löse eure Verlobung doch«, schlug ich ihr vor und gähnte. »Du willst ihn doch gar nicht heiraten.«

Es war das erste Mal, dass ich diese Worte ihr gegenüber aussprach.

Ariana seufzte, als hätte sie dieses Gespräch schon oft mit sich selbst geführt, sagte aber nichts dazu.

»Du sollst glücklich sein. Und das würde auch deine Mutter wollen.«

»Die Hochzeit findet in wenigen Wochen statt. In zwei, um genau zu sein«, sagte Ariana.

»Du musst das nicht tun.« Ich sah zu ihr hinüber. »Gehe in dich und frage dich, ob du das wirklich willst. Wenn deine Mutter von dir enttäuscht ist … dann solltest du eher enttäuscht von ihr sein. Und wenn du dich mit ihr überwirfst, kannst du immer noch im Palast bleiben, solange ich diese Aufgabe hier erfülle.«

»Du sagst das, als wäre das Regieren nur irgendeine Arbeit.« Sie lachte und überging den Rest meiner Worte. »Es ist eine Bestimmung, und es wird dich für immer verändern.«

»Ja, das wird es wohl«, murmelte ich und schaute an ihr vorbei aus dem Fenster auf das Königreich, dessen Königin ich nun werden sollte.

18. KAPITEL

DER BEGINN EINER NEUEN REISE

Der nächste Tag begann mit warmen Sonnenstrahlen auf meiner Haut und dem zarten Duft von Rosen. Ich wollte dieses angenehme Gefühl möglichst lange in mir bewahren, doch schon im nächsten Moment kroch Kälte über meinen Nacken, als ich mich an die gestrige Nacht erinnerte.

Ich riss die Augen auf und starrte an die Decke meines neuen Schlafzimmers im Eisenturm.

Heute würden sie mich krönen.

Allein der Gedanke ließ eine Gänsehaut über meine Arme wandern.

Heute würde das Volk Alandras eine Frau auf ihren Thron setzen, die sie hängen würden, sobald sie die Wahrheit über sie erfuhren.

Ich ballte meine Hand zur Faust und spürte den Anhänger von Dalias Kette, die ich mir vor dem Schlafengehen wieder übergestreift hatte. Irgendwie beruhigte er mich.

Ich betrachtete den schwarzen Stein nachdenklich. Niemand würde jemals erfahren, wer oder was ich war. Wenn ich es durch den Kronenkampf geschafft hatte, sollte der Rest doch ein Kinderspiel sein.

Diese Gedanken beruhigten mich ein wenig und erstickten die

aufkeimende Angst. Ich würde das Spiel einfach weiterspielen. Aber ich hatte auch keine andere Wahl.

Nun, da klar war, dass ich die stärkste Eiserne im ganzen Reich war, konnte ich niemals freiwillig auf den Thron verzichten. Es sei denn, ich verzichtete auch auf meine Kräfte. Doch das sollte ich besser verhindern, denn die Gefahr, dabei zu sterben, war viel zu hoch.

Ich richtete mich im Bett auf und schaute aus dem Fenster, auf Alandra, dieses wunderschöne Reich. Furcht ließ mein Herz schneller schlagen, aber da war noch ein anderes Gefühl in meiner Brust. War es Stolz? Ehrfurcht? Ich konnte nicht benennen, was ich gerade empfand.

Ich hörte ein zaghaftes Klopfen und atmete einmal tief durch, bevor ich »Herein!« rief und die Bettdecke zurückschlug.

»Guten Morgen, Eure Majestät«, begrüßte mich eine ältere Dienerin und lächelte mich schelmisch an. »Wie ich hörte, wirst du heute gekrönt ...«

Es war die alte Dienstmagd Marcaire, die ich schon seit meiner Kindheit kannte. Sie lachte und ich sprang aus dem Bett, um sie zu umarmen. Dabei sog ich ihren vertrauten Geruch nach Gebäck und Heimat ein.

»Es ist so viel passiert, seit wir uns das letzte Mal gesehen haben«, rief ich glücklich.

»Wenn ich gewusst hätte, dass du vorhast, am Kronenkampf teilzunehmen, hätte ich dir etwas besonders Gutes gebacken.«

Ich löste mich aus ihrer Umarmung. »Bitte sei nicht wütend, dass ich dir meine Kräfte verheimlicht habe.«

Marcaire hob ihre Augenbrauen. »Wieso sollte ich das sein? Du hast ein Recht auf deine Geheimnisse.«

Sie ahnte nicht einmal ansatzweise, wie viel mir diese Worte bedeuteten.

»Was machst du hier?«, fragte ich Marcaire.

Sie stieß ein Lachen aus und klatschte in die Hände. Kurz darauf traten zwei Dienerinnen mit Platten voller Gebäck in meine Gemächer.

»Ich kümmere mich um dein Frühstück. Die Schneiderinnen scharren schon mit den Füßen, denn sie wollen endlich dein Zeremonienkleid nähen. Außerdem werden sie dir gleich noch ein paar andere Kleider bringen.«

»Das ist alles zu viel für mich«, murmelte ich, während die beiden Dienerinnen wieder verschwanden und die Tür hinter sich schlossen. Mein Blick fiel auf Marcaire. »Ich weiß nicht, ob ich das annehmen kann. Du weißt, wer ich bin und woher ich komme.«

»Deshalb bin ich so stolz auf dich.« Marcaire griff nach meiner Hand und führte mich zu einem der Sessel in meinem Schlafzimmer. »Du hast dich deiner Aufgabe gestellt und sie gemeistert. Außerdem kannst du als Königin Gutes tun. Du kannst die Armen unterstützen, die Dragen bekämpfen und vieles mehr. Such dir etwas aus. Es gibt genug Aufgaben für eine Königin.«

Mein Blick flog aus dem Fenster, hinaus auf das Königreich, und mir wurde klar, dass sie recht hatte. Ich konnte Gutes tun. Niemand zwang mich, im Palast zu bleiben und nur darauf zu warten, dass mein Geheimnis enthüllt wurde. Zum ersten Mal in meinem Leben kam es mir vor, als würde sich ein Tor für mich öffnen, hinter dem eine große Aufgabe auf mich wartete.

»Irgendwann wirst du finden, was du suchst«, sagte Marcaire.

Irritiert blinzelte ich. »Ich bin nicht auf der Suche. Dieser Palast war immer alles, was ich wollte. Aber die Krone wollte ich wirklich nicht haben.«

Marcaire tätschelte liebevoll meine Hand. »Nun iss ein wenig, und – Kopf hoch! Lass dich nicht niederdrücken von deiner Aufgabe.«

Und damit verabschiedete sie sich von mir.

Ich ging nach oben ins Bad und wusch mich, erfreut über das warme Wasser, das bisher eine Seltenheit für mich gewesen war. Ich hatte mir mein Wasser immer selbst holen müssen und es war meist schon kalt, wenn ich in meinem Zimmer ankam.

Als ich fertig war, klopfte es erneut an der Tür und mehrere Zofen tauchten mit einem Dutzend Kleidern auf. Eine von ihnen präsentierte mir einige pastellfarbene Tageskleider, von denen ich mir ein hellgrünes aussuchte. Sie fingen an, mich anzukleiden, was ich gern akzeptierte. Auch wenn das Kleid auf den ersten Blick schlicht wirkte, war es doch raffiniert zuzuknöpfen, sodass ich selbst sicher ewig gebraucht und vielleicht sogar einige Knöpfe übersehen hätte.

Nachdem die Zofen meine Haare zu einer hübschen Flechtfrisur hochgesteckt hatten, boten sie mir an, mir den Wintergarten zu zeigen, der zu dem Turm gehörte.

Ich stimmte sofort begeistert zu.

Wir gingen durch eine unscheinbare Tür, hinter der sich eine schmale Holztreppe befand. Das Treppenhaus war düster, aber nicht völlig dunkel, denn von oben schien Licht herein. Wir mussten einige Stufen erklimmen, bevor wir oben angekommen waren. Licht blendete mich und ich blinzelte. Wir befanden uns in der gläsernen Spitze des Eisenturms, von hier aus hatte man einen weiten Ausblick über die Landschaft rundherum: Ich konnte im Norden die Nordberge erkennen und weit im Süden die Südwüsten, und im Osten meinte ich das Meer zu sehen.

Mit einem Lächeln schaute ich mich in dem Wintergarten um. Überall standen Töpfe mit Blumen und kleinen Bäumen. Es war eng und irgendwie bedrückend und gleichzeitig der schönste Ort, an dem ich jemals gewesen war. Ein leiser Wind pfiff durch winzige Ritzen zwischen den Glasscheiben, und ich sah, dass man – vermutlich aus Sicherheitsgründen – keines der Fenster öffnen konnte.

In der Mitte des Wintergartens stand ein runder, reich verzierter

Metalltisch mit zwei Stühlen. Er war für eine Person gedeckt und voll beladen mit Köstlichkeiten.

»Darf ich Euch einen Tee anbieten?«, fragte eine der Zofen.

»Sehr gern.« Ich setzte mich an den Tisch und die junge Frau goss Kaffee in eine bauchige Tasse, die auf einem Servierwagen stand.

Währenddessen nahm ich mir eine Scheibe Brot. Doch obwohl ich hungrig war, brachte ich keinen Bissen herunter.

»Könntet Ihr mir einen Gefallen tun?«, fragte ich die Dienerin und sah sie bittend an. »Könntet Ihr Miss Ariana und Miss Dalia zu einem Frühstück mit mir einladen?«

»Miss Dalia kennt diesen Turm noch nicht«, antwortete die Zofe, doch als ich nicht darauf reagierte, nickte sie. »Wie Ihr wünscht.«

Dann verschwand sie und wenig später erschienen tatsächlich Ariana und Dalia bei mir im Wintergarten.

»Unglaublich«, flüsterte Dalia, und ihr rosa geschminkter Mund stand vor Staunen offen. Sie riss sich mit sichtlicher Mühe von dem zauberhaften Ausblick los und schaute dann zu mir. »Danke für die Einladung.«

Ariana, die offenbar schon einmal hier gewesen war, setzte sich zu mir an den Tisch und grinste. »Ich liebe das Zimmer hier. Besonders nachts ist es ein Traum.«

»Dann bin ich ja mal auf die kommende Nacht gespannt«, scherzte ich und bedeutete Dalia, sich zu uns zu setzen. »Danke, dass ihr gekommen seid. Ich kann Gesellschaft heute dringend gebrauchen.«

Dalia blinzelte ungläubig. »Und da dachtest du gerade an mich?«

Ich zuckte mit den Schultern und nippte an meinem Tee, der würzig und warm war. »Wir drei waren doch schon immer irgendwie zusammen. Wieso sollte sich das jetzt ändern?«

Dalia lächelte und ihre Augen wurden glasig. Als eine Dienerin fragte, was die beiden trinken wollten, meinte ich kurz Erleichterung in ihrem Blick zu sehen, weil sie dadurch einen Grund hatte, sich von mir abzuwenden.

Ich sah zu Ariana, die mich anlächelte. Und in dieser Sekunde, an diesem unglaublichen Ort, fühlte sich alles plötzlich richtig an.

Ich atmete tief ein und versuchte den Moment festzuhalten.

♦ ♦ ♦ ♦

Nach dem Frühstück kamen die Schneiderinnen. Während sie das Kleid für die Krönungszeremonie an mir absteckten, unterhielten Dalia und Ariana mich mit allerlei Geschichten. So war es einfacher, in den unzähligen Metern aus Silberstoff still stehen zu bleiben und dabei zuzusehen, wie die Sonne immer weiter über den Himmel wanderte.

Ich hatte Spaß und war unendlich dankbar für die Anwesenheit meiner beiden Freundinnen. Und doch ertappte ich mich immer wieder dabei, wie ich mir einen anderen Menschen herbeisehnte. Ich fragte mich, was Kayden wohl gerade tat, wie es ihm ging und ob auch er noch das Prickeln unseres Kusses auf seinen Lippen spürte. Ich fragte mich, ob auch in seinem Magen alles flatterte, wenn er an mich dachte. Und ich fragte mich, wieso ich diese Gefühle zuließ, obwohl sie doch so falsch waren. Ich fragte mich, wie weit wir gehen mussten, bevor auch mein Herz verstand, wie unmöglich das war.

Ariana und Dalia verbrachten den ganzen Tag mit mir und wir aßen gemeinsam eine Kleinigkeit, bevor die Schneiderinnen mir das fertige Kleid brachten. Erst dann verließen mich die beiden, um sich ebenfalls für die Zeremonie zurechtzumachen.

Ich fühlte mich allein, obwohl mich ein halbes Dutzend Dienerinnen umgaben. Sie beglückwünschten mich, feierten meinen Sieg und halfen mir, das Kleid anzuziehen, mich zu schminken und meine Haare zu frisieren. Sie träumten von meiner Krone, die Sadira mir schon bald aufsetzen würde, und freuten sich auf die vielen unglaublich attraktiven Männer, die bei der Krönungszeremonie anwesend sein würden. Da ich jung war und noch keine Kinder hatte, ging offenbar das gesamte Königreich davon aus, dass ich mir nun bald einen Mann suchen würde.

Als die Zofen mit mir fertig waren, durfte ich von meinem Platz am Schminktisch aufstehen, und sie nahmen die weißen Tücher von meinen Schultern. Die hatten verhindert, dass Schminke mein Kleid beschmutzte.

Nun ging ich zu dem großen Spiegel, den die Frauen mitgebracht und in meinem Zimmer aufgestellt hatten. Als ich mich darin sah, blieb mir vor Erstaunen der Mund offen stehen.

Mein Kleid war ein silbernes Ungetüm, meine Schminke so stark, dass ich mich kaum selbst erkannte, und meine Haare – nun, wenigstens die sahen gut aus. Ich erinnerte mich vage, dass auch Königin Sadira so ausgesehen hatte, als sie gekrönt worden war.

»Oh«, sagte ich und konnte mich nicht zu einem Dank durchringen. An den Schultern war das Kleid so aufgeplustert, dass es mir bis an die Ohren reichte. Die Ärmel waren viel zu lang und der Rock war so breit, dass ich deutlich kleiner aussah, als ich in Wirklichkeit war.

»Es gefällt Euch nicht«, stieß eine der Schneiderinnen hervor, und ich sah im Spiegel, wie alle Anwesenden erbleichten.

»Es ist …«

»Wir könnten es moderner machen. Wir müssen nicht tun, was immer getan wurde«, sagte eine andere. »Wir machen es schmaler, eher figurbetont, wie man es gerade trägt!«

Ich folgte den Frauen zurück in mein Schlafzimmer, wo immer noch ihre Schneider-Utensilien standen, und stellte mich auf den Hocker, damit sie besser an das Kleid herankamen.

»Vielleicht sollten wir die Schminke ebenfalls reduzieren«, sagte eine der Zofen und eilte mit einem Tuch herbei.

Dankbar nickte ich ihr zu und schloss meine Augen, während erneut genäht, geschnitten, gepinselt und gepudert wurde.

Irgendwann tauchte Ariana auf, die ein wunderschönes schwarzes Kleid trug, wie es die Zeremonie vorschrieb. Alle Anwesenden würden Schwarz tragen, alle würden gleich sein. Nur die Könige nicht, die ihre Farben – Eisen und Kupfer – repräsentierten.

»Ich dachte, ihr wärt längst fertig«, sagte Dalia, die kurz hinter Ariana den Raum betreten hatte.

Die beiden sahen wunderschön aus in ihren schlichten, schmal geschnittenen schwarzen Kleidern und mit ihren dunkel geschminkten Augen.

»Bei der Göttin, dein Kleid ist großartig!«, rief Ariana. »Das Volk wird begeistert sein, wenn es dich so sieht!«

Ich wurde rot und zwang mich, weiter still stehen zu bleiben.

»Du siehst wundervoll aus«, sagte Dalia und grinste. »Sie werden dich lieben!«

Ich nickte, während meine Nervosität ins Unermessliche stieg.

»Jetzt sind wir endlich fertig«, sagte eine der Zofen. »Dieses Mal ist es perfekt.«

Und alle anderen traten mit strahlenden Gesichtern zurück.

Mein Herz explodierte schier vor Aufregung, als ich erneut zum Spiegel ging und alle mir folgten. Beim Anblick meines Spiegelbilds blieb ich mit aufgerissenen Augen stehen. »Bei den Göttern.«

Eine Zofe hinter mir stöhnte auf, vermutlich aus Angst, dass sie es schlimmer gemacht hatten.

»Es sieht wunderschön aus«, sagte ich, während ich näher an den Spiegel herantrat.

Der Ausschnitt des Kleids war tief, aber nicht so tief, dass es unschicklich gewesen wäre. Meine Schultern waren frei und die zarten durchsichtigen Ärmel bedeckten meine Arme fast vollständig. An der Taille war das Kleid eng geschnitten, bevor es sich nach unten hin weitete. Es sah fantastisch aus. Meine Augen waren ebenfalls dunkel geschminkt worden und eiserne Punkte, Linien und kleine Monde waren rundherum angebracht worden. Es war ein Kunstwerk.

»Wunderschön«, flüsterte ich und verzog meinen silbern glänzenden Mund.

Hinter mir ertönte ein kollektives Aufatmen und ich lächelte, während ich mich umdrehte.

»Ich danke jeder von euch. Ihr habt großartige Arbeit geleistet.«

Meine Dienerinnen liefen rot an, verneigten sich und verließen den Raum.

»Ich liebe es«, sagte Ariana und trat näher, um den Stoff meines Kleides zu berühren.

Es bestand aus zwei Lagen, einem etwas dickeren Silberstoff, der sich sanft an meinen Körper schmiegte, und einem darüberliegenden eisernen Tüll, der ein wenig heller war. Draußen war die Sonne bereits untergegangen und um uns herum flackerten unzählige Fackeln. Das Kleid schien zu funkeln, als wären die Sterne selbst darin eingearbeitet worden.

Ich lächelte und sah mich wieder im Spiegel an. »Ich mag es auch sehr.«

»Aber jetzt müssen wir los.« Dalias Worte holten mich aus meinen Gedanken. »Der König verlässt sich darauf, dass wir dich pünktlich zu ihm bringen, damit ihr die Zeremonie besprechen könnt.«

»Wir werden schon nicht zu spät kommen«, winkte Ariana ab und nickte mir zu. »Los, Fiana, geh vor. Du musst das üben.«

Ich lachte, knuffte sie in die Seite und gehorchte.

Wir gingen zu dem gelben Salon, der direkt hinter dem Königssaal lag, und ich hörte schon vom Flur aus das Gewirr von Hunderten von Stimmen.

»Wir sehen uns später«, sagte Ariana. »Du wirst das großartig machen.«

Dann trat Dalia vor und knickste. »Ich freue mich, dass du bald meine Königin sein wirst.«

Ich atmete zittrig aus, überwältigt von diesem Gefühl der Macht und Dankbarkeit.

Sofort verpasste Ariana Dalia einen Klaps auf die Schulter. »Jetzt bring sie doch nicht zum Weinen!«

Ich lachte. »Danke euch beiden.«

Dann drehte ich mich um und nickte dem Gardisten zu, der vor der Salontür stand und nur darauf wartete, sie für mich zu öffnen.

19. KAPITEL

DAS FUNKELN DER KRONE

Der gelbe Salon machte seinem Namen alle Ehre, denn seine strahlend gelben Wände leuchteten im Schein der unzähligen Kerzen des Kronleuchters, der von der Decke hing. Auf den gelben Sesseln in der Mitte saßen Königin Sadira und König Theon und lächelten, als ich den Salon betrat.

Außer ihnen war niemand im Raum und ich zuckte leicht zusammen, als die Tür von dem Gardisten geschlossen wurde.

»Herzlichen Glückwunsch.« Königin Sadira erhob sich und kam auf mich zu. Ihre Augen leuchteten und ich suchte Missgunst, Wut oder etwas anderes darin, fand aber nur so etwas wie … Stolz. Sie trug die Krone der Eisernen, die mir auf einmal schwer und klobig vorkam, obwohl sie nicht hätte graziler sein können. Bald würde ich diese Krone tragen.

Bevor ich antworten konnte, zog mich Sadira in eine feste Umarmung und strich mir über den Rücken.

»Ihr habt das großartig gemacht und Ihr werdet eine gute Königin sein.«

»Ich möchte diesem Königreich dienen«, erwiderte ich und mit einem Mal verflogen meine Angst und meine Zweifel.

Ich würde Königin sein, um Gutes zu tun. Ich war stark genug, was der Kronenkampf mir bewiesen hatte, und deshalb würde ich dieses Amt annehmen und das Beste daraus machen. Für mich und für Alandra.

Der kupferne König war nun ebenfalls aufgestanden und auch er lächelte mich stolz an. »Wir werden künftig gemeinsam regieren.«

Ich löste mich von Königin Sadira.

»Ich würde Euch gern als meine persönliche Beraterin hierbehalten«, sagte ich zu ihr. »Ich weiß, die anderen Berater werden gewählt, aber es ist doch sicher möglich –«

»Ich bleibe, solange Ihr es wünscht. Und König Theon wird Euch ebenfalls unterstützen. Ihr werdet nicht allein sein.«

Gestärkt durch ihre Worte, straffte ich meine Schultern. »Danke.«

»Gleich wird die Krönungszeremonie beginnen.« König Theon deutete auf einen der freien Sessel. »Lasst uns das Vorgehen besprechen.«

Sadira setzte sich mir gegenüber und betrachtete mich mit einem warmen Lächeln.

»Die Krönung wird wie gewohnt mit dem Ritual der Mönche beginnen, bei dem sie ein Lied auf die Götter singen«, erklärte Theon.

Ich erinnerte mich an dieses Lied, das eher ein Summen war und tief unter die Haut ging.

»Danach findet die Krönung statt«, fuhr Theon fort. »Sadira wird abdanken. Ihr werdet den königlichen Eid ablegen, und Sadira wird Euch die Krone aufsetzen und Euch damit ihren Platz überlassen. Danach findet der Krönungsball statt. Seid Ihr bereit?«

Ich nickte den beiden zu und ließ keine Zweifel mehr in meinen Gedanken aufkommen. Ich war bereit.

König Theon erhob sich und ich hörte hinter der Doppelflügeltür auf der anderen Seite des Raumes die Fanfaren, die den Beginn der Krönungszeremonie einläuteten.

Ich stand zwischen König Theon und Sadira, als kurz darauf zwei Diener die Türen zum Königssaal öffneten. Draußen herrschte tiefste Nacht, und sämtliche Kerzen brannten auf den Kronleuchtern und tauchten alles in ein warmes goldenes Licht.

Eine breite Treppe führte in den Saal hinunter, wo bereits Hunderte schwarz gekleidete Menschen auf uns warteten.

»Ihre königliche Majestät, König Theon«, kündigte ein Diener uns lautstark an. »Begleitet von Ihrer königlichen Majestät, Königin Sadira, und von Miss Fiana, zukünftige Königin Alandras.«

Der Applaus brandete so plötzlich auf, dass er mich wie eine Welle umzureißen drohte. Doch ich blieb stehen und hielt dem Sturm stand.

König Theon stieg als Erster die Treppe hinab, dann Königin Sadira und dann ich. Von unten hätte man sicher meinen können, wir würden nebeneinandergehen, und doch hielten wir die Etikette ein und schritten einer hinter dem anderen her. Noch war Sadira die Königin und ich stand unter ihr. Aber in wenigen Minuten würde sich das ändern. Dieser Gedanke ließ Gänsehaut auf meinen Armen prickeln.

Wir erreichten die Empore, auf der unsere Throne standen, und blieben davor stehen.

»Mein liebes Volk«, begann nun Königin Sadira und die Anspannung im Raum schien noch weiter anzuwachsen. »Wie es unsere Gesetze wollen und wie auch ich es will, wird heute die Gewinnerin des Kronenkampfes zur Eisenkönigin gekrönt – Miss Fiana!«

Tosender Applaus prasselte auf mich hernieder und ich wurde rot, während ich in die Menge schaute. Ich fand Ariana, und ein Lächeln schlich sich auf meine Lippen, als ich ihren Jubel sah. Hinter ihr stand Cedrik, der höflich klatschte, aber eher entsetzt über Arianas Freude zu sein schien. Dalia neben ihnen lachte. Ich hätte alles gegeben, um jetzt bei meinen Freundinnen stehen zu dürfen.

»Erweisen wir den Göttern unsere Ehre«, sagte Sadira und es wurde wieder still.

Alle legten ihre Köpfe in den Nacken und schlossen die Augen. Ich tat es ihnen nach und dankte still meinen Ahnen, dass sie mich während der Kronenkampfes beschützt hatten.

Und dann begann das leise Summen, der Gesang der Mönche.

Sie standen auf der Empore uns gegenüber. Sicher waren es mehrere Dutzend, die aus den vier Tempeln des Königreichs angereist waren, um der Krönung beizuwohnen.

Einige von ihnen kannten mein Geheimnis und meine Ängste aus dem Irrgarten und den Prüfungen. Doch sie würden wegen ihres Schweigegelübdes niemandem etwas verraten.

Ihr Summen schwoll an und wurde zu einem Kanon aus dankbaren Wehklagen, den die Götter selbst hören sollten.

Als das Summen schließlich verstummte, war ich innerlich aufgewühlt und konnte es nur mit Mühe verbergen.

»Miss Fiana, bitte tretet in unsere Mitte«, sagte Königin Sadira und ich tauschte mit ihr den Platz.

Dann kniete ich mich auf die kleine Bank, die vor dem Thron stand, und Königin Sadira trat neben mich.

»Fiana, gelobt Ihr, diesem Reich zu dienen, es zu ehren und seine Bürger zu beschützen?«

»Ich gelobe es«, hörte ich mich sagen und war überrascht, wie fest meine Stimme klang.

»Fiana, gelobt Ihr, all Eure Macht für das Gute einzusetzen und Euch den Regeln unseres Reiches zu unterwerfen?«

»Ich gelobe es«, sagte ich erneut.

Im Augenwinkel konnte ich sehen, wie Königin Sadira ihre Arme hob und sich die Krone vom Kopf nahm, bevor sie sagte: »Dann tragt von nun an diese Krone der Eisernen, tragt sie mit Stolz und Demut, wie all die Könige es vor Euch taten.«

Ich hielt die Luft an und spürte das Gewicht der Krone auf meinem Haupt. Sie war schwerer, als ich vermutet hatte, und kurz überkam mich Panik, dass sie herunterfallen würde, sobald ich mich erhob. Doch als ich meinen Kopf kaum merklich bewegte, rührte sie sich nicht.

»So soll es sein«, rief König Theon und griff nach meiner Hand, um mir aufzuhelfen. »Liebes Volk von Alandra, begrüßt Eure Eisenkönigin Fiana!«

Wieder brauste ein Sturm der Begeisterung über mich hinweg, und dieses Mal lächelte ich, weil ich ihre Freude bis tief in mein Herz hinein spüren konnte.

Es dauerte eine Weile, bis der Lärm verebbte und König Theon mit den Worten »Mögen die Feierlichkeiten beginnen!« den Krönungsball einläutete.

Leise, heitere Musik setzte ein und einige Bedienstete tauchten auf, die volle Tabletts mit Speisen auf den Tischen verteilten.

Nachdem ich mich auf den Thron gesetzt hatte, wurde vor uns ein Tisch aufgebaut.

»Ihr habt es geschafft, Königin Fiana«, sagte Sadira. Sie nahm meine Hand und drückte sie.

»Ich kann es noch immer nicht glauben«, erwiderte ich, während ich dabei zusah, wie die Menschen im Saal lachten und sich gegenseitig zuprosteten. Die Stimmung war ausgelassen. Alle freuten sich darüber, dass ich die Krone trug.

»Das wird wohl noch ein paar Tage andauern«, sagte König Theon neben mir und deutete auf das Glas Wein, das einer der Diener für mich eingeschenkt hatte. »Auf Euch, Königin Fiana!«

Ich griff nach dem Wein und trank einen Schluck. Die Wärme des Alkohols ließ mich ein wenig entspannen.

»Schaut Eurem Volk zu. Sie feiern den Sieg der Stärksten«, sagte Sadira lächelnd.

Ich warf ihr einen fragenden Blick zu. »Seid Ihr gar nicht traurig?«

»Nein«, sagte sie so aufrichtig, dass ich es ihr auch glaubte. »Ich war lange auf diesem Thron und habe diese Jahre sehr genossen. Doch nun ist die Zeit für etwas Neues gekommen. Vielleicht werde ich das Königreich bereisen, sobald Ihr Euch eingewöhnt habt. Der Gedanke gefällt mir gut.«

Sie griff nach ihrem Glas und hob es, während sie rief: »Auf Alandra!«

Ein Echo aus unzähligen Stimmen ertönte und ich lachte, weil es sich so richtig anfühlte.

♦ ♦ ♦ ♦

»Lasst uns nun den Tanz eröffnen«, sagte König Theon nach dem Essen und bot mir seine Hand an, die ich sogleich ergriff.

Als wir die Mitte der Tanzfläche erreicht hatten, setzte Musik ein und Theon führte mich, als hätten wir schon Hunderte Tänze miteinander getanzt.

»Das Gröbste ist geschafft und der restliche Abend ist zum Feiern da«, sagte er.

Ich lächelte und genoss die Leichtigkeit, mit der wir uns über das Parkett bewegten.

Als der Tanz endete, stellten sich weitere Paare auf die Tanzfläche und warteten auf das nächste Lied. Ich wollte gerade mit König Theon zurück zur Empore gehen, als Kayden aus der Menge auftauchte und vor uns stehen blieb.

»Eure Majestät, würdet Ihr mir die Ehre erweisen und mir einen Tanz schenken?«

»Natürlich«, sagte ich leise und lächelte König Theon zu, der zu seinem Thron zurückging. Sadira saß längst nicht mehr an ihrem Platz, sie hatte sich inzwischen zu Ariana gesellt.

Während Kayden meine Hand in seine nahm, legte ich meine andere Hand auf seine Schulter und blendete alle Menschen um uns herum aus. Wir waren uns so nahe, dass es gerade noch schicklich war, und doch war er mir nicht nah genug.

»Du bist wunderschön«, sagte Kayden, als das Orchester wieder zu spielen begann. »Du wirst eine großartige Königin sein.«

»Danke.« Ich lächelte zu ihm hoch.

»Du darfst mich nicht so ansehen«, mahnte er mich. »Jetzt ruhen alle Augen auf dir, sie werden sehen, dass wir –«

»Wir haben nichts getan«, unterbrach ich ihn leise und zwang mich an ihm vorbeizusehen, als würde ich die Menschen im Saal genauer betrachten wollen. Gleichzeitig wusste ich, dass Kayden recht hatte, dass schon dieser Tanz ein Risiko war – nun, da wir einander geküsst und damit bekräftigt hatten, wie sehr wir uns zueinander hingezogen fühlten. »Ich freue mich einfach, dass du hier bist.«

Seine Hand in meinem Rücken drückte mich ein wenig fester und ein wohliger Schauer überkam mich.

»Ich mich auch«, raunte er mir zu.

Als der Tanz endete, wurde ich von einem anderen, mir fremden Mann aufgefordert, und weil ich nicht unhöflich sein wollte, tanzte ich auch mit ihm. Er beglückwünschte mich und war so freundlich, dass ich mich immer mehr entspannte.

Um von meinem Tanz mit Kayden abzulenken, nahm ich auch die nächsten Tanzangebote an und tanzte die ganze Nacht.

Gegen Ende des Balles gab es noch eine kleine Süßspeise und danach wurden alle gebeten, hinaus auf den Palastvorhof zu gehen.

Ich stand neben König Theon auf einem Balkon und ahnte, dass nun ein Feuerwerk stattfinden würde. Doch statt in den Himmel zu schauen, blickte ich nach unten in die Menge und suchte nach Kayden. Ich hatte ihn nach unserem Tanz nicht mehr gesehen.

»Auf Königin Fiana!«, riefen plötzlich einige Stimmen und ich hob den Kopf, als das Schauspiel begann. Die Mönche erzeugten eine Illusion, die am Himmel unzählige Sterne zum Explodieren brachte. Es knallte laut und Funken sprühten über den Nachthimmel.

Ich lächelte, denn ich liebte dieses Spektakel, und genau in diesem Moment fühlte es sich für mich zum ersten Mal richtig an, diese Krone zu tragen. Vielleicht hatte ich sie wirklich verdient – trotz allem, was ich vor meinem Volk verbergen musste.

◆ ◆ ◆ ◆

Da ich nun Königin war, brachte ein Gardekrieger mich nach dem Ball zu meinem Turm. Ich war müde und gleichzeitig aufgedreht. Ich hätte liebend gern noch mehr Zeit mit Ariana und Kayden verbracht, doch das würde ich morgen nachholen. Jetzt wollte ich schlafen.

Als wir den Turm erreichten, sagte mir der Gardist, dass er nun Wachdienst habe, und wünschte mir eine gute Nacht. Da ich wusste, dass Sadira auch stets einen Gardekrieger um sich gehabt hatte, wunderte ich mich nicht darüber. Auch wenn es sich seltsam anfühlte.

Als ich meinen Salon erreichte, stieß ich ein leises überraschtes Geräusch aus, denn dort stand Kayden am Fenster und schaute hinaus.

»Hallo«, sagte ich und mein Herz klopfte wie wild.

Kayden drehte sich langsam zu mir um. Im Schein der Kerzen wirkte sein Gesicht wunderschön. Ich prüfte, ob mir auch niemand gefolgt war.

»Warum bist du hier?«

Die plötzliche Angst und das Wissen, wie falsch unsere Beziehung war angesichts meiner neuen Aufgabe, machte mir klar, dass es so nicht weitergehen konnte.

»Ich wollte dich persönlich beglückwünschen.« Er machte einen Schritt auf mich zu.

Ruckartig hob ich meine Arme. »Bitte, warte.«

»Was ist los?«

Ich biss mir auf meine Unterlippe und sah zu Boden, um mich zu sammeln. »Du und ich – das kann so nicht weitergehen.«

»Ich weiß«, flüsterte er und schüttelte gleichzeitig den Kopf, als wollte er nicht, dass ich weitersprach.

Mein Herz dröhnte und meine Kehle wurde eng. »Zwischen uns hätte es niemals so weit kommen dürfen.«

»Ich hätte mich nicht in dich verlieben dürfen«, flüsterte er und seine Worte klangen wie ein Fluch.

Als ich nicht antwortete, machte er einen Schritt auf mich zu.

»Aber so empfinde ich nun mal für dich«, rief er dann voller Verzweiflung. »Für dich, eine Eiserne! Eine Königin, die ich mit meiner Liebe zu einem Monster machen könnte und mich selbst noch dazu!«

Seine Worte schnitten mir direkt ins Herz, während Tränen in meinen Augen brannten.

»Das kann so nicht weitergehen«, sagte ich. »Was auch immer wir empfinden – es wird niemals richtig sein.«

»Du darfst nicht einfach aufgeben!«, stieß er aus und ballte seine Hände zu Fäusten, während sein ernster Blick auf mir ruhte.

»Es ist viel zu gefährlich, Kayden«, erwiderte ich. »Wir wären gestern beinahe erwischt worden! Wir haben uns kaum unter Kontrolle, wenn wir uns nahe kommen.«

»Das zwischen uns ist etwas Großes.« Als würde er diese Worte unterstreichen wollen, kam er auf mich zu und legte seine Hände an meine Wangen. »Bei den Göttern, ich will dich immerzu küssen. Ich will, dass du mein bist, bei allem, was uns heilig ist. Ich will dich zu meiner verdammten Frau machen.« Er presste seine Lippen auf meine und sein Kuss war hart und wütend.

Ich klammerte mich verzweifelt an ihm fest, ehe ich mich von ihm löste und einen Schritt zurückwich. Es war nur ein Schritt, doch es fühlte sich an, als ob sich ein Abgrund zwischen uns auftun würde.

»Ich werde dich gehen lassen, damit du jemanden lieben kannst, der dich nicht umbringen wird«, flüsterte ich. »Ich werde dich gehen lassen, damit wir leben können und uns nicht nach etwas verzehren, das wir niemals haben dürfen.«

»Tu das nicht«, stieß er aus, während Wut und Verzweiflung in seinen Augen standen.

»Ich muss«, flüsterte ich. »Ein Teil meines Herzens wird immer dir gehören. Aber wie könnte ich eine gute Königin sein, wenn ich unsere Gesetze nicht ehre?«

Kayden zog mich fest an sich und umarmte mich, und ich wusste, dass es womöglich zum letzten Mal war.

»Vielleicht haben wir in der nächsten Welt eine Chance«, flüsterte er mir ins Ohr. »Aber bis dahin – lebe wohl«, er stockte und schluckte. »Und sei die Königin, die dieses Reich verdient. Ich würde dir so gern wünschen, dass du jemanden findest, der dich liebt, aber dafür bin ich zu schwach und zu egoistisch. Ich werde dich immer lieben.«

Er ließ mich los und für den Bruchteil einer Sekunde wollte ich all meine Worte ungesagt machen. Doch als ich in seine Augen sah, wusste ich, dass nichts jemals wieder so sein würde wie zuvor. Die letzten Tage hatten uns verändert.

»Eure Majestät«, flüsterte Kayden und verneigte sich, bevor er mit schnellen Schritten meine Gemächer verließ, als würde er fürchten, beim kleinsten Zögern seine Meinung zu ändern.

Ich starrte ihm hinterher wie gelähmt. Ich war unfähig, irgendetwas zu tun oder zu sagen, weil ich tief in meinem Herzen wusste, dass er recht hatte.

Die Tür fiel ins Schloss, und kurz darauf trat Ariana mit schreckgeweiteten Augen in mein Gemach.

»Ich … ich habe alles gehört«, stammelte sie. »Ich habe seine Stimme von draußen vernommen und wollte nachsehen. Ich weiß, es ist nicht schicklich, aber …« Sie stockte und in ihren Augen sammelten sich Tränen. »Du hast das Richtige getan.«

Ich stieß ein gequältes Schluchzen aus.

Und in diesem Moment wusste ich, dass es vorbei war.

»Er ist weg«, rief ich und brach vor Ariana zusammen. Ich fiel auf die Knie und presste mein Gesicht in meine Hände. »Ich habe ihn fortgeschickt!«

»Du musstest es tun«, schluchzte Ariana, die meinen Schmerz teilte und neben mir zu Boden sank. Ihre Arme umschlangen mich, während ich weinte und glaubte, meine Seele würde mir aus dem Körper gerissen werden.

Ariana hielt mich fest und ich weinte, weinte um diese Liebe, die es niemals hätte geben dürfen und die mich doch mit jeder Faser meines Seins erfasst hatte, als wäre sie vom Schicksal selbst bestimmt worden.

20. KAPITEL

DIE ANZIEHUNG ZWEIER MENSCHEN

Der nächste Morgen begann mit Schmerz und heißer Schokolade. Ariana hatte mich die ganze Nacht in ihren Armen gehalten, mir über den Rücken gestrichen und versucht meine Qualen zu lindern. Es hatte nur mäßig funktioniert, doch ihre Anwesenheit hatte es mir leichter gemacht. Vor allem jetzt, da mir meine ersten Aufgaben als Königin bevorstanden.

Während ich aus dem gläsernen Wintergarten hinausschaute, fühlte ich eine Leere in mir, die ich schon lange nicht mehr gespürt hatte. Nicht seit dem Tod meiner Mutter. Ich hasste es, dass ich mich so fühlte.

Ariana saß neben mir an dem hübschen Metalltisch, während wir über Alandra blickten. Das Frühstück stand bereit und meine Freundin hatte die Dienerinnen weggeschickt. Sie hatte das Frühstück anrichten lassen, während ich mich selbst ankleidete, sodass niemand meine aufgequollenen roten Augen sehen konnte.

»Du hast das Richtige getan«, flüsterte sie, wie schon so viele Male.

Sofort schnürte es mir die Kehle zu und der Schmerz wurde wieder quälender.

»So fühlt es sich nicht an«, erwiderte ich.

Sie lächelte traurig. »Zwischen euch herrscht eine Magie, die nichts mit Eisen oder Kupfer zu tun hat. Das ist die Anziehung zweier Menschen, die sich lieben, aber niemals haben können, und diese Magie wird nie vergehen. Sie wird euch immer zueinander hinziehen. Du kannst ihr niemals entkommen.« Ariana atmete tief durch, als würde auch ihr das alles schwerfallen. »Als ich euch in den Ställen zusammen sah, wusste ich es sofort. Ich habe es gesehen.«

»Damals war es noch nicht –«

»Ich denke, ihr wart euch dessen nur noch nicht bewusst«, unterbrach sie mich. »Und ich konnte nicht mehr tun, als dich zu warnen.«

»Ich wünschte, ich hätte es niemals so weit kommen lassen«, stieß ich aus und wusste gleichzeitig, dass es eine Lüge war.

Arianas nachsichtiges Lächeln zeigte mir, dass sie mich durchschaute. »Es hat ihm sehr wehgetan, zu gehen. Ich habe es ihm angesehen. Er sah aus …« Ihre Augen blickten in die Leere, als würde sie nach der Erinnerung suchen. »Er sah aus, als wäre etwas tief in ihm zerbrochen.«

Ich nahm meine Tasse Schokolade in meine Hände und wärmte mich daran. »Ich hasse es. Es tut so weh.«

»Ich weiß.« Ariana legte ihre Hand auf meinen Unterarm und drückte ihn sanft. »Ich bin für dich da.«

»Danke«, murmelte ich und lächelte ihr zu, auch wenn ich mich fühlte, als würde ich nie wieder richtig lächeln können. »Ich bin froh, dass wir ab heute für ein paar Tage auf Reisen sein werden.«

Mein Blick fiel durch die Glasscheibe auf das Königreich dahinter, über dem heute dicke Regenwolken hingen, und ich lächelte angesichts dieser bevorstehenden Reise. Es war Brauch, dass eine Königin nach ihrer Krönung die vier großen Tempel Alandras besuchte und die Götter um ihren Segen für das Reich bat. Ariana würde mich begleiten.

»Es tut mir so leid«, flüsterte sie, offenbar dachte sie immer noch über Kaydens Verschwinden nach.

Ich atmete tief den Duft der heißen Schokolade ein und nahm einen kleinen Schluck. »Es ist nichts weiter passiert. Ich habe mich verliebt und meine Liebe verloren. Die Alternative wäre der Tod gewesen.«

»Das klingt schrecklich«, stieß Ariana aus. »Entschuldige, aber eure Liebesgeschichte ist so dramatisch.«

Ich hob meine Augenbrauen. »Das sagst gerade du?«

Ich wusste, dass ich an einer Wunde rührte, die ich besser in Ruhe lassen sollte.

Arianas Blick verdüsterte sich.

Ich richtete mich wütend auf. »Dabei hast du die Liebe direkt vor dir! Cedrik ist ein Langweiler, der dich nur unglücklich macht, aber –«

»Hör auf!«, unterbrach sie mich und klang dabei wütend und schwach zugleich.

Sie stellte ihre Tasse mit so viel Schwung auf den Tisch, dass sich ein Schokoladenfleck auf der weißen Tischdecke verteilte. Doch Ariana beachtete ihn nicht, sondern starrte mich mit Tränen in den Augen an.

»Nur weil dir das Herz gebrochen wurde, musst du deinen Schmerz jetzt nicht an anderen auslassen!«

Ich sackte in mich zusammen, denn ich spürte, wie recht sie hatte. Es war ihr Leben und ihre Entscheidung. Als ihre beste Freundin sollte ich sie nicht unter Druck setzen.

»Es tut mir leid.«

Sie nickte knapp. »Ich weiß. Wir sehen uns später.«

»Bitte –«

»Ich brauche jetzt ein wenig Abstand«, sagte sie und ließ mich unter dem gläsernen Dach des Turmes allein zurück.

Ich hasste es, dass ich Ariana derart wehgetan hatte. Sie hatte das nicht verdient.

»Großartig«, murmelte ich vor mich hin und nippte an meiner Schokolade, die plötzlich bitter schmeckte. »Was bin ich nur für eine tolle Freundin.«

♦ ♦ ♦ ♦

Nach einem einsamen Frühstück zog ich an meiner Klingel, ließ abräumen und bat zwei Zofen, mir beim Umkleiden zu helfen. Danach ging ich in das Arbeitszimmer der Könige, wo ich König Theon allein vorfand. Er hob seinen Kopf und lächelte mich an.

»Komm herein.«

Er deutete auf den Sessel, der seinem gegenüberstand. »Habt Ihr schon alles packen lassen?«

Ich nickte und nahm Platz. »Ja, und ich freue mich schon auf die Reise.«

»Ich möchte Euch die Illusion nicht nehmen, aber vermutlich werdet Ihr die meiste Zeit schlafen. Die Fahrt geht über Nacht und so schön die Aussicht manchmal auch sein kann, so anstrengend ist die Reise. Dabei werdet Ihr auf der magischen Straße viel schneller unterwegs sein als normalerweise.«

Ich horchte neugierig auf.

»Was für eine magische Straße?«

»Lasst Euch überraschen, es wird Euch sicher gefallen.« Theon lachte leise und deutete auf eine Karte von Alandra, die ausgebreitet auf dem kleinen Tisch zwischen uns lag. »Das Reisen vermisse ich am meisten. Bevor ich beim Kronenkampf antrat, bin ich nie länger als ein paar Monate an einem Ort geblieben. Aber als König ist es eher unüblich, von der einen zur anderen Ecke Alandras zu reisen.«

Ich musste lächeln. »Das wird das erste Mal sein, dass ich den Palast verlasse. Und dann auch noch für so eine wichtige Aufgabe.«

Ich spürte, wie mich die Aufregung überkam. Heute noch würde ich mich auf den Weg zu den drei großen Tempeln machen, um dort zu den Göttern zu beten und für Unterstützung während meiner Regentschaft zu bitten. Der vierte Tempel, der gleich hier in der Königsstadt lag, bildete das Ende meiner Reise. So konnten auch die Menschen einen Blick auf mich werfen, die beim Kronenkampf nicht dabei sein durften. Auf meiner Reise würden mich außer Ariana noch einige Gardisten, Sadira und andere Freundinnen begleiten.

»Ich wünsche Euch viel Erfolg«, sagte Theon und seufzte dann. »Schade, dass Kayden so eilig abgereist ist. Nun, da es im Palast etwas ruhiger sein wird, hätte ich meinen Bruder gern für ein paar Ausritte hier gehabt.«

Ich erstarrte und hoffte, dass er es nicht bemerkt hatte. »Wann ist er denn abgereist?«

»Heute Morgen. Offenbar sorgt er sich um seine jungen Gardisten.« Das Lächeln eines stolzen großen Bruders erweichte Theons Züge, bevor er sich ein wenig aufrichtete. »Wie wäre es mit einem Spaziergang? Ich würde mir jetzt gern die Beine vertreten.«

»Mit Vergnügen.« Beinahe automatisch erhob ich mich und schaffte es irgendwie, mir ein Lächeln abzuringen.

Ich hätte niemals damit gerechnet, dass Kayden, ohne sich zu verabschieden, abreisen würde. Ich kämpfte den aufkommenden Schmerz nieder, denn ich wusste, dass er uns beiden damit einen Gefallen getan hatte.

♦ ♦ ♦ ♦

Als es Zeit für das Mittagessen wurde, verabschiedeten wir uns und kehrten in unsere Gemächer zurück, um uns frisch zu machen.

Auf dem Flur vor meinem Zimmer kam mir Cedrik entgegen. Sein Haar war ganz durcheinander und seine Augen blitzten. »Königin Fiana, habt Ihr einen Moment Zeit?«

Ich blieb stehen und sah ihn neugierig an. »Natürlich.«

Sein Blick flog zu dem Gardisten, der hinter mir stand. »Allein?«

Ich lächelte ihn an. »Das ist mein Leibwächter. Er hört und sieht nichts.«

Cedrik schnaubte. »Habt Ihr mit Ariana gesprochen? Wisst Ihr, was mit ihr los ist?«

»Nein. Wieso?«, fragte ich, sofort alarmiert.

»Sie hat mich verlassen!«, zischte er, als würde er diese Worte nicht laut aussprechen wollen.

Fast hätte ich schallend aufgelacht, doch ich konnte mich gerade noch beherrschen. »Bei den Göttern – warum?«

»Sie hat irgendwas von Liebe gefaselt«, erwiderte er, nun wirklich wütend, und schüttelte fassungslos den Kopf. Es sah aus, als hätte er Zuckungen.

»Liebe ist wichtig.« Mehr konnte ich nicht sagen.

»Die kann sie haben!«, knurrte er. Es klang wie eine Kampfansage. Und damit drehte er sich um und stolzierte davon.

Erst als er um die nächste Ecke gebogen war, erlaubte ich mir ein leises Lachen. Als ich zu dem Gardisten hinter mir sah, bemerkte ich, dass seine Mundwinkel zuckten.

♦ ♦ ♦ ♦

»Ich habe es getan!«

Mir entfuhr ein kleiner, erschrockener Aufschrei, als mich plötzlich jemand am Arm packte. Meine Magie zuckte auf, Bilder fielen von den Wänden, Gardisten kamen angerannt. Ich hatte mit Theon und den Beratern zu Mittag gegessen und war gerade auf dem Weg zu meinen Gemächern, als sich Ariana auf mich stürzte.

»Oh nein! Das tut mir leid. Ich wollte dich nicht erschrecken.« Sie hob ihre Hände, als die Gardekrieger ihre Waffen gegen sie richteten.

»Könnten Sie bitte die Bilder wieder an die Wände hängen?«, bat ich die Männer und zog Ariana ein wenig zur Seite. »Was ist los?«

Ich versuchte, nicht über diesen kurzen, peinlichen Ausbruch meiner Magie nachzudenken. Wenigstens war nichts in Flammen aufgegangen.

»Ich habe Cedrik verlassen!« Arianas Wangen waren rot vor Aufregung. »Meine Mutter weiß es noch nicht.«

»Das ist toll«, stieß ich hervor. »Er war vorhin bei mir und hat es mir erzählt. Er war ziemlich wütend darüber.«

Ariana zog ihre Nase kraus. »Cedrik war wirklich aufgebracht. Aber ich hoffe, er hat meine Entscheidung verstanden.« Sie legte den Kopf in den Nacken, schloss die Augen und atmete tief durch, als könnte sie es zum ersten Mal richtig genießen. »Du hattest so recht. Diese Verlobung war Unsinn! Meine Mutter … ich hoffe, auch sie wird es verstehen. Aber wir werden dadurch wichtige Leute gegen uns aufbringen.«

»Wie erfreulich, dass es sie nicht mehr kümmern muss. Nun, da sie keine Königin mehr ist«, erwiderte ich und drückte Arianas Hand. »Dich so zu sehen, macht mich wirklich glücklich.«

»Ohne deinen Zuspruch hätte ich das niemals gewagt«, sagte sie, während sie den Gardisten dabei zusah, wie sie die Bilder wieder an die Wand hängten. Meine Magie hatte ein echtes Chaos angerichtet und ich versuchte mir nicht anmerken zu lassen, wie sehr ich mich dafür schämte.

»Weiß Janus es schon?«

Ariana biss sich auf die Unterlippe. »Nein. Ich wollte es zuerst meiner Mutter sagen. Glücklicherweise brechen wir bald auf. Ich brauche Abstand zu alldem hier.«

Ich nickte wehmütig. Dieser Abstand würde nichts daran ändern, dass ich Kayden vermisste. Aber vielleicht würde es mir helfen, meine Gedanken zu ordnen, in denen ständig sein Gesicht auftauchte.

♦ ♦ ♦ ♦

»Was genau hast du zu ihm gesagt?«, fragte Dalia, noch bevor wir aufbrachen.

Sie hatte es sich gerade neben Ariana in der Kutsche gemütlich gemacht und starrte sie mit großen Augen an. Dalia hatte die Nachricht über die Trennung der beiden noch immer nicht ganz verdaut.

Draußen ging bereits die Sonne unter und ich unterdrückte ein Gähnen. Sadira hatte sich entschieden, sofort in ihre Schlafkutsche zu steigen, während wir Freundinnen eine normale Kutsche gewählt hatten, um uns noch eine Weile unterhalten zu können. Ich konnte von meinem Platz aus sehen, wie die übrigen Gardisten sich auf die anderen Kutschen verteilten.

Ariana kicherte. »Ich habe ihm gesagt, dass ich unsere Verlobung auflösen will. Mir ist nämlich klar geworden, dass eine Heirat ohne Liebe keine Option für mich ist.«

Ich seufzte verzückt, denn ich war so glücklich, dass sie diesen Langweiler endlich losgeworden war.

Dalia wirkte immer noch ganz verwirrt. Als sie gerade den Mund für eine weitere Frage öffnete, klopfte es an der Kutschentür.

»Herein!«, rief Ariana beschwingt.

Ein Diener öffnete die Tür und verneigte sich vor uns. »Miss Ariana, diese Blumen wurden für Euch abgegeben.«

»Oh, nun, dann danke ich Euch«, sagte sie überrascht und nahm den ungeheuer großen Strauß mit roten Rosen entgegen. Kurz überlegte sie, wohin damit, und legte ihn dann auf den freien Platz neben mir.

»Hier, die dazugehörige Nachricht«, sagte der Diener und überreichte Ariana einen Brief, bevor er sich erneut verbeugte und dann wieder verschwand.

Kurz darauf fuhren wir ruckelnd los.

Der Rosenduft war so überwältigend, dass ich das Fenster öffnete. »Was steht drin?«

Arianas Überraschung verwandelte sich in Ärger, während sie vorlas. »*Liebste Ariana, du hast mich mit deiner Schönheit betört, schon als ich dich zum ersten Mal sah. Du wünschst dir Liebe, um mich heiraten zu können, deshalb schenke ich dir Liebe, denn ich weiß, dass du Rosen liebst. In Liebe, dein Cedrik.*«

»Also«, sagte ich gedehnt. »Ich glaube, er hat das nicht ganz verstanden. Nur weil man das Wort oft benutzt, heißt das nicht, dass es auch wirklich Liebe ist.«

»Was für ein Trottel!«, stieß Ariana hervor, doch dann schlug sie sich erschrocken die Hand vor den Mund und kicherte. Diesen Gedanken hatte sie wohl schon öfter gehabt.

»Ich muss gestehen, ich bin schockiert«, sagte Dalia und betrachtete mit gerunzelter Stirn die Rosen, bevor sich ihr Gesichtsausdruck verdüsterte. »Ehrlich gesagt, dachte ich, du wärst glücklich mit ihm.« Ihr Blick flog zwischen Ariana und mir hin und her. »Aber offenbar wusste Fiana, dass das nicht zutrifft.«

Scham und Schuldgefühle flackerten in Arianas Gesicht auf. »Ich *wollte* glücklich sein … Und ich dachte, wenn meine liebsten Menschen mir abnehmen, dass ich glücklich bin, würde auch ich es irgendwann glauben.«

»Ich fand Cedrik von Anfang an total langweilig«, sagte ich, damit Dalia sich nicht ausgeschlossen fühlte. »Ich war die ganze Zeit gegen diese Verlobung.«

Dalia nickte langsam und schaute wieder auf die Rosen. Sie war verletzt, das sah ich ihr an, und es tat mir leid.

»Außerdem hatte ich immer das Gefühl, dass Ariana und Janus füreinander bestimmt sind«, sagte ich und sah Ariana herausfordernd an.

Dalia stieß ein leises Lachen aus. »Oh ja, diese Verliebtheit – es war fürchterlich, das mit anzusehen. Aber ich dachte, das wäre vorbei.«

Ariana wand sich unter Dalias Blick und wurde ein wenig durchgerüttelt, weil die Kutsche in diesem Moment offenbar über eine unebene Stelle fuhr.

»Es *war* auch vorbei. Aber irgendwie ...«, sagte sie.

»Moment!«, erwiderte Dalia schockiert. »Hast du Cedrik etwa wegen Janus verlassen? Weiß Janus davon?«

»Scht!« Ariana sah sich um, als befürchtete sie einen Lauscher in der Nähe, und rang ihre Hände. »Niemand weiß davon!«

»Das ist so romantisch.«

Dalia seufzte verzückt, sie schien Ariana verziehen zu haben. Ich hoffte, sie würde keine weiteren Fragen stellen. Wenn sie wüsste, wie viel ich tatsächlich wusste, wäre sie sicher sehr verletzt.

Aber sie lächelte nur und sah zu mir herüber. »Jetzt brauchen nur noch wir geeignete Männer.«

Ich verzog meinen Mund und mein Herz pochte wie verrückt. Kaydens Kuss brannte auf meinen Lippen.

»Zuerst muss sie sich als Königin eingewöhnen«, warf Ariana ein und schüttelte dann den Kopf. »Nein, zuerst werden wir diese Reise machen und so viel Abstand wie möglich zwischen mich und meinen ehemaligen Verlobten bringen.«

Ich schaute aus dem Kutschfenster, als wir gerade das Palastgelände verließen. Die Bewohner der Königsstadt standen am Straßenrand und jubelten mir zu. Ich lächelte und winkte ihnen möglichst würdevoll.

Sobald die Stadt hinter uns lag, steuerten die Kutscher einen Weg an, der aussah, als wäre er aus flüssigem Stein gegossen worden. Er war schwarz und führte in die dichten Wälder Alandras hinein.

Wenig später hielten wir auf einmal an.

»Was ist passiert?«, fragte Dalia und reckte neugierig ihren Hals.

»Vermutlich ist das der magische Weg«, sagte ich. »König Theon erklärte mir, dass wir viel schneller unterwegs sein würden und dass ich nicht überrascht sein soll.« Ich beobachtete durch das Fenster, wie die Pferde an der Kutsche hinter uns abgespannt wurden. »Aber das verstehe ich nicht.« Diener schoben die Kutsche so nah an unsere heran, bis ein kleiner Ruck erfolgte und es laut klickte. »Sie verbinden die Kutschen.«

»Meine Mutter hat mir davon erzählt. Wir werden ohne Pferde reisen.« Arianas Wangen waren vor Aufregung gerötet.

»Wie geht das denn?«, erwiderte ich.

Plötzlich fuhren wir los, vorbei an einer Horde Pferde und einigen Knechten, die die Tiere zurückhielten, als sie erschrocken wieherten. Wir wurden so schnell, dass ich mich entsetzt an meinem Sitz festkrallte.

Ariana lachte auf, sie hielt sich ebenfalls fest. »Das ist großartig! Dabei fahren wir über die am besten gepflasterten Wege Alandras.«

»Sadira hatte kurz nach ihrer Krönung einen Unfall, nicht wahr?« Ich versuchte mich an die Erzählungen zu erinnern, konnte mich aber kaum konzentrieren, da ich mich festhalten musste.

»Ja.« Ariana erschauderte. »Und ich bin froh, dass wir es jetzt besser haben. Offenbar waren die Wege damals so schlecht, dass sie für diese Reise einen ganzen Monat brauchte. Es heißt, dass ihre Kutsche auf dem schlechten Weg einmal umgekippt ist.«

Dalia schien die Geschwindigkeit nichts auszumachen. Sie drückte ihr Gesicht ans Fenster und schaute auf die Straße.

»Es ist erstaunlich«, sagte sie. »Warum sind wir ohne Pferde so schnell? Wie funktioniert das? Mit Magie? Wer wirkt sie?«

»Das sind die Mönche, die uns begleiten. Sie bleiben sonst immer in ihren Tempeln, aber für den Kronenkampf und diese Reise machen sie eine Ausnahme. Ohne ihre immensen Kräfte wäre das alles nicht möglich.« Ariana deutete nach draußen. »In die Straße wurden Eisen- und Kupfersplitter eingearbeitet, die sich mit den eisernen und kupfernen Kutschenreifen verbinden.«

Mir wurde flau im Magen, während ich sie ansah, und deshalb schaute ich schnell wieder nach draußen. Ich atmete tief durch und musste mir eingestehen, dass ich es schade fand, dass unsere Reise so schnell vergehen würde. Das gesamte Königreich zu sehen war schon immer mein Traum gewesen. Ich gelobte mir, jede Sekunde davon zu genießen, bevor ich auf meinen neuen Thron zurückkehren würde.

21. KAPITEL

DIE SCHÖNHEIT DES SÜDENS

Ich erwachte in dem Moment, als das Ruckeln der Kutsche schlagartig aufhörte. Müde von dem unruhigen Schlaf, öffnete ich zögernd meine Augen. Durch die zugezogenen Vorhänge drangen Sonnenstrahlen, die das Innere meiner Schlafkutsche bereits erwärmt hatten. Gestern hatten wir spät in der Nacht noch die Kutsche gewechselt, als wir an einem der Gasthöfe der Königstempelstraße angehalten hatten. Sie hieß Königstempelstraße, weil sie alle großen Tempel und die Königsstadt miteinander verband. In diesem Gasthof hatten die Bediensteten unseren Proviant aufgefüllt.

Meine königliche Schlafkutsche war etwas schöner eingerichtet als die der anderen. Es stand ein schmales Bett darin mit silbern funkelnden Kissen und ein Schreibtisch, an dem jedoch kaum Platz zum Sitzen war, und es gab auch einen Sitz für eine Dienerin. Ich wollte keine bei mir haben und wachte deshalb allein auf.

Während ich, noch müde von der unruhigen Nacht, an die Decke der Kutsche starrte, spürte ich ein leises Kribbeln auf meiner Haut. Ich presste meine Lippen zusammen, denn ich kannte dieses Kribbeln, das sich normalerweise kurz vor der nächsten Vollmondnacht regte. Ich ballte meine Hände zu Fäusten und konzentrierte mich auf die Reste meines Schleiers. Er war noch intakt, aber ich spürte die Risse, die die Eisenmagie ihm während des Kronenkampfes zugefügt hatte.

Jemand klopfte an der Kutschentür und ich fuhr zusammen.

»Eure Majestät, ich bringe Euch frisches Wasser und Kleidung«, hörte ich meine Dienerin sagen.

»Kommt herein.«

Die junge Frau half mir, mich umzuziehen, und wenig später trat ich in einem luftigen weißen Kleid hinaus in die brütende Hitze. Wir befanden uns am Rand der Steinwüsten der Südlande. Rotbraune Tafelberge ragten wie aus dem Boden gehauene Skulpturen empor und die Hitze ließ die Luft flirren. Heißer Wind strich über meine Haut und ich lachte, denn er kam direkt aus der Wüste.

»Wie wunderschön!«, rief ich entzückt.

»Wie unsäglich heiß«, murmelte Dalia, die neben mir stand.

»Stell dich nicht so an«, wies Ariana sie zurecht, die gerade mit ihrer Mutter zu uns stieß.

Wir wünschten uns gegenseitig einen guten Morgen, als eine Gruppe Männer und Frauen auf uns zukam.

Erst jetzt fielen mir die verschiedenen weißen Zelte auf, die im Schatten eines der Tafelberge aufgestellt worden waren. Teppiche waren auf dem sandigen Steinboden ausgelegt worden und niedrige Tische standen darauf, um die runde Sitzkissen lagen. Weiße Zeltplanen waren darübergespannt, und überall wehten Ziergräser im Wind, die in dekorativen Töpfen aufgestellt waren.

»Eure Majestät.« Eine Frau trat vor mich, die ich schon von früheren Besuchen im Palast kannte. Sie knickste tief.

»Es ist mir eine Freude, Euch wiederzusehen, Lady Elbera aus dem Bezirk Elbera«, erwiderte ich.

Die Bezirke wurden schon seit Jahrhunderten von mächtigen Familien beherrscht, die alle den Königen dienten.

Lady Elbera lächelte mich an und deutete hinter sich. »Meine Tochter habt Ihr bereits kennengelernt.«

Ich strahlte, als ich Reyna hinter ihr entdeckte. Ich wusste, dass sie aus diesem Bezirk kam, nicht aber, welcher Familie sie entstammte. »Was für eine Freude!«

Reyna lächelte mich an. »Eure Majestät, die Krone steht Euch gut.«

Ihre Mutter starrte sie schockiert an.

Doch ich ließ ihre unschickliche Vertraulichkeit unkommentiert. »Euer Bezirk ist wunderschön.«

Lady Elbera schenkte mir einen dankbaren Blick, bevor sie nickte. »Das ist er wahrlich, doch man sollte sich nicht zu lange in der Sonne aufhalten. Ich lade Euch und Eure Gesellschaft auf eine Pause in unser Zelt ein, bevor Ihr Euch wieder auf den Weg macht.«

»Wir nehmen diese Einladung gerne an.« Ich ging voraus in Richtung des größten Zeltes, während Lady Elbera einen halben Schritt hinter mir folgte.

Wie üblich wurden unsere Diener und Gardisten in einem eigenen Zelt versorgt, während wir es uns in einem kleineren Zelt gemütlich machten. Nur Gawen, der Hauptmann der Garde, musste an meiner Seite bleiben und beobachtete mich stillschweigend beim Essen.

Ich ließ mir nicht anmerken, wie sehr ich es genoss, die Mahlzeit, auf den Kissen sitzend, einzunehmen. Es war gemütlich und fremd zugleich. Diener standen in den Ecken des Zeltes und fächelten uns mit großen Blättern Luft zu. Es war heiß, doch aufgrund der trockenen Luft war es keine unangenehme Hitze.

Da Reyna und ich uns bereits kannten, war das Essen entspannt und dauerte die gesamte Mittagszeit.

Als die Sonne ihren höchsten Stand erreicht hatte, trat ich als Erste aus dem Zelt und lächelte die beiden Damen und ihr Gefolge an. »Ich danke Euch für Eure Gastfreundschaft. Es war mir eine Freude.«

Lady Elbera sah aus, als würde sie jeden Moment in Freudentränen ausbrechen. »Habt Dank, Eure Majestät. Bis Ihr Euer Gebet gesprochen habt, kann Eure Dienerschaft natürlich bei uns bleiben.«

Gawen und ich folgten einem Diener der Familie Elbera, der uns aus dem Schatten des Zeltes zurück in die flirrende Hitze brachte. Ich zog meine Kopfbedeckung etwas tiefer, um meine Augen zu schützen.

Der Diener führte uns um den Tafelberg herum, bis wir dessen Südseite erreicht hatten und er vor einem Spalt im Felsen stehen blieb.

Als wir näher kamen, wurde mir klar, dass es kein Spalt war, sondern eine Schlucht, als wäre der Berg in seiner Mitte zersprungen.

Gawen und der Diener blieben stehen und ich wusste, dass ich nun alleine weitergehen musste. Die vier großen Tempel durften nur von den Mönchen oder von den Königen betreten werden. Sie waren zu Ehren der vier Götter erbaut worden.

Ich ging in die Schlucht, die höchstens vier Schritt breit war, und erreichte kurz darauf eine Lichtung, umgeben von Felsen. Mitten auf der Lichtung stand, umhüllt von warmem Sonnenlicht, der erste Tempel der Götter, der Tempel Anetas, Göttin des Lichts und des Lebens.

Der Eingang des Tempels war monumental und seine üppig verzierten Säulen reichten so hoch, dass ich meinen Kopf in den Nacken legen musste, um sie zu erfassen.

Ich zögerte kurz, als ich auf den dunklen Eingang zuging, doch dann straffte ich mich. Ich war nun eine Königin, die Stärkste von Alandra. Ich hatte keinen Grund, mich vor der Finsternis zu fürchten.

Als ich in den Tempel trat, kam mir eine Kälte entgegen, die mich kurz erschaudern ließ. Meine Augen brauchten einen Moment, um sich an die Dunkelheit zu gewöhnen, doch dann entdeckte ich einige Öllampen, die im hinteren Bereich des Tempels angezündet worden waren.

Wenig später fielen mir die Mönche auf, die sich an den schlichten Steinwänden des Tempelraumes aufgestellt hatten. Ich wusste, dass ich sie nicht ansprechen durfte, solange sie im Tempel waren, und sie würden mich auch nicht ansprechen. Dieser Ort gehörte dem Gebet an die Götter.

Ehrfürchtig ging ich auf Anetas Statue zu, die in der Mitte des Tempels stand. Meine Schritte hallten in dem hohen Raum und ich wagte kaum zu atmen, als ich mich vor den Statuen auf den Boden kniete. Ich spürte die Blicke der Mönche auf mir, während ihr leises Summen einsetzte, ein wehklagendes, bittendes Lied.

Dann legte ich meine Hände an die steinernen Füße Anetas und verband mich mit ihr. Ich suchte nach dem Eisen, das sich in der Mitte der Statue befand. Zuerst zögernd und dann immer mutiger entsendete ich einen Funken Eisenmagie, der die Statue erbeben ließ, bevor Stille eintrat.

»Ich bitte dich, Göttin des Lebens, um den Segen für unser Reich, auf dass es in Wohlstand und Glück für die nächsten Jahre leben möge.«

Mein Flüstern verlor sich in dem Raum und ich wartete einen Moment, bevor ich mich wieder erhob und zum Tor des Tempels zurückging, ohne mich noch einmal umzudrehen.

Ich hatte die Götter gerufen und zu ihnen gebetet. Nun blieb nur noch die Hoffnung, dass sie meine Gebete erhörten.

Eine tiefe Ruhe erfüllte mich, während ich Gawen und dem Diener um den Berg herum zu meinen Gefährten folgte. Es war ein kurzes Gebet gewesen, und doch war mir, als hätte ich gerade etwas Besonderes erlebt.

Als wir die Zelte erreichten, kam Ariana mir mit schreckgeweiteten Augen entgegen.

Sofort griff ich nach ihren Händen. »Was ist passiert?«

»Cedrik ist hier!«, stieß sie mit bebenden Lippen hervor. »Er möchte mich zurückgewinnen und hat sich deshalb unserer Gesellschaft angeschlossen.«

»Soll ich ihn wegschicken?«, schlug ich vor.

»Diese Schmach würde er niemals überwinden«, sagte sie. »Nein, ich werde das irgendwie durchstehen.«

Mein Blick fiel auf einen Gardisten in unserer Nähe und ich öffnete überrascht den Mund.

Es war Janus, der mich zaghaft anlächelte. Das konnte noch interessant werden.

Nun verabschiedeten wir uns von unseren Gastgebern und begaben uns wieder in unsere Kutschen. Mittlerweile war der Abend gekommen, und es wurde selbst hier in den Südlanden kühler. Als wir uns auf den Weg machten, zeigten sich die ersten Sterne am Himmel.

♦ ♦ ♦ ♦

Unser nächstes Ziel erreichten wir am frühen Abend des folgenden Tages. Ich roch das Meer, noch bevor ich es sah, und hörte es, ehe mir bewusst wurde, dass es Wellen waren, die da gegen Klippen schlugen.

Wir wurden von der Familie Dastu aus dem Bezirk Dastu in Empfang genommen. Sie führten uns zu einem Sandstrand nahe dem blauen Wasser, wo Pavillons aufgebaut worden waren und breite Holzdielen uns vor dem Einsinken in den reinweißen Sand bewahrten.

Das Meer rauschte, während wir bewirtet wurden und ich mich

zwingen musste, nicht immer wieder staunend über das Wasser zu blicken. Das Meer schien unendlich zu sein und erfüllte mich mit einem Staunen und einer Ehrfurcht, die bis tief in mein Herz gingen.

Meine Gedanken glitten zu Kayden, und Wehmut überkam mich. Es war richtig gewesen, unsere Beziehung zu beenden, doch gerade jetzt wünschte ich mir, wir könnten diese Reise gemeinsam erleben.

Gawen begleitete mich zu dem zweiten Tempel, der in eine Klippe gebaut worden war, umgeben von üppigen Blumen, die in kräftigen Farben blühten. Es war der Tempel Karais, der Göttin der Nacht.

Nachdem ich mein Gebet gesprochen hatte, wieder unter dem Gesang und den Blicken der Mönche, trat ich hinaus und sah zum Himmel hinauf. Die Sonne war bereits untergegangen und die Sterne funkelten.

»Ich wünschte, wir könnten länger hierbleiben«, sagte ich leise, als Gawen neben mich trat, um mich daran zu erinnern, dass die Zeit zum Aufbruch gekommen war.

Er lachte leise und erwiderte: »Ich auch.«

Mir entfuhr ein sehnsüchtiges Seufzen, dann gab ich mir einen Ruck und wir gingen zurück zur Kutsche.

Nachdem wir uns von unseren Gastgebern verabschiedet hatten, fuhren wir weiter. Ariana hatte sich zu mir in meine Schlafkutsche gesellt und starrte mich mit weit aufgerissenen Augen an.

»Er hat uns gesehen!«, keuchte sie voller Panik.

»Wer hat euch gesehen?«

»Cedrik!« Sie fasste sich mit einem gequälten Gesichtsausdruck an die Brust. »Er hat gesehen, wie ich Janus geküsst habe.«

»Ich dachte, du würdest –«

»Ich wollte ja warten!«, unterbrach sie mich aufgebracht. »Aber dann habe ich ihn gesehen und war so glücklich.« Ihre Stimme brach. »Ich dachte, wir wären allein. Die Sonne und das Salz des Meeres müssen mir zu Kopf gestiegen sein!«

Ich machte es mir auf meinem Bett gemütlich, während sie sich an das Fußende setzte.

»Und was hat Cedrik gesagt?«, fragte ich. »Wie hast du ihn bemerkt?«

Ariana fasste sich an den Hals, als würde sie eine unsichtbare Berührung spüren. »Er war zu weit weg. Doch selbst von Weitem habe ich gesehen, wie wütend er war.«

»Verständlich.« Ich verzog meinen Mund. »Aber er wird sich schon beruhigen.«

»Es wird einen Skandal geben«, sagte Ariana unglücklich. »Meine Mutter ...«

»Sie wird es verstehen. Vielleicht solltest du es ihr sagen, bevor es irgendein anderer tut.«

Ariana stieß heftig die Luft aus und sackte in sich zusammen. »Ich wollte eigentlich noch ein paar Tage verstreichen lassen. Wenigstens bis wir wieder zu Hause sind.«

»Dann hättest du die Finger von deinem Geliebten lassen sollen«, erwiderte ich, ohne eine Miene zu verziehen.

Ariana warf ein Kissen nach mir, was mich zum Lachen brachte.

»Das ist nicht witzig!«, rief sie.

Ich presste meine Lippen zusammen, um ein Grinsen zu unterdrücken.

»Bring es am besten rasch hinter dich und werde glücklich mit ihm.«

Meine beste Freundin betrachtete mich nachdenklich und ein feines Lächeln erschien an ihren Mundwinkeln.

»Jetzt habe ich vermutlich sowieso keine andere Wahl mehr«, erwiderte sie, setzte sich aufrecht hin und plusterte ihre Wangen auf, während sie einen Moment lang überlegte. Dann nickte sie entschieden und sprang auf. »Du hast recht! Ich werde mit meiner Mutter reden«, rief sie mir noch zu, ehe sie eilig die Kutsche verließ und in ihrer eigenen verschwand. Wenig später setzte sich unser Zug in Bewegung.

Es dauerte nur wenige Sekunden, bis mich die Schwere wieder einholte, von der Ariana mich abgelenkt hatte. Ich strich mir über meinen Handrücken und seufzte, während ich ein sanftes magisches Kribbeln in den Fingerspitzen spürte. Es war, als würde etwas langsam in mir erwachen. Ich spürte es direkt unter meiner Haut und biss mir auf die Unterlippe.

Ich musste mich unbedingt sofort nach meiner Rückkehr in Alandra mit Tiara treffen, um meinen Schleier zu erneuern. Die Magie durfte auf keinen Fall Macht über mich gewinnen. Doch leider hatten wir gerade erst Neumond. Nie zuvor hatte ich dieses magische Kribbeln schon so früh im Monat verspürt und ich befürchtete, es lag daran, dass ich meine Eisenmagie so oft eingesetzt hatte.

Ich lehnte meine Stirn an die warme Fensterscheibe und betrachtete das Meer, das in der heraufziehenden Nacht ganz schwarz wirkte und über dem unzählige Sterne strahlten.

Da sah ich plötzlich Kayden vor mir. Ich sah sein Lächeln, seinen ernsten Blick und das Blitzen seiner Augen. Ich spürte seine Umarmung, seine Berührungen, seinen Kuss.

Die Sehnsucht ließ mein Herz für einen Moment langsamer und schwerer schlagen.

Meine noch immer kribbelnden Finger legten sich an meine Lippen, wo ich die Erinnerung unseres letzten Kusses spürte. Und mit einem Mal brannten meine Augen so heftig, dass ich nach Luft schnappte und meine Hände zu Fäusten ballte. Ich wollte mich nicht nach ihm sehnen. Ich durfte es nicht! Doch meinem Herzen war es egal, dass unsere Liebe mit dem Tod enden würde. Mein Herz wollte ihn.

Ich hielt kurz die Luft an, bevor ich den Schmerz zuließ und mir die Trauer um diese unmögliche Liebe zugestand. Es war genau das eingetroffen, was ich immer vermeiden wollte. Ich hatte mein Herz verschenkt und alles verloren. Es war richtig gewesen, und ich wollte keinen Moment davon missen. Niemals würde ich vergessen, wie er mein Herz berührt hatte. Kayden hatte mir etwas gegeben, das ich vermutlich nie wieder erfahren würde, und dieses bittersüße Wissen war auch der Grund dafür, dass ich eine hässliche Erleichterung empfand.

Ich vermisste Kayden und gleichzeitig war ich froh, dass er weg war.

22. KAPITEL

DIE TIEFSTE LIEBE

Der Tempel des Nordreichs befand sich am Beginn einer Bergkette, deren Gipfel bis in den Himmel ragten, in dichte Wolken hinein.

Durch das Fenster der Kutsche sah ich die unzähligen schneebedeckten Treppenstufen, die zu dem Tempel hinaufführten. Am Fuß der Gebirgskette waren riesige Zelte errichtet worden.

Als die Sonne aufgegangen war, hatte ich meine Vorhänge zur Seite geschoben und hinausgeblickt. Wir waren die ganze Nacht und den folgenden Tag durchgefahren, hatten die Schönheit des Meeres hinter uns gelassen und tiefe Wälder durchquert. Je weiter wir gekommen waren, umso mehr hatte sich der Himmel zugezogen.

Ein Klopfen ertönte an meiner Kutschentür und eine Dienerin erschien mit frischer Kleidung und frischem Wasser. Sie brachte eiskalten Wind und feine Schneeflocken mit.

Ich zog die Vorhänge zu, wusch mich und ließ mir beim Ankleiden helfen.

Der dicke Mantel lag schwer auf meinen Schultern und die Hose, die ich unter meinem Rock tragen musste, war ungewohnt. Doch schon der kurze Windstoß hatte mir gezeigt, wie eisig kalt es draußen war.

Als ich aus der Kutsche trat, steckten meine Füße in den dicksten Schuhen, die ich jemals gesehen hatte.

Ich bedachte meine Freundinnen und alle Gardisten mit einem Lächeln und ignorierte Cedriks griesgrämigen Gesichtsausdruck, bevor ich in Richtung der Zelte ging.

Schneeflocken verfingen sich in meinem Mantel und am liebsten hätte ich diese zarten Kristalle voller Bewunderung angestarrt. Ich war mir nicht sicher, ob dieser zauberhafte Anblick nicht sogar den des Meeres übertreffen konnte.

Mit einem Lächeln begrüßte ich unsere Gastgeberin, die vor mir knickste.

»Lady Thanos vom Bezirk Thanos, ich danke Euch, dass Ihr uns empfangt«, sagte ich zu ihr.

»Es ist uns eine Ehre, Eure Majestät«, antwortete mir die schöne, große Frau.

Ihr Mann neben ihr verneigte sich vor mir und begrüßte mich ebenfalls.

Als Letzte sprach ihre Tochter Aria, wie es die Etikette verlangte.

»Herzlichen Glückwunsch zu Eurem Sieg, Eure Majestät«, sagte sie, und auch wenn ihre Augen blitzten, wirkten ihre Worte freundlich.

Ich bedankte mich und ließ mich von den Nordländern in das größte der Zelte führen. Meine Gefolgschaft tat es mir gleich, nur die Diener und Gardisten begaben sich in ein anderes Zelt – außer Gawen, der immer an meiner Seite blieb.

Die Atmosphäre bei dem nun folgenden Essen war angespannt. Aria versuchte zwar freundlich zu sein, erzeugte aber mit ihrer üblen Laune eine Distanz, die nicht einmal ihre freundliche Mutter wettmachen konnte.

Deshalb verließ ich das Zelt auch recht bald und machte mich mit Gawen daran, die Treppen zur Bergspitze hochzusteigen.

Die Stufen waren schneebedeckt und glatt, und ich ging vorsichtig. Der frostige Wind zerrte an meinem Mantel und die Schneeflocken fühlten sich wie spitze Nadeln auf meinen ungeschützten Wangen an.

Als wir endlich oben ankamen, atmeten wir auf. Gawen blieb vor dem Eingang des Tempels stehen, während ich hineinging.

Wie auch die beiden anderen Tempel war dieser in den Berg hineingehauen worden. Seine Decke war niedrig, und die Wände waren mit einer feinen Eisschicht überzogen, die das von außen hereindringende Licht brach und wie Tausende Diamanten funkeln ließ. Es war der Tempel von Damin, dem Gott des Todes.

Die Mönche hier trugen dicke Mäntel, sie saßen rundum an den Wänden und beobachteten mich, während sie ihr Lied summten.

Als ich mein Gebet beendet hatte, fror ich entsetzlich und schaffte es nur mit Mühe, mein Zittern zu verbergen, während ich den Tempel wieder verließ.

Vor seinem Eingang blieb ich neben Gawen stehen und blickte über Alandra, das von diesem Standort aus nur aus Wald und Schnee zu bestehen schien. Das Reich war groß und wunderschön. Von hier aus konnte man nicht einmal die Mauer sehen, die sich im Osten des Landes befand und uns vom Rest der Welt abschirmte.

Der Wind schien plötzlich zuzunehmen und ich zog meinen Mantel fester um mich.

»Wir sollten gehen«, sagte ich.

»Ja, Eure Majestät.«

Ich hakte mich bei Gawen unter, um auf den Treppenstufen nicht zu stürzen.

Die ganze Zeit musste ich daran denken, dass Gawen Kaydens bester Freund war. Ich wollte ihm Fragen stellen, um noch mehr über Kayden zu erfahren, doch ich unterließ es. So würde ich nur meine Gefühle offenbaren – meine Gefühle für einen Kupfernen.

Unten angekommen, sah ich Cedrik, Sadira und Ariana, die ein wenig abseits von den anderen standen und sich unterhielten. Cedrik gestikulierte wild und in Arianas Gesicht stand Verzweiflung.

Ein ungutes Gefühl überkam mich, und ich beschloss, zu ihnen zu gehen.

»Was geht hier vor sich?«, fragte ich.

Cedrik atmete schwer, als wäre er soeben lange gerannt. Er stieß ein Schnauben aus.

»Vermutlich wisst Ihr es längst, meine Königin. Meine Verlobte hat mich betrogen und ihre Mutter unterstützt sie auch noch.«

»Ich habe dich niemals betrogen«, sagte Ariana mit fester Stimme.

»Vielleicht nicht körperlich. Aber mit dem Herzen, und deine Mutter billigt dies auch noch.« Er spie die Worte wie einen bösen Fluch aus. Hass sprühte aus seinen Augen. Doch dann schien er sich zu besinnen. Er schüttelte den Kopf und verneigte sich mir gegenüber.

»Ich weiß, wann ich mich geschlagen geben muss. Entschuldigt mich, Eure Majestät.«

Ich neigte leicht meinen Kopf und sah ihm hinterher, als er mit langen Schritten zu den Kutschen ging.

Ariana atmete erleichtert auf, und ihre Mutter Sadira lächelte plötzlich.

»Also verlief euer Gespräch gut?«, fragte ich meine Freundin.

»Bis wir unterbrochen wurden, schon«, sagte Ariana und sah zu ihrer Mutter. »Ich bin froh, dass du mir nicht böse bist.«

Sadira schenkte ihr einen so liebevollen Blick, wie ich es noch nie zuvor bei ihr gesehen hatte.

»Wie könnte ich meiner Tochter die Liebe verwehren?«, sagte die ehemalige Königin. »Du hättest dich nicht zu fürchten brauchen. Ich dachte, du wärst glücklich mit Cedrik. Das allein zählte für mich.«

Ariana schüttelte den Kopf. »Ich wusste, dass eine standesgemäße Heirat wichtig für unsere Zukunft ist. Und Janus hat keine reiche Familie hinter sich stehen.«

»Das ist nicht schlimm. Glaube mir.« Sadira setzte sich neben ihre Tochter und nahm ihre Hand. »Das einzig Wichtige für mich ist dein Glück, und wir werden niemals in Armut leben, falls du das befürchtest. Eine Königin wird nicht als Bettlerin aus ihrem Amt entlassen.« Sie lachte und sah dann zu mir herüber, bevor sie sich wieder ihrer Tochter zuwandte.

»Du liebst Janus also?«, fragte sie und in ihrer Stimme lag die tiefe Liebe einer Mutter, eine Liebe, an die ich mich noch gut erinnern konnte, auch wenn sie schon tausend Jahre zurückzuliegen schien.

»Sehr, ja.« Ariana wurde rot und ihre Augen leuchteten. »Du kennst ihn vielleicht nicht mehr –«

»Oh doch«, unterbrach Sadira sie. »Ich weiß noch, wie du ihn früher zu allem möglichen Unsinn angestiftet hast und er immer die Schuld auf sich nahm. Soweit ich gehört habe, ist er ein guter Gardist.«

»Er ist ein wirklich guter Mann. Ich möchte ihn heiraten«, stieß Ariana hervor. »Ich bin nicht sicher, ob er mich fragen wird, aber ich will ihn heiraten und für immer mit ihm zusammen sein.«

»Dem steht nichts mehr im Weg. Wie wäre es mit einem zwanglosen gemeinsamen Abendessen, sobald wir wieder im Palast sind?«, sagte Sadira. »Vielleicht habt Ihr ja Lust, uns Gesellschaft zu leisten, Fiana?«

»Gerne«, sagte ich und Sadira klatschte begeistert in ihre Hände. »Wie wäre es, wenn wir einen Teil des Weges zusammen in einer Kutsche fahren würden? Als Familie?«

Sie richtete ihre Worte an Ariana, die liebevoll lächelte.

Ihre Worte schnitten mir in die Brust, auch wenn ich wusste, dass sie es nicht so gemeint hatte. Ich verabschiedete mich jäh von den beiden und ging zurück zum Zelt unserer Gastgeber.

Eine Familie …

Obwohl ich es mir immer hatte einreden wollen, gehörte ich nicht zu ihrer Familie. Wir standen einander nahe, aber wir würden niemals eine Familie sein.

Ich würde niemals eine Familie haben, das war mir bewusst und das durfte ich auch niemals vergessen. Wenigstens hatte ich Menschen um mich herum, die ich lieben konnte.

Plötzlich schoss mir ein Gedanke durch den Kopf.

Wenn Ariana Janus heiratete, würde sie bei mir im Palast bleiben. Sie würde nicht weggehen und mich einsam zurücklassen. Wenn sie ihre eigene Familie gründete, könnte ich dabei sein.

Dieser Gedanke ließ mich lächeln und die aufkommende Panik verschwand, als ich die Familie Thanos erreichte, um mich von ihnen zu verabschieden.

23. KAPITEL

BIS ANS ENDE IHRER TAGE

Der letzte Tempel auf meiner Reise befand sich ganz in der Nähe des königlichen Palastes. Er war der unscheinbarste von allen, mit einem Säulengang in der Mitte und einer reich verzierten Decke. Der Tempel von Mitu, dem Gott des Tages, stand auf einer kleinen Anhöhe, rundherum war das Land flach und frei von Bergen.

Nachdem ich auch hier Gott Mitu gerufen und zu ihm gebetet hatte, stieg ich müde in meine Kutsche. Das Kribbeln in meinen Armen war inzwischen stärker geworden. Die Magie lauerte unter meiner Haut und ich musste dringend Tiara aufsuchen. Ich konnte förmlich spüren, wie sich mein Schleier langsam auflöste, und mit jedem Tag wuchs die Angst in mir.

Die Reise und der Einsatz meiner Magie beim Kronenkampf hatten mich ausgelaugt, und als wir beim Palast ankamen, hätte ich mich am liebsten sofort in meine Gemächer zurückgezogen, um zu schlafen. Doch ich hatte Ariana und Sadira versprochen, an ihrem Essen mit Janus teilzunehmen, und dies würde ich auch einhalten.

◆ ◆ ◆ ◆

Als ich am Abend den grünen Salon betrat, wehten mir die unterschiedlichsten Blumendüfte entgegen. Überall standen Töpfe mit Pflanzen, die ihren eigenen Duft verströmten. Das Grün der Tapeten und der Pflanzen verlieh dem Raum etwas Natürliches, was durch die dunklen Holzmöbel noch unterstrichen wurde. Die flackernden Kerzen schenkten dem Salon eine angenehme Wärme.

Am Tisch saßen bereits Ariana, ihre Mutter und daneben Janus. Sie erhoben sich gleichzeitig, als ich den Raum betrat und ein Diener die Tür hinter mir schloss.

»Guten Abend«, begrüßte ich sie. »Ich bin hoffentlich nicht zu spät.«

»Genau rechtzeitig«, sagte Sadira und lächelte mich an. »Ihr seht bezaubernd aus.«

»Danke schön.« Ich strich über mein rosa Kleid, das ich eigentlich ausgewählt hatte, weil es so schlicht war. »Ihr seht aber auch sehr gut aus, Sadira. Und Ariana ebenfalls.«

Meine Freundin grinste mich an und dieses offene, wunderschöne Lächeln ließ die Anspannung in mir verschwinden. Die beiden waren das, was einer Familie für mich am nächsten kam. Und Janus kannte ich seit meiner Kindheit. Auch er sah heute besonders stattlich aus. Er hatte sein dunkles Haar zurückgekämmt und trug feine Hosen und ein Hemd.

Ich setzte mich an das Kopfende des Tischs, wie es die Etikette verlangte.

In diesem Moment traten Diener in den Raum und brachten uns den ersten Gang, der aus einer feinen Suppe bestand, sowie Getränke.

Während sie ihre Suppe löffelte, sah Sadira den jungen Mann neugierig an.

»Ich freue mich sehr, dass Ihr jetzt eine Beziehung mit meiner Tochter führt«, sagte sie zu ihm. »Wir kennen uns schon seit Jahren und Ihr seid mir sehr vertraut.«

»Mutter«, zischte Ariana schockiert, während Janus schwieg.

Ich lachte leise. »Sie führen keine Beziehung, Sadira, weil Ariana noch verlobt war. Sie haben nur heimliche Küsse ausgetauscht, das waren gestohlene Momente, aber nie mehr.«

»Dann sollten wir das ändern«, entschied Sadira und sah zwischen Janus und ihrer Tochter hin und her.

»Ja«, stieß Janus aus und griff in seine Hosentasche, um ein kleines schwarzes Kästchen hervorzuholen. »Ich möchte Ariana heiraten.«

»Was?« Arianas Stimme war ein atemloses Keuchen.

»Wundervoll«, sagte Sadira. Sie ließ ihren Löffel fallen und winkte mir zu. »Sollen wir den beiden einen ungestörten Moment schenken?«

Ich ließ mein Besteck sinken, erhob mich rasch und ging mit Sadira zu den Fenstern hinüber.

»Ich weiß«, begann sie leise und strahlte mich an. Wir hatten den beiden den Rücken zugewandt. »Das war ein wenig übergriffig. Aber ich möchte nicht, dass sie noch mehr Zeit verlieren.«

Ich presste meine Hände an die Brust und seufzte verzückt. »Ich hätte nicht erwartet, dass er einen Ring dabeihat.«

»So abgegriffen, wie das Kästchen aussah, trägt er ihn wohl schon länger mit sich herum«, sagte Sadira und mit einem Mal schien es, als würde jeglicher Kummer von ihr abfallen. Sie wirkte um Jahre jünger.

Hinter uns rief Ariana ein lautes »Ja!«, und als wir uns umdrehten, fiel sie Janus gerade in die Arme.

Wir klatschten und jubelten den beiden zu, die sich unter Freudentränen küssten.

Als Ariana sich von Janus löste und strahlend zu uns herübersah, schossen mir Tränen in die Augen.

»Ich möchte keine große Hochzeit«, sagte sie entschieden.

»Dann heiratet doch am besten so schnell wie möglich«, rief Sadira begeistert.

Ariana wurde blass und starrte erst Janus und dann wieder uns an. »Ich weiß nicht. Könnten wir das denn?«

Sadira lachte überglücklich. »Fiana ist die Königin, sie kann alles.«

»Ja, lass uns heiraten«, stieß Janus hervor. Er konnte offenbar keine Sekunde länger warten. »Hier und jetzt.«

Sadira schnalzte mit der Zunge. »Also, ein bisschen Vorbereitung sollte schon möglich sein.« Sie klatschte in die Hände und verkündete dann: »Ihr heiratet morgen Abend!«

»Im Pavillon des Rosengartens«, entschied Ariana und sah Janus liebevoll an. »Wäre dir das recht?«

»Das wäre perfekt. *Du* bist perfekt«, fügte er flüsternd hinzu und küsste sie.

»Wundervoll!« Sadira klatschte erneut in die Hände und ihre Wangen waren gerötet vor Freude. »Janus, geh und sag deiner Familie und deinen Freunden Bescheid!«

»Mutter, wir wollten doch nicht groß heiraten«, wandte Ariana ein.

Sadira runzelte ihre Stirn. »Es würde mir das Herz brechen, wenn du ohne mich heiratest. Und Janus' Mutter wird es vermutlich genauso gehen.«

Ariana nickte. »Du hast recht. Ich möchte, dass Janus' Familie dabei ist.«

»Wundervoll«, wiederholte Sadira. »Ich werde mich umgehend um die Hochzeitsvorbereitungen kümmern. Die Zeremonie findet morgen Abend kurz vor Sonnenuntergang im Rosengarten statt.«

Sie drückte Ariana noch einen Kuss auf die Stirn und verließ dann eilig den Raum.

»Herzlichen Glückwunsch«, sagte ich und umarmte Ariana fest.

»Ich hätte mir kein besseres Abendessen heute vorstellen können.« Wir sahen auf unsere erkaltete Suppe und brachen in schallendes Gelächter aus.

»Ich hätte auch niemals …« Sie starrte mich an, als würde sie das Geschehene erst jetzt realisieren. »Ich werde Janus heiraten.«

Ich nickte und drückte ihre Hand. »Komm, wir essen noch ein bisschen«, sagte ich. »Und morgen richten wir dich für deine Hochzeit her.«

◆ ◆ ◆ ◆

Am folgenden Abend trat ich neben Ariana hinaus in den Rosengarten. Sie zitterte am ganzen Leib. Zofen hatten ihre Haare frisiert und Blumen hineingebunden. Sie trug ein weißes Ballkleid, das ich in meinem Ankleidezimmer gefunden hatte, und in ihren Händen hielt sie einen Strauß herrlich duftender weißer Rosen.

Ich hatte ihr Schmuck geliehen und nun funkelte und strahlte sie mit den Diamanten an ihrem Hals um die Wette.

Der Rosengarten war mit unzähligen Laternen geschmückt, die unseren Weg säumten. Das wärmende Feuer der Fackeln vertrieb die Kühle des Abends. Als wir uns dem Pavillon näherten, sahen wir die vielen Menschen, die sich davor versammelt hatten. Sie starrten uns wie gebannt an und verneigten sich oder knicksten, während wir an ihnen vorbeigingen.

Es fühlte sich falsch an, da der Moment Ariana gehören sollte, doch sie schaute nur zu Janus nach vorne. Er erwiderte ihren Blick mit einer solchen Liebe, dass mein Herz vor Sehnsucht zu flattern begann.

Janus stand unter dem Dach des Pavillons, und als wir ihn erreichten, griff er sofort nach Arianas Hand.

Ich stellte mich vor den beiden hin und sagte: »Verehrtes Paar, ihr seid heute hier, um vor euren Gästen und vor den Göttern selbst einen Bund einzugehen, der für die Ewigkeit gelten soll. Eure Liebe ist eine echte, eine wahre und wird immer bestehen.« Dann wandte ich mich an Janus. »Janus, möchtest du Ariana etwas sagen, bevor wir eure Liebe besiegeln?«

Er schluckte nervös, und doch strahlten seine Augen vor Liebe. »Ich bin kein Mann der großen Worte, das weißt du mittlerweile, Ariana. Aber du sollst wissen, dass ich für den Rest meines Lebens auf dich gewartet hätte. Ich liebe dich. Seit unserem ersten Treffen, als wir noch Kinder waren und ich es noch nicht verstand, liebe ich dich, und ich werde dich lieben, bis wir nur noch Sternenstaub sind.«

Ein entzücktes Seufzen ging durch die Reihen und ich drehte mich mit einem Kloß im Hals zu Ariana.

»Ariana, möchtest du Janus etwas sagen, bevor wir eure Liebe besiegeln?«

Sie nickte und räusperte sich leise. »Janus, du bist der Mann, den ich liebte, noch bevor ich wusste, was Liebe ist. Meine Gedanken galten dir, wenn ich morgens aufwachte und bis ich abends zu Bett ging. Sie galten dir, wenn ich aß und wenn ich trank. Sie galten dir, wenn ich atmete. Ich liebe dich so sehr, dass mich der Gedanke unglücklich machte, ich könnte vielleicht nicht die Deine sein. Doch diese Angst werde ich nie wieder haben. Ich möchte an deiner Seite sein, an guten Tagen wie an schlechten. Ich möchte deine Hand halten, bis es Zeit für mich ist, von dieser Welt zu gehen – und sogar danach möchte ich bis in alle Ewigkeit die Deine sein. Ich liebe dich.«

Ich blinzelte die Tränen weg, während ich nach ihren Händen griff, sie aufeinanderlegte und das weiße Band hervorholte, das ich in meine Rocktasche gesteckt hatte. Mit dem Band umwickelte ich ihre Hände.

»Von nun an werdet ihr euren Weg gemeinsam gehen, über Berge, durch Täler, bei Sonnenschein und in der dunkelsten Nacht. Niemals soll euer Band zerreißen. Sprecht mir nach: Auf ewig …«

»Auf ewig …«, echoten sie.

»… soll dieses Band halten und uns daran erinnern, dass wir einander gehören.«

Sie wiederholten meine Worte.

»Nun besiegelt diesen Schwur mit einem Kuss«, beendete ich die Zeremonie.

Ariana und Janus fielen sich in die Arme, während die hinter ihnen stehenden Gäste jubelten. Ich sah in ihre Gesichter und erkannte so viel Freude darin, dass ich lächeln musste. Alle hier anwesenden Menschen liebten Ariana und Janus und freuten sich für sie und ihre Liebe.

Dalia applaudierte mit erhobenen Händen. Sie lachte und stieß Sadira an, die neben ihr stand und sich die Tränen aus den Augenwinkeln tupfte.

Plötzlich stimmte Musik an, und Janus hob Ariana hoch und trug sie in die Mitte der Gästeschar, die einen Kreis um sie bildete. Sie begannen den Tanz der Liebenden, der kurz nach der Trauung folgte und dem Paar ein paar ungestörte Minuten verschaffen sollte, bevor sie mit Glückwünschen überhäuft wurden.

Ich stellte mich neben Sadira und Dalia.

»Wie konntet ihr das alles nur so schnell organisieren?«, fragte ich, während mein Blick über die vielen Tische wanderte, die hinter dem Pavillon aufgestellt worden waren. Hier sollte gleich das Festmahl eingenommen werden.

Sadira lachte auf. »Ich habe da noch ein paar Kontakte von meiner alten Arbeitsstelle. Die königliche Dienerschaft hat uns geholfen.«

Mir entfuhr ein Lachen, während ich die flackernden Kerzen auf den Tischen betrachtete, die unzähligen Rosen, die den gesamten

Platz säumten, und die vielen glücklichen Menschen, die sich hier versammelt hatten. Obwohl um mich herum Leben und Liebe herrschten, kamen tief in mir Schmerz und Einsamkeit auf. Ich vermisste Kayden. Ich wünschte mit einem Mal so sehr, dass ich mit ihm tanzen könnte – nur noch ein einziges Mal. Zugleich wusste ich, dass das niemals genug für mich sein würde.

Dalia stellte sich neben mich und stieß mir leicht in die Seite. »Jetzt sind nur noch wir beide übrig …«

»Fiana hat eine Aufgabe zu erfüllen«, stellte Sadira fest. »Sie braucht sich jetzt keinen Mann zu suchen.« Sie klang tadelnd und sanft zugleich.

Dalia schnaubte. »Aber *ich* brauche einen Mann, oder wie?«

Sadiras Mundwinkel zuckten und sie hob ihre Schultern. »Wenn es nach deinen Eltern ginge, sicherlich. Aber lasst euch gesagt sein – ihr seid jung, wunderschön und solltet niemals weniger als die wahre Liebe wählen.« Sie schenkte uns einen beinahe mütterlichen Blick, bevor sie unsere Hände tätschelte. »Meine Damen, ich gehe nun zu Ariana und Janus.«

Und damit verabschiedete sie sich.

»Was für ein Glück, dass meine Eltern momentan auf Reisen sind«, sagte Dalia dann und lächelte zuckersüß. »Vielleicht bringen sie mir ja einen Mann mit, der mich auch ohne Kräfte heiraten will.«

»Das würden sie nicht tun!«, stieß ich aus, und doch hing am Ende meines Satzes ein stummes Fragezeichen. »Oder?«

Sie zuckte mit den Schultern. »Zuzutrauen wäre es ihnen.« Sie kräuselte ihre Lippen und sah sich um. »Vielleicht sollte ich mir vorher lieber selbst einen Mann suchen.«

Ich nahm ihre Hand und drückte sie. »Du musst nicht heiraten, wenn du nicht möchtest, Dalia. Ich bin sicher, dass sich für die nächsten zehn Jahre meiner Regentschaft eine Anstellung im Palast für dich finden lässt.«

Vor Dankbarkeit wurden ihre Züge ganz weich. »Das ist so freundlich von dir.« Sie blinzelte und grinste dann, vermutlich um das kurze Aufflackern von Sorge in ihren Augen zu verbergen. »Sollte mich keiner wollen, werde ich sicher gern auf dieses Angebot zurückkommen.«

Ich drückte ihre Hand noch ein wenig fester. »Scheue nicht davor zurück. Ich bin dir noch etwas schuldig.« Mein Blick fiel auf die Handkette, die ich seit dem Kronenkampf immer trug. »Ohne dich hätte ich diese Kämpfe nicht überlebt.«

»Du übertreibst«, sagte sie nun leise. »Ich finde es schön, dass wir Freundinnen sind.«

»Ich auch. Hat ja nur fast zwei Jahrzehnte gedauert«, fügte ich hinzu und hob meine Augenbrauen.

Sie lachte.

Dann fingen die Diener an, die Tische zu decken, während die Gäste dem Brautpaar gratulierten und um den Hals fielen.

»Du wirst das Menü lieben, das wir zusammengestellt haben«, sagte Dalia.

»Das hat den Bediensteten sicher viel Arbeit bereitet«, murmelte ich.

»Keine Sorge, dafür dürfen sie mitfeiern, sobald der offizielle Teil des Essens vorüber ist. Fast die gesamte Dienerschaft ist eingeladen, und auch alle abkömmlichen Gardisten.« Dalia grinste mich an. »Schließlich kennen sie Ariana und Janus schon lange. Deshalb sollten sie auch feiern dürfen.«

Ich seufzte zufrieden, einfach weil ich als ehemaliges Küchenmädchen wusste, wie viel diese große Geste bedeutete. »Das ist eine wunderschöne Idee.«

»Sie stammt von Sadira«, sagte Dalia und sah zu unserer ehemaligen Königin hinüber, die gerade auf ihre Tochter und Janus zuging, um ihnen ebenfalls zu gratulieren.

»Sadira war eine gute Königin.«

»Und du wirst auch eine gute Königin sein.« In Dalias Stimme lag so viel Entschlossenheit und Vertrauen, dass ich ihr nicht widersprechen konnte.

24. KAPITEL

EINE GRAUSAME VORAHNUNG

Je später es wurde, umso mehr Menschen kamen aus dem Palast zu der Hochzeit und beglückwünschten Ariana und Janus.

Nach einer Weile entdeckte ich Gawen unter den Gardisten.

»Los, komm mit«, raunte ich Dalia zu und zerrte sie von ihrem Platz.

»Was soll das? Wo wollen wir hin?«, fragte sie überrascht.

»Ich will auf keinen Fall wie eine alte Jungfer auf meinem Platz sitzen bleiben und darauf warten, dass uns jemand zum Tanz bittet.«,

Sie kicherte. »So gefällst du mir.«

Das letzte Glas Wein schien ihr ein wenig zu Kopf gestiegen zu sein.

Die Männer sahen uns entgegen, als wir auf sie zugingen.

»Was hast du vor?«, fragte Dalia leise, als sie merkte, auf wen wir zusteuerten.

»Wir wollen die Hübschen da druben zum Tanz auffordern. Wenn du einen süß findest, gib mir ein Zeichen. Rechtes Ohrläppchen für den kleinsten Gardisten, linkes Ohrläppchen für den, der rechts steht, und das Kinn für Hauptmann Gawen.«

»Was?«

Ich konnte ihr keine Antwort mehr geben, da wir schon in Hörweite der Gardisten waren. Wir gingen auf Gawen zu und blieben vor ihm und zwei anderen Männern stehen.

»Guten Abend, meine Herren«, sagte ich fröhlich.

»Meine Königin.« Sie verneigten sich vor mir.

Ich lächelte und legte meine Hand auf Dalias Arm. »Das ist meine gute Freundin Miss Dalia.«

Dalia lächelte und knickste vor den beiden. »Es ist mir eine Freude, Euch kennenzulernen. Königin Fiana hat mir nur Gutes über Euch berichtet.«

»Es freut mich sehr, dass wir einander einmal bei einer erfreulicheren Gelegenheit als bei einem trockenen Abendessen begegnen.«

Gawen lächelte sie warm und irgendwie wölfisch an. Dieser Gesichtsausdruck erinnerte mich so sehr an Kayden, dass ich schlucken musste.

Im Augenwinkel sah ich, wie Dalia die Hand hob. Ich schielte zu ihr hinüber und bemerkte, wie sie sich eine Haarsträhne aus dem Gesicht strich und dabei wie zufällig ihr Kinn berührte. Ihre Wangen waren gerötet und sie lächelte.

»Gawen, Ihr solltet mit Dalia tanzen, denn ich benötige dringend einen Rat dieser beiden Herren hier.«

Er nickte begeistert und strahlte Dalia an, während er ihr seine Hand entgegenstreckte. »Ich würde mich freuen, wenn Ihr mit mir tanzen würdet.«

»Sehr gerne.« Dalia nahm lächelnd seine Hand, bevor sie gemeinsam zwischen den unzähligen Paaren auf der Tanzfläche verschwanden.

Nun trat einer der beiden Gardisten neben mich. »Spielt unsere Königin etwa die Kupplerin?«

Meine Schultern hoben sich leicht. »Es ist nur ein Tanz.«

»Ein solcher Tanz hat schon zur Ehe geführt.«

Ich lächelte. »Dann hoffen wir mal, dass es ein guter Tanz wird.«

Er stieß ein Lachen aus und reichte mir dann die Hand. »Würdet Ihr mir die Ehre erweisen und ebenfalls mit mir tanzen?«

Ich ließ mich von ihm auf die Tanzfläche führen. Als er seine Hand auf meine Hüfte legte, hielt er den schicklichen Abstand ein.

Mein Blick flog zu Gawen, der Dalia gerade zum Lachen brachte. Ihre Augen leuchteten im Schein der unzähligen Kerzen, die den Rosengarten erhellten.

Plötzlich überkam mich ein seltsames Gefühl. Ich blickte über meine Schulter, suchte nach etwas, fand aber nur lachende Gesichter um mich herum.

Wenig später verließen wir die Tanzfläche. Auf dem Weg wurde vor mir geknickst und man verwickelte mich in unzählige Gespräche. Das seltsame Gefühl verschwand und ich entspannte mich, während ich mit den Menschen aus dem Palast die Vermählung meiner besten Freundin feierte.

◆ ◆ ◆ ◆

Keuchend schreckte ich aus dem Schlaf hoch. Mein Atem ging schnell und klang in der Stille meines Zimmers unnatürlich laut. Es war dunkel und nur das weiche Licht des abnehmenden Mondes erhellte meine Gemächer.

Mein Herz pochte in meiner Brust und ich spürte ein Vibrieren in meinen Knochen, das mir eine Gänsehaut verursachte. Ich stöhnte, während ich meine schmerzenden Schläfen massierte. Obwohl ich gestern nicht viel getrunken hatte, war der Wein offenbar deutlich stärker gewesen als vermutet.

Ich befeuchtete meine trockenen Lippen, hörte ein dumpfes Summen in meinem Kopf und wälzte mich auf die andere Seite, in der Hoffnung, so das Kribbeln in meinen Knochen loszuwerden.

Doch es blieb und ich ballte meine Hände zu Fäusten, während Funken aus ihnen stoben.

Erschrocken setzte ich mich auf und rieb meine Finger, versuchte die eisige Kälte darin loszuwerden.

Plötzlich verklangen die Kopfschmerzen und das Summen verschwand, ebenso das Vibrieren in meinen Knochen. Ich atmete erleichtert auf und sah dabei zu, wie die Funken weniger wurden und meine Magie sich zurückzog.

Irgendetwas hatte meine Magie aufgeschreckt.

Dieser Gedanke brachte mich dazu, aufzustehen. Ich nahm meinen Morgenmantel, der am Fußende meines Bettes lag, und zog ihn an. Dann ging ich durch mein dunkles Schlafzimmer und durch den Salon und öffnete die Tür zum Flur. Draußen standen einige Gardisten und schauten mich überrascht an.

»Eure Majestät? Können wir Euch helfen?«

Ich schüttelte langsam den Kopf und schaute an ihnen vorbei in den dunklen Flur. »Nein. Ich denke nicht.«

Sie ließen sich nicht anmerken, ob sie mein Verhalten seltsam fanden. Auch wenn ich mich selbst verstörend fand. Ich zwang mich zu einem Lächeln und trat zurück, weil ich nicht wusste, was ich überhaupt hier wollte. Langsam schloss ich die Tür wieder und blieb unschlüssig in meinem Salon stehen.

Eine Kälte, die von innen kam, ließ mich zittern und ich zog den Morgenmantel fester um mich. Meine leisen Schritte klangen in der Stille meiner Gemächer unnatürlich laut. Ich versuchte mir einzureden, dass ich mir alles nur eingebildet hatte, dass der Wein und das späte Zubettgehen für diesen Ausbruch meiner Magie verantwortlich waren. Doch in meinem Inneren wusste ich, dass es nicht so war. Es musste etwas anderes passiert sein.

Ich trat ans Fenster und schaute hinaus in die Nacht. Die Sterne erhellten das Firmament und strahlten einen Frieden aus, der mich in diesem Moment nicht erreichen konnte. Etwas fühlte sich falsch an. Etwas Dunkles.

Ein Zittern durchfuhr mich und ich strich mir über den Handrücken, an der Stelle, wo die Mondsichel zu sehen war. Selbst im Sternenlicht erkannte ich, dass sich das Zeichen veränderte, dass es größer wurde.

Mein Hals verengte sich und mir wurde klar, dass mir nur noch wenig Zeit blieb, bis ich meine letzten Geheimnisse nicht mehr verbergen konnte. Ich musste meinen Schleier unbedingt erneuern. Die Hochzeitsfeierlichkeiten hatten mich völlig vereinnahmt. Aber morgen würde ich Tiara aufsuchen.

Mein Blick wanderte aus dem Fenster, doch der Neumond zeigte sich natürlich nicht.

Mein Hals wurde trocken und ich schluckte, konnte aber nicht verhindern, dass Angst in mir aufkam. Angst, dass dieses kleine Zeichen mich verraten könnte, dass es offenbaren würde, wer ich wirklich war.

Da hörte ich ein Geräusch. Zuerst konnte ich nicht verstehen, was gerade geschah. Es dauerte einen Atemzug lang, bis mir klar wurde, dass es ein Schrei gewesen war.

Sofort spannten sich all meine Muskeln an. Ich rannte zur Tür, meine Haut prickelte und Funken zuckten über meine Finger. Ich drängte sie zurück und spürte den Schmerz auf meiner Haut, die diese rohe Magie kaum aushielt. Mein Armreif und die Handkette konnten die sich plötzlich aufbäumende Kraft kaum bändigen, als wäre sie ein wild gewordenes Wesen.

Mit pochendem Herzen riss ich die Tür auf. Gardisten rannten durch den Flur. Befehle hallten durch den Palast und erneut ertönten Schreie. Angst erfüllte die Luft. Eine Angst, die mir so bekannt vorkam, dass ich zurückzuckte und in meine schützenden Gemächer rennen wollte.

»Eure Majestät, Ihr müsst in Eurem Zimmer bleiben!« Das besorgte Gesicht eines Gardisten tauchte vor mir auf.

»Aber ich muss doch etwas tun!«, stieß ich aus. Ich erinnerte mich an die Krone, die mir vor wenigen Tagen aufgesetzt worden war. Ich war Königin und musste dieses Reich beschützen.

»Ihr müsst in Euren Gemächern bleiben«, wiederholte der Mann lauter, als der Lärm um uns herum zunahm, obwohl sich das Geschehen offenbar in einem anderen Flur abspielte.

Ich schüttelte den Kopf und wollte mich an ihm vorbeidrängen, doch er trat vor mich und hielt mich zurück.

»Das Protokoll verlangt, dass sich die Könige bei einem Angriff auf den Palast so lange zurückhalten, bis die Bedrohung klar benannt wurde und eine geeignete Reaktion erfolgen kann.«

Blinzelnd starrte ich ihn an. Seine Worte ergaben Sinn, und doch fühlten sie sich vollkommen falsch an.

»Wir werden angegriffen?«

»Ich weiß noch nicht, was gerade vor sich geht«, gestand er mir und warf einen Blick zu den anderen beiden Gardisten, die im Flur standen und ihre Schwerter gezogen hatten. »Aber ich weiß, dass wir das Protokoll einhalten müssen, und es besagt, dass Ihr nun einen anderen Weg aus Euren Gemächern wählen müsst.«

Verwirrt hob ich meine Augenbrauen.

Er zuckte mit den Schultern. »Mehr weiß ich nicht. Das ist, was mir beigebracht wurde. Es scheint noch einen anderen Weg zu geben.«

Der Geheimgang im Arbeitszimmer! Ich nickte knapp. »Ja.«

»Dort werdet Ihr eine Antwort finden«, sagte der Gardist und schien ratlos über seine eigene kryptische Antwort.

Ich hörte weitere Schreie und konnte ein Erzittern nicht unterdrücken. »Danke. Mögen Eure Schwerter von den Göttern gesegnet sein und Euch schützen.«

Alle drei Gardisten nickten mit einer Spur Dankbarkeit in den Augen.

Ich drehte mich um und eilte durch den Salon und in das Arbeitszimmer, wo ich die Tür zum Geheimgang öffnete. Dort nahm ich eine Fackel von der Wand und zog die Tür hinter mir zu.

Die Schreie hallten in meinem Kopf nach und ich merkte erst jetzt, dass ich keine Schuhe trug. Die Kälte des Steinbodens fraß sich durch meine Haut bis in meine Knochen hinein. Doch zurückzugehen war jetzt unmöglich, also biss ich die Zähne zusammen und nahm die Stufen nach unten.

Gedankenfetzen wirbelten durch meinen Kopf und erzeugten ein Chaos in meinem Inneren. Ich wagte nicht, mir auszumalen, was im Palast passiert sein könnte. Ein spitzer Stein bohrte sich in meine Fußsohle und riss mich zurück in die Wirklichkeit.

Ich musste klar denken, sonst würde ich nur Schaden anrichten. Wer hatte den Palast angegriffen? Das Königreich Alandra hatte außer den Dragen keine Feinde. Es war von unüberwindbaren Bergen umgeben, weiten Meeren und der Mauer, die es schützte.

Das bedeutete, die Bedrohung musste von innen kommen. Ein Aufstand? Ein Bürgerkrieg? Aber weshalb?

Plötzlich sah ich Licht am Ende des Ganges und den Umriss eines Menschen.

»Wer ist da?«

»Fiana? Hier ist Theon.«

Vor Erleichterung stieß ich die Luft aus und ging ein wenig schneller. »Was ist hier los?«

»Ich weiß es nicht, aber wir werden es herausfinden.«

Als ich ihn erreichte, nahm er mir die Fackel ab und führte mich aus dem Geheimgang hinaus, in einen mir unbekannten Raum. Erst als ich die Hitze eines prasselnden Kaminfeuers spürte, wurde mir bewusst, wie eiskalt mir mittlerweile geworden war. Ich beobachtete

Theon, der die brennende Fackel in eine Halterung an der Wand steckte. Ich ging zu den Fenstern, doch der Platz vor dem Palast wirkte vollkommen friedlich.

»Wo sind wir?«, fragte ich Theon.

Ich sah, dass ich über den Geheimgang einige Stockwerke hinuntergegangen war und dass man von hier aus über diverse Balkone und Vorsprünge den Rosengarten erreichen konnte.

»Diesen Raum kennt niemand. Wie du siehst, gibt es hier keine Tür, man kann nur über die Geheimgänge hereingelangen.«

Überrascht drehte ich mich zu ihm um. »Und was werden wir jetzt tun?«

Theon deutete auf ein Rohr aus Glas, das aus der Decke kam. »Man wird uns benachrichtigen. Es gibt verschiedene Personen, die uns benachrichtigen müssen, sobald sie mehr wissen, und wenn sich drei ihrer Nachrichten ähneln, können wir zurückkehren und handeln.«

»Ich fühle mich wie ein Feigling«, gestand ich ihm und setzte mich auf einen Sessel, der am Kamin stand.

Theon musste das Kaminfeuer entzündet haben. Mir fiel erst jetzt auf, dass der Raum noch kalt war und die Hitze gerade dabei war, sich auszubreiten.

»Mir geht es nicht anders.« Theon seufzte und setzte sich mir gegenüber. »Aber es wäre unvernünftig, wenn wir uns in die Gefahr stürzen und beide sterben würden. Die Menschen, die Eisernen und die Kupfernen, brauchen uns Könige, die sie führen.«

Ich umschlang meinen Oberkörper mit den Armen und starrte in das prasselnde Feuer des Kamins.

25. KAPITEL

DAS BÖSE IN DIESEM PALAST

Plötzlich schoss etwas durch das Glasrohr an der Wand und mir entfuhr ein kurzer Schrei. Funken stoben aus meinen Händen, ließen meine Haut wie Feuer brennen, und ich umfasste den Anhänger so fest, dass sich die Magie wieder zurückzog. Ich rieb mir die Hände und starrte auf das eingerollte Papier, das auf dem Holztisch unter dem Rohr landete.

Theon sprang auf und riss es an sich, um es zu öffnen.

Eine weitere Rolle folgte. Ich stand ebenfalls auf und nahm das Papier an mich.

Ich überflog den Satz, der darauf stand, und blickte dann entsetzt auf.

Dasselbe Entsetzen spiegelte sich in Theons Gesicht, als er von seiner Schriftrolle aufsah.

Ein weiteres Stück Papier kam aus der Röhre, landete auf dem Tisch und entrollte sich, sodass wir die Worte beide sahen.

Sadira von einem Dragen getötet – Bedrohung eliminiert

»Das kann kein Zufall sein. All diese Ereignisse«, murmelte Theon aufgebracht, zerknüllte das Papier und warf es wütend ins Feuer.

»Verflucht!« Seine Stimme bebte vor Zorn, vor Unglauben, vor Trauer.

»Wir sollten zurück«, stieß ich hervor, als ich plötzlich an Ariana denken musste. Ariana, die erst vor wenigen Stunden getraut worden war.

Das konnte nicht wahr sein. Sadira war eine Königin gewesen. Sie war die zweitstärkste Eiserne von Alandra. Sie konnte nicht tot sein!

Ein Rascheln lenkte mich von meiner aufkommenden Panik ab, und ich ging zu Theon hinüber, um mit ihm gemeinsam Sand über das offene Feuer zu schaufeln und es zu ersticken. Wir schwiegen, bis nichts mehr von dem Feuer übrig war, und verabschiedeten uns, während wir wieder den Geheimgang betraten und diesen geheimen Raum hinter uns ließen.

Dieses Mal schien mir der Weg durch den Geheimgang weiter, die Kälte beißender und die Bedrohung realer. Hier im Palast war ein Dragen, schon wieder so nah.

Theons Worte kamen mir in den Sinn, als ich aus dem Geheimgang in mein Arbeitszimmer trat. Das konnte kein Zufall sein.

Während ich mir hastig ein schlichtes Kleid anzog, rang ich innerlich mit mir. Einerseits wollte ich mir so schnell wie möglich einen Überblick verschaffen und herausfinden, ob dieser Wahnsinn wirklich passiert war. Andererseits wollte ich mich verstecken und die Wahrheit lieber nicht erfahren.

Wenige Minuten später trat ich aus meinen Gemächern. Wortlos begleiteten mich die Gardisten in den Flur, in dem Sadiras Zimmer lagen.

Theon war bereits da. Er hatte sich nicht die Zeit genommen, sich umzuziehen. Doch ein König im Morgenmantel war wohl weniger skandalös als eine Königin. Der Gedanke war lächerlich angesichts des grausamen Bildes, das sich hinter ihm darbot.

Frisches Blut glänzte auf dem hellen Steinboden des Flurs und

Spritzer bedeckten die Wände. Die Tür zu Sadiras Gemächern war weit geöffnet und eine Blutspur führte hinein.

Ich presste vor Entsetzen eine Faust gegen meine Lippen.

»Eine Bedienstete hörte seltsame Geräusche und wollte nach Sadira sehen«, erklärte einer der Gardisten. »Sie konnte gerade noch fliehen und uns verständigen. Sonst wären noch mehr Personen zu Schaden gekommen.«

»Ist der Dragen tot?«, fragte König Theon im Tonfall eines Generals, was nicht zum Ausdruck der wütenden Trauer in seinen Augen passen wollte.

Der Gardist nickte. »Es brauchte mehrere Hiebe, um ihm den Kopf abzutrennen.«

Der Mann deutete auf eine Gruppe von Gardekriegern, die im Flur standen und sich über die Leiche des Dragen beugten. Ich konnte das Monster durch eine Lücke zwischen ihren Beinen sehen und schluckte. Sein Körper war ausgemergelt und wirkte beinahe menschlich, wäre seine Haut nicht kränklich grau gewesen. Rotes Blut tropfte von den Krallen des Dragen und eine Pfütze aus dunklem Blut hatte sich dort gebildet, wo der Kopf hätte sein müssen.

Übelkeit stieg in mir auf und ich verdrängte das plötzlich aufkommende Mitgefühl, als mir klar wurde, dass dieses Monster einst ein Mensch gewesen war, der unsere Regeln missachtet hatte.

»Und Sadira …?« Meine Stimme hatte nichts Königliches mehr, ich konnte das Zittern darin nicht verbergen.

Bedauern legte sich über die Züge des Gardisten. »Ihr solltet sie so in Erinnerung behalten, wie sie war. Ich bin sicher, dass Ihr einen solchen Anblick verkraften würdet, Eure Majestät, aber«, ruderte er schnell zurück und umfasste den Knauf seines Schwertes. »aber Ihr standet ihr so nahe …«

»Danke für Eure Einschätzung«, antwortete ich mit einem gezwungenen Lächeln. »Ich möchte sie dennoch sehen.«

Der Gardist nickte und ging voraus in Sadiras Zimmer. Ich zögerte kurz, bevor ich ihm folgte.

Mein Blick war auf das Blut geheftet, das den Boden besudelte. Es war verwischt, als hätte Sadira versucht zu entkommen.

Tränen brannten in meinen Augen, als ich ihren leblosen Körper auf dem Bett entdeckte. Eine Decke war über sie gelegt worden und nur ihr Kopf war zu sehen. Er war auf das blutgetränkte Kissen gebettet worden. Jemand hatte ihr das Haar zurückgestrichen und ich sah das aufgerissene Fleisch ihrer Wange, wo der Dragen sie mit seinen Krallen erwischt hatte.

Eine Träne lief über meine Wange und ich wischte sie weg, während mein Blick über die Decke wanderte, die an einigen Stellen ungewöhnliche Einbuchtungen aufwies.

»Der Dragen hat sie …?«

»Ein Heiler meinte, zu diesem Zeitpunkt sei sie bereits tot gewesen.« Nun zitterte auch die Stimme des Gardisten.

Ich zwang mich, ihr Gesicht anzusehen, und versuchte die schrecklichen Bilder aus meinem Kopf zu verbannen, die mich übermannen wollten.

Als ich es nicht mehr aushielt, verließ ich fluchtartig das Zimmer.

»Mutter …«

Ein Wimmern ließ mich herumfahren.

Ariana stand am Ende des Flurs, in einen weißen Morgenmantel gehüllt, mit offenem Haar, blasser Haut und aufgerissenen Augen, die voller Angst und Trauer waren. Ihr Blick war auf das Blut am Boden gerichtet und sie klammerte sich an Janus fest, der neben ihr stand. Auch er sah aus, als wäre er gerade aus dem Bett gekommen.

Ich nickte langsam auf die stumme Frage in seinen Augen.

Da schrie Ariana auf. Ihre Knie gaben nach und sie sank zu Boden. »Nein! Neeeein!«

Janus fing sie auf und presste sie fest an sich.

Doch Ariana riss sich verzweifelt von ihm los. »Ich muss sie sehen! Das ist unmöglich!«

»Nein.« Ich trat vor und die Gardisten stellten sich neben mir auf, um ihr den Weg zu versperren.

Ariana funkelte mich zornig an und schrie: »Ich muss sie sehen!«

»Nein«, wiederholte ich und streckte die Hand nach ihr aus, vorsichtig und langsam, als wäre sie ein verschrecktes Tier.

Sie starrte mich an, das Gesicht vor Schmerzen verzerrt. »Ich muss sie sehen … meine Mutter … sie kann einfach nicht …«

Ich zog Ariana an mich. Wir umschlangen einander, hielten uns fest und Tränen rannen aus meinen Augen.

»Wir werden herausfinden, wie das passieren konnte«, versprach ich ihr.

»Meine Mutter war eine Königin«, schluchzte Ariana und zitterte in meinen Armen. »Sie kann nicht einfach …« Sie konnte die Worte nicht aussprechen.

»Die Götter werden nun an ihrer Seite sein«, flüsterte ich erstickt und erst jetzt schien ein Teil von mir zu begreifen, dass Sadira tot war. Sie war auf bestialische Weise umgebracht worden, ganz anders als meine Mutter, die friedlich einschlafen durfte. »Es tut mir so leid.«

Ariana schluchzte noch mehr und ich wollte mich von ihrer Trauer mitreißen lassen, doch ich roch noch immer das Blut und hörte die Gardisten um uns herum. Deshalb löste ich mich von Ariana und sah zu Janus hinüber, der uns mit glänzenden Augen beobachtete.

»Bring sie bitte in ihre Gemächer«, bat ich ihn. »Ich werde alles tun, um herauszufinden, was passiert ist.«

Janus nickte und nahm Ariana in den Arm, deren blicklose Augen wirkten, als hätte der Schock sie erstarren lassen.

Ich versteckte meine zitternden Hände in den Taschen meines

schlichten Rocks und drehte mich zu Theon um, der plötzlich hinter uns stand und die Szene stumm beobachtete.

»Wir müssen herausfinden, wie der Dragen in dieses Zimmer gelangen konnte«, sagte ich zu ihm.

»Das müssen wir«, stimmte er zu und mir fiel, erst als er sich wegdrehte, auf, dass er mir keine Versprechungen machte. Anders, als ich sie bei Ariana gemacht hatte.

Gawen kam auf uns zu und verneigte sich vor uns.

»Der Palast wurde abgeriegelt«, berichtete der Hauptmann. »Alle Anwesenden, auch die Bediensteten, haben sich im großen Ballsaal eingefunden und werden nun befragt.«

»Gut gemacht«, sagte Theon zu Gawen. »Wir werden den Befragungen beiwohnen.«

Während wir in Richtung Ballsaal gingen, wurden wir von zahlreichen Gardisten begleitet. Ihre Schritte hallten durch die Gänge, doch darunter hörte ich eine Stille, die sich bis unter meine Haut grub. Es war eine Stille, die von Angst erfüllt war und von dem Wissen, dass unter uns das Dunkle wartete und danach gierte, uns alle zu zerfetzen.

Die Tränen in meinen Augen waren versiegt und ich verdrängte die Erinnerung an das Blut und alles, was geschehen war. Ich musste stark bleiben, zumindest so lange, bis ich wieder allein war.

Der Ballsaal war so groß, dass alle Palastangestellten und Gardisten mühelos darin Platz finden konnten. Einige von ihnen trugen ihre Nachtwäsche, andere ihre Uniformen. Doch sie alle wirkten nervös und wachsam, als ob das Böse immer noch hinter ihnen lauerte.

Es hatten sich mehrere Reihen gebildet und an der Wand des Ballsaals hatten die Gardisten Stühle aufgestellt, auf die sich die Wartenden während der Befragung setzen konnten.

Obwohl sicher über hundert Personen hier anwesend waren,

herrschte weiter diese drückende, quälende Stille, die nur gelegentlich durch Gemurmel und Geflüster unterbrochen wurde.

Theon und ich nahmen an den Befragungen teil, hörten zu und versuchten auf besondere Hinweise zu achten, ob irgendwer etwas Verdächtiges mitbekommen hätte, laute Geräusche oder ein Knurren. Ein Dragen konnte schließlich nicht unbemerkt in diesem Palast umherstreifen.

Die Befragungen dauerten bis in die frühen Morgenstunden, doch die Gardisten konnten niemanden finden, da sich ihr Verdacht nach weiteren Befragungen meist zerstreute. Es war eine zermürbende und anstrengende Nacht. Mein Körper sehnte sich nach Schlaf, während mein Geist ruhelos nach Antworten suchte.

»Eure Majestät. Wie geht es Euch?«

Ich drehte mich um und sah plötzlich Hauptmann Gawen neben mir stehen.

»Gawen.« Ich schluckte. »Es war eine harte Nacht«, flüsterte ich.

Er schnaubte leise. »Ihr untertreibt. Die Befragungen sind gleich vorbei und Ihr werdet Euch sicher ausruhen wollen.«

Ich blinzelte, als die schreckliche Erinnerung in mir aufblitzte. Meine Mutter. Sadira. Ariana und ich. Blut. Überall Blut. Kopfschüttelnd schob ich diese Gedanken beiseite und sah Gawen an. »Hattet Ihr etwas anderes vor?«

»Ich werde heute sicher nicht schlafen können«, sagte er und presste seine Lippen zusammen.

Im nächsten Moment trat Dalia neben mich. Ihre Augen waren rot. »Fiana … hast du … Ariana gesehen?«

»Sie ist bei Janus«, sagte ich leise.

Dalia nickte zögerlich und bemerkte dann Gawen neben mir. »Hallo.«

Er erwiderte ihre Begrüßung und mir war, als wollte er noch etwas hinzufügen, besann sich aber auf seine Pflichten.

»Ich muss leider gehen. Wir werden nun die Königsstadt durchsuchen, und weitere Gardisten werden die Mauer überprüfen.«

Gawen schenkte uns ein gepresstes Lächeln und verschwand dann durch die Tür des Ballsaals.

Dalia sah sich um, es waren nur noch wenige Menschen hier.

»Denkst du, wir sollten nach Ariana sehen?«, fragte sie mich.

Ich nickte. »Sie wird uns brauchen …«

Ich erinnerte mich noch daran, wie ich mich gefühlt hatte, als meine Mutter gestorben war. Die ersten Tage hatte mich Taubheit erfüllt, bevor mich der Schmerz mit einer Wucht getroffen hatte, die mich beinahe aus dem Leben riss. Ohne Ariana und ihre Mutter hätte ich diesen Verlust niemals verkraftet. Doch sie hatten mir ihre Hände gereicht und mich festgehalten, bis ich wieder allein stehen konnte. Dasselbe würde ich nun für Ariana tun.

»Ich kann es immer noch nicht fassen«, flüsterte Dalia mir zu, während wir in Richtung von Arianas Gemächern gingen. Dort sollten sie und Janus heute eigentlich ihre Hochzeitsnacht verbringen.

»Ich verstehe nicht, wie irgendein Eiserner oder Kupferner nur so dumm sein konnte, die Entstehung dieses Dragen zu riskieren. Jeder weiß, dass eine solche Vereinigung mit dem Tod endet.«

Kurz zuckten meine Gedanken zu Kayden und ich erinnerte mich daran, wie heftig meine Gefühle für ihn entbrannt waren. Scham kam in mir auf. Niemals wäre ich der Versuchung erlegen, mich ihm hinzugeben. Aber wäre ich nicht so stark gewesen und hätte nicht mein Leben lang meine Magie verborgen, dann hätte ich dem vielleicht doch nachgegeben. Und wäre Kayden ein anderer und ebenfalls zu schwach gewesen …

»Wir lassen momentan überprüfen, ob irgendwer im Palast fehlt oder verschwunden ist. Vielleicht war der Dragen ein Bediensteter hier im Palast. Ein paar von ihnen haben frei und werden von den Gardisten gesucht«, sagte ich und spürte plötzlich eine unendliche

Müdigkeit. »Wer auch immer dieser Dragen vorher war – er war ausgemergelt, und das war er offenbar schon länger.« Die Erinnerung an seine Leiche spukte durch meinen Kopf. »Aber das alles ergibt für mich einfach keinen Sinn.«

Dalia umschlang ihren Oberkörper mit ihren Armen und sah zu mir herüber.

»Ich frage mich, wie der Dragen in Sadiras Zimmer gelangt ist. Er muss vorher durch den gesamten Palast gelaufen sein.«

Dalia schlug sich entsetzt die Hand vor den Mund. »Es ist ein Wunder, dass es nicht noch mehr Tote gibt.«

»Ich glaube nicht an Wunder«, erwiderte ich und versuchte zu begreifen, wie das alles möglich war.

Doch als wir Arianas Zimmer erreichten, war diese Frage mit einem Mal unwichtig. Jetzt zählte nur meine Freundin.

Wir fielen uns in die Arme und weinten gemeinsam, und irgendwann redeten wir über Sadira, über ihre Güte, ihre Stärke und darüber, wie sie mir nach dem Tod meiner Mutter die Hand gereicht hatte.

Es tat weh, und doch fühlte es sich heilsam an.

26. KAPITEL

DIE TRAURIGE WAHRHEIT

»Fiana?«

Ich hob meinen Kopf und sah Dalia, die in der Tür zum königlichen Arbeitszimmer stand. Wir hatten uns erst vor wenigen Stunden im Morgengrauen verabschiedet. Ich konnte nicht schlafen und war deshalb ins Büro gegangen, um auf Neuigkeiten zu warten.

»Kannst du auch nicht schlafen?«, fragte sie.

Erschöpft rieb ich mir über das Gesicht und schüttelte den Kopf. »Immer wenn ich die Augen schließe, sehe ich all das Blut.«

Dalia schwieg, sie wirkte blasser als zuvor.

»Hast du jemals darüber nachgedacht, wie schnell unser Leben vorbei sein könnte?«, fragte sie tonlos.

Ich schüttelte den Kopf. »Was meinst du damit?«

Dalia lächelte traurig. »Ich habe dich immer gehasst, weil du Ariana näherstandst als ich.« Ihr entfuhr ein trockenes Lachen. »Wie dumm von mir, nicht wahr? Dabei warst du immer so nett zu mir.« Ihre Wangen röteten sich und sie wandte ihr Gesicht von mir ab. »Nun, das wollte ich dich einfach wissen lassen. Ich fand dich nie so schrecklich, wie ich immer vorgetäuscht habe.«

»Ich war neidisch auf deine Familie«, gestand ich und lächelte traurig. »Ich bin froh, dass du mich nicht mehr hasst.«

»Du bist einfach zu nett«, sagte sie und verdrehte die Augen. »Ich konnte nicht länger böse auf dich sein.«

»Ich wette, die Gardisten hätten sich das auch nicht länger angesehen. Nun, da ich Königin bin. Apropos Gardisten.« Ich grinste sie an. »Gawen ist sympathisch, oder?«

Dalia wurde ein bisschen rot und nickte. »Ja, das ist er.«

Ich erhob mich von meinem Platz hinter dem Schreibtisch. Dabei versiegte mein Lächeln. »Ariana schläft nun sicher, aber ich könnte einen Spaziergang durch den Rosengarten vertragen. Frische Luft wird meine verworrenen Gedanken klären.«

»Sehr gern.« Dalia nickte, auch sie konnte einen Hauch Normalität an diesem Morgen sicher gut brauchen, denn er war viel zu schön für den Horror der letzten Nacht.

◆ ◆ ◆ ◆

Nach dem Spaziergang kam ich ins Büro und fand dort bereits Theon und Gawen vor. Die Schultern des Kupferkönigs waren angespannt und um seine Lippen lag ein harter Zug.

»Königin Fiana, wie schön, Euch zu sehen.« Theon erhob sich, während Gawen seinen Kopf neigte.

Mein Magen verkrampfte sich. »Gibt es Neuigkeiten?«

»Eine Bedienstete wird seit ein paar Tagen vermisst. Sie wollte ihre Eltern besuchen, aber als wir diese befragten, sagten sie, dass sie nie bei ihnen angekommen sei. Sie glaubten, sie wäre an ihrer Arbeitsstelle. Vielleicht ist sie der Dragen und hat sich kürzlich erst verwandelt.«

»Das könnte Zufall sein«, überlegte ich laut. »Gab es einen Mann in ihrem Leben?«

Gawen hob seine Schultern. »Angeblich nicht, aber das überprüfen wir gerade.«

»Danke.« König Theon lächelte ihm zu. »Informiert uns, wenn Ihr etwas herausgefunden habt.«

Gawen verneigte sich und ging.

Sobald er die Tür hinter sich geschlossen hatte, seufzte Theon leise und fuhr sich durch sein dunkles Haar.

»Selbst wenn diese Frau es war, selbst wenn sie sich verwandelt hat, hätte das jemandem auffallen müssen. Solche Verwandlungen dauern mindestens einen Tag und kündigen sich schon lange vorher an. Sie muss große Schmerzen gehabt haben.«

Ich nickte.

»Und danach hat sie der Hunger getrieben«, ergänzte ich. »Wenn sie nicht zufällig in Sadiras Gemächern war, was Sadira sicher gemerkt hätte, muss sie durch die Tür eingedrungen sein. *Es*«, korrigierte ich mich, denn nach der Verwandlung war sie ein Dragen gewesen, ein todbringendes Monster.

Theon brummte leise. »Der Dragen muss irgendwie in Sadiras Zimmer gelangt sein. Aber die Tür war unbeschädigt.«

»Das ergibt einfach keinen Sinn«, sagte ich. »Dragen suchen sich ihre Opfer nicht gezielt aus, und sie können Türen nicht öffnen. Außerdem ist mir aufgefallen, dass der Dragen so aussah, als wäre er schon länger in dieser Gestalt.«

Theon presste seine Lippen zusammen. »Dasselbe habe ich auch schon gedacht. Und irgendjemand muss den Dragen dorthin gelockt haben.«

Allein die Vorstellung ließ mich erschaudern. Ich presste meine Hand gegen die Brust und schluckte. »Nur wie? Dragen sind unkontrollierbar.«

Seine Augen fanden meine. »Das ist richtig. Aber eine andere Alternative will mir nicht einfallen.«

Ich schüttelte immer wieder den Kopf, ich hatte keine Ahnung, wie das alles passiert sein konnte.

»Was ist mit den Geheimgängen des Palastes?«

»Nein«, erwiderte der König. »Das wurde überprüft. Es gibt keinen Geheimgang zu Sadiras Zimmer.«

Angespanntes Schweigen lag in der Luft. Dann ergriff Theon wieder das Wort.

»Ich habe übrigens gestern Abend noch mit Ariana gesprochen.«

»Wie geht es ihr?«

»Sie wirkt gefasst, aber sie leidet. Wir waren uns einig, dass wir trotz der ungeklärten Umstände in ein paar Tagen die Beerdigung abhalten werden. Ich habe ihr versprochen, dass es eine Zeremonie sein wird, die einer ehemaligen Königin würdig ist. Als Erstes werden Boten mit königlichen Briefen in alle Teile des Landes geschickt. Unsere Bediensteten sind gerade dabei, alles vorzubereiten. Nach dem Frühstück müssen wir diese Briefe unterzeichnen.«

Ich betrachtete den schweren Ring an meiner Hand und seufzte leise. »Ich weiß nicht, ob ich überhaupt frühstücken kann.«

»Einen Tee, darauf bestehe ich.« Sein Tonfall war ernster als sonst und seine Augen blickten streng auf mich herunter. »Wir sind die Herrscher Alandras und die Königin sollte keinen Schwächeanfall bekommen, weil sie nicht genug isst. Ich empfinde die Bilder der gestrigen Nacht ebenso verstörend wie Ihr, doch wir müssen weitermachen und der Welt zeigen, dass wir das Böse besiegen werden.«

Mein Mundwinkel zuckte, auch wenn mir nicht nach Lachen zumute war. »Und sei es mit einer Tasse Tee.«

»Ganz genau.« Er hielt mir seinen Arm hin und ich hakte mich bei ihm unter, um mit ihm in Richtung des Frühstückssalons zu gehen. Dabei wurde mir klar, wie dankbar ich sein konnte, dass wir dieses Land gemeinsam regierten. Er war ein guter Mann und ein ebenso guter König. Mit ihm würde ich es schaffen.

♦ ♦ ♦ ♦

Die nächsten Tage vergingen, und ich fühlte mich wie unter einer Glasglocke. Alles schien sich in dieser eigenartigen Blase aus Angst, Trauer und Stress zu vermengen.

Während die Gardisten mit Feuereifer versuchten herauszufinden, wie ein Dragen Sadira hatte töten können, kümmerten wir uns um die Beerdigung und die zahlreichen Besucher. Sie reisten aus allen Ecken Alandras an, um ihrer ehemaligen Königin die letzte Ehre zu erweisen.

Ariana hatte ihre Trauer tief in sich vergraben, und da sie betonte, wie wichtig es ihr sei, an den Vorbereitungen beteiligt zu sein, konnte ich sie nicht wegschicken. Ich verstand sie. Auch ich hatte nach dem Tod meiner Mutter eine Aufgabe gebraucht und mich daran festgeklammert.

So arbeiteten wir Seite an Seite, gemeinsam mit Janus, der außerhalb seines Dienstes immer bei Ariana war. Dalia half uns und so verbrachten wir viel Zeit miteinander.

Immer wieder nahmen wir Ariana zu unserem morgendlichen Spaziergang durch den Rosengarten mit, den wir wie ein Ritual pflegten. Sie sprach nicht viel. Manchmal füllten wir ihr Schweigen mit Nichtigkeiten, manchmal begleiteten wir sie dabei. Heute, nur einen Tag vor der Beerdigung, kam ihr kein einziges Wort über die Lippen.

Während wir durch den Rosengarten spazierten, sog ich die Ruhe der umhersummenden Bienen in mich auf. Sonnenstrahlen wärmten mein Gesicht, und doch war mir innerlich kalt. Ich blickte auf meinen Handrücken und presste nervös die Lippen zusammen, bevor ich meinen Ärmel herunterschob, wie so oft in den letzten Tagen. Der Vollmond war in weiter Ferne und ich hatte keine Ahnung, wie lange der klägliche Rest meines Schleiers noch halten würde. Die Wunde an meinem Rücken war schon fast verheilt, meine Gegengabe für die Magie so gut wie verschwunden, und ich spürte dieses feine Surren unter meiner Haut, das ich kaum mehr ignorieren konnte. Etwas regte sich in mir und ich wusste nicht, wie lange ich es noch zurückhalten konnte. Ich hatte mich in den letzten Tagen immer wieder nach Tiara umgehört, doch ich war gescheitert. Niemand kannte sie oder hatte jemals von ihr gehört. Also musste ich noch bis zur nächsten Vollmondnacht durchhalten, ehe ich den Schleier erneuern konnte.

»Entschuldigt mich.« Arianas Flüstern klang erstickt, und wie so oft in den letzten Tagen beendete sie unseren Spaziergang vorzeitig.

Wir sahen ihr enttäuscht hinterher, doch Dalia und ich wussten, dass sie ihren Freiraum brauchte.

»Meine Eltern haben einen Verlobten für mich gefunden«, sagte Dalia in die Stille zwischen uns.

Ich atmete erleichtert auf, weil sie mich von meinen trüben Gedanken ablenkte.

»Wo? Auf ihrer Reise?«, fragte ich neugierig.

»Es ist Gawen«, stieß sie aus und sah dann in die Richtung, in die Ariana verschwunden war.

»Seid ihr bereits verlobt?«, fragte ich verblüfft.

»Nein. Aber nachdem meine Eltern ihn kennengelernt haben, hat meine Mutter es sich zur Aufgabe gemacht, uns zu verkuppeln.«

Ich hob meine Augenbrauen und schmunzelte. »Sie wird es sicher nicht schwer haben.«

Dalia lächelte kurz, als würde sie sich dafür schämen, in dieser Zeit der Trauer irgendeine Art von Freude zu empfinden.

»Sadira mochte ihn«, sagte sie leise. »Ich habe gesehen, wie sie sich immer wieder mit ihm unterhalten hat.«

»Jeder mag Gawen. Er ist der beste Hauptmann, den es geben kann.«

Ich ging weiter an Rosenbüschen vorbei und betrachtete einen blauen Vogel, der sich gerade auf einem Rosenbogen niederließ.

»Und wie sieht es bei dir aus?«, fragte Dalia leise nach.

»Ich habe momentan kein Verlangen nach einer Beziehung«, erwiderte ich und dachte an Kayden und daran, dass ich vermutlich niemals wieder so fühlen würde. Ich hatte mir immer verboten, mich zu verlieben, und hatte geglaubt, dass ich die Liebe nicht verdiente. Aber Kayden hatte all meine Schutzwälle durchbrochen.

»Du wirktest nach deiner Krönung ein wenig bedrückt. Das lag also nicht an einem Mann?«

Ich fingerte an der Handkette herum, die sie mir geschenkt hatte, und betrachtete die Rosen, deren Blätter über den Boden verstreut lagen, obwohl sie jeden Morgen weggefegt wurden.

»Die Situation war überwältigend für mich.«

Dalias Blick fiel auf das Schmuckstück. »Ich hätte wirklich nicht gedacht, dass du die Kette so lange tragen würdest.«

»Sie hilft mir, mich zu konzentrieren. Falls meine Kräfte außer Kontrolle geraten sollten.«

»Das ist schon länger nicht mehr passiert, nicht wahr?«

»Sie tun es immer wieder, aber bisher war es noch nicht so schlimm, wie ich befürchtet hatte.«

Sie schien zu überlegen. »Wenn du möchtest, könnten wir gemeinsam trainieren. Wir könnten wieder meditieren, wie kurz vor dem Kronenkampf.«

»Das ist eine gute Idee.« Mir entfuhr ein Seufzen. »Es ist immer noch seltsam für mich, dass wir nun Freundinnen sind.«

»Stimmt. Aber du bist für eine ehemalige Küchenhilfe gar nicht so übel.«

Ich blieb stehen und starrte sie entgeistert an.

Lachend hob sie ihre Hände. »Das war nicht so gemeint. Ich war früher echt ein Biest, das habe ich inzwischen eingesehen. Küchenhilfen sind genauso wertvoll für die Bewohner des Palastes wie unsere Gardisten. Jeder auf seine Weise.«

Ich warf ihr einen warnenden Blick zu und nickte nachdenklich. Dann drehte ich mich um und erstarrte plötzlich.

Am Ende des Weges stand ein breit gebauter Mann, der mir sehr bekannt vorkam. Sein dunkler Blick fiel auf mich und mein Herz setzte einen Moment lang aus, während die Zeit sich unendlich auszudehnen schien.

»Oh«, machte Dalia neben mir. »Ich lass euch besser allein. Wir sehen uns später wieder.«

Ich hörte ihre Schritte auf dem Weg, hörte, wie sie davonging, und konnte nicht reagieren, weil ich zu sehr damit beschäftigt war, den Mann anzustarren. Es war Kayden.

Irgendwo ertönte ein Geräusch und ließ mich blinzeln. Das war doch lächerlich. Langsam straffte ich meine Schultern und hob mein Kinn, während ich mich endlich in Bewegung setzte und auf ihn zuging. Obwohl ich sicher war, dass ich nach außen hin völlig gefasst wirkte, tobte in mir ein Sturm. Die Sehnsucht, die ich so lange verdrängt hatte, kehrte mit voller Wucht zurück. Der Schmerz in meiner Brust war so stark, dass ich flacher atmete, um ihn irgendwie zurückzudrängen.

Als ich vor Kayden stehen blieb, verneigte er sich vor mir.

»Eure Majestät.«

Seine Stimme klang rau und ich bildete mir ein, nein, ich hoffte, dass es an meinem Anblick lag. Als er seinen Kopf hob, waren seine Augen so voller Liebe, dass ich schlucken musste.

»Mein Beileid.«

Ich nickte und schlug die Augen nieder, nur um ihn für einen Moment nicht ansehen zu müssen.

»Danke. Warum bist du hier?«, fragte ich ihn.

»Ein Dragen war im Palast. Als mein Bruder mir schrieb –« Er schüttelte den Kopf. »Ich musste einfach herkommen. Ich möchte Euch helfen. Und ich möchte Sadira die letzte Ehre erweisen.«

»Danke«, sagte ich erneut und für einen Moment war ein Abgrund zwischen uns, tief und breit – unmöglich zu überwinden.

»Wie lange werdet Ihr bleiben?«

Hast du mich genauso sehr vermisst wie ich dich? Diese Frage und noch so viele mehr brannten mir auf der Zunge. Ich presste meine Lippen zusammen, um keine davon herauszulassen.

Einen Moment lang starrte er mich an, bevor er sich räusperte.

»Ein paar Tage.«

Seine Hand zuckte, als würde er nach mir greifen wollen, doch er ballte sie zur Faust und presste sie gegen seinen Oberschenkel.

Es schien, als wäre das zwischen uns nur eine Illusion gewesen, als hätten wir alles verloren, was wir aneinander gefunden hatten.

Ich trat einen Schritt zurück, als mir klar wurde, dass wir noch immer im Rosengarten waren. Allein dieser Gedanke ließ mein Herz zerreißen. Ich hatte geglaubt, es wäre alles verloren, als ich ihn von mir stieß. Doch jetzt hier vor ihm zu stehen, ihm in die Augen zu sehen und zu wissen, dass zwischen uns alles unweigerlich zu Ende war, brachte mich diesem Abgrund näher, dem ich so schnell wie möglich den Rücken zukehren musste.

Deshalb tat ich das Einzige, was mich noch retten konnte, und drehte mich um.

»Ich wünsche Euch einen schönen Aufenthalt«, presste ich hervor und eilte den Weg entlang in Richtung Palast.

Kayden hielt mich nicht auf.

Nach allem, was ich erlebt hatte, schien mir diese Entscheidung die schwerste zu sein, die ich jemals getroffen hatte. Mit einem Mal kam mir alles, was wir gemeinsam erlebt hatten, nur noch wie ein schöner Traum vor.

Ich musste das hinter mir lassen. Ich musste *ihn* hinter mir lassen. Es gab keine Möglichkeit, wie unsere Beziehung jemals funktionieren könnte.

Ich ballte meine Faust um den Anhänger in meiner Hand und atmete tief durch, während meine Magie unter meiner Haut bebte.

»Alles in Ordnung?«

Dalia tauchte so plötzlich neben mir auf, dass Funken aus meinen Fingern stoben.

»Bei der Göttin!« Sofort schüttelte ich sie von mir ab und zog den Ärmel meines Kleides herunter. »Du hast mich vielleicht erschreckt.«

Dalia hob die Augenbrauen und sie schaute hinter mich auf den Weg, wo Kayden immer noch stand.

»Ist das nicht König Theons Bruder?«, fragte sie, als wüsste sie nicht längst, wie die Antwort lautete.

»Er ist wegen des Dragenangriffs hier. Und wegen der Beerdigung.« Meine Stimme klang gepresst.

»Er starrt dich an«, sagte Dalia.

Meine Wangen glühten.

»Ja?« Doch sofort schüttelte ich meinen Kopf. »Ich bin die Königin, die einst eine Zofe war. Das passiert mir öfter.«

Ihre Lippen zuckten und verzogen sich zu einem Grinsen. »So sieht er dich aber nicht an.«

»Hör auf«, zischte ich und packte sie am Arm, um sie weiterzuziehen. »Was machst du überhaupt noch hier?«

»Ich wollte zurück zum Palast gehen, aber ich bin meinen Eltern begegnet, die Gawen gerade in Beschlag nehmen. Da musste ich einfach fliehen. Er wird mich schon allein wegen ihrer Aufdringlichkeit ablehnen.«

»Dann wäre er ein Idiot«, erwiderte ich.

Sie schaute noch einmal kurz über ihre Schulter und ging dann neben mir her. »Er ist ein Kupferner und du eine Eiserne.«

»Ich weiß nicht, was du mir damit sagen willst«, erwiderte ich, während ich mein Tempo etwas zügelte.

»Und ich bin mir ziemlich sicher, dass du das ganz genau weißt«, konterte sie. »Ihr habt zusammen getanzt, nachdem du gekrönt wurdest, und ich habe gesehen, wie ihr einander angesehen habt.«

»Auf dem Krönungsball habe ich mit vielen Männern getanzt.« Ich blickte stur geradeaus und zog den Schal fester, den ich wegen des frischer werdenden Windes über meine Schultern gelegt hatte. »Du siehst Gespenster.«

Dalia schwieg einen Moment lang, und plötzlich kamen mir unsere Schritte auf dem Kiesweg unnatürlich laut vor.

»Wie du meinst«, sagte sie schließlich.

Obwohl mich ihr Sinneswandel überraschte, hakte ich nicht weiter nach, sondern wechselte eilig das Thema.

»Fehlt noch irgendetwas für die Beerdigung?«

»Nein, alles ist organisiert. Wir werden Sadira eine würdige Zeremonie bereiten.«

Ich nickte und schluckte gegen die plötzliche Enge in meinem Hals an.

»Es ist so schrecklich«, murmelte ich. Bilder von Blut tauchten wieder vor meinem inneren Auge auf und ich hörte Arianas kehligen Schrei, der mir neue Tränen in die Augen trieb. »Sadira war eine großartige Königin. Sie hat das Königreich und seine Bewohner geliebt.«

»Und das Volk hat sie ebenfalls geliebt. Sie hat sich für die Gleichberechtigung aller Untertanen eingesetzt. Auch für die magielosen Menschen.«

»Wer könnte ihr das nur angetan haben?«, sagte ich.

Wir hatten inzwischen den Eingang des Königspalastes erreicht. Doch statt wieder hineinzugehen, bog ich ab und blieb noch ein wenig in den königlichen Gärten. Die Vorstellung, in dem Gebäude eingesperrt zu sein, in dem Sadira gestorben war, ließ mich einen Moment lang nach Luft ringen.

»Vielleicht war es jemand, der eine solche Gleichberechtigung nicht zu schätzen weiß?«, überlegte Dalia laut.

»Wieso sollte das jemand nicht wollen?«

Sie zuckte mit den Schultern. »Es gibt immer unvernünftige Menschen mit dummen Ideen.« Sie seufzte. »Aber ich weiß es auch nicht. Wie konnte der Dragen überhaupt in ihre Gemächer gelangen? Sie gehört zu den stärksten Eisernen von Alandra. Das Monster muss sie im Schlaf überrascht haben.«

Ich wusste nicht, was ich erwidern sollte, als Dalia mir zuvorkam. »Es heißt, es sei eine Bedienstete aus dem Palast gewesen.«

»Das wäre möglich. Unsere Gardisten tun ihr Bestes, um diesen Fall aufzuklären«, sagte ich.

»Das ist gut. Ich gestehe, ich habe seit diesem Vorfall nachts Angst im Palast.«

Wir erreichten den hinteren Teil des Rosengartens, wo ein Springbrunnen vor sich hin plätscherte und weiß gestrichene Bänke zur Pause einluden. Ich setzte mich und betrachtete das Wasser.

»Es wäre tatsächlich besser, wenn du nachts in deinem Zimmer bleibst. Zumindest bis dieser Fall geklärt ist.« Eindringlich sah ich sie von der Seite an. »Ich will keine Panik schüren, aber ich mache mir natürlich ebenfalls Sorgen.«

Dalia atmete zittrig aus und setzte sich neben mich. »Ich wünschte, ich könnte Ariana helfen. Niemand hat einen solchen Tod verdient.« Sie schüttelte ihren Kopf. »Ariana hat ihre Mutter geliebt.«

»Ich weiß«, sagte ich leise. »Aber wir werden für sie da sein.«

27. KAPITEL

DAS BLUT EINES MONSTERS

Der Platz vor dem Königspalast war ein Meer aus roten Rosen, die bleich geschminkte, skelettartige Gesichter umrahmten. Die gesamte Gesellschaft der Totenfeier war in Schwarz gekleidet, und die Stille einer tiefen Trauer hatte sich über die Menge gelegt, die sich versammelt hatte, um Sadira das letzte Geleit zu geben. Von meinem Platz auf dem Balkon aus wirkte es, als wäre ganz Alandra hierhergekommen, um seiner ehemaligen Königin zu gedenken.

Feiner Sprühregen benetzte mein Gesicht und ein kühler Wind trieb mir Gänsehaut über die Arme. Mein Mantel schien nicht dick genug, um der plötzlich hereingebrochenen Kälte standzuhalten.

Mein Blick fiel auf den Platz vor mir, wo die Menschen einen Kreis um Sadiras letzte Ruhestätte gebildet hatten. Ariana stand vor der Holzplattform, auf der Sadiras Leichnam aufgebahrt worden war. Unsere frühere Königin war in ein weißes Kleid gehüllt und geschminkt worden, sie trug eine Krone aus Rosen auf ihrem Kopf.

Wie auf einer Totenfeier üblich wurde vor der Zeremonie nicht gesprochen, denn diese letzten Momente galten der stillen Erinnerung an den Toten und sein Leben.

Meine Finger zuckten, doch ich ballte sie zu Fäusten, während ich dabei zusah, wie die ersten Eisernen und Kupfernen sich der

Plattform näherten. Holzscheite waren rundherum aufgeschichtet worden, dazu kupferne und eiserne Stäbe.

Als Königin war es mir untersagt, eine Totenfeier durchzuführen. Diese Ehre stand dem Volk zu, der Familie und den Menschen, die den Toten am meisten geliebt hatten.

Ariana hielt ihr Haupt erhoben, während sie auf den Scheiterhaufen zuging. Dann legte sie ihre Hand auf eine der Eisenstangen. Andere folgten ihr von allen Seiten, nur eine einzige Stange blieb frei.

Wenig später hallten die Schritte des Totenbefeuerers über den gesamten Platz. Er war ganz in Schwarz gekleidet und unter seinem Gewand kaum zu erkennen. Er trat an die Totenbahre und warf seine Fackel auf die Holzscheite. Noch während er zurückwich, ging das Holz in Flammen auf, bis es schließlich lichterloh brannte.

Ariana senkte ihren Kopf. Im selben Moment zischte ihre Magie durch das Eisen, verband sich mit dem Feuer und ließ silbern glänzende Funken in den Himmel fliegen. Auch die Magie der anderen, die an den Eisen- und Kupferstäben standen, verwandelte sich nun in einen eisernen und kupfernen Funkenregen, der Sadiras Leiche verdeckte.

Ich atmete zittrig ein und spürte eine Träne, die über meine Wange lief, während ich diese Zeremonie voller Ehrerbietung verfolgte.

Die Trauernden schickten ihre Magie durch die Stäbe, traten dann zurück und machten Platz für die Nächsten, die sich auf diese Weise von Sadira verabschiedeten.

Die Feier würde erst enden, wenn Sadiras Asche vollständig in den Himmel geflogen war und das Feuer ihre Seele von ihr gelost hatte.

Nichts war schöner und grausamer zugleich. Ich erinnerte mich noch genau an die Totenfeier meiner Mutter. Damals war nicht ich diejenige gewesen, die ihrem sterblichen Körper die letzte Ehre erwiesen und ihn mit meiner Magie vor allen Blicken geschützt hatte. Nicht ich hatte an dem Scheiterhaufen gestanden, sondern Ariana und einige Bedienstete, die im Laufe der Jahre zu ihren Freunden geworden waren.

Allein der Gedanke daran schmerzte mich noch immer. Ich hatte mich noch nie derart geschämt für das, was ich war. Ich war mir wie ein Monster vorgekommen, während meine beste Freundin stundenlang am Scheiterhaufen stand und meiner Mutter die letzte Ehre erwies.

Nur das Knistern des Feuers, der feine Regen und das eigenartige Geräusch von zischender Magie erfüllte die Luft. Diese Mischung hatte etwas Tröstliches. Sadira war auf grausame Weise gestorben, doch nun würde sie ihren Frieden finden. Sie würde niemals wieder leiden müssen, unsere Göttereltern Aneta und Damir würden sie in der Ewigkeit in Empfang nehmen. Ein feines Lächeln spielte um meine Mundwinkel, denn dieser Gedanke linderte meine Trauer.

Leichte Kopfschmerzen überkamen mich und ich kniff meine Augen zusammen, um sie zu vertreiben.

Plötzlich ergriff mich ein eigenartiges Gefühl, ein seltsames Vibrieren durchfuhr meine Knochen. Es dauerte ein paar Sekunden, bis mir bewusst wurde, woher dieses vage Gefühl des Erkennens kam. Ich hatte es schon einmal gespürt – in der Nacht, als Sadira gestorben war.

Ich stieß Luft aus, ein Geräusch, das im Knistern des Feuers unterging, doch Theon neben mir bemerkte es.

»Was ist los?«

In diesem Moment setzte ein Summen ein, tief und schwer und voller Düsternis.

Da ertönte ein markerschütternder Schrei. Laut und gellend hallte er über die Trauergemeinde hinweg. Köpfe hoben sich, und Aufregung machte sich breit.

Mein Blick glitt über die Menge, um den Ursprung des Schreis auszumachen.

Kurz darauf erfolgte der nächste Schrei und dann passierte alles gleichzeitig. Die Menge versuchte in Panik zu fliehen. Die Trauernden stoben schreiend in alle Himmelsrichtungen auseinander und stürmten wie wilde Tiere durch die Gassen Alandras. Gleichzeitig bellte Theon Befehle.

Doch in meinem Kopf war nur dieses immer lauter werdende Summen, wie der grausame Gesang der Hölle selbst. Meine Knochen bebten und ich klammerte mich an die Brüstung des Balkons, versuchte auf den Beinen zu bleiben und mich zu konzentrieren.

Dann sah ich ihn.

»Ein Dragen.«

Voller Entsetzen stieß ich diese Worte aus, während ich das Wesen anstarrte, das durch die Menge wütete. Sein Körper war menschlich, doch seine Haut war wie von grauem, dickem Teer überzogen. Seine Augen waren leere Höhlen, und doch lag ein grausames Schimmern darin.

Der Dragen stieß ein Brüllen aus, das das Summen in meinem Kopf verstärkte.

»Nein!«, schrie ich, noch bevor mein Verstand das Geschehen erfasst hatte.

Ich versuchte das Vibrieren, das Summen und den Lärm um mich herum auszublenden, als ich plötzlich bemerkte, dass das Monster direkt auf Ariana zusteuerte.

Ich brüllte, so laut ich konnte. Der Dragen tobte durch die Menge, die sich vor ihm teilte und floh. Doch er schien sie gar nicht wahrzunehmen, sondern hielt direkt auf das Feuer zu, als würde es ihn magisch anziehen.

»Nein!« Mein Schrei erfüllte die Luft und ging doch in dem Gebrüll der anderen unter. »Ariana!«

Sie stand noch immer am Totenfeuer ihrer Mutter, den Kopf gesenkt und völlig darauf konzentriert, ihre Magie abzugeben, um ihrer Mutter den Übergang in das Totenreich zu erleichtern.

Der Dragen kam immer näher und hatte das Maul hungrig aufgerissen. In seinen Augen schimmerte das Feuer, als würden sie glühen.

»Gardisten!«, schrie ich und stieß einen Fluch aus, als ich sah, was die Wachmänner aufhielt. Weitere Dragen! Mindestens sechs von ihnen stürmten durch die Menge. Verletzte und Tote säumten ihren Weg, doch die Dragen ließen sie achtlos liegen und drängten weiter in Richtung Feuer.

Janus, der die ganze Zeit neben Ariana gestanden hatte, versuchte sie wegzuzerren, doch sie schüttelte den Kopf, klammerte sich weiter an die Eisenstange und sandte Magie zum Himmel empor. Sie schien wie in einer Trance zu sein und hatte die Dragen wohl noch nicht wahrgenommen. Heiße funkelnde Glut und dicker Rauch umgaben das Feuer und schützten Sadiras noch nicht vollständig verbrannten Leichnam vor den Blicken der Menschen.

Wenig später war der Dragen bei dem Scheiterhaufen angekommen. Janus zog sein Schwert und schlug sofort zu. Der Dragen brüllte, als er ihn in die Seite traf, und schleuderte Janus mit seiner Pranke zu Boden.

Mir entfuhr ein erstickter Laut. Ich wirbelte herum und entdeckte die kupfernen Messer in dem Gürtel des Gardisten, der neben mir stand. Ohne nachzudenken, zog ich zwei davon heraus.

»Ariana!«, schrie ich verzweifelt, kletterte auf die Brüstung des Balkons und warf das Messer mit all meiner Kraft, mit all meiner Magie auf den Dragen. Meine Hand brannte vor Schmerz, während kupferne Magiefunken wie ein Tornado um mich herumwirbelten.

Doch mein Blick war auf das Kupfermesser gerichtet, das durch die Luft sauste und im nächsten Moment genau zwischen den Augen des Dragen stecken blieb. Er drehte seinen Kopf und starrte mich direkt an. Janus nutzte den Moment, sprang auf und schlug ihm mit einem wütenden Hieb den Kopf ab.

»Fiana!«, stieß Theon neben mir ungläubig hervor. »Du beherrschst Kupfermagie!«

Es war keine Frage, denn mein Messerwurf hatte es für jeden offensichtlich gemacht.

»Später«, erwiderte ich und raffte meine Röcke, bevor ich zwei Stockwerke in die Tiefe sprang.

Ich landete in den Rosenbüschen und befreite mich aus den Zweigen. Mein Kleid riss und mein Mantel verfing sich so sehr in den Dornen, dass ich ihn ausziehen musste. Ich hielt das andere Kupfermesser immer noch fest umklammert. Magie umspielte mich, riss alte Narben auf und leuchtete auf meiner Haut. Der eiserne Armreif und das kupferne Messer hielten die Schmerzen im Zaum. Ich konnte einen Teil meiner Magie durch sie hindurchleiten, doch bald spürte ich, dass es zu viel war, dass sie nicht ausreichten.

Ich kämpfte mich aus den Büschen und rannte auf den Scheiterhaufen zu, an dem auch die anderen sechs Dragen schon fast angekommen waren. Im Hintergrund sah ich die Überlebenden, die neugierig stehen geblieben waren und das Schauspiel aus sicherer Entfernung beobachteten.

Der Totenbefeuerer tauchte neben mir auf, zerrte sich die Kapuze vom Kopf und packte mich am Arm. Es war Kayden!

»Fiana! Du solltest nicht hier sein!«, rief er entsetzt.

»Dafür bin ich Königin geworden«, zischte ich und riss mich von ihm los.

Die Dragen preschten vor, direkt auf Ariana zu, deren Magie sie anzulocken schien.

Ich schrie und warf das zweite Kupfermesser auf den nächsten, sodass kupferne Funken auseinanderstoben.

Kayden stieß einen erschrockenen Laut aus, warf mir aber ein Schwert zu, das er in dem Tumult offenbar einem Gardisten abgenommen hatte.

»Dann kämpfe, und wehe, du wagst es, zu sterben!«

»Das habe ich nicht vor«, schrie ich und holte mit dem Schwert aus, um einem der Dragen den Kopf abzuhauen.

Doch ich hatte nicht hart genug zugeschlagen. Das Schwert blieb in seinem Hals stecken und der Dragen wand sich. Ich schrie und zerrte an dem Schwert, bis es sich mit einem grässlichen Schmatzen löste.

Neben mir kämpften Kayden und andere Gardisten. Ich hörte Theon. Doch ich konnte nur den Dragen ansehen. Das Vibrieren in meinen Knochen wurde stärker. Der Lärm in meinem Kopf schien fast zu explodieren und ließ meine Schläfen vor Schmerzen pochen.

Er kam von den Monstern. Die Dragen erzeugten dieses Geräusch!

Als das schreckliche Wesen vor mir sich mit einem Brüllen auf mich stürzte und mich zu Boden riss, wurde das Summen lauter.

Irgendwer schrie meinen Namen. Meine Magie pulsierte.

Der Dragen holte aus und seine Krallen bohrten sich in meine Brust, kratzten über meine Haut und hinterließen eine Spur aus Feuer und Schmerz.

Er würde mich gleich töten. Das Gesicht des Dragen wäre das Letzte, was ich sehen würde.

Wieder hörte ich jemanden meinen Namen schreien.

Doch der Dragen riss sein Maul auf und das Summen wurde lauter. Und immer lauter.

Ich schloss die Augen und spürte, wie das Geräusch aus den Tiefen meiner Kehle drang. Als wäre es ein uraltes Lied, das ich längst vergessen hatte.

Die Welt schien auf einmal stillzustehen. Doch dann ertönte das

Summen von dem Dragen über mir. Laut und genauso eindringlich wie das, das aus meinen geschlossenen Lippen kam.

Meine Haut brannte und fühlte sich an, als würde etwas Uraltes sich aus mir herausschälen.

Meine Augen öffneten sich. Das Gesicht des Dragen war direkt über mir. Unser Summen ein altes, schmerzhaftes Lied. Das Monster starrte mich an und in seinen seelenlosen schwarzen Augen lag etwas, das ich nicht benennen konnte.

Der Dragen wartete.

Er zögerte.

Wegen mir …

Im nächsten Moment ertönte ein Brüllen. Ein Schwert sauste über mich hinweg und köpfte den Dragen.

Ich schrie auf, stieß den schlaffen Körper von mir und rutschte von ihm weg.

»Fiana!« Ariana tauchte vor mir auf und sah mich voller Angst an.

Ich schaute mich um und bemerkte, dass die Dragen allesamt tot auf dem Boden lagen. Kayden stand nur wenige Meter von mir entfernt. Er lebte. Genau wie Ariana und König Theon.

Erleichterung machte sich in mir breit.

Doch dann sah ich die Angst in den Augen der Menschen um mich herum und mein Herz setzte aus, während mein Atem schneller ging. Langsam blickte ich mich um und mir wurde klar, dass alle mich anstarrten. Sie starrten voller Entsetzen auf meine Brust. Erst jetzt spürte ich den Schmerz wieder, dort, wo der Dragen meine Haut aufgerissen hatte.

Ich blickte hinunter, obwohl ich wusste, was mich erwartete, und als ich das dicke, graue Blut sah, das aus meiner Wunde tropfte und über mein Kleid rann, schossen mir Tränen in die Augen.

»Bringt sie in den Palast!«, befahl König Theon.

Die Gardisten lösten sich aus ihrer Starre und kamen auf mich zu.

Ich schob Ariana von mir und stand mühsam auf, ich wagte es nicht, ihr oder Kayden in die Augen zu sehen.

»Ich werde mich nicht abführen lassen«, sagte ich.

»Du wirst nicht abgeführt«, sagte Theon langsam, aber bestimmt. »Du wirst begleitet.«

Wir wussten beide, dass das nur eine freundliche Umschreibung war. Aber ich verstand, was mein graues Blut dem König zeigte: dass ich ein Monster war, genau wie die, gegen die wir gerade gekämpft hatten.

Ich warf noch einen letzten Blick auf den toten Dragen, der neben mir auf dem Boden lag. Eine Lache aus dickem, grauem Blut umgab ihn wie ein stiller kleiner See. Das gleiche Blut, das auch durch meine Adern floss.

Ich zwang mich, aufrecht zu gehen, während die schweren Schritte der Gardisten mir folgten. Nun gab es kein Lügen mehr, nichts, was ich ihnen noch verschweigen müsste. Alle Welt hatte gesehen, dass ich graues Blut besaß, dass ich kupferne und gleichzeitig auch eiserne Magie beherrschte und dass ich ein Monster war.

Obwohl mich dies mein Leben kosten würde, verspürte ich zum ersten Mal einen tiefen Frieden, den ich mir niemals so hätte vorstellen können. All die Jahre, nein, mein ganzes Leben lang hatte ich diese Geheimnisse schon mit mir herumgetragen. Meine Mutter hatte mir geholfen, sie zu verbergen, und durch Tiaras Schleierzauber, den sie bei Vollmond regelmäßig erneuert hatte, konnte ich meine Magie verstecken. Doch nun konnten alle das Monster erkennen, dem sie eine Krone aufgesetzt hatten.

28. KAPITEL

NUR EIN MANN, DER GELIEBT HAT

Ich eilte in die Bibliothek, ohne dass mich die Gardisten aufhielten. Dort setzte ich mich an eines der Fenster, die hinaus auf den Platz zeigten, und sah mir in Ruhe den Tumult draußen an. Menschen wurden von Gardisten weggebracht, Verletzte versorgt und die Toten weggeschafft. Es waren sicher ein halbes Dutzend Opfer zu beklagen. Meine Augen suchten Dalia, doch sie war nicht unter den Toten, und in mir kam Erleichterung auf.

Mein Blick fiel auf den Scheiterhaufen, der noch immer brannte und dem jetzt keine Magie mehr geschenkt wurde. Glühende Aschefunken stoben in die Luft und ich musste lächeln, als ich sah, dass die Bahre mit Sadiras Leichnam inzwischen völlig verbrannt war. Ariana hatte es also geschafft.

Wenig später waren schwere Schritte im Flur vor der Bibliothek zu hören. Mein Herz zog sich zusammen, denn es klang, als wäre eine ganze Armee im Anmarsch.

Doch kurz darauf standen nur meine engsten Vertrauten im Zimmer: Theon, Kayden, Gawen, Dalia, Ariana und Janus.

Ich senkte den Blick, sah auf mein schwarzes Kleid und bemerkte erst jetzt, dass es halb in Fetzen von mir herabhing. Ich hob meine Hand und nahm die Rosenkrone von meinem Kopf, die ich zu Ehren der Toten getragen hatte. Mit meinen Fingern fuhr ich über die roten Blätter, die an Blut erinnerten. Blut, das niemals meins sein würde.

»Was war das? Warum blutest du wie ein Dragen und warum beherrschst du Kupfermagie?«

Theons Frage dröhnte durch die Bibliothek. Ein Teil von mir wünschte, er würde rasch die Türen schließen, damit ich dieses Geheimnis noch eine Weile hüten konnte. Doch es war kein Geheimnis mehr. Alle hatten es gesehen. Und die, die es nicht gesehen hatten, würden bald davon erfahren. Bald würden es die Gäste in das gesamte Königreich tragen. Selbst wenn ich floh, würde ich nirgends sicher sein.

Ich atmete tief durch. Und dann begann ich, ohne von den Rosen aufzublicken, zu erzählen.

»Während der Schwangerschaft mit mir wurde meine Mutter sehr krank. Mein Vater war ein Heiler und tat alles, damit es ihr wieder besser ging. Meine Mutter lag im Delirium, sie war bereit, alles mit sich machen zu lassen, damit ihr Kind überlebte … damit *ich* überlebte …«

Ich hielt inne. Der Gedanke an sie tat weh, machte mich aber auch stark genug, dass ich allen offenbaren konnte, was mein Vater uns angetan hatte.

»Sie wurde langsam gesund und ihr fiel auf, dass mein Vater sich seltsam verhielt. Er injizierte ihr eine Flüssigkeit, die sie stärker werden ließ, wollte ihr aber nicht verraten, was es war. Deshalb folgte sie ihm eines Nachts und fand heraus, dass er Blut kaufte – graues Blut.« Ich rieb über meine Arme, die plötzlich schmerzten. »Sie floh noch in derselben Nacht, als ihr klar wurde, dass er ihr das Blut eines Dragen verabreicht hatte.« Mein Blick wanderte durch das Fenster der Bibliothek nach draußen zum Himmel, an dem noch immer Wolken hingen. Ich wünschte, ich könnte die Sonne sehen.

»Als meine Mutter mich bekam, war sie erleichtert, dass ich normal wirkte und dass das Blut des Dragen mir offenbar keinen Schaden zugefügt hatte. Doch wenige Jahre später verletzte ich mich zum ersten Mal und blutete.« Ich biss mir auf die Unterlippe und zwang mich unter den ernsten Blicken der anderen weiterzusprechen. »Es war graues Blut. Das gleiche Blut wie das eines Dragen. Es bedeutete, dass ich nicht ganz menschlich war. Meine Mutter war außer sich vor Sorge. Erst sperrte sie mich tagelang ein, doch dann schien sie ihre Meinung zu ändern. Ich durfte wieder mit anderen Kindern spielen, musste aber versprechen, immer gut aufzupassen. Ich durfte mich niemals im Beisein anderer verletzen.«

Ich machte eine kurze Pause und atmete tief durch, ehe ich fortfuhr.

»Dann entdeckten wir irgendwann, dass ich Magie besaß und sie nutzen konnte. Und das, obwohl meine Eltern beide magielose Menschen waren. Ich musste sie also von diesem grauen Dragenblut bekommen haben.«

»Wann habt ihr das bemerkt?«, fragte Ariana mit vor Angst zitternder Stimme.

»Ich war noch ein Kind.« Mein Blick glitt an ihr vorbei, weil ihre traurigen Augen mich ablenkten. »Ich weiß nicht, wie das möglich war, denn Magie offenbart sich normalerweise ja erst viele Jahre später. Jedenfalls gelang es meiner Mutter irgendwie, jemanden aufzutreiben, der einen Schleierzauber an mir wirken konnte, um meine Magie zu verstecken und sie zu unterdrücken.«

Ich schob den langen Ärmel meines Kleides zurück und offenbarte das Zeichen auf meiner Hand. Ich hatte es seit dem ersten Schleierzauber nicht mehr so deutlich gesehen: ein heller Halbmond, an den sich eine dunkle, gräuliche Stelle schmiegte, die ihn zu einer Sonne auffüllte. Das Zeichen der Eisernen und der Kupfernen. Ich war alles und nichts zugleich. Ich besaß ihre Magie und ihre Zeichen und war ein Mensch, während ich wie ein Dragen blutete.

»Das ist unmöglich«, flüsterte Theon und kam näher, um meine Hand genauer zu betrachten.

Ich flüsterte: »Und jetzt sitze ich hier. Halb eisern, halb kupfern – und ein vollständiges Monster.«

»Du bist kein Monster«, sagte Kayden, der neben Theon getreten war.

Ein trauriges Lächeln umspielte meine Lippen. Sein Blick strafte seine Worte Lügen. Er war unsicher, und das konnte ich verstehen. Gleichzeitig brach es mir das Herz, denn nun würde er erkennen, warum eine Liebe zwischen uns unmöglich war, warum wir niemals zusammenkommen konnten. Nicht nur unsere Magie, sondern auch unser Blut war verschieden.

»Meine Mutter und ich vermuteten, dass das Blut des Dragen während der Schwangerschaft irgendetwas in mir ausgelöst hat. Es hat einen Teil meiner Menschlichkeit verändert.« Ich räusperte mich, da meine Stimme zu brechen drohte. »Glaubt mir, genau aus diesem Grund wollte ich niemals Königin werden. Ich wollte, dass niemand davon erfährt. Ich wollte immer … normal sein.«

Ich sah zu Ariana und sagte: »Es tut mir leid.«

Sie schüttelte nur stumm ihren Kopf und klammerte sich an Janus. Dalia betrachtete mich entsetzt, mit den Fingern an ihren geöffneten Lippen.

»Was wird nun mit mir passieren?«, fragte ich dann, an Theon gewandt.

Als er antwortete, lag Bedauern in seiner Stimme. »Ihr solltet vorerst im Palast bleiben.«

»Bin ich eine Gefangene?«

»Nein, aber wir müssen abwarten, wie das Volk reagiert«, sagte er ernst. »Es wäre das Beste, wenn Ihr in Euren Gemächern bleibt.«

Ich nickte und war dankbar, dass er mich nicht sofort in den Kerker werfen ließ.

Wortlos verließ ich den Raum und hörte die schweren Schritte der Gardekrieger, die mir mit einigem Abstand folgten.

Als ich in meinen Gemächern ankam, schloss ich die Tür hinter mir und brach endlich in Tränen aus. Dann sah ich hinunter auf die Stelle, wo der Dragen meine Haut aufgerissen hatte. Die Wunde heilte bereits. So wie jede Wunde, die ich mir jemals zugezogen hatte. Es musste mit meinem seltsamen Blut zusammenhängen.

Dem Blut eines Monsters.

Ich hasste mich in diesem Moment mehr als je zuvor.

♦ ♦ ♦ ♦

In den folgenden Tagen rechnete ich ständig damit, dass Gardisten meine Räume stürmen und mich abführen würden. Doch das geschah nicht.

Stattdessen kamen immer wieder Dienerinnen und brachten mir mein Essen in meine Gemächer. Jedes Mal wartete ich in meinem Schlafzimmer, bis sie verschwunden waren, denn ich wollte mich ihnen nicht stellen. Doch ich hörte ihr leises Geflüster und den Namen, den sie mir gaben.

Monsterkönigin.

Die Welt hatte mir einen neuen Namen gegeben.

Es machte mich wahnsinnig, dass sie mich so nannten.

Aber noch viel schlimmer war, dass Ariana mehrere Tage brauchte, bevor sie mich zum ersten Mal in meinen Gemächern besuchte. Sie brachte Dalia mit.

Ich saß auf dem Sofa in meinem Salon, als die beiden klopften und eintraten. Ich hatte gerade meine Haut betrachtet, auf der sich feine graue Risse gebildet hatten. Sie spannte und schmerzte seit dem Dragenangriff. Doch das Pulsieren darunter hatte nachgelassen, seit ich die Kupfermagie freiließ. Nun trug ich an meinem rechten Arm einen eisernen Armreif und an meinem linken einen kupfernen, die ich beide unter meinem Kleid verbarg.

Als ich Ariana und Dalia sah, schob ich rasch den Ärmel herunter.

Ariana starrte mich an, als wäre ich eine Fremde. »Fiana.« Ihre Stimme war ein atemloses Flüstern, als stünde sie noch immer unter Schock.

Mein Herz pochte, doch ich zwang mich, ruhig zu bleiben, und stand langsam auf, damit ich nicht zu ihnen hochschauen musste. »Ihr habt gesehen, was ich bin.«

»Jeder hat es gesehen.« Dalia hob ihre Augenbrauen und einen Moment lang starrten wir uns an, bevor ein feines Zucken ihre Mundwinkel umspielte. »Dein Auftritt war eindrucksvoll.«

»Danke, dass du mich gerettet hast«, sagte Ariana. Sie sah aus, als würde sie jeden Moment in Tränen ausbrechen. »Ohne dich hätte ich meine Mutter nicht in Frieden gehen lassen können. Ich musste ihr diese letzte Ehre erweisen. Ohne dich … du hast alles für mich geopfert.«

Dalia schnaufte. »Wie ist es dir gelungen, deine Kupfermagie zu verbergen? Wie hast du das gemacht?«

Wortlos drehte ich mich um und zog mein Kleid an meiner Schulter herunter, sodass sie die wulstige Narbe sehen konnten, die mich schon mein ganzes Leben begleitete.

»Ich habe einen Schleierzauber über mich ergehen lassen. Man gewöhnt sich an den Schmerz, wenn er bedeutet, dass man leben darf.«

»All die Jahre …« Ariana stieß ein ersticktes Geräusch aus.

Als ich meine Schulter wieder bedeckte, kam sie einen Schritt auf mich zu und schlang ihre Arme um mich. »Ich danke dir so sehr.«

Ich kniff fest meine Augen zusammen, um die aufsteigenden Tränen zu unterdrücken.

»Du bist wie eine Schwester für mich«, erwiderte ich. »Ich konnte es einfach nicht zulassen, dass dir etwas zustößt.«

»Du hast für mich dein Leben ruiniert.«

»So kann man das nicht sagen«, winkte ich ab.

Mein Blick fiel auf Dalia, deren Gesichtsausdruck ganz weich wurde.

»Sie hat recht«, sagte sie. »Du weißt selbst, dass dein Blut und die Tatsache, dass du beide Magie-Arten beherrschst, für reichlich Gesprächsstoff sorgen.«

Ariana löste unsere Umarmung und führte mich zum Sofa, wo wir uns setzten.

»Ich habe schon gehört, was die Leute über mich sagen«, erwiderte ich und schaute dann auf das Mal, das auf meinem Handrücken geradezu leuchtete. Ein heller Mond in einer dunklen Sonne. »Sie nennen mich Monsterkönigin.«

»Das ist so geschmacklos«, sagte Ariana wütend. »Sie alle sind Idioten.«

»Die Leute wissen, was dein Vater dir und deiner Mutter angetan hat. König Theon meinte, vielleicht würde das Mitleid schüren und den größten Schaden abwenden.«

Ich nickte. »Und wie reagieren sie darauf?«

»Sie haben tatsächlich Mitleid«, sagte Ariana.

»Aber sie sind trotzdem besorgt und aufgewühlt«, fügte Dalia hinzu und sah Ariana verständnislos an. »Du solltest Fiana nicht schonen. Ihr steht eine harte Zeit bevor und sie muss darauf vorbereitet sein.«

»Solange mich niemand köpfen will, werde ich es überstehen«, sagte ich und schaute aus dem Fenster, hinter dem ein wolkenloser Himmel lag. »Ich muss auf jeden Fall abdanken.«

»Nein, das kannst du nicht«, sagte Ariana und blickte mich entsetzt an. »Das ist unmöglich. Du bist die stärkste Eiserne des Reiches. Um abzudanken, müsstest du dich dem Ritual unterziehen, bei dem dir sämtliche Magie entzogen wird.«

»Und es gibt niemanden, der das bisher überlebt hat«, fügte Dalia hinzu und lächelte mich traurig an. »Wir sind an deiner Seite. Du musst das nicht allein durchstehen.«

Ein hilfloses Lachen entfuhr mir und ich strich mir über meinen Rock. »Niemand wird eine Monsterkönigin auf dem Thron wollen.«

Dalia und Ariana tauschten einen vielsagenden Blick.

Ich schluckte schwer. »Das Volk will, dass ich abdanke, nicht wahr?«

»Es gibt einige Stimmen, die das fordern«, gab Ariana zögerlich zu und griff nach meiner Hand. Sie hatte offenbar keine Angst, das Zeichen zu berühren. Diese kleine Geste ließ mich Mut schöpfen. »Du wirst weder abdanken noch deine Magie abgeben. Du wirst dieselbe Königin sein wie zuvor, nur eine Königin mit anderem Blut.«

Dalia wirkte plötzlich unbehaglich. »Die meisten waren zu weit weg, um es bezeugen zu können, und die Gardisten in deiner Nähe schweigen. Aber es gibt Gerüchte, dass du mit den Dragen kommuniziert haben sollst. Irgendwie hast du sie dazu gebracht, ihren Angriff zu beenden.«

Einen Moment lang starrte ich sie an. Dann löste ich meine Hand aus Arianas und stand auf. »Das ist doch völlig verrückt.«

»Das ist keine Antwort.« Dalia runzelte die Stirn.

»Ich weiß es nicht«, flüsterte ich. »Es sah so aus, oder? Aber die wichtigere Frage ist doch, woher diese Dragen gekommen sind. Habt ihr irgendetwas gehört? Theon hat mir nichts gesagt, und ich weiß nicht, ob er mir etwas verheimlicht oder ob er wirklich nichts ahnt.«

»Er weiß nichts.« Dalia sackte ein wenig in sich zusammen. »Die Gardisten sind dieser Frage auf der Spur.«

Die Erleichterung, die mich nach ihren Worten überkam, war so groß, dass ich laut aufatmete. »Ich hoffe, dass sie etwas finden. Nach dem, was Sadira passiert ist … und nach diesem Angriff.«

Ariana räusperte sich. »Es sieht so aus, als hätte es jemand auf dich abgesehen. Vielleicht war die Beerdigung meiner Mutter eine gute Gelegenheit, dich abzupassen.«

»Was ist«, begann Dalian langsam und beugte sich vor, »was ist, wenn du tatsächlich mit Dragen kommunizieren kannst? Und was ist, wenn es jemanden gibt, der so ist wie du?«

Ariana machte ein ersticktes Geräusch. »Könnte dein Vater vielleicht noch weiteren Schwangeren dieses Blut verabreicht haben?«

Ich schüttelte den Kopf. »Er starb bei einem Unfall, kurz nachdem meine Mutter ihn verließ. Sie war sich sicher, dass er es nur bei ihr gemacht hat. Aus Liebe. Auch wenn es falsch war. Aber ich kann ihn dafür nicht einmal hassen. Meine Mutter überlebte nur deshalb.«

Schweigen legte sich über uns wie eine schwere, dunkle Decke. Das Wissen, dass mein Vater meiner Mutter und mir das alles nur angetan hatte, weil er sie liebte, machte es leichter für mich, diesen Wahnsinn zu akzeptieren.

Ariana erhob sich. »Lass uns gemeinsam zu Abend essen.«

»Nein, ich kann nicht«, erwiderte ich, auch wenn ich dankbar für diesen Vorschlag war.

»Hat König Theon dir etwa verboten, dein Zimmer zu verlassen?«, hakte Dalia nach. »Das hier sieht nicht gerade wie ein Gefängnis aus.«

»Nein, das hat er nicht«, erwiderte ich. »Aber ich möchte niemanden belästigen.«

»Bei den Göttern«, stieß Dalia aus und stand ebenfalls auf. »Du bist unsere Königin! Die Leute sollten dankbar sein, wenn du in ihrer Nähe bist. Ja, du hast graues Blut, und das mag ein wenig gruselig sein. Aber macht es dich zu einer anderen Person als die, die wir alle kennen und schätzen gelernt haben? Nein!«

»Sie hat recht«, sagte Ariana sanft und lächelte mich an, während sie mir ihre Hand entgegenstreckte. »Alle müssen sich an den Gedanken gewöhnen.«

»Und wenn einer den Mund aufmacht, hetzen wir Kayden auf ihn«, sagte Dalia und grinste.

Meine Augen weiteten sich, allein die Erwähnung seines Namens reichte, um mein Herz schneller schlagen zu lassen.

»Wieso sollte er mich unterstützen?« Ich verstummte, als ich die naive Hoffnung in meiner Stimme hörte.

Ariana lächelte mich sanft an. »Er setzt sich sehr für seine Königin ein. Er ist eben ein guter Gardist.«

Dalia grinste, denn auch sie kannte die Wahrheit, obwohl ich versucht hatte zu lügen.

»Er liebt dich«, bekräftigte sie. »Egal was du dagegen sagen willst. Das zwischen euch ist eine große Liebe.«

Ich wandte mich ruckartig von den beiden ab und fühlte mich, als hätten sie mich geohrfeigt.

»Hört auf. Meine Beziehung zu Kayden hatte schon vorher keine Zukunft und jetzt erst recht nicht.« Ich versuchte vergeblich das Zittern in meiner Stimme zu unterdrücken. »Hört auf, eine Hoffnung in mir zu schüren, die mich nur zerstören wird. Eher wird die Welt in Scherben liegen, als dass er und ich uns lieben können.«

Als ich mich wieder zu den beiden umdrehte, sah ich die Trauer in ihren Blicken, denn sie wussten, dass meine Worte wahr waren.

»Wollen wir jetzt endlich essen gehen?«, sagte Dalia nach einer Weile und sah mich mit einer Strenge an, die ich schon von Kindesbeinen an von ihr gewohnt war. »Sei kein Feigling.«

Ihr Tonfall brachte mich zum Lächeln. Sie hatte recht. Schließlich trug ich noch immer die Krone und war die Königin von Alandra.

»Ich habe tatsächlich ein wenig Hunger«, sagte ich leise.

»Großartig.« Ariana klatschte in ihre Hände und stürmte in Richtung Tür.

Ich wünschte mir denselben Enthusiasmus. Aber meine Vorsicht war größer. Das größte Geheimnis meines Lebens war gelüftet worden und ich hatte keine Ahnung, was mich nun erwarten würde. Wenigstens hatte man mich nicht sofort gehängt.

29. KAPITEL

DIE WUT DES VOLKES

Als wir das Esszimmer betraten, verstummten alle Gespräche. König Theon saß am Tischende und betrachtete mich mit einem stummen Lächeln, während die übrigen Gäste und Berater mich ansahen, als wäre ich ein Geist.

»Seid gegrüßt, Ihr kommt gerade rechtzeitig«, sagte Theon, als er mein kurzes Zögern bemerkte.

»Guten Abend«, erwiderte ich und setzte mich erhobenen Hauptes an meinen Platz am Tisch.

Ich spürte die Blicke aller Anwesenden, und doch war es der von Kayden, der hervorstach. Unwillkürlich sah ich ihn an. Es war nur ein kurzer Moment, und doch schien die Welt stillzustehen, bis es mir endlich gelang, wegzusehen.

In diesem Augenblick nahmen alle ihre Gespräche wieder auf.

♦ ♦ ♦ ♦

Während des gesamten Abends gab ich mich der Illusion hin, dass sich mein Leben nun endlich ändern würde. Ab jetzt konnte ich ohne diese verfluchte Angst leben, mich zu verletzen und irgendjemandem zu offenbaren, dass ich das Blut der Monster in mir trug.

Doch als ich am nächsten Morgen von Gebrüll geweckt wurde, wusste ich sofort, dass das niemals möglich sein würde.

Ich streifte einen Morgenmantel über mein Nachthemd, eilte ans Fenster und entdeckte vor den geschlossenen Toren der Palastmauern einen Pulk Menschen.

Seit ich das erste Mal das Palastgelände betreten hatte, waren diese Tore immer geöffnet gewesen. Das galt als ein Zeichen des Friedens und dafür, dass jeder Eiserne und jeder Kupferne immer im Palast willkommen war.

Nun jedoch waren die schweren Tore geschlossen und dahinter standen Hunderte Menschen und schrien aus Leibeskräften.

Für einen kurzen Moment befürchtete ich das Schlimmste und suchte nach Dragen hinter der Menge.

Doch dann hörte ich ihre Rufe.

»Nieder mit der Monsterkönigin!«

Ich schnappte nach Luft und stolperte zurück, während meine dumme Hoffnung in mir zu Tausenden Splittern zerbarst. Meine Magie pulsierte unter meiner Haut. Funken stoben über meine Hände und verbrannten sie.

Da klopfte es hinter mir und ich fuhr herum. Meine Magie tobte.

Die Tür wurde aufgestoßen und Kayden stand vor mir. Er wich nicht zurück, als er die eisernen und kupfernen Funken an meinen Händen sah. Stattdessen zog er mich an sich und hielt mich fest.

»Sie werden Euch nichts tun. Wir beschützen Euch.«

»Was ist passiert?«, fragte ich leise, beinahe tonlos.

»Offenbar ging das Volk davon aus, dass Ihr abdanken werdet. Als sich Gerüchte verbreiteten, dass Ihr gestern am Königstisch zu Abend gegessen habt, haben irgendwelche Schwachköpfe einen Aufstand angezettelt.«

Meine Haut kribbelte dort, wo er mich berührte, und seine Umarmung vertrieb die Kälte, die seine Worte in mir ausgelöst hatten.

Ich sog tief seinen Duft ein und ließ zu, dass mein Herz flatterte, ließ das Sehnen zu, das offenbar niemals nachlassen würde. »Ich sollte wirklich abdanken. Sie haben recht.«

»Das könnt Ihr nicht«, erwiderte er und umarmte mich ein wenig fester. »Wir werden das gemeinsam durchstehen.«

»Ich –«

»Wir überstehen das!« Seine Worte ließen keine Erwiderung zu und so schwieg ich.

Der Lärm vor meinem Fenster wurde lauter und ich schüttelte den Kopf, bevor ich mich aus seiner Umarmung befreite und einen Schritt zurücktrat.

Seine Arme senkten sich zögerlich, als wäre er noch nicht bereit, mich loszulassen. Diese Vorstellung lenkte mich für einen Moment von allem ab.

Dann hörte ich Rufe vom Flur her und schwere Schritte näherten sich meinen Gemächern. Ich wich von Kayden zurück. Erst einen, dann zwei, drei, vier Schritte, bis genug Abstand zwischen uns war, sodass nichts mehr an unsere Umarmung erinnerte. Wir starrten einander an, als könnten wir nie wieder etwas anderes ansehen als den anderen.

Jemand klopfte hektisch an meine Tür.

»Herein!«, rief ich und löste den Blick von Kayden.

Ein Gardekrieger kam in mein Zimmer und verneigte sich vor mir. »Meine Königin. Ich muss dringend eine Nachricht an den Gardisten Kayden überbringen.«

Er starrte Kayden an und in seinen Augen blitzte Angst. »Die Dragen versuchen über die Mauer zu kommen«, berichtete er. »Das Volk glaubt, das läge an –« Er verstummte und sein Blick fiel auf mich.

»Wo?«, fragte Kayden nervös.

»Sie sind hinter dem Tempel auf dem Palastgelände und völlig außer sich. So etwas habe ich noch nie gesehen. Das Volk ist in panischer Angst. König Theon wünscht, Euch zu sehen.«

Kayden blickte kurz zu mir herüber.

»Ich komme nach«, erwiderte ich und schickte beide hinaus, um mich rasch umzukleiden. Ich zog eine schwarze Reiterhose an. Die hatte ich noch nie getragen, weil ich nur schlecht reiten konnte und es auch nur wenige Male gewagt hatte. Mein dunkles Haar band ich zu einem hohen Zopf zusammen. Dann eilte ich durch die Flure in das königliche Arbeitszimmer, in dem die wichtigsten Besprechungen abgehalten wurden.

Tatsächlich fand ich dort Theon vor, der gerade mit Kayden und Gawen über das weitere Vorgehen diskutierte.

Ich hörte nicht auf ihre Worte, sondern stellte mich vor sie und sagte: »Ich werde dorthin gehen und es mir ansehen.«

»Nein!«, erwiderte Kayden leise.

Ich hob überrascht meine Augenbrauen, er hatte mir nichts zu befehlen. »Ich werde gehen. Mit oder ohne Euch. Ich muss wissen –«

»Sie sind nicht Euretwegen hier«, sagte Theon.

»Woher wollt Ihr das wissen?« Ich schluckte und starrte auf das Zeichen auf meinem Handrücken. »Der Schleier ist fort. Vielleicht locke ich sie dadurch an.«

»Das ist Unsinn«, erwiderte Kayden aufgebracht. »Der Schleier hat Euer Zeichen verborgen und Eure Magie unterdrückt. Sonst hätte es schon früher einen Zwischenfall geben müssen.«

»Aber es gab doch einige Dragenangriffe in letzter Zeit«, sagte ein Gardist, der neben der Tür stand.

Kaydens Kopf fuhr herum, er sah aus, als hätte er ihm am liebsten den Hals umgedreht.

»Ich muss zur Mauer gehen«, sagte ich, an Kayden gewandt. »Und das werde ich auch tun. Versucht nicht, mich aufzuhalten.«

Sein Blick wurde ernster.

»Dann werde ich Euch begleiten«, sagte er und sah seinen Bruder eindringlich an. »Und ihr wartet am besten hier, bis wir die Gefahr einschätzen können.«

König Theon nickte, während Kayden den Gardisten Befehle erteilte und gemeinsam mit dem obersten Palastwächter entschied, was als Nächstes zu tun war.

Es dauerte nur wenige Minuten, bis wir aufbrachen.

Ich war von Gardisten umzingelt, obwohl ich die Stärkste von allen war. Wir eilten die Flure entlang und verließen den Palast durch einen Hinterausgang. Draußen war es noch kühl und feucht von der Nacht. Wir durchquerten den Garten und bald ragte vor uns die Mauer auf. Im Hintergrund hörte ich die Rufe des Volkes, ich hörte ihre Angst und ihre Wut.

Mein Magen verkrampfte sich, doch ich straffte mich. Ich war die Königin, egal was sie über mich wussten – ich trug die Krone und ich würde mich der Gefahr stellen.

Als wir die Mauer erreicht hatten, wurden die zornigen Rufe lauter, offenbar hatte irgendjemand uns entdeckt.

Ich suchte nach einer Treppe an der Mauer, doch plötzlich öffnete einer der Gardisten eine Tür. Offenbar war die Mauer hohl, und als ich eintrat, entdeckte ich eine Treppe darin, die nach oben führte.

Schweigend erklommen wir die Stufen und erreichten schließlich eine Tür, die hinaus auf den schmalen Wehrgang führte. Von hier aus sah man über unser wunderschönes Königreich, über die Königsstadt bis hin zu den Nordbergen am Horizont. Ich genoss diesen Anblick, doch dann begannen meine Knochen zu vibrieren und ich hörte ein Summen, das meinen Kopf schier explodieren ließ. Es war unnatürlich laut und kam aus den Tiefen der Wälder, die sich unendlich weit vor uns erstreckten. Das Geräusch klang wild, fremd, wunderschön und beängstigend zugleich.

Dann erst schaute ich an der Mauer hinunter und folgte einem gierigen Knurren, einem Schaben von Krallen auf Stein und einem viel leiseren Summen.

»Bei den Göttern«, stieß ein Gardist neben mir aus, während wir auf die grauen Leiber starrten, die mit aller Kraft versuchten, die Mauer zu Fall zu bringen. Es waren Dutzende von Dragen, jeder einzelne von ihnen tödlicher als der andere. Gemeinsam könnten sie innerhalb einer Nacht sicher die gesamte Königsstadt zerfetzen.

Sie wüteten, brüllten und waren schier außer sich vor Zorn.

Mein Blick flog wieder zu den Wäldern, dorthin, wo das laute Summen herkam, und ich kniff meine Augen zusammen.

»Etwas stimmt hier nicht«, sagte ich zu Kayden, der neben mir auf dem Wehrgang stand.

Er blickte zu den Dragen hinunter. »Meinst du diese schreckliche Meute?«

»Hörst du das Geräusch nicht?« Ich schüttelte ungläubig den Kopf. Es war so laut, dass ich mir am liebsten die Ohren zugehalten hätte. »Es scheint sie aufzuhetzen.«

Kaydens Kopf fuhr herum und er starrte mich entsetzt an. »Welches Geräusch?«

Er schien es nicht zu hören. Aber er glaubte mir.

Ich wollte es ihm beschreiben, als plötzlich Schreie ertönten.

Entsetzt drehte ich mich um und bemerkte all die Menschen, die hinter uns an der Mauer standen. Sie mussten uns gefolgt sein und schrien nun aufgebracht. Ihre zornigen Blicke waren auf mich gerichtet.

»Sie müssen hier weg«, stieß ich hervor, während ich mich wieder zu den wütenden Dragen umdrehte. Ihre Krallen bohrten sich in die Steine der Mauer, die bereits zu bröckeln begann. Voller Panik packte ich Kaydens Arm.

»Sie zerstören die Mauer!«

»Gardisten! Versucht die Mauer zu sichern!«, brüllte Kayden und fuhr zu mir herum. »Du bleibst hier! Der Rest kommt mit mir runter und vertreibt die Menge! Sie sind da unten nicht sicher!«

Während Kayden und die Gardisten die Treppe hinunterstürmten, grub ich meine Finger in den Mauervorsprung, um die Schmerzen in meinen Schläfen zu verdrängen. Ich presste meine Lippen fest zusammen. Dieses laute, unnatürliche Summen ließ Übelkeit in mir aufsteigen und machte etwas mit meinem Blut, das mich taumeln ließ.

Ich keuchte, als die Schreie der Menge plötzlich lauter wurden. Etwas ließ die Welt erzittern und ich drückte mich an die Mauer, bis mir klar wurde, dass es die Mauer war, die plötzlich bebte.

»Sie sind durch!«

Ich wusste nicht, wem die Stimme gehörte, doch ich nahm wahr, dass die wütenden Schreie der Menschen panischer Angst wichen.

Ich zwang mich, aufzustehen und hinunterzuschauen.

Die Dragen hatten einen Weg durch die Mauer gefunden und stürzten nun durch die Tür, durch die wir vorhin auf den Wehrgang gelangt waren.

Das Summen wurde lauter, als würde irgendetwas die Dragen noch mehr aufstacheln wollen. Ich starrte hinunter und sah Kayden, der mit den anderen Gardisten in einer dünnen Verteidigungslinie stand, die die Dragen von den Menschen trennte. Männer und Frauen rannten um ihr Leben, doch sie waren zu viele und zu langsam. Es strömten immer mehr Dragen hinterher, sie drängten die vorderen weiter, die sich zähnefletschend auf Kayden und die Gardisten stürzten.

Mir entfuhr ein Schrei, laut und gellend, der sich in ein tiefes und kehliges Summen verwandelte. Während ich hinunter auf die Dragen starrte, wurde mein Summen immer lauter und eindringlicher. So laut, dass ich irgendwann das Summen aus dem Wald übertönte. Mein Kopf hämmerte, der Schmerz zerrte an meiner Kopfhaut, doch ich ließ nicht nach.

Die Dragen erstarrten und heulten auf, während sie nach dem Ursprung des Lärms suchten – nach mir.

Kaydens Blick suchte meinen und er nickte kurz, bevor er den Befehl zum Angriff gab. Die Gardisten schlugen den Monstern mit ihren Klingen die Köpfe ab und kämpften sich immer weiter vor.

Funken tanzten an den Rändern meines Blickfeldes und ich spürte, wie das Vibrieren meiner Knochen immer stärker wurde, wie es sich auf meine Muskeln ausweitete und mich am ganzen Körper zittern ließ.

Eine noch viel größere Übelkeit stieg in mir auf und ich lehnte mich gegen die Mauer, während ich weiter hinunterstarrte.

Bis alles um mich herum schwarz wurde.

30. KAPITEL

DAS MONSTER IM KERKER

Als ich erwachte, verspürte ich eisige Kälte. Mein Kopf dröhnte vor Schmerz. Ich stöhnte und wollte mich zusammenkrümmen, doch etwas Schweres am Bein hielt mich zurück. Das Schaben von Metall über Stein ließ mich meine Augen aufreißen.

Ich sah Mauern aus grobem Stein und eine Tür aus Metallstreben, an der Wand dahinter hing eine Fackel. Ich saß in einem Kerker.

Ich keuchte schwer und Funken umspielten meine Finger, während ich versuchte aufzustehen. Dann erst bemerkte ich die schwere Kette an meinem Bein. Vor Schreck stieß ich Magie aus, um sie durch die Kette zu schießen, doch es schien weder Eisen noch Kupfer zu sein.

»Hallo? Ist da jemand?« Meine Stimme hallte durch das kalte Gemäuer, und mit einem Mal wurde mir klar, was es bedeuten musste, dass ich hier war: Sie würden mich töten.

Schwere Schritte hallten irgendwo in der Ferne, als plötzlich aus der Nachbarzelle eine krächzende Stimme ertönte: »Dein letztes Stündchen hat geschlagen, Monsterkönigin!«

»Wer ist da?« Ich umklammerte die Streben, die mich von meiner Freiheit trennten.

»Ich bin nur ein armer Dieb, der darauf wartet, dass ihm der Prozess gemacht wird. Aber dich werden sie enthaupten, damit deine dunkle Magie die Dragen nie wieder aufwiegeln kann.«

»Meine Magie hat nichts dergleichen getan!«, zischte ich und schleuderte meine Magie wütend gegen die Mauern.

Doch nichts passierte. Ich musste mich zügeln, um mich nicht selbst in Brand zu stecken.

Wieder ertönten schwere Schritte und dieses Mal kamen sie näher.

Der Dieb aus der Nachbarzelle lachte kehlig.

»Schafft diesen Trottel weg«, befahl jemand und kurz darauf ertönte das Klappern eines Schlüssels. Offenbar wurde der Mann weggebracht. Nun war ich allein in diesem schrecklichen Verlies.

Doch wenig später betraten König Theon und Gawen das Gewölbe, gefolgt von weiteren Gardisten. Von Kayden war keine Spur zu sehen. Enttäuschung kam in mir auf und ich presste meine Lippen zusammen, um mich zu sammeln.

»Warum bin ich hier?«, fragte ich Theon, der an meiner Gittertür stand. Hinter ihm zuckte das Feuer der Fackeln an den Wänden hin und her und ließ lange Schatten tanzen. Die Gardisten betrachteten mich emotionslos, hatten aber ihre Hände an ihren Waffen, als wäre ich eine Bedrohung.

»Das Volk fordert Euren Kopf«, sagte Theon. »Es gab unzählige Zeugen dafür, dass Ihr die Dragen gegen Alandras Bürger aufgehetzt habt.«

Ich blickte in die Augen des Mannes, von dem ich geglaubt hatte, er könnte mein Freund werden. Ich hob stolz mein Kinn. »Bekomme ich keinen Prozess? Wollt Ihr mich einfach töten lassen?«

»Ihr kennt die Gesetze«, erwiderte Theon, ohne eine Regung in seinem Gesicht.

Mein Herz schlug mir bis zum Hals und ich schluckte schwer.

»Ich wusste nicht, dass ein wütender Mob über den Tod einer Königin entscheiden darf.«

»Ihr habt den Dragen Zutritt zu Alandra verschafft. Die Zeugen haben gesehen, wie Ihr es den Bestien ermöglicht habt, in unser Königreich einzudringen.«

Meine Hände zitterten vor Wut. »Ihr wisst, dass ich das niemals tun würde. Ich habe sie zurückgehalten! Kayden hat es gesehen. Und auch die Gardisten müssen es bemerkt haben. Die Dragen haben gezögert, und nur deshalb konnten die Gardisten sie töten!«

Theon atmete tief durch. »Ja, sie haben etwas Derartiges berichtet, aber sie haben auch beobachtet, dass die Dragen in Raserei verfielen, nachdem Ihr mit ihnen kommuniziert habt.«

»Weil ich ohnmächtig wurde«, flüsterte ich und presste meine eiskalten Finger an meine Lippen. »Was ist danach passiert? Konntet Ihr die Dragen zurückdrängen?«

Der kupferne König nickte bedächtig. »Unsere Gardisten haben Alandra gerettet.«

Am liebsten hätte ich ihm entgegengeschleudert, dass das alles mein Werk war und dass sie mich nicht bestrafen durften. Aber meine Kehle war wie zugeschnürt und ich sah in seinem Gesicht, dass er nicht nachgeben würde.

Mein Blick fiel auf Gawen, der offenbar mit sich rang.

»Morgen Mittag wird Eure Hinrichtung stattfinden. Ihr sollt nicht lange warten müssen«, sagte Theon, drehte sich um und bedeutete den Gardisten, ihm zu folgen.

Panik breitete sich in mir aus. »Nein! Ihr könnt nicht einfach so gehen!«

Doch es waren nur noch ihre Stiefelschritte zu hören, die in den steinernen Gängen des Kerkers widerhallten.

Ich schrie und hämmerte gegen die Stäbe, während meine Magie sie mit Funken auflud.

»Kommt zurück!« Meine Stimme verlor sich in den Tiefen des unterirdischen Palastes. »Bitte, kommt zurück!«

Doch niemand antwortete. Selbst dann nicht, als ich auf meine Knie sank und Tränen über meine Wangen liefen.

Aber irgendwann hörte ich auf zu weinen und die eisige Kälte dieses Ortes erfasste mich. Ich umschlang mich mit meinen Armen und zog meine Beine so nah an mich heran, wie meine eisernen Fesseln es zuließen. Erst jetzt fiel mir auf, dass sie an einem Haken in der Mitte des Bodens befestigt waren. Mir wurde übel, als ich altes, rostiges Blut daran entdeckte.

Sie würden mich töten.

Warum nur hatte ich mich dieser irrsinnigen Hoffnung hingegeben, mich nie wieder verstecken zu müssen? Innerhalb weniger Tage war dem Volk klar geworden, dass ich ein Monster war. Sie glaubten, ich hätte die Dragen auf sie gehetzt, und ich konnte ihnen das nicht einmal verübeln. Sie glaubten nur, was sie sahen. Mir wäre es wohl genauso ergangen.

Doch sie hatten dieses Summen nicht gehört. Ihnen war nicht schier der Kopf explodiert. Auch Kayden hatte es nicht gehört. Dabei hatte ich gedacht, dass er mir glauben würde. Offenbar war das ein Irrtum gewesen.

Voller Bitterkeit biss ich mir auf die Unterlippe und zwang mich, meine Augen offen zu halten. Auch wenn niemand in der Nähe zu sein schien, bedeutete das noch lange nicht, dass hier keine Ratten waren. Oder Spinnen. Allein der Gedanke an das Ungeziefer ließ mich erzittern. Dabei hatte ich jetzt wirklich andere Probleme.

Sie würden mich morgen hinrichten. Mein Leben würde vorbei sein. Doch das würde ich nicht zulassen. Ich würde kämpfen und fliehen. Vielleicht konnte ich mich in irgendwelchen Wäldern verstecken. Der Händler vom Markt, Marek, hatte einmal eine Geschichte erzählt, in der er tagelang in den nördlichen Wäldern herumgeirrt war, ohne auch nur eine Menschenseele zu treffen. Das wäre der perfekte Ort für mich.

Arianas Gesicht tauchte vor meinem inneren Auge auf. Auch sie würde ich zurücklassen müssen. Sie und Dalia, meine einzigen Freundinnen und die wertvollsten Menschen in meinem Leben. Und Kayden … er war sowieso von Anfang an nicht für mich bestimmt gewesen. Unsere Lage würde sich nicht ändern.

♦ ♦ ♦ ♦

Ein Geräusch riss mich aus meinem dämmrigen Halbschlaf und ich fuhr erschrocken hoch.

»Fiana?«

Arianas Flüstern vertrieb meine Müdigkeit mit einem Schlag.

Ich rappelte mich auf und kroch näher an die Stäbe heran. »Ariana? Bist du es?«

Sie tauchte so plötzlich vor mir auf, dass ich zurückwich und meine Augen sich weiteten, als hinter ihr Janus, Dalia, Gawen und Kayden erschienen.

»Was macht ihr hier?«

Eine dunkle Stimme in meinem Hinterkopf raunte mir zu, dass sie gekommen waren, um mich zum Richtblock zu führen.

»Als würden wir einfach tatenlos zusehen«, flüsterte Ariana, während sie ihre Hände in die Seiten stemmte. »Wir holen dich hier heraus und werden dieses kranke Spiel aufdecken.«

»Aber –« Mein Blick wanderte zu Kayden. »Was ist mit König Theon?«

Kaydens Mundwinkel zuckten und er sah mich auf dieselbe hochmütige und gleichzeitig anziehende Art an wie damals, als ich ihn kennengelernt hatte. »Er hat uns die Schlüssel zu diesem Kerker gegeben.«

Gawen trat vor und zog besagten Schlüssel aus der Hosentasche, um ihn in das Schloss meiner Zellentür zu stecken.

»Theon hat euch das hier erlaubt?«, fragte ich ungläubig.

Kaydens Züge wurden weicher und er öffnete seinen Mund zu einer Erklärung, doch Gawen fiel ihm ins Wort.

»Ich störe wirklich ungern dieses heitere Wiedersehen, aber wir sollten uns beeilen und schnellstens von hier verschwinden.«

Er öffnete die Kerkertür und trat in die Zelle.

»Königin Fiana, ich werde jetzt Euren Knöchel berühren müssen, um die Fesseln loszumachen.«

Der Hauptmann bückte sich vor mir, und obwohl er sich bemühte, so leise wie möglich zu sein, verursachte das Metall, das auf den Boden fiel, ein klirrendes Geräusch.

Wir alle erstarrten und zuckten zusammen, als vom Gang her ein Rufen ertönte.

»Verflucht! Folgt mir! Der Geheimgang liegt auf halber Strecke!« Gawen warf Dalia einen strafenden Blick zu. »Ihr hättet wirklich dort bleiben müssen, um die Tür zu sichern.«

»Ich musste mich vergewissern, dass es Fiana gut geht«, erwiderte sie.

Gawen packte ihre Hand und zog sie hinter sich her. Janus und Ariana folgten ihnen, bis schließlich nur noch Kayden vor mir stand.

Er streckte mir seine Hand entgegen und ich nahm sie, ohne zu zögern. Seine rauen Finger hielten mich so fest, als würde er mich nie wieder loslassen. Einen Moment lang starrten wir einander an und spürten all die ungesagten Worte zwischen uns. Dann hörten wir herannahende Schritte und alarmierte Rufe.

Kayden drückte kurz meine Hand und wir rannten los.

Die anderen hatten einen kleinen Vorsprung und Gawen wartete in der Mitte eines düsteren Ganges, in dem kein Fackellicht mehr leuchtete. Er scheuchte uns in einen Geheimgang hinein, wo sich unsere Freunde bereits versteckt hatten. Dalia hielt eine Fackel in der Hand. Als sie uns sah, nickte sie zufrieden und lief den schmalen Gang weiter. Die Wände waren aus dem Fels geschlagen und es war so kalt, dass ich eine Gänsehaut bekam.

»Gibt es in diesem Verlies etwa einen Geheimgang?« Meine leise Stimme war viel zu laut für die absolute Stille, die uns umgab.

Gawen drückte die steinerne Tür hinter sich zu und klopfte sich den Staub von den Händen. »Davon weiß nur ich als Hauptmann der Gardisten, und der König.«

»Und wofür gibt es diesen Geheimgang?«, fragte ich und folgte den anderen, die vor mir einige Stufen erklommen. Dalia ging voran, als kenne sie den Weg.

Gawen lachte. »Der Gang wurde ursprünglich angelegt, damit wir Gardisten im Fall eines Aufstandes fliehen können.«

Wir rannten die Stufen hoch und immer weiter, wobei mir auffiel, dass es allmählich wärmer wurde.

Kayden ließ meine Hand nicht ein einziges Mal los.

31. KAPITEL

EIN BÖSES WIEDERSEHEN

Am Ende der Treppe gelangten wir zu einer schweren Holztür, die Gawen mit einem weiteren Schlüssel aufsperrte. Als wir hindurchtraten, war ich überrascht, als ich kühle Nachtluft spürte. Wir standen auf einem Balkon, und jetzt erst löste ich meine Hand aus Kaydens. Dann trat ich neben Ariana, die an dem Geländer stand und auf die untergehende Sonne schaute. Es musste ein halber Tag vergangen sein, seit die Dragen die Mauer angegriffen hatten.

Wir befanden uns offenbar in einem Gebäude außerhalb des Palastes, und als ich mich nach vorn beugte, konnte ich das Haus erkennen, zu dem der Balkon gehörte.

»Lehn dich besser zurück, wenn du nicht willst, dass dich jemand entdeckt«, warnte Ariana mich und zog mich in Deckung. »Ich habe dir ein paar Sachen besorgt, die du besser anziehen solltest. Komm.«

Ich folgte ihr zurück zur Tür und bemerkte erst jetzt die Leinentasche, die sie bei sich trug.

Dalia folgte uns. Sie hielt die Fackel immer noch fest in der Hand.

Als wir drei Frauen uns wieder in dem Geheimgang befanden, reichte Ariana mir ein Kleid, dickere Stiefel und einen Mantel.

Während ich mich umzog, warf ich immer wieder einen Seitenblick auf den dunklen Gang. Die Angst, dass plötzlich ein Ungeheuer daraus hervorspringen könnte, ließ mich zittern.

»Wie geht es dir?«, fragte Dalia und betrachtete mich mit zusammengezogenen Augenbrauen.

»Ich bin erleichtert, dass ihr mich aus dem Kerker befreit habt«, gestand ich mit einem Lächeln. »Ich sah mich schon fast am Galgen hängen.«

»Ich bin froh, dass König Theon auf Kayden gehört hat«, sagte Ariana. »Aber stimmt es tatsächlich? Du hast bei dem Dragenangriff oben auf der Mauer etwas Merkwürdiges gehört?«

»Ja«, sagte ich und zog das frische Kleid über meinen Kopf. »Ihr werdet mich vielleicht für verrückt halten, aber in der Nähe von Dragen höre ich immer ein seltsames Summen. Und dieses Mal kam es mitten aus dem Wald. Es hat die Dragen aufgehetzt.«

»Das klingt wirklich verrückt«, stimmte Dalia mir zu und begann plötzlich zu grinsen. »Aber schließlich hast du Dragenblut in dir. Bei dir ist alles möglich.«

Auch Ariana lächelte. »Und dennoch bist du genau dieselbe wie früher. Ich bin sicher, dass diese schrecklichen Geschichten nicht stimmen. Als ob du Dragen auf die Menschen hetzen würdest … Das ist doch Unsinn. Es muss irgendjemand anders dafür verantwortlich sein. Jemand aus dem Dragenwald.«

Ich drehte ihr den Rücken zu und sie schloss mit flinken Fingern die Knöpfe an meinem Rücken.

»Und was habt ihr jetzt vor?«, fragte ich. »Was ist euer Plan?«

Ariana und Dalia schwiegen, und als ich mich umdrehte, half Ariana mir, den Mantel überzustreifen.

»Wollt ihr mir nicht antworten?«

»Doch, aber wir sollten das alle zusammen besprechen«, antwortete Ariana, während sie die Tür nach draußen wieder öffnete.

Der Himmel hatte sich mittlerweile verdunkelt und die Nacht

war hereingebrochen. Janus, Gawen und Kayden standen an der Brüstung und unterhielten sich leise. Als wir näher kamen, verstummten sie. Ich hatte das Gefühl, sie könnten meinetwegen schweigen und mir etwas verheimlichen, und presste die Lippen zusammen, bevor ich meine Schultern straffte.

»Wollt ihr mich nicht in euren Plan einweihen?«

»Doch, natürlich«, sagte Kayden mit einer Selbstverständlichkeit, die sämtliche Anspannung von mir abfallen ließ. Er machte einen Schritt auf mich zu, als wollte er mich in seine Arme schließen. Doch dann wurde ihm offenbar klar, dass das keine gute Idee war. Deshalb beließ er es bei einem kurzen Lächeln.

»Während des Angriffs habt Ihr gesagt, dass Ihr ein Geräusch hört und dass irgendjemand die Dragen damit steuert. Diese Befürchtung hatten wir schon nach den vorigen Angriffen und Ihr habt sie bestätigt.« Er sah zu Gawen hinüber, der nickte.

»Ich habe ein paar Informanten ausgesandt, die sich umgehört haben, und tatsächlich gibt es auf dem Dunkelmarkt seit einiger Zeit Gerüchte.«

»Auf dem Dunkelmarkt?«, fragte ich irritiert, da ich dieses Wort noch nie gehört hatte.

»Das ist ein Ort, an dem verbotene Dinge gehandelt werden. Es ist schwer, dort hineinzukommen, da der Ort immer wieder wechselt und die Drahtzieher wie Schatten verschwinden. Bisher konnten wir nicht einmal herausfinden, wer da involviert sein könnte«, erklärte Gawen. »Aber ich konnte jemanden einschleusen, der sich umgehört hat.«

Ungeduldig hob ich meine Augenbrauen. »Und? Was hat er gehört?«

»Offenbar gibt es da jemanden, der mit Dragen zu tun hat und mit allem handelt, was mit diesen Bestien zusammenhängt.« Gawen verzog angewidert sein Gesicht.

»Womit kann man denn da handeln?«, fragte Ariana, die wohl nicht viel mehr wusste als ich.

»Mit Haut, Blut –«

»Igitt«, unterbrach sie seine Aufzählung und wedelte mit ihrer Hand, als müsste sie einen unangenehmen Geruch verscheuchen. »Vergiss die Frage.«

Gawen schmunzelte, wurde dann aber wieder ernst. »Jedenfalls konnten wir ein Treffen mit einem Mittelsmann vereinbaren. Es wird in Kürze stattfinden.«

»Wir hoffen, dass er uns zu diesem Händler bringt und dass der etwas über diese Steuerung der Dragen weiß«, erklärte mir nun Kayden. »Mehr wissen wir leider nicht.«

Ich lächelte ihn an. »Es ist mehr, als ich zu hoffen gewagt hatte. Und was ist, wenn wir nichts herausfinden?«

Dalia trat neben mich und sah mich entschlossen an. Sie hatte die Fackel gelöscht und hielt das Holz wie einen Schläger in ihren Händen. »Dann bringen wir dich aus der Stadt und in Sicherheit. Wir haben bis zum Morgengrauen Zeit.«

Mir wurde flau im Magen. »Was passiert im Morgengrauen?«

Ariana nahm meine Hand. »Dann legt das Schiff ab, das dich fortbringen wird.«

»Aber … die Menschen auf dem Schiff werden mich doch erkennen.«

»Das werden sie nicht. Es ist ein Handelsschiff, das erst heute Mittag angelegt hat und sofort weiterfährt. Sie haben keine Ahnung, wie die Königin aussieht«, erklärte mir Janus, der die ganze Zeit geschwiegen hatte, und lächelte mich aufmunternd an. »Ihr werdet leben. Das ist das Wichtigste.«

»Natürlich werden wir Euch Waffen mitgeben«, fügte Gawen hinzu. »Alles andere wäre fahrlässig.«

Kayden wandte sich ab und schaute in Richtung Sonnenuntergang. Vermutlich schätzte er die verbliebene Zeit ab, oder er wollte sich nicht an diesem Gespräch über meine Flucht beteiligen. Sie würden mich nicht begleiten. Das hatte ich auch nicht erwartet. Doch die Vorstellung dieser bevorstehenden einsamen Reise ließ meine Stimmung sinken.

Aber vorher mussten wir unbedingt herausfinden, wer die Dragen auf unser Reich gehetzt hatte.

»Ich danke euch«, sagte ich. »Wo treffen wir uns mit dem Mittelsmann?«

»Sobald die Sonne untergegangen ist, wird er am Brunnen Karais sein«, erwiderte Kayden. »Deshalb sollten wir jetzt los.« Er deutete auf meinen Mantel. »Achtet immer darauf, dass Euer Gesicht verdeckt ist.«

»Sollte sie nicht besser hier warten?«, fragte Ariana und runzelte die Stirn. »Wird der Mittelsmann nicht überrascht sein, wenn wir so viele sind?«

»Deshalb werden auch nur Gawen und ich uns mit ihm treffen. Ihr anderen bleibt hinter uns verborgen.« Kayden sah uns nacheinander an. »Wir können nicht wissen, ob das Ganze eine Falle ist. Deshalb brauchen wir eure Unterstützung.« Sein Blick fiel auf mich. »Besonders Euch und Eure Kräfte, Fiana. Aber auch Ariana und Janus.«

Dalia warf gespielt beleidigt ihre Arme in die Luft. »Mach bitte deutlicher, dass ich nutzlos bin!«

»Du bist nicht nutzlos«, widersprach Gawen heftig und sah sie streng an. »Und wenn etwas schiefgeht, musst du für Ablenkung sorgen. Niemand kann sich derart unschuldig verkaufen wie du.«

Dalia grinste. »Das könnte ich glatt als Beleidigung auffassen.«

Gawen erwiderte ihr Grinsen. »Zum Glück weiß ich, dass dich diese Worte freuen.«

Sie zuckte mit den Schultern. »Keine Angst, wenn ihr Probleme habt, hole ich euch da raus.«

»Gut. Dann sollten wir jetzt aufbrechen«, sagte ich, während ich die Kapuze über meinen Kopf zog und sie so zurechtrückte, dass sie mein Gesicht in Schatten tauchte. »Gut so?«

Kayden schaute mich an und es wirkte, als würden seine Augen lächeln. »Perfekt.«

Meine Wangen wurden warm und ich wandte mich von ihm ab, damit er nicht sah, wie ich errötete. »Nun gut. Wie kommen wir überhaupt von diesem Balkon?«

Gawen lachte. »Wir klettern.«

Dalia stöhnte. »Wenn ich das gewusst hätte, dann hätte ich mir ein weniger enges Kleid angezogen.«

»Du wusstest, was wir vorhaben«, erwiderte Ariana.

Dalia winkte ab. »Na und? Ich kann doch trotzdem gut dabei aussehen.«

»Du siehst immer gut aus«, sagte Gawen und wurde rot.

»Danke«, erwiderte sie lang gezogen und biss sich auf die Unterlippe.

»Hört auf damit und konzentriert euch«, tadelte Ariana sie mit einem Kichern.

Ich musste lächeln, einfach weil ich mich einen Moment lang genauso fühlte wie früher, als alles noch anders war, als ich keine Krone trug und keiner wusste, dass ich das Blut der Dragen in mir hatte.

Mein Lächeln verblasste, als ich in die untergehende Sonne blickte und mir bewusst wurde, dass dies vielleicht die letzten Stunden mit meinen Freunden waren. Mein Blick fiel auf Ariana und Janus, dann auf Dalia und Gawen. Sie würden nicht allein sein.

Dann sah ich zu Kayden, der fragend seine Augenbrauen hob. Auch er würde nicht für immer allein bleiben. Er würde eine Frau kennenlernen, sich verlieben und sein Leben mit ihr verbringen.

Ich atmete tief durch und schob den Gedanken beiseite.

Gawen ging an der Brüstung entlang bis zur nächsten Ecke und spähte hinunter. »Es ist niemand zu sehen. Wir können loslegen.«

Wir kletterten über die Brüstung auf einen anderen Balkon, dann über ein niedriges Dach bis nach unten. Kayden hielt dabei fast ununterbrochen meine Hand.

Ich entzog sie ihm, als wir eine Seitengasse der Königsstadt erreicht hatten.

»Weiter!«, rief Gawen.

Ich zog die Kapuze tiefer in mein Gesicht, obwohl man mich in dem Dämmerlicht wohl kaum erkennen würde. Dann folgte ich den anderen durch die verschlungenen Wege der Königsstadt. Wir passierten geschlossene Läden, feiernde Gruppen und Familien, die vor ihren Häusern zusammensaßen. Immer wieder hörte ich Getuschel über die Monsterkönigin und zwang mich wegzuhören, wenn sie von ihrem baldigen Tod sprachen.

Ich merkte, dass Gawen und Kayden, die unsere Gruppe anführten, immer schneller wurden. Wir hatten nicht mehr viel Zeit. Sicher würden bald Gardisten die Stadt durchkämmen, um nach mir zu suchen. Auch wenn Theon damit einverstanden gewesen war, dass sie mich befreiten, waren die restlichen Gardisten sicher nicht darüber informiert. Der König musste den Schein waren. Schon bald würden viele Leute mir auf den Fersen sein, denn niemand wollte ein Monster wie mich frei herumlaufen lassen.

Als wir den lang gezogenen Götterkinderplatz erreichten, atmete ich erleichtert auf und sah mich um. An einem Ende befand sich der Brunnen Karais und am anderen der Brunnen Mitus. Sie waren voneinander getrennt und doch in Sichtweite.

»Gawen und ich werden am Brunnen warten«, sagte Kayden. »Ihr bleibt hier und beobachtet alles.«

Ohne die Zustimmung der anderen abzuwarten, nahm er meine Hand und zog mich um die nächste Ecke. Hier waren kaum Menschen unterwegs und die wenigen beeilten sich, an ihr jeweiliges Ziel zu kommen, und interessierten sich nicht für uns.

»Was tut Ihr da?«, fragte ich leise und trat einen Schritt zurück, weil jede Faser meines Seins sich nach ihm sehnte und ich dem nicht nachgeben durfte.

»Ihr habt Angst. Das verstehe ich«, begann er.

Ich stieß ein bitteres Lachen aus. »Ich habe keine Angst. Ich habe nur eingesehen, dass das zwischen uns eine dumme Idee war. Wir könnten niemals glücklich sein.«

»Ich weiß«, flüsterte er und kam einen Schritt näher.

Eine Laterne in der Nähe schenkte uns flackerndes Licht und erhellte sein Gesicht. Er lächelte, obwohl seine Stimme traurig klang.

»Ich weiß«, wiederholte er und machte noch einen Schritt, bis er so nah vor mir stand, dass ich die Wärme seines Körpers spüren konnte. »Und wisst Ihr, warum es so wehtut? Weil es im Grunde richtig war, weil unsere Herzen und unsere Seelen einander angefleht haben, beieinanderbleiben zu dürfen, obwohl unsere Magie es uns unmöglich macht, uns zu lieben.«

Mir entfuhr ein Keuchen bei seinen Worten und Tränen brannten in meinen Augen. »Das ist unser Schicksal, schätze ich.«

Kayden beugte sich zu mir herunter und seine Lippen strichen sanft über meine Wange bis zu meinem Ohr.

»Dennoch liebe ich dich«, flüsterte er. »Es ist kein einziger Tag vergangen, an dem ich nicht an dich gedacht habe. Keine einzige Sekunde.«

Ich schluckte schwer und wagte nicht, mich zu bewegen. »Ich habe dich auch vermisst, und dennoch …«

Kayden küsste meine Wange sanft und atmete tief ein, als wollte er sich meinen Geruch genau einprägen.

»Und dennoch …«, wiederholte er und trat einen Schritt zurück.

Die Verzweiflung in seinen Augen traf mich mitten ins Herz und all mein Sehnen wollte aus mir herausbrechen, doch ich hielt es zurück, denn ich wusste, es würde nur eine traurige Leere in mir zurückbleiben.

»Wir müssen los.« Gawens Stimme hallte durch die schmale Gasse.

Ich legte meine Hand an Kaydens Brust, direkt auf sein Herz. »Geh.«

Er nickte langsam, schloss seine Augen und drehte sich um.

Ich wartete einen Moment, bevor ich mich zwischen Dalia und Ariana stellte, die aus einem Versteck heraus den Brunnen beobachteten.

»Wo ist Janus?«, fragte ich.

»Er steht auf der anderen Seite«, flüsterte Ariana mir zu und nahm meine Hand, um sie fest zu drücken. »Alles gut?«

»Nein«, antwortete ich ehrlich und drückte auch Dalias Hand, als sie mir ihre reichte. So standen wir im Schatten und beobachteten Kayden und Gawen.

Plötzlich stieß Dalia ein Keuchen aus und ließ sämtliche Alarmglocken in meinem Kopf schrillen. »Oh nein.«

»Was ist los?«, fragte ich leise und schaute mich mit klopfendem Herzen um.

»Da.« Sie deutete auf einen Mann, der zielstrebig auf Kayden und Gawen zuging.

Mein Herz stockte und ich glaubte meinen Augen nicht zu trauen.

»Cedrik?«, flüsterte Ariana voller Entsetzen. »Sagt mir bitte, dass das nicht –«

Kurz darauf war Cedrik tatsächlich vor Kayden und Gawen stehen geblieben.

Bei der Göttin … das konnte nicht wahr sein.

Cedrik war der Mittelsmann?

32. KAPITEL

DIE FALLE DES GEÄCHTETEN

»Ich bringe ihn um!«, zischte Ariana, und ich konnte sie gerade noch davon abhalten, loszustürmen.

»Du wirst nichts dergleichen tun«, erwiderte ich und zog sie zu uns zurück.

Cedrik, Gawen und Kayden setzten sich gemeinsam in Bewegung und eilten auf die andere Seite des Platzes zu.

»Du kannst nicht mitkommen«, entschied ich und sah Ariana eindringlich an.

»Was?«, fuhr sie mich entsetzt an.

»Du hast dich kaum unter Kontrolle und ich möchte nicht, dass du ihn bei der nächstbesten Gelegenheit angreifst. Wut macht leichtsinnig und Leichtsinn kann dich umbringen.«

»Ich war einfach überrascht«, erwiderte sie und löste sich aus meinem Griff. »Ich habe mich sehr wohl unter Kontrolle. Aber es geht um mehr als das, was zwischen uns war.«

Dalia deutete auf den Brunnen Karais, hinter dem die drei Männer nun verschwunden waren. Sie schienen auf eine dunkle Gasse zuzusteuern.

»Und jetzt sollten wir ihnen folgen, wenn wir sie nicht verlieren wollen«, sagte sie.

Ich stieß einen Fluch aus, prüfte, ob meine Kapuze noch richtig saß, und rannte los. »Aber reiß dich zusammen!«

Ariana nickte eilig, bevor sie und Dalia mir folgten. Wir stürmten in die dunkle Gasse hinein, achteten aber darauf, Abstand zu Cedrik, Gawen und Kayden zu halten.

Plötzlich waren sie nicht mehr zu sehen. »Wo sind sie? Wir haben sie verloren«, sagte ich irritiert zu meinen beiden Freundinnen.

»Sie sind rechts abgebogen.« Ariana deutete die Gasse hinunter, die sich am Ende teilte.

Ich atmete auf und rannte schneller. In dem Moment, als ich um die Ecke bog, packte mich jemand am Arm. Meine Magie züngelte hoch und wollte gerade zuschnappen, als plötzlich etwas mit voller Wucht auf meinen Kopf knallte.

Sterne tanzten vor meinen Augen, dann wurde ich in die Unendlichkeit gezogen.

◆ ◆ ◆ ◆

Als ich aufwachte, war mir schlecht und mein Kopf tat weh, als hätte jemand versucht ihn zu spalten. Ich blinzelte und schwankte, bis mir klar wurde, dass nicht ich so schwankte, sondern der Untergrund. Es war sehr laut um mich herum, und ich brauchte einen Moment, um zu begreifen, dass ich auf einem alten, quietschenden Karren lag. Zudem spürte ich wieder dieses Vibrieren meiner Knochen. Dragen waren in der Nähe.

Meine Finger ertasteten raues Holz unter mir. Ich hob meinen Kopf und spürte ein grobes Stück Stoff, das über mich gespannt war, als hätte jemand eine Plane über den Karren gelegt, um den Inhalt zu verbergen. Als ich nach rechts tastete, fühlte ich warme Haut. Jemand lag neben mir.

Mir entfuhr ein leiser erschrockener Laut, als die Person leise stöhnte.

»Ariana!«, flüsterte ich entsetzt.

Sie stöhnte erneut, schien aber ohnmächtig zu sein.

Ich ballte meine Hand zur Faust und umfasste den Anhänger, als meine Magie sich plötzlich regte.

»Fiana? Bist du wach?« Dalias Stimme klang ganz nah. Sie lag auf der anderen Seite neben mir.

»Wie lange war ich bewusstlos?«

»Es kam mir ewig vor.«

»Wieso klingst du so munter?«

»Weil es mich nicht so hart erwischt hat. Ich habe nur so getan, als wäre ich bewusstlos«, erklärte sie leise. »Ich wollte uns alle drei nicht in Gefahr bringen.«

»Und was ist mit Janus?«

»Der ist wie ein verdammter Feigling abgehauen«, knurrte sie. »Versuch mal, Ariana zu wecken. Wir können nicht ewig hier herumliegen, während die uns wer weiß wohin bringen!«

Ich kniff meine Augen zusammen, als mich eine Welle von Schmerz durchfuhr, stieß aber gleichzeitig Ariana mit dem Fuß.

Sie stöhnte erneut, versuchte sich zu drehen und hielt dann inne. Sie riss die Augen auf und wollte gerade einen Schrei ausstoßen, als ich ihr den Finger auf die Lippen legte.

»Pscht!«, machte ich, obwohl mein Kopf noch immer hämmerte. Ich atmete tief ein und versuchte den Schmerz zu verdrängen, was aber nur wenig half.

»Was ist hier los?«, fragte Ariana mit schwacher Stimme, während der Karren weiterrumpelte. Ich hörte nur das laute Quietschen der Räder.

»Wir wurden offenbar entdeckt«, sagte Dalia trocken.

»Wo ist Janus?« Plötzlich klang Ariana alarmiert.

»Er ist weggelaufen«, knurrte Dalia.

Ariana schnappte nach Luft und legte ihre Hand auf meinen Arm.

»Es geht ihm sicher gut«, sagte ich leise. »Und das ist das Wichtigste. Wir müssen uns befreien. Falls Gawen und Kayden ebenfalls gefangen genommen wurden, werden sie sich sicher selbst befreien können. Schließlich sind sie gut ausgebildete Gardisten.«

Ich versuchte meine Magie abzurufen, und sofort stoben Funken um meine Finger. Ein leises Fluchen entkam mir, als mir bewusst wurde, dass meine Hände aneinandergefesselt waren. Ein rauer Strick grub sich fest in meine Haut. Das war bedauerlich, aber es würde mich nicht behindern.

»Seid ihr bereit?«, flüsterte ich meinen Freundinnen zu. »Ich werde jetzt ein Loch in die Plane über uns machen.«

»Bereit«, sagte Dalia, während Ariana ein leises »Ja« ausstieß.

Im selben Moment riss ich meine gefesselten Arme hoch und schleuderte meine Magie nach oben, sodass ein Feuerblitz auf den Stoff traf und ein Loch hineinfraß, während meine Haut vor Schmerz brannte. Dalia und Ariana sprangen auf, und ich befreite mich von den Fesseln und riss das Loch im Stoff weiter auf. Dann half ich hastig auch den beiden anderen aus ihren Fesseln.

Mit einem Ruck kam der Karren zum Stehen. Ich ging in die Knie, um nicht umzufallen, und schaute mich nervös um. Wir befanden uns in einem Wald. Bäume mit breiten Stämmen und dichten Ästen ragten in den Himmel und verbargen ihn vollständig.

Ich entdeckte Gawen und Kayden, die hinter dem Karren herliefen, die Hände hinter dem Rücken gefesselt und die Münder mit einem Tuch verbunden.

Doch das war es nicht, was mich zu Eis erstarren ließ – es waren die Dragen, die uns umzingelt hatten.

Ich packte Ariana am Arm, die sich erschrocken die Hand vor den Mund schlug.

»Um Himmels willen«, stieß Dalia kaum hörbar aus.

Die Welt schien stillzustehen.

»Setzt euch ganz langsam hin, sonst greifen sie an«, flüsterte da eine Stimme, die ich sehr gut kannte.

Wir setzten uns zögernd wieder auf den Karren, der von zwei Männern gezogen wurde. Doch das war es nicht, was mich meinen Kopf ganz langsam zur Seite drehen ließ. Es war die Stimme einer Frau, die ich seit dem letzten Vollmond nicht mehr gehört hatte.

»Tiara«, flüsterte ich und starrte sie an. »Was machst du hier?«

»Ich gebe Euch Geleit«, erwiderte sie leise. Wie immer trug sie einen Mantel mit einer großen Kapuze, die ihr Gesicht verbarg. Vor und hinter ihr gingen noch vier weitere Personen mit ähnlichen Mänteln und Laternen in der Hand.

Ich verkniff mir eine weitere Frage, denn mit einem Mal hörte ich unter dem lauten Quietschen des Karrens ein Summen. Meine Augen weiteten sich, als mir klar wurde, dass es von Tiaras Begleitern kam. »Was ist hier los?«

»Ihr wolltet denjenigen treffen, der Euch Antworten geben kann«, antwortete sie leise, bevor auch sie zu summen begann. Sie drehte ihren Kopf nach vorn und beendete das Gespräch.

»Wir sind im Wald der Dragen«, flüsterte Dalia und packte entsetzt meine Hand.

Ich wandte mich um und sah an den Dragen vorbei, die uns viel zu dicht folgten.

Ein paar Meter hinter uns war die Mauer.

Wir befanden uns tatsächlich an dem Ort, von dem noch nie jemand lebend zurückgekehrt war.

Ich betrachtete die Dragen, die nun neben uns herliefen. Sie starrten geradeaus, als würden sie uns nicht wahrnehmen. Ihr Atem erzeugte ein rasselndes Geräusch, das sich mit dem Summen und dem Quietschen zu einem zornigen Klang vermengte.

Offenbar kontrollierten Tiara und ihre Leute die Dragen, und ich spürte, dass die Bestien das hassten.

Ich zwang mich, wieder nach vorn zu schauen, und entdeckte nun auch Cedrik, der uns allen voranging. Seine Schultern waren angespannt, auch er schien Angst vor den Dragen zu haben. Jetzt wurde mir klar, dass Tiara und diese Leute hier mit Cedrik zusammenarbeiteten. Sie hatten uns überwältigt und gefesselt. Ich rieb mir meine Hand, wo der grobe Strick meine Haut aufgeschürft hatte. Um uns von der Flucht abzuhalten, brauchten sie nun keine Fesseln mehr, da wir im Wald der Dragen waren, wo uns diese Monster umzingelten.

Der Karren rumpelte über den unebenen Waldboden und das Holz war so grob, dass ich die Splitter durch meine Kleidung hindurch spürte.

Ich atmete tief in den Bauch hinein und langsam wieder aus, um das panische Poltern in meiner Brust zu dämpfen. Die Kopfschmerzen hatten sich durch den Schock verflüchtigt. Ariana und Dalia saßen neben mir und wir hielten uns aneinander fest, während wir geradeaus starrten. Ich hoffte inständig, dass Tiara und ihre Leute bloß nicht mit dem Summen aufhörten, das die Dragen offenbar in Schach hielt.

Es schien eine Ewigkeit zu vergehen, bis irgendwo vor uns mehr zu sehen war als nur schaurige Dunkelheit. Ein Licht, erst war es ganz klein, aber mit jedem Meter, den wir fuhren, wurde es immer größer. Bis schließlich ein hölzerner, meterhoher Wehrzaun vor uns auftauchte, auf dem Männer standen, die uns lautlos die Tore öffneten, sodass wir hindurchfahren konnten.

Ich schaute mich um und bemerkte, dass vor dem Tor noch mehr Dragen warteten, die durch Tiaras Summen offenbar dazu gezwungen wurden, außerhalb des Wehrzauns zu bleiben.

»Was ist das für ein Ort?«, fragte Ariana leise und wir sahen uns erstaunt um. Vor uns stand eine Ansammlung hölzerner Hütten, die sich eng an den Wehrgang schmiegten. Das gesamte Gelände musste etwa so groß sein wie die Arena des Palastes, und in der Mitte erhob sich ein größeres Gebäude über alle anderen. Es war ein Dorf inmitten des Dragenwaldes.

Die Bewohner standen in den Eingängen ihrer Hütten und starrten uns wütend an. Nein, nicht uns – sie starrten *mich* wütend an. Ihre Haut war blass und ihre dunklen Haare schimmerten im Kerzenschein, auf eine metallische Art, die ich noch nie gesehen hatte.

Ich nahm im Augenwinkel eine Bewegung wahr und sah zu Tiara hinüber, die sich ihre Kapuze vom Kopf schob und mir gegenüber zum ersten Mal ihr Gesicht preisgab. Ein resignierter Ausdruck lag in ihren Augen.

»Wo sind wir hier?«, fragte ich leise.

»Das ist mein Zuhause«, erwiderte sie kaum hörbar. »Jetzt weißt du, was ich bin.«

Verwirrt zog ich meine Augenbrauen zusammen. »Ich verstehe nicht, was du meinst.«

Sie presste ihre Lippen zu einer harten Linie zusammen und ihre Augen zuckten umher, als würde sie prüfen, ob uns jemand hörte. Dann stieß sie ein leises Schnalzen aus.

»Gerade du solltest sehen, dass wir anders sind«, sagte sie. »Eher wie du als wie diese beiden.«

Ihr Kopf fuhr zur Seite und ich brauchte einen Moment, um zu verstehen, dass sie Ariana meinte, die eine Eiserne war. Mein Blick landete auf Tiaras Handrücken und ich sah die dunkle Sonne, auf der eine helle Mondsichel lag. Dasselbe Zeichen, das auch ich trug.

Ich schnappte nach Luft und schaute mich um. Wir fuhren auf die Hütte in der Mitte des Geländes zu und ich war mir sicher, dass mir nicht gefallen würde, was uns dort erwartete. Es war mit deutlich mehr Sorgfalt gebaut worden als alle anderen Gebäude, die bei näherer Betrachtung deutliche Spuren von Verwitterung zeigten. Wer auch immer also in der großen Hütte wohnte, musste hier das Sagen haben.

»Hilf mir. Hilf uns«, sagte ich zu Tiara.

»Das kann ich nicht«, antwortete sie leise. »Das ist mein … Zuhause.«

Nur noch wenige Meter trennten uns von der Hütte.

»Ich gebe dir und deiner Familie ein neues Zuhause. In Alandra, nicht in diesem schrecklichen Wald«, stieß ich aus und sah sie bittend an. »Ich bin die Königin. Ich werde euch helfen.«

Tiaras Mundwinkel zuckten und in ihren traurigen Augen sah ich, dass sie mir nicht glaubte. »Du würdest alles versprechen, um dich zu retten. Doch nicht einmal die Königin könnte uns einen Platz in Alandra geben, ohne dass das Volk rebelliert.«

Ich straffte meine Schultern. »Ich schwöre bei den Erinnerungen an meine Mutter, dass ich dir helfe, wenn du mir hilfst. Ihr könnt hier nicht glücklich sein, inmitten von Monstern.«

Für einen kurzen Augenblick lag in ihren Augen ein Sehnen, doch dann blinzelte sie und wandte sich ohne ein weiteres Wort ab. Enttäuschung kam in mir auf, denn auch wenn ich sie niemals als Freundin bezeichnet hätte, kannte ich sie doch schon seit Ewigkeiten. Sie hatte offenbar mehr Geheimnisse, als ich jemals angenommen hatte.

Mein Blick fiel auf die Menschen um uns herum, deren blasse Haut in der Dunkelheit geradezu leuchtete. Das metallische Schimmern ihrer Haare deutete auf die Andersartigkeit hin, doch es erklärte nicht, warum sie alle hier abgeschottet hinter der Mauer lebten. Immerhin konnten sie Dragen kontrollieren – und sie waren mir angeblich ähnlicher als alle anderen.

Da kam unser Karren plötzlich ruckelnd zum Stehen. Gleichzeitig öffnete sich die Tür des großen Gebäudes und ein Mann trat mit ausgebreiteten Armen heraus. Er lächelte, während sein Blick auf mir ruhte.

»Willkommen in meinem bescheidenen Reich, Eure Majestät.«

Ich starrte den Mann an. Er kam mir bekannt vor. Hatte ich ihn im Palast gesehen? Nein … auf dem Markt! Jetzt fiel es mir ein. Es war Marek, der Händler, dessen Reisegeschichten ich so gern lauschte und der mir vor einiger Zeit den hölzernen Dragen geschenkt hatte. In seinem Glasauge spiegelte sich das Zucken der umstehenden Fackeln, die das Dorf mit Licht erfüllten.

Ich kletterte vom Karren und hob mein Kinn leicht an.

»Was soll das alles?« In meiner Stimme lag derselbe gebieterische Tonfall, den ich von Sadira kannte.

Marek lächelte noch etwas breiter. »Bist du gar nicht überrascht? Oder können dich ein paar andersartige Wesen nicht mehr beeindrucken – weil auch du anders bist?«

»Was wollt Ihr von uns?« Ich würde mich nicht von ihm beirren lassen. Offenbar hatte er uns gefesselt hierherbringen lassen und verfolgte irgendeinen perfiden Plan.

»Ich wollte sehen, was aus dir geworden ist.« Er legte seinen Kopf schief und betrachtete mich neugierig.

Aus meinen Fingern stoben wütende Funken. »Was gibt Euch das Recht, mich derart vertraulich anzusprechen?«

»Du bist das Ebenbild deiner Mutter«, antwortete er sanft und lachte dann leise, »und genauso stur wie sie. Wenn ich gewusst hätte, dass das Blut der Dragen dich eines Tages zur Königin machen würde, hätte ich niemals meinen Tod vorgetäuscht.«

Neben mir schnappten Ariana und Dalia nach Luft. Doch ich blieb ruhig. Ich würde mich nicht von seinen Lügen irritieren lassen.

»Das gesamte Königreich weiß, was mein Vater mir und meiner Mutter angetan hat«, erwiderte ich kalt. »Dieses Wissen ist kein Beweis.«

»Edita war genauso misstrauisch wie du.«

Marek tippte sich nachdenklich an sein Kinn, während ich versuchte, mir nicht anmerken zu lassen, wie sehr es mir missfiel, den Namen meiner Mutter aus seinem Mund zu hören.

»Hört auf mit diesem Unsinn«, befahl ich mit einem leisen Knurren. »Was wollt Ihr von uns?«

»Ich will nur mein bestes Experiment nach Hause führen«, sagte er mit einem leisen Lachen. »Wer hätte gedacht, dass meine Tochter es aus dieser dreckigen Hütte am Waldrand Ladeas in einen Palast schaffen würde?«

Mein Herz schlug schneller, als er mein ehemaliges Zuhause im Bezirk Ladea erwähnte. Woher ich kam, wussten nur ganz wenige. Doch er könnte es auch nur geraten haben.

»Ich habe Edita immer angefleht, endlich von dort wegzuziehen, aber sie wollte bei ihrer kranken Mutter bleiben.«

Das war etwas, das niemand wusste. Meine Mutter hatte es mir gegenüber einmal erwähnt, aber niemals anderen erzählt.

»Selbst nachdem dieses wochenlange Fieber deine Großmutter dahingerafft hatte, weigerte Edita sich, von dort wegzugehen, da sie sich aus reiner Nostalgie um die Rosen ihrer Mutter kümmern wollte.« Er schnaubte abfällig und dennoch blitzte in seinen Augen eine Sanftheit auf, die man nicht vortäuschen konnte.

Mein Hals wurde eng. »Das ist unmöglich … mein Vater ist tot.« Alles in mir drängte danach, diese Lüge zu leugnen, und doch suchte plötzlich ein kleiner Teil von mir nach Ähnlichkeiten zwischen uns. Wie sein Kinn, das genau wie meines von einem Grübchen geteilt wurde …

»Das beweist nichts«, sagte ich störrisch.

Marek lachte schallend auf und ich sah mich zu den Dorfbewohnern um, die uns stumm beobachteten.

»Dein Volk kann die Dragen kontrollieren«, sagte ich leise und presste meine Lippen zusammen, während mir die Bilder der letzten Wochen durch den Kopf gingen. Bilder voller Blut.

»Seid Ihr schuld an den Angriffen?« Die Frage kam geradezu gelangweilt über meine Lippen, auch wenn ich innerlich zitterte. »Seid Ihr schuld daran, dass Sadira tot ist?«

Neben mir schnappte Ariana nach Luft.

Der Händler grinste mitleidig, während seine Augen sich auf Cedrik richteten.

»Es war ein Geschenk für all die harte Arbeit, die mein treuester Mitarbeiter in den letzten Jahren geleistet hat.«

»Nein«, keuchte Ariana und wankte neben mir.

Ich griff nach ihrer Hand, während Cedrik uns kaltherzig musterte. Als wären wir beiläufige Bekannte, eher Fremde, die er eigentlich verachtete.

»Du bist die Hure, die mich betrogen hat. Und deine Mutter hat den Verlobungsvertrag gebrochen«, knurrte Cedrik.

»Nein«, sagte Ariana wieder, mit Tränen in ihrer Stimme.

»Dreckskerl!«, stieß Dalia aus und ich hörte, wie sie hinter mich trat, um Ariana festzuhalten. »Du hast sie aus Eifersucht töten lassen?«

Cedrik zuckte mit den Schultern. »Sie hat einen Vertrag unterschrieben. Die Hand ihrer Tochter für viel Geld und ein großes Stück Land. Doch dann hat sie den Vertrag für nichtig erklärt, noch bevor die Ehe vollzogen war.« Sein eiskalter Blick fiel auf Ariana. »Aber sie hat zu ihrer Tochter gehalten, zu dieser kleinen Schlampe.«

Mein Herz pochte und ich atmete schneller. »Wie habt Ihr den Mord geplant?«

Er grinste ein bisschen breiter und wedelte mit seiner Hand. »Einer von den Leuten hier war dabei und hat den Dragen ins Schloss gebracht.«

»Und was ist mit der verschwundenen Dienerin?«

Cedrik legte seinen Kopf schief. »Wir brauchten einen Verdächtigen.«

Mir wurde schlecht bei all dieser Niedertracht.

»Du hast meine Mutter getötet«, stieß Ariana schluchzend hervor, und im nächsten Moment schoss ihre Hand vor und sie schleuderte einen eisernen Dolch in seine Richtung. Silberne Funken stoben umher und Arianas Magie zischte wütend, bevor der Dolch in Cedriks Schulter eindrang. Der Wurf war so hart und ihre Magie so stark, dass er sich bis zum Schaft in seine Schulter bohrte.

»Verfluchtes Miststück!« Cedrik brüllte vor Schmerz auf, packte den Dolch und zog ihn heraus.

Dalia, Ariana und ich keuchten, als seltsam blassrosa Blut aus der Wunde quoll. Cedrik drehte den Dolch in seiner Hand und war kurz davor, ihn auf uns zurückzuschleudern, als Marek ihn davon abhielt.

»Hör auf mit diesem Unsinn.«

»Aber –«

»Du hattest deinen Spaß. Suhle dich ein anderes Mal in deiner Bosheit, aber wage es nicht, einen Dolch auf meine Tochter zu werfen.«

Diese Worte ließen mich zum ersten Mal zweifeln. Aber wie sollte jemand wie er mein Vater sein?

Ariana schluchzte neben mir, doch ich unterdrückte meine Trauer und zwang mich, kühl und entschlossen zu wirken.

»Warum wurden wir gefangen genommen?«, fragte ich Marek und schaute zu den Dorfbewohnern, die uns noch immer neugierig musterten. Hinter mir hörte ich Tiaras schweren Atem und Dalias beruhigende leise Worte. »Warum wurden wir hierhergebracht?«

»Als ich hörte, dass Leute aus dem Palast Informationen über die Dragen suchen, wurde ich neugierig. Und als mein Volk die eiserne Königin fand, die ganz Alandra im Augenblick hängen sehen will, haben sie überraschend klug gehandelt und dich zu mir gebracht.«

Angesichts seines ekelhaft wohlwollenden Tonfalls wollte ich würgen. »Euer *Volk*?«

»Ja, das hier ist mein Volk«, wiederholte er voller Genugtuung. »Sie leben im Luxus wegen mir, und dafür dienen sie mir.«

Meine Augenbrauen hoben sich und ich sah zu den Hütten, die mir eher wie zusammengebastelte Baracken vorkamen.

»Sind diese Hütten überhaupt wasserdicht?«, fragte ich die Dorfbewohner, ohne eine Antwort zu erwarten. »In Alandra gibt es bessere.«

Marek stieß ein höhnisches Schnauben aus. »Nicht für meine Leute. Und für dich übrigens auch nicht mehr. Alandras Bürger wollen dich tot sehen. Dasselbe würde auch *denen* hier passieren.«

Ich presste meine Lippen aufeinander. »Das würde ich verhindern.«

Plötzlich kniff er seine Augen zusammen, als wäre ihm klar, was ich hier tat. »Du kannst nichts mehr verhindern. Die Krone gehört nur noch so lange dir, bis du tot bist. Aber hier kannst du leben. Auch wenn du vielleicht eine Weile in unserem Kerker verbringen musst, ehe du das verstehst.«

Er wedelte mit seiner Hand und plötzlich schossen Hände vor, die mich an den Armen packten. Ich wollte meine Magie rufen, doch ein stechender Schmerz durchfuhr mich. Derselbe Schmerz wie in all den Vollmondnächten, in denen Tiara mir geholfen hatte, meine Magie zu verstecken.

Ein Schrei entfuhr mir, als Tiara die Magie tief in mir versteckte, während ich sie entsetzt anstarrte. Eine Entschuldigung lag in Tiaras Augen. In diesen Augen, die mich die Hälfte meines Lebens begleitet, mir Mut und Hoffnung geschenkt hatten – in diesen Augen, die nun den größten Betrug an mir begingen.

»Bringt die anderen zurück in den Wald. Füttert die Dragen mit ihnen.«

Die Worte des Händlers erreichten mich erst, als mehrere Dorfbewohner Ariana und Dalia bereits gepackt hatten und sie in Richtung Tor zerrten.

33. KAPITEL

DER ZORN EINER KÖNIGIN

Ich brüllte und schrie vor Schmerz und Entsetzen. »Nein!« Verzweifelt versuchte ich mich von Tiara loszureißen. Doch auch wenn sie mich losgelassen hätte, waren da noch andere, stärkere Hände, gegen die ich mich kaum wehren konnte.

»Du wirst sehen, dass sie dich nur aufhalten. Du bist besser als sie. Das wirst du bald verstehen.«

Mareks Stimme klang sanft, als würde er wirklich glauben, mir einen Gefallen zu tun. Cedrik neben ihm lächelte unter Schmerzen, aber voller Genugtuung.

Mein Kopf fuhr herum und ich blickte direkt in Arianas vor Entsetzen geweitete Augen. Zwei Männer schleiften sie in Richtung des Tors, Dalia wurde von anderen festgehalten. Fünf Männer hatten sich auf Gawen und Kayden gestürzt und hielten sie mit Seilen fest. Obwohl sie kämpften und sich mit ihrem vollen Gewicht gegen die Seile warfen, konnten sie nichts ausrichten.

»Hört auf!« Meine verzweifelten Schreie wurden lauter, je näher sie dem geschlossenen Wehrzaun kamen.

Im nächsten Moment setzte ein Summen ein und das hölzerne Tor öffnete sich.

Mein Kopf fuhr herum und ich sah, dass die Dorfbewohner

summten, damit die Dragen das Tor nicht passieren konnten und draußen blieben. Trotz der Dunkelheit in den Wäldern jenseits des Wehrzaunes konnte ich das Aufblitzen ihrer Zähne sehen und das gierige Glitzern ihren höhlenartigen Augen.

Ich kreischte, trat nach den Männern, die mich festhielten, und warf meinen Kopf in den Nacken, als wäre ich ein gefangenes Tier.

»Ihr dürft sie nicht töten! Ich tue alles!«, rief ich voller Panik.

»Natürlich würdest du alles tun. Aber unglücklicherweise gibt es nichts, was du mir geben kannst. Nichts, was mich dazu bringen würde, dieses Schauspiel zu verhindern.« Marek schnippte mit den Fingern. »Vielleicht sollten wir es uns ansehen. Vielleicht musst du sehen, dass es zu Ende ist. Nicht dass du vor lauter Hoffnung Jahre damit verschwendest, dich gegen mich zu wehren.«

Meine Augen weiteten sich und ich sog schockiert die Luft ein, als die Hände um meinen Arm fester zupackten und mich zu meinen schreienden Freunden hinzerrten.

Unter dem Summen und Schreien hörte ich das hungrige Knurren der Dragen und das Scharren ihrer Krallenfüße auf dem Waldboden.

»Hört auf damit!«, brüllte ich und versuchte mich zu wehren, doch die Arme waren zu stark. Unerbittlich zerrten sie mich näher an das Tor, hinter Marek her.

»Ich verstehe dich«, sagte er und warf mir über seine Schulter einen mitleidigen Blick zu. »Das erste Mal mit ansehen zu müssen, wie ein Dragen einen Menschen zerfleischt, ist wirklich grausam. Es ist so brutal und ursprünglich. Und doch«, seine Stimme wurde tiefer und leiser, »wird es dich verändern und du wirst bald schon verstehen, warum ich meine Forschungen betreibe.«

»Forschungen?« Ich spuckte das Wort aus, als wäre es ein ekelerregender Wurm, der meinen Hals hinunterkroch. »Das tut Ihr hier also? Ihr forscht?« Mein Blick flog über die Dorfbewohner. »Das ist doch krank!«

»Es ist ganz natürlich und es gibt unzählige Forscher im Königreich, die großes Interesse an meiner Arbeit haben. Man müsste sie nur erlauben, und schon würden wir in den nächsten Jahrzehnten ein Mittel entwickeln, mit dem wir genauso unsterblich sein könnten wie die Dragen.«

»Ihr seid krank!«, schrie ich und sah zu Tiara hinüber, die neben den Männern herging, die mich hielten. »Das werde ich nicht zulassen!«

Marek lachte höhnisch. »Du verstehst wohl noch immer nicht, dass du überhaupt nichts ausrichten kannst. Du wirst tot sein oder mit mir zusammenarbeiten. Mit deinem Vater!«

»Selbst wenn Euer Blut in mir fließen würde, wärt Ihr niemals mein Vater!«, rief ich zornig.

Doch dann schrie ich erschrocken auf, als ich sah, dass meine Freunde – die Menschen, die mir auf der Welt am meisten bedeuteten – einfach durch das Tor gestoßen wurden.

Das Summen der Dorfbewohner hielt die Dragen immer noch davon ab, durch das Tor auf unsere Seite des Wehrzaunes zu stürmen. Stattdessen stürzten sie sich auf meine Freunde. Ihre gellenden Schreie durchbohrten mir das Herz und rissen es mitten entzwei.

Ich legte meinen Kopf in den Nacken und schrie so laut, dass ich nichts anderes mehr wahrnahm. Die Griffe um meine Arme wurden fester, bis sich mein Schreien allmählich in ein Summen verwandelte. Ein tiefes, bedrohliches Knurren kam aus dem dunkelsten Teil meines Blutes, und zum ersten Mal, seit ich mir dessen bewusst geworden war, ließ ich es zu und hörte auf, mich dagegen zu wehren, sondern hieß es willkommen.

Meine Haut spannte sich unter dem Geräusch und fühlte sich an, als würde sie reißen. Doch ich schob den Schmerz von mir.

Ich wurde immer lauter, hielt die Augen geschlossen, und die Laute aus meinem Mund klangen wie ein Furcht einflößender Singsang, der alles andere überstrahlte.

Das Summen um mich herum wurde mit einem Mal leiser und verstummte.

Während ich fortfuhr, spürte ich, wie die Dunkelheit sich in mir ausbreitete, und dann öffnete ich langsam meine Augen.

Das Erste, was ich sah, war das Entsetzen in Mareks Gesicht.

»Hör auf!«, schrie er so panisch, als würde er schon viel länger schreien, ohne dass ich ihn wahrgenommen hatte.

Etwas in mir verschob sich und ich fühlte mich seltsam schwerelos, als würde sich mein Geist von meinem Körper lösen und ich alles von außen betrachten.

Ich sah, wie die Dragen ihre Köpfe hoben.

Ich sah meine Freunde. Auf dem Boden. Voller Blut.

Wut sammelte sich in mir und ich verstärkte meinen grausamen Gesang, als würde ich sie zu mir locken.

Mein kalter Blick fiel wieder auf Marek, der plötzlich alles verstand.

»Hör auf!«, brüllte er. Seine Wangen wurden rot und eine wütende Ader pochte auf seiner Stirn. Hektisch fuhr er herum und stieß einen Schrei aus, als die Dragen plötzlich losstürmten. Ein Meer aus grauen Leibern und zähnefletschenden Fratzen raste direkt auf uns zu.

Der Händler fuhr zu den Dorfbewohnern herum. »Tut etwas, ihr elenden Geschöpfe!«

»Was um Himmels willen macht sie da?«, hörte ich Cedrik in Todesangst schreien, der dicht neben Marek trat, als könnte dieser ihn beschützen. Dabei gab es nichts mehr, was die beiden beschützen konnte.

Während ich sang, spürte ich, wie sich die Griffe um meine Arme lockerten. Ich ließ meinen Blick schweifen und traf auf den von Tiara. Sie lächelte und nickte. Meine Freundin half mir, indem sie nichts unternahm.

Ich schloss die Augen und summte lauter, spürte Mareks Hände, die mich schüttelten, kurz bevor sie mit einem wütenden Fauchen weggezerrt wurden.

Schreie erfüllten die Luft.

Als ich die Augen wieder öffnete, sah ich Enttäuschung in Tiaras Blick. Sie war enttäuscht darüber, dass ich die Dunkelheit in mir gewähren ließ und diesen Mann töten wollte, der mein Vater sein könnte. Dieser Anblick holte mich zurück aus der Finsternis, die aus den Tiefen meines Blutes gekommen war und mich eingehüllt hatte. Was auch immer er diesen Leuten, meiner Mutter oder mir angetan hatte – ich würde nicht zulassen, dass es meine Seele schändete.

»Scheucht sie zur Mauer.« Diese tiefe, dunkle Stimme klang fremd, und doch war es meine. »Lasst sie rennen.«

Die Dragen fauchten und ich spürte ihre Wut. Ich schaute zu Marek, dessen Gesicht von roten Krallenspuren gezeichnet war, und meine Augen waren so kalt wie seine, als er meine Freunde dem Tod hatte preisgeben wollen.

»Rennt!«, befahl ich ihm.

Seine Augen weiteten sich. Er zögerte nicht, rappelte sich auf und stürmte in den Wald.

»Das kannst du nicht –«

»Sie riechen dein Blut«, unterbrach ich Cedrik und senkte meinen Kopf, während noch immer dieses Summen aus den Tiefen meiner Kehle drang.

»Lauf!«, befahl ich auch ihm.

Cedrik rappelte sich stolpernd auf und rannte ebenfalls los.

Die Dragen folgten ihnen durch das Tor hinaus in den Wald wie eine rasende Meute.

»Du wirst sie nicht kontrollieren können, wenn du sie so aufhetzt«, sagte Tiara hinter mir.

Ich fuhr herum und starrte sie an, während feine Nebelschwaden an den Rändern meines Sichtfelds waberten. »Wie meinst du das?«

»Je wütender und hungriger die Dragen sind, umso schwerer ist es, sie zu leiten«, erklärte sie ruhig. »Aber wenn du uns hilfst, werden auch wir dir helfen.«

»Sie sollen Cedrik zerfetzen, wie sie meine Mutter zerfetzt haben«, stieß Ariana unter Tränen aus, die gerade Kaydens und Gawens Fesseln löste.

Doch auch wenn ich ihre Wut und den Rachedurst verstehen konnte, war das nicht die richtige Lösung.

Ich streckte Tiara meine Hand entgegen.

»Helft mir und ich werde euch helfen«, sagte ich zu ihr.

Sie nickte und schaute sich stumm um, suchte die Blicke der anderen Dorfbewohner, die nun nacheinander näher traten und sich vor mir verbeugten.

»Ihr solltet mitkommen«, sagte Tiara zu ihnen. »Selbst in diesem Dorf wird es später nicht mehr sicher sein.«

Sie wartete, bis ich nickte, und begann dann zu summen.

Ich ging zu Kayden, der gerade die Reste seiner Fesseln abstreifte.

»Geht es dir gut?«, fragte er und betrachtete mich besorgt.

Ich schlang die Arme um meinen Leib und schaute in den dunklen Wald.

»Nein«, antwortete ich. »Lass uns von hier verschwinden und nah bei den Dorfbewohnern bleiben. Sie können uns schützen. Ich will nicht wissen, wie viele Dragen inzwischen von dem Lärm angelockt worden sind.«

Dalia nickte heftig, während Ariana zögernd näher kam. Sie schien nicht zu wissen, wie sie mit mir umgehen sollte.

»Was … was war das gerade?«, fragte sie verwirrt.

Ich antwortete nicht, sondern sah in den dunklen Himmel und wünschte mir, die Götter würden mich zu sich holen. Ich wusste genau, dass sie mich nie wieder so ansehen würde wie früher.

Gawen schnaubte und unterbrach die Stille zwischen uns.

»Ich werde sicher nicht ohne diese Leute hier im Wald herumlaufen«, sagte er und ich hörte die Angst in seiner Stimme.

Ich nickte in Richtung Wald. Die Dorfbewohner waren mittlerweile alle zwischen den Bäumen verschwunden.

»Kommt, sonst sind wir die Letzten, und ich will nicht wissen, was uns verfolgen könnte.«

Diese Worte brauchten die anderen, um loszurennen.

Ich folgte ihnen und ignorierte Kayden, der dicht neben mir blieb. Vielleicht wollte er mich beschützen. Vielleicht wollte er auch nur dafür sorgen, dass ich keinen Unsinn machte. Warum auch immer er mir so nah kam, ich stellte keine Fragen, sondern genoss dieses wohlige Flattern in meiner Brust.

Ein paar der Dorfbewohner hatten Laternen mitgenommen, die uns nun spärlich den Weg erhellten. Dennoch mussten wir aufpassen, dass wir nicht über dicke Wurzeln oder herabgefallene Äste stolperten.

Ich war wie in Trance und merkte kaum, dass ich wieder zu summen begonnen hatte, bis ich plötzlich Kaydens Blick auf mir spürte. Ich schämte mich und wollte aufhören, doch ich konnte es nicht. Ich konnte nicht mehr verbergen, was ich war und was ich tun konnte. Ich war eine Eiserne, eine Kupferne und gleichzeitig ein Wesen, das mit Monstern kommunizieren konnte. Ich sah Kayden nicht an.

Je näher wir der Mauer kamen, umso lauter wurde wieder das Angst erregende Knurren der Dragen, die kurz davor waren, den Händler und Cedrik anzugreifen, die nach Hilfe schrien und sich gegen die Mauer pressten. Ich blickte hoch und sah unzählige Gardisten oben auf der Mauer stehen. Einige von ihnen traten unschlüssig von einem auf das andere Bein, sie waren offenbar nervös angesichts der schrecklichen Dragen. Andere hatten Pfeil und Bogen auf die Monster gerichtet.

»Da sind sie!«

Zuerst konnte ich die Stimme nicht zuordnen, die über alles hinwegzufegen schien.

Doch dann rief Ariana: »Janus!«, und ich folgte ihrem Blick.

Tatsächlich stand Janus mitten zwischen den Gardisten und daneben König Theon.

»Lasst die Leitern hinunter!«, befahl Theon und deutete aufgeregt in unsere Richtung.

Die Gardisten zögerten, offenbar überwog ihre Angst, dass die Dragen die Leitern erklimmen könnten. Doch Janus packte eine der Strickleitern und ließ sie an der Mauer herunterfallen. Ihr folgten noch weitere.

»Los!«, rief ich meinen Freunden zu.

Ich blinzelte angestrengt, weil die Schatten am Rande meines Sichtfelds immer größer wurden und kleine Blitze darin auftauchten. Mein Hals fühlte sich trocken an und ich musste immer wieder schlucken. Dabei summte ich weiter, ich sang dieses gruselige Lied mit den Dorfbewohnern, was mir offenbarte, wie ähnlich wir uns waren. Meine Augen tränten und mein Kopf pochte schmerzhaft, doch ich zwang mich, meine Schultern zu straffen und Stärke zu zeigen. Dabei ignorierte ich auch das quälende Brennen meiner Haut, über die Flammen zu züngeln schienen.

Ariana und Dalia sahen mich fragend an, aber ich deutete nur auf die Dorfbewohner.

»Sie werden euch begleiten. Los!« Meine Stimme wurde drängend, während ich einen Blick zu den Dragen warf, die rechts von uns an der Mauer verharrten und den Händler und Cedrik eingekreist hatten. Ihr hungriges Heulen erfüllte die Luft und ich spürte, dass wir sie nicht mehr lange zurückhalten konnten.

»Lauft!«, schrie ich Ariana und Dalia zu. »Klettert die Leiter hoch!«

Dalia schenkte mir ein kurzes, dankbares Lächeln, bevor sie Ariana am Arm packte und in Richtung Mauer zerrte. Der Gedanke daran, dass sie, die mich einst so sehr gehasst hatte, mich nun anlächelte, obwohl sie alles von mir wusste, wärmte mich innerlich.

Die Dorfbewohner näherten sich nun ebenfalls der Mauer und ich bemerkte ihre besorgten Blicke in Richtung der Dragen.

Uns blieb keine Zeit mehr.

»Wir können sie nicht mehr lange zurückhalten«, sagte ich zu Kayden und Gawen. Ich musste mich räuspern, da meine Stimme brechen wollte. »Die Dorfbewohner müssen auch in Sicherheit gebracht werden. Sorgt dafür, dass niemand sie davon abhält.«

Gawen nickte ernst und sah mich an. »Die Königin sollte als Erste gehen.«

Doch obwohl ich seine Absichten zu schätzen wusste, schüttelte ich den Kopf und musste das Summen unterbrechen, weil ich merkte, wie sehr es mich an meine Grenzen brachte. »Ich muss hierbleiben. Bitte, beeilt euch!«

Einen Moment lang zögerte Gawen, dann nickte er und rannte zur Mauer.

Ich schwankte und spürte plötzlich Hände an meinen Hüften, die mich stützten. Wärme flutete meine Sinne und ich wollte nichts sehnlicher als meine Augen schließen und mich an Kaydens starke Brust lehnen. Dennoch versteifte ich mich.

»Wir sollten nicht –«

»Ich helfe meiner Königin«, sagte er leise und entschlossen zugleich. »Wir werden diesen Kampf gemeinsam gewinnen.«

Oder verlieren, dachte ich und atmete zittrig durch. Er wollte mir helfen, als Gardist und weil es seine Pflicht war. Das sagte ich zu mir selbst, dabei wusste ich, dass es nicht sein Pflichtgefühl war, das ihn dazu brachte, hier in der Dunkelheit bei mir zu bleiben, während Monster um uns herum fauchten, als wollten sie die Welt zerreißen.

Ich spürte das Summen tief in meiner Brust und starrte auf die Mauer, wo Ariana, Dalia und Gawen gerade die Strickleiter erklommen. Nervös beobachtete ich Gawen, der wild gestikulierte, und die Gardisten, die oben standen und immer unruhiger wurden.

König Theon blickte von der Mauer zu mir herunter und mein Magen verkrampfte sich. Die Angst ließ mich schneller atmen. Ich wusste nicht, was ich tun sollte, wenn König Theon den Dorfbewohnern die Hilfe verweigerte. Es waren sicher mindestens sechzig Personen, darunter auch Kinder. Er musste sie retten. Er durfte nicht Nein sagen.

Doch dann nickte er. Weitere Strickleitern wurden heruntergeworfen. Die Dragen fauchten, als zwei davon auch bei Marek und Cedrik landeten.

Ich wäre vor Erleichterung beinahe in Tränen ausgebrochen.

Dann unterbrach ich mein Summen und sah zu Tiara, die nicht weit entfernt stand und sich gemeinsam mit den anderen auf die Dragen konzentrierte.

»Kletter hoch! Schnell!«, rief ich ihr zu.

Tiara nickte und erteilte Befehle: Kinder und Frauen zuerst, dann die Männer.

Die Ersten rannten zu den Strickleitern und zögerten nicht, als hätten sie gelernt zu rennen, wenn sie mussten. In meiner Brust verengte sich etwas, als ich die Kinder beobachtete, die flink die Leitern emporstiegen.

»Wir sollten auch dorthin«, drängte Kayden und schob mich vorwärts. Selbst er spürte, dass wir die Dragen nicht mehr länger kontrollieren konnten.

Die Monster beobachteten mit gierigen Blicken Marek und Cedrik, die schon fast das obere Ende der Mauer erreicht hatten. Langsam wandten die Dragen ihre Köpfe uns entgegen und fauchten vor Wut.

Ich spannte mich an und summte lauter. Die Hälfte der Dorfbewohner war bereits oben und auch sie summten weiter.

Aber plötzlich wurden sie leiser. Ruckartig hob ich meinen Kopf und stieß ein entsetztes Keuchen aus.

»Der Wind hat gedreht.«

»Verdammt!« Kayden drängte mich nahe an die Mauer, sodass wir dicht hinter den letzten Dorfbewohnern standen. »Beeilt euch!«

Voller Entsetzen beobachteten wir, wie die Dragen sich immer mehr näherten. Ich zitterte, während ich in die Mäuler der Monster sah, die jetzt nur noch wenige Schritte von uns entfernt waren. Sie stampften unruhig von einem Bein auf das andere und hatten ihre Klauen zum Angriff erhoben.

»Schneller!« Schreie ertönten von oben, während die Dragen langsam näher kamen, nur noch durch unseren schauderhaften Gesang zurückgehalten.

Übelkeit stieg in mir auf und ich blinzelte gegen die nahende Schwärze an, während ich den Anhänger in meiner Faust fest drückte. Das glühend heiße Metall schnitt in meine Handfläche und half mir, mich zu fokussieren.

Die letzten Dorfbewohner kletterten eilig hoch, als Kayden mich zu der nächsten Leiter schob. »Los, mach schnell!«

Ich griff nach dem Strick und zog mich hinauf, zögerte aber, als mein Fuß die erste Sprosse erreichte und das Fauchen der Dragen zu einem lauten Gebrüll wurde. Erst da wurde mir klar, dass Kayden noch hinter mir stand.

Ich fuhr herum und deutete auf die Strickleiter einige Schritte links von uns.

»Nimm die, los, beeil dich!«, rief ich ihm zu.

Seine Augen waren fest auf mich gerichtet, während er mich nach oben schob. »Nein, ich bleibe hier, bis du oben bist. Ich will sichergehen, dass du nicht fällst!«

Und schon näherten sich die ersten Dragen, die gegen meine Magie ankämpften. Ich begann meinen Gesang erneut, während von oben nur noch ein leises Summen zu uns herunterdrang und stattdessen die Ausläufer eines Sturms das rettende Lied davontrugen.

Mir wurde schwarz vor Augen und ich musste mich an den groben Strick klammern, um nicht zu fallen.

Verflucht, ich würde das niemals schaffen.

Auch Kayden fluchte.

Dann rannte er zu der anderen Strickleiter, sprang auf die erste Sprosse und brüllte: »Zieht uns hoch!«

Im nächsten Moment ging ein Ruck durch mich hindurch, als die Strickleiter nach oben gezogen wurde. Ich stöhnte erleichtert auf und unterbrach erneut das Summen.

Da stürmten die Dragen auf mich los, doch der Strick wurde gerade ein Stück nach oben gezerrt, sodass sie mich nicht erreichen konnten. Ich knallte hart mit den Händen und der Stirn gegen die Mauer. Warmes Blut rann über mein Gesicht, in meine Augen und ließ mich blinzeln, während ich mich krampfhaft am Seil festhielt.

»Wehe, du lässt los!«, rief mir Kayden über das Geheul der Dragen hinweg entgegen.

Ich wollte antworten, brachte jedoch nur ein klägliches Lächeln zustande, ehe ich erneut mit voller Wucht gegen die Mauer knallte und gequält stöhnte. Mein ganzer Körper schien vor Schmerz zu brennen.

Unter mir versuchten die Dragen mit zornigen Schreien an uns heranzukommen, doch wir waren außer Reichweite, was sie nur noch wütender machte. Ich spürte, dass die Mauer unter ihrem Angriff erbebte.

Mein Schädel pochte und ich wollte erneut mit dem Summen beginnen, als plötzlich Hände nach mir griffen und mich über den Rand der Mauer zogen. Ich keuchte erleichtert und versuchte Halt zu finden.

Da sah ich Kayden, der ohne Hilfe auf die Mauer kletterte und sofort zu mir eilte. Es kümmerte ihn nicht, dass andere Menschen rund um uns waren. Es kümmerte ihn nicht, dass unsere Liebe niemals sein durfte. Er brach mir erneut das Herz, als er mich fest an sich zog, als könnte das etwas an allem ändern.

»Schießt auf Vögel in der Luft! Gebt den Dragen Futter«, rief einer der Dorfbewohner und sofort legten die Gardisten ihre Pfeile an und schossen über die Baumwipfel.

Ich sah über Kayden hinweg und erkannte den ersten Streifen Licht am Horizont, der sich durch das nahende Gewitter kämpfte. Wind peitschte mir ins Gesicht und ich konnte den Geruch des Regens wahrnehmen, der zu uns herüberwehte. Bald schon würde ein Sturm über uns hereinbrechen.

Die Pfeile landeten im Wald und kurz darauf flatterte ein Schwarm Vögel in den Himmel. Während die Gardisten schossen, sah ich hinab zu den Dragen, die uns ihre Mäuler entgegenstreckten.

»Wir locken sie fort«, rief einer der Dorfbewohner und kurz darauf begann wieder dieses schreckliche Summen, das auch meine Kehle emporsteigen wollte.

Doch ich hielt es zurück. Ich presste meine Lippen aufeinander, während ich vor Erleichterung fast in die Knie sank, als der erste Dragen auf der anderen Seite der Mauer zurück in Richtung Wald rannte und verschwand.

34. KAPITEL

DER VERBORGENE HELFER

»Wir sollten Zelte in der Arena aufbauen«, sagte ich zu Theon, der neben mir stand, und strich mir fahrig ein paar lose Strähnen aus der Stirn.

Er stieß ein Lachen aus, das seltsam verzweifelt klang, bevor er mich aus Kaydens Armen zog und mich ebenfalls umarmte. »Danke, dass Ihr sie alle lebend zurückgebracht habt.«

»Das war ich nicht allein.« Theon roch so anders als sein Bruder, und doch musste ich lächeln. »Danke, dass Ihr den Dorfbewohnern den Zugang zu unserem Reich nicht verwehrt habt.«

Theon schob mich von sich und sah mich mit einem Lächeln an. Erst als sein Gesicht wieder ernst geworden war, sprach er weiter.

»Wir lassen Zelte aufstellen und nach einem Mahl werden wir besprechen, wie wir weiter vorgehen.« Er gab einem Gardisten entsprechende Befehle, ehe er sich wieder mir zuwandte. »Ich bin froh, dass nun all unsere Fragen zu den Dragenangriffen geklärt wurden.«

Das, was er nicht sagte, ließ mich nun ebenfalls ernst werden. »Die Menschen warten noch immer auf meine Hinrichtung«, stellte ich niedergeschlagen fest.

Er schwieg und das war Antwort genug.

Dann drückte er meine Schulter. »Lasst Euch verarzten und ich kümmere mich um den Rest.«

Mein Blick wanderte zu Ariana, die sich weinend an Janus klammerte. Dalia stand, an Gawen geschmiegt, neben ihr und schaute auf den Wald. Kayden betrachtete mich mit Argusaugen. Er wollte mich beschützen, weil er mich liebte.

Ich lächelte ihn an und sah dann wieder zu Theon. »Ich bleibe bei den Menschen aus dem Wald.«

Der König runzelte die Stirn, als würde er nicht verstehen, was ich meinte.

Ich winkte Tiara zu mir herüber. »Tiara, das ist König Theon, Herrscher des kupfernen Thrones. Theon, das ist Tiara. Sie ist die Repräsentantin der –«

Tiara hob ihr Kinn und streckte dem König die Hand entgegen. »Ich bin eine Metallene.«

Obwohl Theon stutzte, ergriff er ihre Hand und drückte sie fest. »Es ist mir eine Freude und ich bin schon gespannt auf Eure Geschichte. Ich will gerne wissen, was sich hinter diesem Begriff verbirgt. Nun hoffe ich, Ihr werdet unsere Gastfreundschaft annehmen. Zunächst müsst Ihr mit den Zelten vorliebnehmen, in denen die Krieger des Kronenkampfes genächtigt haben.«

»Wir sind Euch sehr dankbar, Eure Hoheit«, erwiderte Tiara mit ihrer leisen, beruhigenden Stimme, die ich so gut kannte. In ihren Augen sah ich Freudentränen.

Ich lächelte und atmete erleichtert auf. Dabei spürte ich, wie Kayden meine Hand nahm und mich von den anderen wegführte. Die ersten Regentropfen fielen auf uns herunter, noch fein und kaum spürbar. Die Mauer schien voller Gardisten und Metallener zu sein, doch als Kayden mich zu einem der Wehrtürme führte, fühlte ich mich, als könnte ich endlich wieder frei atmen.

Kayden stellte sich vor mich hin, sodass ich mich vom Rest der

Welt abgeschirmt fühlte. Ich sah ihn an und prägte mir sein kantiges Kinn, seine dunklen Augen und den ernsten Zug um seinen Mund ein. Meine Mundwinkel zuckten. Der Wolf, der mich jagte. Mein Wolf. Ich befeuchtete meine Lippen, um etwas zu sagen, doch er kam mir zuvor.

»Was meinst du damit, dass du bei ihnen bleibst? Denkst du, ich rette dich aus diesem feuchten Kerker und lasse mich beinahe von Dragen zerfleischen, nur um dich wieder gehen zu lassen?«

Ich musste lächeln und legte meine Hand auf seine Brust. »Ich möchte ihnen Mut machen. Schließlich bin ich wie sie.«

»Nein, das bist du nicht.«

Er verstummte, als ich meine Faust hob und ihm mein graues Blut zeigte, das auf meiner Haut zu sehen war.

»Ich bin den Metallenen ähnlicher als euch«, flüsterte ich und dachte an die Worte des Mannes, der behauptete, mein Vater zu sein.

Sofort runzelte ich meine Stirn und sah an Kayden vorbei, nur um erleichtert aufzuatmen: Marek und Cedrik waren in Ketten gelegt worden und lehnten gegen die Brüstung der Mauer, während sie von Gardisten festgehalten wurden.

»Ich hasse das alles«, stieß Kayden aus und zog mich im nächsten Moment fest an sich. »Ich hasse es, dass es so verdammt schwierig ist.«

»Ich auch.«

»Aber ich könnte dich niemals vergessen.« Er strich mir sanft und liebevoll über mein Haar. »Denn ich sehe immerzu dein Bild vor meinen Augen, höre deine Stimme in meinem Kopf und spüre dich in meinem Herzen.«

Ich lächelte an seiner Brust und konnte nichts hinzufügen.

Gemeinsam mit ein paar Gardisten, die uns mit argwöhnischen Blicken musterten, führte ich Tiara und die metallenen Dorfbewohner in die Arena. Glücklicherweise waren die Zelte bereits aufgebaut worden, denn der Regen war inzwischen stärker geworden.

Die Dorfbewohner ließen mich als Erste in das Badezelt gehen und warteten auch, bis ich als Erste verarztet worden war. Ich versuchte ihren dankbaren und offenen Blicken mit einem Lächeln zu begegnen.

Dann setzte ich mich in den Eingang meines Zeltes und schaute hinauf in den Himmel. Der Sturm war nur halb so schlimm, wie ich vermutet hatte, und dennoch roch die Luft nach Blitz und Donner, nach Regen und Reinigung.

Ich dachte an die Regentage, die ich mit meiner Mutter in unserer winzigen Kammer verbracht hatte. Wir tranken damals immer Tee und sie erzählte mir Geschichten, die ich längst vergessen hatte, weil sie sich immer wieder neue ausdachte.

Der Regen prasselte gleichmäßig auf das Dach des Zeltes und ich sah, wie die Baumwipfel rings um die Arena im Wind wogten. Ich beobachtete die vorbeigehenden Dorfbewohner, die mich scheu anlächelten, und erwiderte ihre Freundlichkeit.

»Wovor versteckst du dich hier?«, sagte Tiara, die näher getreten war.

Sie hatte ihr feuchtes Haar in ein Tuch gewickelt. Erst jetzt im Licht des neu anbrechenden Tages konnte ich sie genauer betrachten. Bei unseren Treffen hatte sie immer eine Kapuze tief in ihr Gesicht gezogen, und sie nun so ungeschützt zu sehen, ließ mich einen Moment lang innehalten. Sie war genauso schön, wie ich vermutet hatte, und ihr dunkles Haar hatte einen metallischen Glanz.

»Ich weiß nicht, wovor ich mich verstecke«, antwortete ich leicht herausfordernd und wusste nicht, weshalb mich ihr Anblick so wütend machte. »Vielleicht vor Theons Volk, das meinen Kopf verlangt. Vor dem Mann, den ich liebe, dessen Liebe mich jedoch umbringen könnte. Oder vor der Frage, ob dieser kranke Händler wirklich mein Vater ist.«

»Er ist tatsächlich dein Vater«, sagte Tiara. Sie setzte sich neben mich und raffte ihr grobes Leinenkleid. »Seine Geschichte und die deiner Mutter sind einfach zu ähnlich, als dass er es nicht sein könnte.«

»Du kanntest sie beide«, sagte ich. Es wurde mir zum ersten Mal bewusst.

Tiara sog tief Luft ein und ein Lächeln lag auf ihren Lippen, während sie in Richtung Himmel schaute. »Es gab schon immer Metallene wie mich, versteckt vor den Menschen, die uns nur töten würden – wie dich auch. Weißt du, nicht alle sterben, wenn sie sich mit einem Andersmagischen einlassen …«

Ich atmete schneller, als mir die Tragweite ihrer Aussage bewusst wurde. »War das etwa bei dir der Fall?«

»Nein, bei meiner Mutter. Sie war eine Kupferne und überlebte die Schwangerschaft. Als ich geboren wurde, sah sie sofort, dass ich anders war, und sie wusste, dass das den Menschen irgendwann auffallen würde.« Tiara seufzte. »Sie schaffte es, Kontakt mit jemandem aufzunehmen, der einen sicheren Ort für diejenigen geschaffen hatte, die anders waren.«

»Marek?«

Tiara nickte langsam. »Er ist ein Wahnsinniger, und doch hat er allen ein Zuhause gegeben, die sich im Wald verstecken mussten. Auch wenn wir einen hohen Preis dafür zahlen mussten.« Sie schob den Ärmel ihres Kleides hoch und offenbarte mir ihren vernarbten Unterarm. »Er hat Versuche an uns durchgeführt und wollte herausfinden, ob wir genauso lange leben wie die Dragen.«

»Das ist schrecklich.« Mein Flüstern ging beinahe im Prasseln des Regens unter. »Und wie hast du meine Mutter kennengelernt?«

Plötzlich veränderte sich Tiaras Miene und ein Ausdruck von Freude und Liebe erschien auf ihrem Gesicht, während sie aufstand, meinen Arm ergriff und mich mit sich zog. »*Sie* hat uns einander vorgestellt.«

Verblüfft folgte ich ihrem Blick und stieß einen erschrockenen Laut aus, als ich Marcaire durch den Eingang der Arena und auf uns zueilen sah. Sie war erstaunlich schnell für ihr Alter und Tränen rannen über ihre Wangen.

Hastig erhob ich mich. Meine Hände zitterten und ich schluckte die aufkommende Panik herunter. Innerlich machte ich mich auf das Schlimmste gefasst. Was auch immer sie so rennen ließ, es mussten schlechte Nachrichten sein. Bilder von Tod und Blut schossen durch meinen Kopf.

Und plötzlich stand sie vor mir und presste mich an sich.

»Bei der Göttin – Ihr seid am Leben!«

Langsam löste ich mich aus ihrer Umarmung, die früher Trost und Zuversicht gespendet hatte, mich jetzt aber verwirrte. »Was ist hier los?«

Marcaire umarmte auch Tiara, bevor sie lächelte und meine Hände nahm.

»Tiara ist meine Enkelin«, sagte sie dann.

Ich blinzelte. »Du hast meine Mutter mit Tiara bekannt gemacht?«

Marcaire nickte sanft. »Ja. Als deiner Mutter bewusst wurde, dass du besonders bist, vertraute sie sich in ihrer Verzweiflung mir an.« Sie schaute zu Tiara und strich ihr über die Wange. »Sie wusste, dass ich meine eigene Tochter noch während ihrer Schwangerschaft in Sicherheit gebracht hatte, nachdem ich erfuhr, dass sie sich mit einem Andersmagischen eingelassen hatte.« Marcaire wandte sich wieder mir zu. »Durch sie erfuhr ich auch, dass die Metallenen besondere Kräfte haben und dass sie helfen können.«

Einen Moment lang wusste ich nicht, was ich sagen sollte. Doch dann wurde mir klar, in welcher Notlage meine Mutter sich damals befunden hatte. Ganz allein und mit einem Kind, dessen Blut so grau war wie das der Dragen. Marcaire hatte auch mich gerettet.

»Du hast es all die Jahre gewusst?«

Sie nickte. »Ich behielt dich immer im Auge und konnte Tiara jeden Monat sagen, wie stark der Zauber für dich sein sollte. Wir haben uns zu jedem Vollmond getroffen, bevor sie zu dir in den Tempel kam. Wenn du in ernste Gefahr geraten wärst, hätte ich dich aus dem Königreich und in ihr Dorf bringen können.«

»Das ist unglaublich«, flüsterte ich, mehr zu mir selbst als zu Marcaire und Tiara. »Danke, ihr beiden. Danke für alles, was ihr für mich getan habt. Ich weiß nicht, wie ich euch jemals –«

»Du hast mir mein Enkelkind gebracht«, unterbrach Marcaire mich und legte eine Hand auf meine Wange. »Dafür danke ich dir sehr. Ich hätte niemals gedacht, sie jemals frei in Alandra bei mir haben zu dürfen. Und es ist so schön, euch hier zusammen zu sehen«, fuhr sie fort. »Ich wusste immer, dass ihr einander Halt geben könnt in dieser traurigen Welt.«

»Gibt es außer mir noch jemanden, der gegen seinen Willen von Marek zu einem Monster gemacht wurde?« Ich konnte seinen Namen kaum aussprechen.

Tiara schüttelte den Kopf. »Cedrik wurde Dragenblut injiziert, weil er es wollte. Aber es hat ihn nicht stärker gemacht. Ansonsten wurden die meisten von uns als Metallene geboren.«

»Deshalb könnt ihr eure Kräfte so gut kontrollieren«, stellte ich fest und dachte an die Narben an meinem Rücken. Das waren meine Tribute an die Götter. »Ich bin nicht wie ihr. Ich wurde von Marek gemacht und dazu gezwungen«, stieß ich hervor und Tränen sammelten sich in meinen Augen. »Aber … ich möchte nicht mehr so sein. Ich möchte nicht, dass meine Kräfte Narben auf meinen Körper hinterlassen. Ich möchte lieben, ohne Angst haben zu müssen, was mit mir passieren könnte, wenn ich zu weit gehe.«

Tiara sah mich traurig an, während Marcaire mich wieder in ihre Arme schloss.

»Ich weiß.«

Mehr sagte die alte Frau nicht, denn auch sie kannte keine Lösung für mein Problem.

Einen Moment lang nahm ich ihren Trost an, ließ mich von ihr halten und gab mich der Illusion hin, das könnte es irgendwie besser machen.

Als ich mich bewegte, rutschten meine Ärmel hoch, und sobald Tiara meine Unterarme sah, stieß sie einen spitzen Schrei aus, der sämtliche Alarmglocken in mir klingeln ließ.

◆ ◆ ◆ ◆

Das Zittern meiner Muskeln hatte nachgelassen, und als ich wenig später mit Marcaire und Tiara in Richtung Palast ging, um mich mit Theon zu treffen und das weitere Vorgehen zu besprechen, wusste ich, was ich zu tun hatte.

Ich schluckte, als wir den Palast betraten, und ich versteckte meine zitternden Hände im Rock meines Kleides. Während wir in Richtung des Sitzungssaales gingen, sah ich aus den Fenstern und erschrak, als ich die Menge hinter den Toren der Palastmauer entdeckte. Ich musste sie nicht hören, um ihren Hass zu spüren. Sie waren wütend auf mich und auf die Metallenen. Und sie hatten Angst.

Angst war schon immer der Ursprung tiefen Hasses gewesen.

»Ihr werdet eine Lösung finden«, sagte Marcaire und ergriff meine Hand. Sie versuchte das Drängen in ihrer Stimme zu unterdrücken, die verzweifelte Angst, sie könnte ihre Enkelin erneut verlieren.

»Ja.« Das Wort kam automatisch über meine Lippen und ich

atmete tief durch, sog Kraft ein und spürte das Pulsieren meiner Magie unter meiner Haut. Sie brannte und wollte heraus, doch ich drängte sie zurück.

Tiara schwieg, aber mir fiel auf, dass sie noch blasser geworden war. Auch sie hatte offenbar Angst.

»Königin Fiana?«

Ich sah zu der Bediensteten, die in der Tür des Sitzungssaales stand und mich anlächelte.

»Wir sind so weit.«

Mit einem Nicken bedeutete ich ihr, dass ich gleich kommen würde, und zu Tiara sagte ich: »Lass uns gehen.«

»Bitte schaut danach auf einen Tee bei mir in der Küche vorbei«, sagte Marcaire, zog ein Taschentuch aus ihrer Rocktasche und tupfte sich über die Stirn. »Ich werde mit einem Stück Kuchen auf euch warten.«

»Mach dir keine Sorgen«, erwiderte ich und versuchte Zuversicht in meine Stimme zu legen. »Ich werde nicht zulassen, dass die Metallenen aus Alandra verstoßen werden.«

Wir setzten uns in Bewegung, und als ich über die Schwelle trat, war mir, als müsste ich Tiara beschützen und meine Arme über sie ausbreiten.

An dem langen Tisch, der in der Mitte des Raumes stand, saßen König Theon, sein oberster Befehlshaber Gawen und die Berater. Außerdem waren die Landesherren verschiedener Regionen hier versammelt, die wohl eilig angereist waren, um dieser Besprechung beiwohnen zu können.

Von Kayden war keine Spur zu sehen. Enttäuschung kam in mir auf, doch es sollte mich nicht wundern, denn er gehörte nicht zur obersten Riege der Herrscher Alandras.

Sie alle erhoben sich, als ich den Raum betrat, und ich setzte mich auf den Platz gegenüber von Theon. Links von mir saß Tiara.

Aller Augen waren ernst und abwartend auf uns gerichtet.

»Wir sollten keine Zeit verlieren«, begann ich, bevor es ein anderer tun konnte, und richtete meinen Blick auf Theon und dann auf die anderen Anwesenden. »Jahrhundertelang glaubten wir, die Vereinigung von Kupfernen und Eisernen würde nur Tod und Albträume hervorbringen. Doch die Natur – nein, die Götter selbst scheinen auszuwählen, ob das Kind einer solcher Vereinigung nicht doch ein normales Leben führen kann. Hier ist der Beweis.« Ich deutete auf Tiara. »Sie ist das Kind beider Seiten – eine Metallene. Ihr Vater starb, doch ihre Mutter überlebte die Geburt und verbarg sich in den Wäldern. Gemeinsam mit anderen bauten sie sich dort ein neues Zuhause auf.«

»Und warum bleiben sie nicht dort?«, fragte einer der Berater.

Zustimmendes Gemurmel ertönte.

Mein Herz pochte aufgeregt. »Weil es in den Wäldern unsicher ist. Weil es falsch ist, sie den Dragen zu überlassen.«

Theon nickte. »Ich gebe Königin Fiana recht. Nun, da wir von ihnen wissen, können wir nicht mehr wegschauen. Das wäre falsch. Sie sind ein Teil unserer Welt, und außerdem sind sie nützlich.«

Bei diesem Wort zuckte ich zusammen.

Tiara hob die Augenbrauen.

»Inwiefern?«, fragte ein anderer der Berater.

»Sie können die Dragen steuern«, erklärte Theon, es klang, als läge diese Antwort auf der Hand. »Sie sind unsere Rettung im Kampf gegen die Dragen. Wir müssten keinen einzigen Mann mehr verlieren, wenn sie auf unserer Seite wären.«

»Soll das heißen, wir werfen die alten Gesetze über Bord, nur weil es vielleicht möglich sein könnte, dass man sich durch eine verbotene Vereinigung doch nicht in einen Dragen verwandelt?«, warf eine Beraterin argwöhnisch ein.

»Nein«, antwortete ich ihr bestimmt. »Das Risiko, dass man zu einem Dragen wird, ist viel zu hoch. Deshalb wird es weiterhin Strafen für diejenigen geben, die sich nicht an unsere Gesetze halten. Doch die Metallenen sollten nicht bestraft werden. Sie sind die Kinder ihrer Eltern und tragen keine Schuld an ihrer Geburt.«

Schweigen lag im Raum, schwer und beinahe greifbar.

Gawen grinste mich an und nickte Tiara zu. »Ich finde die Idee großartig. Da sie mich vor den Dragen gerettet haben, werde ich jeden von ihnen bei den Gardisten aufnehmen, der sich dazu bereit erklärt.«

Tiara lächelte ihn an und schwieg.

Eine weitere Beraterin rutschte unruhig auf ihrem Stuhl hin und her. »Das Volk wird es nicht verstehen. Sie sind jetzt schon wütend und fordern –« Als ihr Blick den meinen traf, verstummte sie.

»Ich weiß«, sagte ich. »Aber das ist ein anderes Thema. Wir können versuchen, es ihnen zu erklären. Doch ich wäre dafür, dass wir sie vor vollendete Tatsachen stellen und für den Schutz der Metallenen sorgen. Wir sollten ihnen hier auf dem Palastgelände eine Bleibe einrichten. Wir werden sie anfangs besonders schützen müssen, doch die Menschen werden es irgendwann akzeptieren.«

»Das könnte Jahre dauern«, warf jemand ein.

»Das mag sein«, sagte Theon. »Aber wir werden nur diejenigen Gardisten mit ihnen arbeiten lassen, die ihnen gegenüber aufgeschlossen sind. Es wird zusätzliche Ressourcen verbrauchen, sie in unsere Gesellschaft zu integrieren, doch am Ende wird es gut sein und wir alle werden davon profitieren.«

Die Berater murmelten durcheinander und begannen dann zögerlich zu nicken.

»Danke«, flüsterte Tiara, während sie anfingen über die anstehenden Aufgaben zu diskutieren.

Ich lächelte sie an und atmete tief durch, denn auch wenn eine tiefe Erleichterung mich erfüllte, war ich immer noch besorgt.

Als die Besprechung zu Ende war, bat ich Tiara, den Tee allein mit Marcaire einzunehmen, da ich noch ein Gespräch mit Theon führen wollte. Eine Dienerin brachte sie zur Küche.

Ich wartete darauf, dass die Berater sich zurückzogen, und stellte mich im Flur an eines der Fenster, um hinauszublicken. Auch wenn ich weiterhin Königin war, zog ich mich aus ihren Gesprächen heraus, denn ich wusste, ich würde es nicht mehr lange bleiben.

Da kribbelte es plötzlich in meinem Nacken und ich drehte meinen Kopf, um Kaydens Augen zu begegnen. Er sprach mit Gawen und sah zu mir herüber. Dann klopfte er seinem Freund auf die Schulter und Gawen ging den Flur entlang davon.

Meine Beine setzten sich in Bewegung, noch bevor ich es realisierte. Es war, als würde ein unsichtbares Band mich zu Kayden ziehen, und ich atmete schneller, während meine Finger zu zittern begangen. Ich wollte mich in seine Arme werfen, ihn küssen und vergessen, dass meine Welt sich heute gravierend geändert hatte.

Und noch bevor ich ihn erreichte, wurde mir klar, was ich tun musste. Es war, als hätte es nie eine andere Möglichkeit für mich gegeben.

Ich blieb dicht vor ihm stehen und schluckte meine Nervosität herunter. Meine Augen wanderten über seine ernsten Gesichtszüge, über seine vollen Lippen, seine dunklen Augen und über sein Haar, das ein wenig zu lang geworden war.

»Du siehst aus, als könntest du Schlaf vertragen«, sagte ich.

Sein Mundwinkel zuckte und der Ausdruck in seinen Augen wurde wölfisch. »Es war eine harte Nacht.«

Ich schauderte, als die Bilder der Dragen vor meinen Augen aufblitzten. »Erinnere mich nicht daran.«

»Du warst eine wahre Königin.« Sein Blick wurde weich und warm. »Nicht jeder hätte die Metallenen gerettet.«

»Ich liebe dich«, stieß ich aus, ich konnte diese Worte nicht länger zurückhalten und war froh, dass ich dem Besprechungsaal den Rücken zugekehrt hatte.

Kaydens Augen weiteten sich, dann lächelte er und trat auf mich zu, um mich an sich zu ziehen.

»Nicht hier«, flüsterte ich. »Sie könnten –«

»Das ist mir egal«, stieß er aus und zog mich zur Seite, sodass niemand uns sehen konnte. Dann presste er seine Lippen auf meine.

Ich erzitterte und küsste in zurück. Küsste ihn, als könnte ich uns damit retten. Ich wollte mich in diesem Kuss verlieren, wollte vergessen, dass es uns nicht vorherbestimmt war, einander zu lieben, ich wollte für immer in diesem Traum schweben.

Schritte erklangen und zerrten mich hart in die Realität zurück.

Ich löste mich von Kayden und drehte mich von ihm weg, als einige Berater den Besprechungssaal verließen – kurz bevor sie entdeckt hätten, dass wir uns über die Gesetze Alandras stellten.

Tränen brannten hinter meinen Lidern, doch ich blinzelte sie weg, als Theon meinen Namen rief.

»Ich muss gehen«, stieß ich hervor und ging zurück in den Saal, ohne Kayden noch einmal anzusehen. Denn ich wusste, ich würde mit meiner Entscheidung hadern.

35. KAPITEL

DAS EINGESTÄNDNIS EINER DUMMHEIT

»Ich muss Euch um einen Gefallen bitten.«

Theon nickte und bedeutete mir fortzufahren, als ich kurz stockte.

»Ich möchte, dass Ihr meine Strafe vollzieht.« Meine Stimme war fester, als ich erwartet hätte, und ich atmete tief durch. »Aber anders, als es das Volk verlangt.«

»Wie meint Ihr das?« Er zog seine Augenbrauen missmutig zusammen und schüttelte den Kopf, als wollte er jetzt schon Nein sagen.

»Unterzieht mich dem Ritual. Nehmt mir meine Kräfte.«

»Das könnte Euch umbringen!«, rief er entsetzt und seine Wangen wurden ganz blass.

»Ich weiß.« Die plötzliche Enge in meiner Kehle ließ mich hart schlucken. »Aber es könnte mich auch retten.«

»In den letzten fünfhundert Jahren hat noch nie jemand dieses Ritual überlebt!«, fuhr er mich an. Nervös strich er sich durch sein dunkles Haar, bevor er mit etwas ruhigerer Stimme fortfuhr: »Ich habe Euch und Kayden auf der Mauer gesehen. Und ich kann verstehen, dass Ihr glaubt, keinen anderen Ausweg zu haben.«

Mir war klar, dass er und auch andere uns gesehen haben mussten. Dennoch wurde mir unwohl, als ich es aus seinem Mund hörte.

»Es ist nicht nur das«, erwiderte ich. Dann nahm ich all meinen Mut zusammen und offenbarte ihm, was Tiara an mir entdeckt hatte. Langsam zog ich beide Ärmel meines Kleides hoch und streckte ihm meine Arme entgegen.

Er sog scharf Luft ein und nahm meine Hände, um sich meine Arme genauer ansehen zu können.

»Was ist das?«, fragte er.

Über meine Haut zogen sich dunkle, wulstige Narben, die meinen gesamten Körper überzogen.

»Während ich die Dragen in Schach hielt, spannte sich meine Haut auf seltsame Weise. Es war … ich kann es nicht beschreiben, aber ich dachte mir zunächst nichts dabei. Die Schmerzen setzten erst später ein, als die Aufregung nachließ. Im Badezelt musste ich feststellen, dass diese Narben überall auf meiner Haut sind. Tiara hat sie gesehen und wusste sofort Bescheid. Es ist nur der Anfang. Die Magie wird bei jedem Einsatz ihren Tribut fordern, bis es mich am Ende tötet.« Oder mir die Haut vom Körper schält. Ich konnte diesen Satz kaum denken, ohne dass Übelkeit in mir aufkam.

»Tiara kennt ein Ritual«, sagte ich. »Sie würde es durchführen.«

Theon hatte meine Hände nicht losgelassen und sah mich sprachlos und mit geweiteten Augen an.

»Es wäre ein qualvoller Tod und nun, da meine Magie entfesselt wurde, spüre ich, dass das Blut nicht zu mir gehört. Blut und Magie stoßen sich gegenseitig ab, und das wird mich über kurz oder lang umbringen. Egal wie sehr ich versuche, meine Magie zu unterdrücken – irgendwann werde ich sie doch wieder einsetzen.«

Ich befreite mich aus Theons Griff und strich die Ärmel wieder über meine brennende Haut. Der Kloß in meinem Hals war so groß, dass meine Stimme zu einem Krächzen wurde. »Ich will so nicht sterben. Lasst es uns versuchen.«

»Kayden wird das nicht zulassen«, antwortete er leise, es klang, als ob er seinem geliebten Bruder großen Kummer ersparen wollte.

»Deshalb wird er es zunächst nicht erfahren.«

»Ihr wollt es ihm nicht sagen?«

»Erspart mir diesen vorwurfsvollen Tonfall.« Ich wandte mich von ihm ab, um wieder aus dem Fenster zu schauen. Von hier aus sah man in der Ferne den Wald, der sich wie ein grünes Meer bis zum Horizont erstreckte. »Ich würde es ihm gern sagen. Doch er ist der Einzige, der mich dazu bringen könnte, meine Meinung zu ändern. Und … das ist nicht das, was ich will. Ich habe akzeptiert, was ich bin, ich habe mein Blut angenommen. Doch ich werde nicht jämmerlich dadurch zugrunde gehen. Das ist nicht das Ende, das ich verdient habe.«

»Ihr wollt also lieber bei einer öffentlichen Zeremonie vor den Augen ganz Alandras sterben?«

»Ich kann nicht Königin bleiben. Das Volk vertraut mir nicht mehr. Sie wollen mich nicht auf dem Thron sehen. Und ich will auch nicht auf diesem Thron sitzen.« Mein Blick schweifte erneut nach draußen, wo einige Vögel über die Baumwipfel hinwegflogen. Sie waren frei in unserer Welt. Und ich wollte auch endlich frei sein. »Alandras Volk will mich am Galgen hängen sehen. Sie erwarten ein Spektakel, und das werden wir ihnen mit dem Ritual bieten. Nur so werde ich wirklich frei sein können – falls es funktioniert.«

»Nun gut. Gebt mir einen Tag Zeit, um alles zu veranlassen.«

»Nein«, widersprach ich ihm und drehte mich zu ihm um. »Das Ritual muss noch heute Nacht durchgeführt werden. Es ist Vollmond, und nur dann besteht laut Tiara eine kleine Chance auf ein Gelingen.«

»Eine *kleine* Chance?«

»Mehr habe ich nicht«, erwiderte ich und hob meine Unterarme. »Diese Wunden werden nur sehr langsam heilen – wenn überhaupt. Ich werde keinen weiteren Tag unter Schmerzen verbringen. Auch nicht für Kayden. Dieses Ritual ist für mich und meine Freiheit. Es wird mein Leiden endlich beenden.«

»Dann heute Nacht.«

»Danke«, flüsterte ich. »Ihr findet mich in meinen Gemächern. Lasst nach mir schicken, sobald alles vorbereitet ist.«

»Das werde ich«, antwortete er nun ebenso leise, und als wir uns einen Moment lang in die Augen sahen, wusste ich, dass er mich verstand.

◆ ◆ ◆ ◆

»Du denkst doch nicht wirklich, du könntest dich in den Tod stürzen, ohne dich von deiner besten Freundin zu verabschieden.« Arianas Stimme durchschnitt die Stille, die sich in meinem Arbeitszimmer ausgebreitet hatte, während ich mich abzulenken versuchte.

Ich drehte mich nicht zu ihr um, sondern starrte weiterhin auf die Schnitzereien, die jemand auf meinen Schreibtisch gestellt hatte. Ich hatte sie alle bei dem Händler Marek gekauft – außer einer einzigen, die er mir bei unserer letzten Begegnung geschenkt hatte. Es war die Schnitzerei des Dragen, und ich brachte es kaum fertig, mich davon abzuwenden. Er hatte ihn erstaunlich gut getroffen.

»Du glaubst also nicht, dass ich es überleben könnte?«, sagte ich zu Ariana.

»Das Ritual hat seit Jahrhunderten niemand überlebt«, erwiderte sie gepresst.

»Gawen meinte, du würdest darauf bestehen, dass eine Metallene das Ritual durchführt«, sagte nun Dalia.

Sie klang nicht wütend, sondern eher neugierig. Sie hatte offenbar gemeinsam mit Ariana das Zimmer betreten. Dass ich die beiden nicht bemerkt hatte, zeigte, wie abgelenkt ich gewesen war.

»Gut zu wissen, dass der Hauptmann unserer Gardisten solche Informationen an euch weitergibt«, sagte ich bitter.

Dalia lachte spitz und klang wie das Biest, das sie einst gewesen war. »Versuch nicht, abzulenken. Wieso redest du nicht mit uns?«

»Weil ich eure Angst gesehen habe. Ihr habt Angst vor mir«, erwiderte ich.

»Die Szene gestern Nacht war natürlich beängstigend«, brauste Ariana auf und ihre schrille Stimme hallte durch den Raum. »Wir wären fast gestorben! Und der Gedanke, dass meine Mutter ganz allein gegen eines dieser Monster gekämpft und verloren hat, ist … es ist …«

Ich drehte mich um und sah gerade noch Tränen über ihre Wangen laufen, bevor sie ihr Gesicht hinter den Händen verbarg.

Dalia stand neben ihr und hatte ihre Hand auf Arianas Arm gelegt, doch ihre Augen waren auf mich gerichtet.

»Diese Nacht war die schlimmste meines Lebens«, sagte sie langsam. »Alles hat mir Angst gemacht. Auch du für einen Moment. Doch jetzt nicht mehr. Du und die Metallenen, ihr habt uns gerettet. Das Volk wird das verstehen. Sie werden sich beruhigen. Du musst dich nicht diesem Ritual unterziehen.«

»Doch«, erwiderte ich leise und schob die Ärmel meines Kleides hoch. »Weil ich sonst an diesen Kräften sterben würde.«

Arianas Hände fielen von ihrem Gesicht und sie starrte mich mit glänzenden Augen an.

»Ich weiß nicht, wie lange ich noch überleben könnte. Aber ich will ohne diese Angst leben und endlich frei sein. Ich brauche dieses Ritual und ich werde es überstehen.« Ich sagte es, als würde ich wahrhaftig daran glauben.

»Seit wann hast du diese Narben?«, sagte Ariana fassungslos.

»Ich habe dieses Ziehen an meiner Haut zum ersten Mal bei der Beerdigung deiner Mutter gespürt, als ich die Dragen kontrolliert habe«, sagte ich zu ihr. »Und gestern Nacht wurde es Gewissheit. Die Metallenen bezeichnen diese Narben als Todesmale.« Vorsichtig zog ich den Stoff wieder über meine schmerzende Haut und sah meine Freundinnen traurig an. »Jetzt wisst ihr, warum ich mich dem Ritual unterziehen werde.«

»Du darfst nicht sterben«, sagte Ariana nun mit zittriger Stimme und kam auf mich zu. »Hörst du mich? Du. Darfst. Nicht. Sterben. Ich habe meine Mutter verloren und werde dich nicht einfach so gehen lassen.« Sie blieb direkt vor mir stehen und aus ihren geröteten Augen liefen Tränen.

»Ich werde bis zum letzten Augenblick kämpfen«, versprach ich ihr und schluckte schwer.

»Versprich es mir.«

Meine Unterlippe zitterte und nun füllten sich auch meine Augen mit Tränen. »Ich verspreche, an meinem Leben festzuhalten, soweit es in meiner Macht steht.«

Ariana stieß einen Schluchzer aus und zog mich fest an sich. »Ich werde an deiner Seite sein.«

»Nein!« Grob schob ich sie von mir und umfasste ihre Schultern. »Du wirst dich fernhalten. Meine Magie ist mächtig, genau wie die Dunkelheit in meinem Blut. Das Ritual wird mir alles abverlangen, und ich will nicht von der Angst abgelenkt werden, dass ich jemandem schaden könnte, den ich liebe.«

Ariana zögerte, doch dann nickte sie schließlich. »Ich verstehe.«

Ich ließ sie los, als mir klar wurde, wie fest ich sie gepackt hatte, und trat einen Schritt zurück. Mein Blick wanderte zu den Fenstern in meinem Vorraum, hinter denen sich bereits die Nacht abzeichnete.

»Möchtest du noch etwas essen?«, fragte Dalia, vielleicht um uns von diesem düsteren Thema abzulenken.

»Lieber nicht«, antwortete ich, obwohl ich tatsächlich hungrig war. »Tiara hat mich gewarnt, dass das Ritual mich an meine Grenzen bringen wird. Ich sollte es besser nüchtern antreten.«

Dalia nickte, konnte bei meinem leicht amüsierten Tonfall aber kaum lächeln. »Hast du mit Kayden gesprochen?«

Ich schüttelte den Kopf. »Er würde mich davon abhalten wollen und er wäre auch der Einzige, dem das gelingen könnte.«

»Das ist also der Grund, weshalb Gawen ihn schon vor Stunden zur Mauer geschickt hat, um sie zu inspizieren.«

»Das ist nicht fair von dir«, sagte Ariana. »Er liebt dich und er will in dieser schweren Stunde sicher bei dir sein.«

Meine Wangen brannten so plötzlich vor Scham, dass ich nicht einmal leugnen konnte, dass sie recht hatte.

»Ariana«, begann Dalia zögerlich und hob ihre Hände, um die Freundin zu beruhigen.

»Nein«, erwiderte Ariana aufgebracht. »Ich finde das nicht richtig. Oder würdest du deine letzten Stunden nicht mit Gawen verbringen wollen? Ich wollte keine Sekunde mit Janus verpassen.«

Jedes ihrer Worte war ein Messerstich in mein Herz, denn alles, was sie sagte, war wahr. Mir wurde eiskalt und ich spürte, wie ich blass wurde.

»Du hast recht«, sagte ich leise.

»Ich weiß«, erwiderte sie. »Dafür bin ich schließlich deine Freundin.« Ihr Blick wurde weicher. »Lass nicht zu, dass deine Angst bestimmt, wie dein Leben verlaufen soll.«

»Kayden und ich dürfen einander nicht lieben«, flüsterte ich und presste meine Lippen zusammen.

Dalia lächelte mich an. »Wie gut, dass du schon morgen früh entweder tot oder eine Nichtmagische sein wirst. Wen kümmert es dann noch, was in der Stunde davor passiert ist? Zumindest voneinander verabschieden dürft ihr euch.«

Meine Augen weiteten sich, als mir endlich bewusst wurde, wie dumm ich gewesen war. »Ich muss zu Kayden.«

Ich wollte schon zur Tür rennen, hielt dann aber inne und umarmte meine beiden Freundinnen. »Ich bin so froh, dass ich euch habe.«

Dann löste ich mich von den beiden und rannte hinaus in den Flur.

Erstaunte Blicke folgten mir, doch niemand hielt mich auf, als ich nach draußen und in Richtung der Mauer eilte.

Meine Haut prickelte und ich spürte die eiserne Magie stärker als je zuvor. Mein Blick glitt nach oben zu dem Vollmond, es müsste bald Mitternacht sein.

Ich lief an den Palastmauern entlang und hörte hinter den geschlossenen Toren die Unruhe eines ganzen Königreiches. Das Volk wartete.

Ich versuchte, nicht auf das Podest vor dem Haupteingang zu schauen, das gerade eilig von Dienern errichtet wurde. Hier würde schon bald das Ritual stattfinden. Ein Schauder ergriff mich und ich rannte schneller. Panik kam in mir auf. Wie hatte ich nur so dumm sein können? Wie konnte ich glauben, ich würde mir einen Gefallen damit tun, wenn ich Kayden nichts von dem Ritual erzählte?

Als ich endlich die Mauer erreichte, standen mir Schweißperlen auf der Stirn. Ich stürmte die Stufen hoch. Es war so finster, dass ich ein paarmal beinahe gestolpert wäre.

Als ich endlich oben auf dem Wehrgang ankam, war ich völlig außer Atem. Die Gardisten drehten sich zu mir um.

»Hat jemand Kayden gesehen?«, keuchte ich.

»Eure Hoheit.« Einer der Männer verneigte sich vor mir und

sah mich irritiert an. »Er ist vor einiger Zeit losgeritten, um nach Schwachstellen in der Mauer zu suchen.«

»Wann kommt er zurück?«, fragte ich und wusste gleichzeitig, dass es zu spät sein würde.

»Das könnte die ganze Nacht dauern, Eure Hoheit.« Der Mann tauschte einen Blick mit den anderen Gardisten. »Aber wenn es dringend ist, könnten wir jemanden hinterherschicken.«

»Tut das, bitte«, stieß ich hervor und spürte eine plötzliche Enge in meinem Hals. »Er soll so schnell wie möglich zurückkommen.«

Ich murmelte eine Verabschiedung und versuchte, nicht auf den düsteren Wald zu blicken, bevor ich wieder die Stufen hinunterstieg. Meine Magie kribbelte immer stärker und ich spürte, dass mir die Zeit davonlief.

Als ich unten angekommen war, hielt ich einen Moment lang inne. Mein Blick glitt an der Mauer entlang. Kurz verspürte ich den Drang, davonzurennen und Mitternacht einfach verstreichen zu lassen – nur um Kayden zu suchen. Doch dann spürte ich das Ziehen der Narben auf meiner Haut und wusste, dass ich es bereuen würde.

»Ich liebe dich, mein Wolf.« Mein Flüstern wurde vom Wind davongetragen, und bevor ich etwas Dummes tun konnte, kehrte ich zum Palast zurück.

36. KAPITEL

HAND IN HAND, BIS ZUM SCHLUSS

Ich zitterte am ganzen Leib, als ich gemeinsam mit Tiara auf das hölzerne Podest trat, das uns über das Volk Alandras erhob. Sie strömten wie eine hungrige Meute durch die nun wieder geöffneten Tore der Palastmauer, und für einen kurzen Moment überkam mich die schreckliche Angst, sie könnten das Podest mit sich reißen.

Das Licht des Mondes schien über den gesamten Platz und hüllte alles in silbrige Schatten. Es verwandelte die Gesichter der Menschen in geisterhafte Fratzen, und ich fröstelte, als ein kalter Windzug mir mein offenes Haar ins Gesicht wehte.

Ich sah zu Tiara, die neben mir stand, dann zu den Mönchen, die sich gemeinsam mit den Metallenen um uns herum aufgestellt hatten. Vor uns war ein Altar aufgebaut worden und ich keuchte auf, als ich die ledernen Gurte und Schnallen sah, die mich an den kalten Stein fixieren würden.

Tiara folgte meinem Blick. »Die sind zu deiner Sicherheit. Damit du dir nicht wehtust.«

»Du hättest mich ruhig belügen können«, warf ich ihr leise vor.

»Du musst darauf gefasst sein. Du musst kämpfen.« Ihre Stimme war ein eindringliches Flüstern, das in dem Lärm um uns herum beinahe unterging. »Du musst am Leben festhalten. Nur so kannst du es überstehen.«

Ich nickte und schaute zur Seite, als ich eine Bewegung auf dem Palastbalkon wahrnahm.

Theon trat heraus und schlagartig breitete sich Stille über Alandra aus. Es war, als würde die ganze Welt den Atem anhalten.

»Mein Volk«, begann er mit lauter Stimme, die über die Menge schallte. »Königin Fiana wird sich heute Nacht dem Ritual unterziehen. Nicht, weil ihr von ihrem Vater das Blut eines Dragen injiziert wurde. Nicht, weil es sie beschämt, eine Metallene zu sein …«

Ich hielt die Luft an, denn er war der Erste, der das öffentlich aussprach. Ich war eine Metallene, schon mein Leben lang.

»… Nicht, weil ihr eigenes Volk ihren Kopf fordert«, fügte er hinzu und die leise Wut in seiner Stimme schwoll zu einem Grollen an, das mir unter die Haut ging.

Theons Blick wanderte zu mir und ich sah ein beruhigendes Lächeln auf seinen Lippen, das ich erwiderte.

»Nein, Königin Fiana tut es, weil eine Krankheit von ihr Besitz ergriffen hat. Sie vertraut den Metallenen und hat ihr Leben riskiert, um sie aus dem Wald zu retten. Sie hat die Metallenen zu uns geführt, diejenigen, die uns für immer vor den Dragen beschützen können.« Er machte eine kurze Pause, ließ die Worte wirken und sprach dann erst weiter. »Königin Fiana wird sich diesem Ritual unterziehen, das kein magisches Wesen seit Urzeiten überlebt hat. Wir werden ihr Beistand leisten und zu den Göttern beten, dass sie ihr Gnade gewähren mögen.«

Leises Gemurmel erfüllte die Luft, aber ich versuchte, nicht darauf zu achten, sondern blickte nur zu Theon. Ich spürte, wie tiefe Panik von mir Besitz ergreifen wollte. Ich wollte frei sein und nicht auf jämmerliche Weise an diesen Todesmalen sterben. Und gleichzeitig wollte ein anderer Teil von mir jetzt und hier überleben und den Altar vor sich in Stücke hauen.

»Mögen Göttin Aneta und Gott Damin an Eurer Seite sein.«

Ich nickte bei Theons Worten, bevor ich auf den Altar zuging. Ich zögerte kurz, sodass Tiara sich veranlasst sah, ihre Hand auf meine zu legen.

»Ich werde an deiner Seite sein. Bis zum Schluss«, versicherte sie leise.

Ich legte mich auf den Altar und ein paar Männer fixierten mich mit den Gurten. Ich wusste, dass auch Ariana, Janus, Dalia und Gawen in der Nähe waren und mir Rückhalt schenkten. Und doch wünschte ich mir für einen kurzen Moment nichts sehnlicher, als jetzt bei ihnen sein zu können.

Mein Blick wanderte zu dem Vollmond und den unzähligen Sternen hinauf, die den Nachthimmel erfüllten. Ihr Licht war so hell und stark, dass ich mir unendlich klein vorkam.

Ich blendete alles um mich herum aus und sah nur noch Tiara, die am Kopfende des Altars stand und ihre kalten Finger an meine Schläfen legte. Auch die Mönche und Metallenen traten näher, und ich spürte, wie sie ihre Fingerspitzen auf meine Arme, meine Taille und meine Beine legten.

»Lass es zu«, flüsterte Tiara. »Aber halte am Leben fest.«

Ich konnte nur schwach nicken. Meine Brust hob und senkte sich rasch, und jedes Mal schnitten die Gurte etwas tiefer in meinen Oberkörper.

Meine Finger wurden eiskalt und Schweißperlen standen auf meiner Stirn. Punkte tanzten am Rand meines Sichtfeldes. Ich schluckte, um meinen plötzlich trockenen Hals zu befeuchten. Panik breitete sich in mir aus. Mein Atem war viel zu laut.

Plötzlich durchbrach ein Keuchen die eisige Stille um uns herum.

»Fiana …«

Kaydens Stimme ließ mich meine Augen aufreißen. Ich versuchte mich aufzurichten, lehnte mich kurz gegen meine Fesseln auf. »Kayden?«

Schwere Schritte ließen das Podest erbeben. Ungehaltene Rufe ertönten. Doch niemand konnte den Wolf aufhalten, der im nächsten Moment über mir stand und dessen Umriss vom Mondlicht erhellt wurde. Sein Gesicht lag in völliger Dunkelheit, und doch schienen seine Augen zu funkeln.

Ich rechnete damit, dass er wütend sein und mir Vorwürfe entgegenschleudern würde. Doch dann ließ er sich direkt neben mir auf seine Knie fallen und ergriff meine freie Hand.

»Es tut mir so leid«, stieß ich zitternd aus.

Um uns herum herrschte atemlose Stille und ich wusste, dass alle nur darauf warteten, dass das Ritual endlich begann.

»Du darfst dich für den Rest unseres Lebens bei mir entschuldigen«, stieß er erstickt hervor und hielt meine Hand, so fest er konnte. »Doch jetzt musst du kämpfen und darfst auf keinen Fall verlieren.«

Ich nickte, während mir Tränen über die Wangen liefen.

»Fiana.« Das war Tiaras einziges Wort, bevor sie das Ritual begann.

Plötzlich erfüllte ein Singsang aus uralten und fremden Worten die Luft. Ich spürte den Druck von Kaydens Hand und wie seine Finger die meinen umschlossen. Die Panik, die sich gerade noch wie ein tödlicher Sturm in mir angesammelt hatte, flaute langsam ab.

Kayden war bei mir.

Und dennoch verspürte ich eine eigentümliche Angst, die mein Herz hektisch schlagen ließ. Ich hörte, wie der Gesang um uns herum anschwoll und wie etwas in mir zu brodeln begann. Mein Blut fauchte und kämpfte gegen das an, was sie ihm antun wollten. Ein gequältes, tiefes Stöhnen entfuhr mir und mein Körper bäumte sich auf, ohne dass ich es verhindern konnte. Meine Augen waren geöffnet und auf den Vollmond über mir gerichtet. Ich starrte ihn an und sein Leuchten weitete sich aus, bis alles um mich herum aus Licht zu bestehen schien.

Der Gesang wurde drängend und auf einmal schoss eine Flut wie aus glühender Lava durch meine Venen. Ich wollte schreien und weinen und um mich schlagen, und meine Muskeln zuckten so stark, dass ich nicht mehr atmen konnte. Alles um mich herum verschwamm, und da war nur noch das blendende Mondlicht und dieser tiefe, dunkle Gesang. Bedrohlich und doch erlösend.

Mein Körper brannte und ich spürte überall Schmerz. Ich hörte das Stöhnen, das über meine Lippen kam, und doch schien es so fern wie das leise Heulen wütender, halb verhungerter Wölfe.

Der Sturm in mir schwoll immer mehr an, und plötzlich spannte sich meine Haut und schien zu zerreißen. Mein Körper verkrampfte sich und kupferne und eiserne Magie tanzte vor meinen Augen. Gleichzeitig tastete sich eine Dunkelheit an den Rändern meines Sichtfeldes heran und lauerte darauf, mich zu überwältigen.

Das Stöhnen wurde lauter, untermalte den Gesang des Rituals. Tiaras Fingerspitzen verwandelten sich in glühende Nadeln, die meine Haut zu durchstechen schienen. Die Dunkelheit weitete sich aus und Übelkeit erfasste mich. Ich war kaum zu einem Gedanken fähig. Der Schmerz von den glühenden Stichen verwandelte mein gesamtes Sein zu Asche.

Ich sehnte mich nach Erlösung, sehnte mich danach, dass meine Asche davongetragen würde und die Götter sich meiner erbarmten.

Im selben Augenblick drückte jemand meine Hand. »Halte durch.«

Ich blinzelte, spürte Kaydens Hand auf meiner und hörte den

Gesang der Metallenen, der mich befreien sollte. Meine Augen waren wieder nach oben gerichtet und ich presste meine Lippen zusammen, um nicht laut zu schreien, denn plötzlich breitete sich ein Feuer in meinem Körper aus, das von uralten Monstern erschaffen worden sein musste. Es war so heiß und verzehrend, dass meine Finger kurz zuckten, um sich von Kayden zu lösen.

Doch er ließ mich nicht los. Er hielt mich fest, so fest.

Mein Körper wurde immer schwerer, ich schloss wieder die Augen und langsam ließ das Zittern nach. Meine Muskeln gaben auf, kämpften nicht länger und zurück blieb nur das Feuer in meinem Blut. Asche bedeckte meine Haut und ich bäumte mich auf, als sie sich langsam von meinem Körper löste.

Ich spürte Blut. Überall Blut. Und plötzlich wurde mir bewusst, dass ich es nicht schaffen würde. Tränen rannen aus meinen Augenwinkeln und kühlten meine brennende Haut. Mein Atem ging flacher und es war, als würde etwas an mir zerren. An mir und an meiner Seele.

Kaydens Hand schloss sich fester um meine, und ich wusste, dass er sprach, doch ich hörte nur das Rauschen meines Blutes. Es toste durch meine Venen und zerriss mich von innen heraus. Gleichzeitig platzte meine Haut auf, langsam und schmerzhaft. Risse schienen sich quer durch meinen Körper zu ziehen. Bilder von meinem zerberstenden Leib und davonfliegender Asche durchbrachen die Dunkelheit vor meinen Augen.

Schmerz.

Ich empfand überall Schmerz.

Plötzlich zerschnitt ein gellender Schrei die Luft und stieg hinauf zu den Göttern, um ihnen von meinen Schmerzen zu berichten.

Der Schmerz zerriss mich und ich spürte, wie ich losließ. Ich akzeptierte, dass mein Ende gekommen war.

»Halte durch!« Ein Schrei holte mich zurück.

Schlagartig riss ich wieder die Augen auf und seufzte, als ich den Nachthimmel sah. Milliarden von Sternen leuchteten auf mich herab und meine Qual war mit einem Mal unendlich klein.

»Fiana.«

Ich blinzelte und drehte meinen Kopf. Die Welt um mich herum schien unter einem Schleier zu liegen, und ich brauchte einen Moment, um Kaydens Gesicht zu erkennen.

»Du lebst«, flüsterte er und Tränen schimmerten in seinen Augen, während er meine Hand hob, um sie zu küssen.

Ich verstand nicht. Alles in mir schien leer, als hätte ich etwas verloren und irgendetwas würde tief in meinem Inneren danach suchen.

»Das Ritual ist beendet.«

Mein Kopf fuhr hoch und ich starrte in Tiaras Augen. Doch sie wandte sich rasch von mir ab und richtete die folgenden Worte an jemand anderen. »Jetzt prüfen wir, ob es erfolgreich war.«

Die Schnallen wurden geöffnet und mir war schwindelig. Aber die Hände, die mich aufsetzten, hielten mich fest.

Kayden stand vor mir und küsste meine Stirn.

Ich konnte nur blinzeln, während ich zu begreifen versuchte, was hier geschah.

Mein Blick fiel auf Hunderte geweitete Augen vor mir.

Alandras Volk.

Atemlose Stille lag über dem Königreich. Tiara trat um den Altar herum und in ihrer Hand blitzte ein Messer auf. Da tauchten plötzlich Männer mit Laternen rundherum auf, die alles in ein warmes goldenes Licht tauchten.

Tiara nahm meine Hand in ihre, die warm und fest war.

»Ich muss dir kurz wehtun«, sagte sie.

Ich konnte nur nicken, während sich der Nebel langsam lichtete, und ich hielt die Luft an. Die Spitze des Messers schnitt durch meine Haut und offenbarte mein Fleisch. Blut quoll hervor und tropfte auf den Boden.

»Es ist rot und es schimmert golden«, stellte Tiara fest und ihre Stimme war kaum mehr als ein Keuchen. Dennoch hallten diese Worte wider, geflüstert und dann immer lauter, und sie überrollten das Volk mit der Neuigkeit.

Gänsehaut fuhr über meine Arme. »Was … was bedeutet das?«

»Eure Hoheit, Ihr habt es geschafft«, sagte Tiara laut, als die ersten Rufe aus dem Volk ertönten.

»Du lebst!« Kayden zog mich so fest in seine Arme, dass mir ein Keuchen entfuhr.

»Du lebst!«, kreischten Ariana und Dalia und stürmten auf mich zu.

Im nächsten Moment zerrten Arme an mir und ich wurde unter einem Berg aus Leibern und Liebe begraben.

»Ich lebe«, flüsterte ich überglücklich und brach in Tränen aus, während das Volk Alandras so laut jubelte, dass auch die Götter es hören mussten.

37. KAPITEL

DER SALZIGE DUFT VON FREIHEIT

»Ist das nicht der Duft von Freiheit?« Ich streckte meine Nase dem Wind und der Sonne entgegen und schnüffelte wie ein neugieriger kleiner Hund.

Kaydens Arme umschlossen mich von hinten und ich lehnte mich gegen seine Brust.

»Das ist das Meer«, sagte er.

»Das Meer riecht nach Salz und Abenteuern und Freiheit«, stellte ich fest und lächelte, während meine Finger die Reling des Bootes umklammerten, auf dem wir uns befanden. Auch wenn wir schon seit einer Woche den Grenzfluss hinunterfuhren, schien mein Körper sich nach festem Boden zu sehnen.

»Komm herein. Die anderen sind schon ganz ungeduldig.«

Ich drehte mich um und lehnte meine Stirn an seine Brust, während ich tief seinen Geruch einsog. »Nicht einmal auf meiner eigenen Hochzeit gönnen sie mir so viel Zeit wie nötig.«

Kaydens Lachen drang in mein Herz und er umarmte mich fest. »Du ahnst nicht, wie froh ich bin, dass wir diese Reise schon bald allein fortführen werden.«

Als ich zu ihm aufsah, blitzten seine Augen vor Verlangen und Liebe.

Ein Lächeln spielte um meine Mundwinkel.

»Das hätte ich niemals zu träumen gewagt«, sagte ich, während mein Blick zu dem dunklen Nachthimmel glitt, an dem die Sterne schimmerten. »Ich hoffe, meine Mutter kann sehen, wie glücklich ich bin.«

»Das kann sie sicher.« Kaydens warme Lippen senkten sich auf meine Stirn und verweilten dort einen Moment lang.

»Jetzt komm endlich«, rief Dalia heiter aus dem Inneren des Schiffes, »sonst fällt Ariana noch über das Buffet her!«

Ihr Ruf hallte über den Fluss und verklang zwischen den Bäumen, die am Ufer standen.

Ich lachte und nahm Kaydens Hand, um ihn hinter mir herzuziehen.

»Ich muss gestehen, ich könnte tatsächlich etwas zu essen vertragen.«

Im Schiffsinneren angekommen, blieb mir der Mund offen stehen, als ich sah, was meine Freunde aus dem großen Vorraum der Kabine gemacht hatten. Tiefrote Rosen hingen als Girlanden von der Decke, zierten den großen, runden Tisch und rankten sich um den Türrahmen, vor dem meine Freunde schon auf uns warteten.

»Rosen, weil dein Gesicht von Rosen umrahmt war, als wir uns zum ersten Mal trafen«, erklärte Kayden leise hinter mir.

Ich drehte mich langsam zu ihm um und lächelte, weil ich noch nie etwas so Schönes gesehen hatte. »Es ist perfekt.«

»*Wir* sind perfekt«, flüsterte er und küsste meinen Handrücken, was er immer wieder tat seit dem Tag, an dem ich gestorben und als Mensch erwacht war.

Mein golden schimmerndes Blut schien ein Überrest meiner Magie zu sein. Nur um sicherzugehen, hatte mich Theon noch eine weitere Prüfung vor aller Augen durchführen lassen. Dabei hatte ich weder Magie abgeben noch annehmen können, was dem ganzen

Volk bewies, dass ich tatsächlich ein Mensch war. Seitdem waren einige Wochen vergangen. Ich hatte auf die Krone verzichtet und ein neuer König hatte den Eisenthron bestiegen, und allmählich begann das Volk sogar, die Metallenen zu akzeptieren.

Diese Wochen und Monate waren so schnell verflogen, dass ich meinte, erst jetzt auf diesem Boot endlich wieder zu Atem zu kommen.

»Ich bin für immer dein«, antwortete ich leise und umfasste Kaydens Hand fester, bevor ich mich zu meinen Freunden umdrehte.

Dalia und Gawen standen auf der einen Seite der Tür und auf der anderen Ariana und Janus. Marcaire und Tiara warteten mit einem seligen Lächeln unter dem mit Blumen geschmückten Bogen.

Ich hatte es nicht einen Tag länger in dem Palast ausgehalten und deshalb all die Menschen, die ich so sehr liebte, auf diese Reise und zu unserer Hochzeit eingeladen. Sie würden meine ersten Schritte in Freiheit mit mir gehen, und ich war mir nicht sicher, ob sie je begreifen würden, wie viel mir das bedeutete.

Hand in Hand gingen Kayden und ich auf unsere Freunde zu und ich wusste mit absoluter Gewissheit, dass dieser Moment der schönste und glücklichste meines ganzen Lebens sein würde.

Mein Blick fiel auf Kayden und ich verspürte Wärme, Liebe und Glück zugleich.

»Verehrte Gäste«, begann Tiara mit melodischer Stimme, als wir vor ihr stehen blieben. »Niemand, der jemals sah, wie Fiana und Kayden einander anblicken, könnte überrascht davon sein, dass die beiden ihre Verlobungszeit verkürzt haben. Und niemand hat härter für die Liebe gekämpft als sie.«

Kayden umklammerte meine Hand fester und ich schob die Erinnerungen an die Qualen von mir, die ich durchlitten hatte.

»Kayden, möchtest du Fiana etwas sagen, bevor wir eure Liebe besiegeln?«, fragte Tiara.

Er nickte und drehte sich zu mir, während er auch meine andere Hand nahm.

»Als wir uns das erste Mal sahen, wusste ich sofort, dass du gefährlich bist. Es war mein Herz, das in Gefahr schwebte und das du wie im Flug erobert hast. Ich werde dir nicht versprechen, dass wir niemals streiten und wütend aufeinander sein werden, dass wir niemals aneinander zweifeln werden. Aber ich verspreche dir, dass ich dich bis zu meinem letzten Atemzug lieben werde. Denn nichts auf dieser Welt könnte mich jemals davon abhalten, von deiner Seite zu weichen.«

Ich lächelte und mein Herz ging auf vor Freude.

»Fiana, möchtest du auch Kayden etwas sagen, bevor wir eure Liebe besiegeln?«

Mit einem leisen Räuspern löste ich den Knoten in meinem Hals und nickte. »Du hast mir meine Rede gestohlen.«

Um uns herum brach Gekicher aus und Kayden lachte dieses herzliche Lachen, das ich so an ihm liebte.

»Anfangs glaubte ich, du wärst ein Wolf, der gekommen war, um mich zu jagen. Vielleicht hatte ich gar nicht so unrecht«, fügte ich schelmisch hinzu und grinste. »Aber heute will ich dir danken. Du hast mich dazu gebracht, mich nach mehr zu sehnen als dem Leben, das ich damals führte. Ich danke dir, denn nur durch dich habe ich erfahren, was wahre Liebe und Sehnsucht bedeuten. Durch dich habe ich gelernt, für mich selbst einzustehen und zu hoffen. Ich danke dir, dass du mir gezeigt hast, wie stark ich bin. Und dafür liebe ich dich.«

Er umfasste meine Hände, während Tiara ein weißes Band aus ihrer Rocktasche zog. Sie griff nach unseren Händen und umwickelte sie mit dem Band.

»Von nun an werdet ihr euren Weg gemeinsam gehen, über Berge, durch Täler, bei Sonnenschein und in der dunkelsten Nacht. Niemals soll euer Band zerreißen. Sprecht mir nach: Auf ewig …«

»Auf ewig …« Meine Augen sahen in Kaydens und ich spürte, wie ich darin versank.

»… soll dieses Band halten und uns daran erinnern, dass wir einander gehören.«

Wir wiederholten ihre Worte und ich lächelte so breit, dass es fast schon ein Grinsen war.

»Nun besiegelt diesen Schwur mit einem Kuss«, beendete Tiara die Zeremonie.

Kayden zog mich an sich, als könnte er nicht eine Sekunde länger warten. Seine Lippen senkten sich auf meine, und er drückte mich fest an sich. In diesem Moment versank die ganze Welt um mich herum, bis nur noch wir beide zurückblieben.

Für immer wir.

♦ ♦ ♦ ♦

»Wenn ihr noch eine Sekunde länger gebraucht hättet, wäre ich allein über das Buffet hergefallen«, stieß Ariana aus. Dann aß sie ein Stück Brot und biss gleich darauf von ihrem Maiskolben ab.

Ich lachte und schaute mit erhobenen Augenbrauen auf ihren gewölbten Bauch, bevor ich Janus ansah.

»Dieses Kind hat einen solchen Hunger – es wird sicher so groß werden wie sein Vater«, stellte ich fest.

Mit stolz geschwellter Brust legte Janus einen Arm über Arianas Schultern. »Vielleicht werden es auch Zwillinge. In unserer Familie ist das gar nicht so ungewöhnlich.«

»Oh, bitte nicht«, stieß Ariana hervor und verzog ihren Mund, bevor sie weiteraß und zu Dalia hinübergrinste. »Ich wundere mich, dass deine Mutter dich überhaupt hat mitfahren lassen, Dalia.«

Dalia lachte. »Ich mich auch. Sie ist immer noch sauer, weil wir heimlich geheiratet haben.«

Gawen stieß ein schallendes Lachen aus und legte seinen Arm um Dalia, um sie näher an sich heranzuziehen. Einen Moment lang sah er sie verliebt an, dann stahl er ihr einen Kuss und grinste.

»Mann, war das übel. Zum Glück bin ich ein Hauptmann, sonst hätte sie mir sicher irgendein Gift verabreicht.«

»So herzlich ist meine Familie«, murmelte Dalia sarkastisch und lächelte zu ihm hoch.

Ich saß so nah bei Kayden, dass ich seine Wärme spüren konnte, während ich lachte. Mein Blick fiel auf Marcaire, die auf der anderen Seite saß und mich wohlwollend betrachtete.

»Du hattest wohl recht, Marcaire«, sagte ich.

»Ich habe immer recht, du musst wohl etwas konkreter werden.«

Tiara stieß neben ihr ein Kichern aus und biss sich auf die Unterlippe, als ihre Großmutter ihr einen gespielt strengen Blick zuwarf.

»Du sagtest einmal, dass ich finden würde, was ich suche, und ich habe es tatsächlich gefunden.«

Ich lächelte, als Kayden seinen Arm um mich schlang und mir einen zarten Kuss schenkte. In meinem Bauch schienen Funken zu sprühen und ich brauchte einen Moment, um mich wieder von ihm lösen zu können.

Marcaire lehnte sich zu mir und tätschelte meine Wange. »Die Sterne haben es mir zugeflüstert.«

Ich sah zu meinen Freunden, die um den Tisch saßen und sich lachend unterhielten, sie alle waren ein Teil meiner Geschichte. Dann drehte ich mich zu Kayden, rutschte wieder näher an ihn heran und küsste ihn, denn er war ein Kapitel, das gerade erst begonnen hatte. Unsere Geschichte würde ganze Bücher füllen und ich war bereit für alles, solange er an meiner Seite war. Denn mit ihm hatte ich sogar die Dunkelheit in meinem Blut besiegt.

ENDE

DANKSAGUNG

Die Idee zu *Kronenkampf* kam mir in einem Traum. Ich weiß noch, dass ich mich nach dem Aufwachen nicht mehr an die Details erinnern konnte, aber eine Sache war noch ganz präsent: das Gefühl, das dieser Traum in mir ausgelöst hat. Es war eine große Sehnsucht.

In dem Moment wusste ich, dass ich genau dieses Gefühl, das ich damals hatte, zu Papier bringen musste. So entstand die Liebesgeschichte von Fiana und Kayden. Der Rest kam nach und nach.

Doch diese Geschichte wäre niemals die geworden, die ihr lesen durftet, hätte ich nicht wundervolle Menschen an meiner Seite gehabt.

Zunächst gilt mein Dank meiner Agentin, denn dank Ihnen, Frau Härle, kann ich mich auf das konzentrieren, was ich liebe – das Schreiben.

Ich danke meinen Testleserinnen Michelle und Janina. Ihr seid die Ersten, die Fianas Geschichte gelesen und gefeiert haben. Das hat mir viel bedeutet.

Pia, dein inhaltliches Lektorat war echt hart – aber es hat Fianas Geschichte so viel besser gemacht und dafür danke ich dir sehr.

Auch meiner Lektorin Ulrike Schuldes danke ich, denn Sie haben mit Ihrem Feintuning das Beste aus »Kronenkampf« herausgekitzelt.

Ich danke Francesca Peluso für ihre wunderschöne Karte. Ohne dich müsste ich Alandra mit meinem Gekritzel beschreiben, und ich bin wirklich froh, dass das allen erspart bleibt.

Zudem möchte ich mich bei all meinen wundervollen Kolleginnen bedanken, die immer ein offenes Ohr für mich hatten. Cristina Haslinger, Francesca Peluso, Mirka Mai, Dana Müller-Braun, Lana Rotaru, Stefanie Hasse, Lily S. Morgan, Christina Hiemer, und falls ich jemanden vergessen habe, du dich aber angesprochen fühlst, dann danke ich auch dir!

Zuletzt danke ich euch, meinen Lesern. Ohne euch wäre ich jetzt nicht dort, wo ich bin.

Vergesst niemals zu träumen, denn manchmal werden Träume wahr.

Eure Valentina

Unser Versprechen für mehr Nachhaltigkeit
- Klimaneutrales Produkt
- Papiere aus nachhaltiger Waldwirtschaft
- Hergestellt in Europa

MIX
Papier aus verantwortungsvollen Quellen
FSC® C083411
FSC
www.fsc.org

Lektorat: Pia Cailleau, Ulrike Schuldes
Karte: Francesca Peluso
Coverbilder: stock.adobe.com / © tomertu; © Vitaly; © vitaly tiagunov
Umschlaggestaltung: Marie Graßhoff
Satz: Pinkuin Satz und Datentechnik, Berlin
Herstellung: Gunta Lauck
Litho: Margit Dittes, Hamburg
ISBN 978-3-551-58452-6